그들이 내 이름을 부를때

그들이 내이름을 부를때

방현석 장편소설

일러두기

1. 이 책은 소설입니다.
2. 이 책은 많은 사람들의 회고와 저술들을 바탕으로 하였지만 소설의 질서와 필요에 따라
   작가가 재가공하였습니다.
3. 이 책의 책 머리에는 작가의 말이 아닌 소설의 일부입니다.
4. 고 김근태 본인의 저술 외에 참고한 자료는 373쪽에 정리하였습니다. 출처를 정확하게
   확인하지 못한 인터넷 자료 등에 대해서는 확인이 되면 참고 자료에 추가하겠습니다.

차례

책 머리에

1985년 겨울, 인천 공단의 자취방에서 타자기로 친 문건 하나를 읽었다. 여러 번 복사를 해서 더러 글자를 식별하기 어려울 만큼 상태가 나빴다. 그날 밤 나는 연탄불이 꺼진 그 방에서 이불을 뒤집어쓰고 오래 울었다. 허술한 창은 밤새 바람에 떨며 나의 스물네 살을 흔들었다. 두렵고, 슬픈 밤이었다.

그리고 이십육 년이 지났다. 역시 겨울이었다. 한 대학병원의 병실에 그 문건의 주인공이 누워 있었다. 상태가 나빴다. 나는 그의 삶을 정리할 기록자로 그를 만나고 있었다. 그는 아주 어렵게, 짧은 순간 나와 눈을 맞출 수 있었다.

그가 한 이야기가 많지 않았으므로 내가 기록할 것도 많지 않았다. 나는 지난 몇 달 동안 그가 남긴 이야기의 편린들을 퍼즐 맞추듯이 이어 붙였다. 이어지지 않는 이야기를 잇기 위해 여러 사람을 만났다. 그러나 여전히 빈 곳이 많다. 내 능력의 부족으로 끝내 채우지 못한 부분도 있고, 그가 원치 않았으므로 채우지 않은 부분도 있다. 그러나 그가 밝히지 않기를 원했지만 밝힌 부분도 있다. 나는 그처럼 선량하고 사려 깊은 사람이 아니다. 그러므로 여기서 처음으로 밝히는 내용에 대한 책임은 모두, 내게 있다.

이야기를 조금 더 근사하게 하려는 소설가의 습성을 버리지 못해 더러 사건의 순서를 바꿔 놓은 것들이 있다. 너무 많은 사람을 등장시키지 않으려다 보니 한 이름을 여러 사람이 나누어 쓴 경우도 있다. 한 사람을 여러 이름으로 쪼개 쓴 경우도 있다. 그러나 없는 진실은 여기에도 없다.

이야기를 정리하는 내내, 흔들리며 빛나던 그의 눈빛이 뇌리에서 떠나지 않았다. 이 책은 그 눈빛으로 남은 한 인간에 대한 기록이다.

프롤로그

이제 내게 남은 시간이 얼마 되지 않는다는 것을 나는 안다. 느낌이 있다. 체포되기 전에도 늘 그랬다. 이번에는 잡혀가겠구나, 하면 어김없이 그랬다. 스물여섯 번 중에 어느 한 번도 피해 가지 못했다. 이번에도 나는 피해 가지 못할 것이다. 체포는 피하지 않은 것이고, 죽음은 피할 수 없다는 것이 차이라면 차이다. 그러나 그 차이도 사실은 차이가 아니다. 나는 지금 꼼짝 못하고 병상에 누워 있다. 겨우 눈동자를 움직이고 있을 뿐이다. 그러나 지난 시절에도 나는 여러 번 꼼짝없이 묶인 채 내 운명을 지켜보아야 했다.

아내는 지금 자기가 반드시 나를 일으켜 세울 테니 지켜보라고 당신에게 큰소리를 치고 있는데, 아니다. 이십육 년 전에는 인재근이 나를 살려 낸 것이 맞다. 그러나 이번에는 아무래도 안 될 것 같다.

내게 남은 시간이 얼마인지 모르겠다. 싫지만, 떠오르는 대로 두서없이 이야기할 수밖에 없다. 내 기억의 편린을 정리하는 것은 이제 내 몫이 아니게 되었다. 어떤 것은 현실 같기도 하고 꿈 같기도 하다. 내가 지금까지 누구에게도 하지 않은 이야기도 있고, 하지 못하게 한 이야기도 있다. 여전히 하지 말아 주기를 바라는 이야기도 있다. 이제는 이것도 내 몫이 아니게 된 것 같다.

1

　나는 남영동에서 죽음의 문턱을 수없이 넘나들었다. 칠성대 위에 누
워 있으면 가끔 아득하게 유년 시절의 우리 집이 떠올랐다. 아버지는
따뜻했지만 존경스럽지 않았다. 어머니는 활기찼지만 살갑지 않았다.
형은 듬직했지만 아홉 살 나이 차이만큼 거리가 있었다. 누나는 내 가
장 가까운 친구였다. 예쁜 모범생이었고 언제나 내 투정을 받아 주는
유일한 사람이었다. 개구쟁이였던 내가 사고를 칠 때마다 같이 혼이 나
는 것도 연대책임을 져야 했던 누나였다.
　어머니가 회초리를 찾는 상황에 이르면 나는 얼른 줄행랑쳤지만 누
나는 피하지 않았다. 함께 도망치자고 손을 잡아끌어도 누나는 고개를
저었다. 매는 고스란히 누나의 몫이 되었다. 그런 날이면 나는 동네를
쏘다니다가 저녁 늦게야 집으로 돌아왔다. 해질녘이 되도록 집에 들어
가지 않으면 어머니가 걱정한다는 것을 나는 알았다. 저녁상 앞에서 아
버지가 내 행방을 물을 즈음 나는 몸을 담벼락에 숨긴 채 머리만 대문
안으로 디밀고 집 안의 동정을 살폈다. 여차하면 다시 내뺄 자세를 갖
추고서 말이다.
　"밥때가 지나도록 어딜 쏘다녀!"
　어머니는 호통을 쳤다. 그러나 늦둥이 막내의 귀환을 확인하고 안도
하는 어머니의 내심을 모르는 식구는 없었다. 내가 혼나야 할 이유는
오로지 집에 늦게 들어온 사실 하나뿐인 것처럼 되었다. 나는 고양이처
럼 살금살금, 웃으며 마당을 가로질러 마루로 기어 올라가면 되었다. 아

11

버지의 옆자리에는 이미 내 수저가 놓여 있었다.

아주 드물었지만 아버지에게 걸리는 날에는 나도 빠져나가기가 어려웠다. 달걀 사건 때도 그랬다.

국민학교 정문 앞에 문구와 잡화를 파는 가게가 있었다. 아이들은 그 가게에서 군것질을 했다. 아이들이 먹는 나팔꽃 모양의 고구마과자가 그렇게 맛있어 보였다. 보고만 있어도 침이 꼴깍 넘어갔지만 나와 누나는 먹을 길이 없었다. 우리 형제에게는 용돈이란 것이 없었다. 아주 어쩌다 어머니가 만들어 주는 간식 외에 군것질이라는 것을 해 본 일이 없었다. 그러던 어느 날 나는 그 고구마과자를 사 먹을 수 있는 방법을 찾아냈다.

학교에서 돌아와 대문에 들어서는데 근태가 달려 나오며 묻는 거예요.

"누나, 고구마과자 먹고 싶지?"

"먹고 싶지. 그렇지만 돈이 없잖아."

"누나, 방법이 있어. 방법이 있어!"

그렇게 말하며 근태는 나를 데리고 닭장으로 갔어요. 사택 뒷마당에 제법 큰 닭장이 있었거든요. 근태는 내 손을 잡고 닭장 안으로 들어갔어요. 닭들은 우릴 경계하며 금방이라도 달려들 것처럼 퍼드덕거렸어요. 특히 수탉은 붉은 벼슬을 세우고 우리를 사납게 위협했어요. 난 겁이 나서 덜덜 떨었는데 근태는 아주 침착했어요. 알이 있는 곳으로 한 걸음 한 걸음 천천히 다가가며 근태는 나를 안심시켰어요.

"누나, 괜찮아. 괜찮아."

나는 지금도 수탉을 마주 노려보던 그때 근태의 눈빛이 잊히지가 않아요. 평소의 온순한 가자미눈이 아니었어요. 내가 멈칫거리자 근태는 내 손을 더 꼬옥 잡으며 같은 말을 다시 했어요.

"괜찮아. 누나. 숨 셔. 숨 셔. 하나, 둘."

우리는 그렇게 달걀이 있는 데까지 가는 데 성공했지요. 김태련

아직도 온기가 남아 있는 달걀을 손에 넣은 나는 누나와 함께 학교 앞 가게로 달려갔다. 양손에 하나씩 든 네 개의 달걀을 고구마과자와 교환했다. 그렇게 맛있을 수가 없었다. 바싹바싹하면서 달짝지근한 그 맛을 떨쳐 버릴 길이 없었던 나는 아예 알 낳기를 기다리며 닭장을 지키고 서 있을 지경이 되었다. 그러나 오래가진 못했다. 달걀을 챙겨 들고 회심의 미소를 지으며 닭장을 나서던 우리는 깜짝 놀랐다. 학교에 있어야 할 아버지가 닭장 앞에 서 있었다.

"교장실로 와."

아버지가 우리를 교장실로 부른 것은 처음이었다. 우리는 무릎을 꿇은 채 손을 들고 있어야 했다. 아버지는 우리에게 한마디도 하지 않았다. 교장실에 들른 선생님들이 무슨 일이냐고 물어도 아버지는 대꾸를 하지 않았다. 다리가 저리고 팔이 아파 몸을 뒤틀었지만 도망칠 엄두가 나진 않았다. 소문을 들은 선생님들이 괜히 교장실에 들러 누나에게 말을 걸었다.

"우리 모범생 태련이가 웬일이야?"

3학년인 누나는 청북국민학교에서 그랬던 것처럼 전학 온 진위국민학교에서도 인기 있는 학생이었다. 고개를 푹 숙인 채 팔을 들고 있는 누나의 목덜미로 땀방울이 흘러내렸다. 우리의 옷이 땀에 흠뻑 젖은 다음에야 아버지는 집에 가서 씻고 기다리라고 했다.

퇴근을 하고 집에 돌아온 아버지는 자초지종을 말하라고 했다. 나는 내가 하자고 한 일이라고 했다.

"달걀을 과자로 바꿔 먹을 생각을 해 낸 건 너냐?"

아버지는 누나에게 물었고 누나는 고개를 끄덕였다. 거짓말이었다.

"어떻게 그런 생각을 한 것이냐?"

누나는 대답을 하지 못했다. 같은 반 아이 하나가 달걀을 가져와서 미술 시간 준비물을 사는 것을 보고 내가 가장 먼저 떠올린 것이 고구마과자였다. 우리는 종아리를 걷었다. 나는 몇 대 맞고 데구루루 구르며 엄살을 부렸다. 누나는, 동생을 잘 가르쳐야 함에도 함께 나쁜 짓을 했다고 두 배로 맞았지만 주먹을 꼭 쥔 채 꼼짝 않고 매를 견뎠다. 입술을 사리문 누나는 비명을 지르지도 않았다.

벌은 그것으로 끝나지 않았다. 아버지는 우리를 데리고 학교 앞 가게로 갔다. 아버지가 우리를 앞세우고 가게에 들어서자 주인인 털보 할아버지는 어찌할 바를 몰랐다. 교장은 마을 사람들이 모두 고개를 숙이는 어른이었다.

"죄송합니다. 선생으로서 제가 아이들 교육을 잘못했습니다. 사과드립니다. 앞으로 다시는 이런 일이 일어나지 않도록 잘 가르치겠습니다. 어른께서도, 혹시 이 아이들이 다시 달걀을 가지고 오더라도 절대 돈이나 과자로 바꿔 주지 마세요."

아버지가 고개를 깊숙이 숙이자 털보 할아버지는 더욱 당황했다.

교장 선생님인 아버지가 우리 때문에 구멍가게 할아버지에게 잘못했다고 사과하는 걸 보고 전 너무 부끄럽고 죄송했어요. 그런데 근태의 태도는 좀 달랐어요. 심통이 난 것 같았어요. 그 애는 미군들이 던져 주는 껌을 줍지 않는 자존심이 센 아이였거든요. 평택에는 미군 부대가 있어서 지프차를 타고 지나다니는 미군들이 껌이나 초콜릿을 많이 던져 줬고, 아이들은 서로 그걸 주우려고 했지만 근태는 아니었어요. 김태련

아버지가 사과하는 것을 나는 이해할 수 없었다. 내가 부모님 몰래 달걀을 꺼내다 과자와 바꿔 먹은 것은 잘못이고, 벌을 받아 마땅한 일이었다. 그러나 털보 할아버지에게 잘못한 것은 없었다. 만약 아버지가 나더러 털보 할아버지에게 고개를 숙이라고 했으면 절대 따르지 않았을 것이다. 다행히 아버지는 그렇게 하지 않았다. 집으로 돌아오는 동안에도 아버지는 그 일에 대해 아무 말이 없었다.

2

이사는 관사에서 관사로 이어졌다. 내가 평택의 청북국민학교에 입학한 지 한 학기 만에 진위국민학교로 자리를 옮긴 아버지는 두 해도 되지 않아 또 전근 발령을 받았다. 이번에는 양평이라고 했다.

이삿짐을 실은 트럭은 서울을 거쳐 6번 국도를 타고 한강을 거슬러 올라갔다.

아버지가 트럭을 세운 건 팔당댐을 지난 다음이었다. 왼쪽은 높은 산이었고 오른쪽은 넓은 강이었다. 강물은 서쪽으로 흐르고 바람은 동쪽으로 불었다. 내가 길섶에 소변을 보는 동안 아버지는 지리부도를 든 채 강을 굽어보았다. 잔잔하게 흐르는 강물의 표면은 오후의 햇살을

받아 은빛으로 빛났다.

"여기가 양수리다. 저기 보이지? 저쪽이 북한강, 그리고 이쪽이 남한강이다. 남한강과 북한강에서 흘러온 두 물, 양(兩) 수(水)가 만나서 한강이 되는 곳이 여기 양수리다. 그래서 이곳의 원래 이름은 우리말로 두물머리였다."

그리고 아버지는 지리부도를 펼쳐 우리가 내려다보고 있는 양수리를 짚었다. 양수리에서 시작된 아버지의 손길은 남한강을 거슬러 올라가 발원지인 태백산맥의 검룡소에 가서 멈췄다.

"검룡소는 일억 오천만 년 전에 형성된 석회암 동굴 지대에 있다. 이곳에서 하루에 이천 톤의 물이 솟아나. 이삿짐을 싣고 가는 저 트럭이 사톤짜리니까, 저런 트럭 오백 대가 실어 나를 양의 물이 매일 솟구치는 거지. 그 물이 이렇게 북으로 흐르다가 여기 석병산에서 임계천과 합류해 서쪽으로 방향을 바꾸고, 정선을 거쳐 오대천과 합류해 동강이 되었다가 영월에서 서강과 합류하고, 여주에서 섬강과 합류하여 여기 양수리에 와서 저쪽에서 흘러온 북한강과 만나 마침내 한강이 되는 거란다."

아버지는 지도 위에 놓여 있던 손가락을 들어 북쪽 강물을 가리켰다. 아버지는 그런 사람이었다. 마당에 꽃 한 포기를 심으면서도 식물도감을 꺼내 놓고 우리에게 식물의 학명과 생육에 필요한 조건을 설명하는 분이었다. 시장에서 고등어 한 마리를 사 올 때도 머리나 지느러미를 잘라 버리고 오는 일이 없었다. 토막을 쳐서 오는 일은 더욱 없었다. 반드시 원형대로 들고 와서 요리를 하기 전에 나와 누나를 불러서 고등어의 서식지와 습성, 아가미와 지느러미, 꼬리의 명칭과 기능을 자세히 설명해 주었다. 고등어로 할 수 있는 요리와 영양 요소까지 설명을 한 다음에야 고등어는 조려지거나 구워졌다. 임연수와 같은 생선이 등장하면 일본어로 된 어류도감이 불려나와 이삿짐을 무겁게 한 값을 했다.

아버지는 입을 꾹 다물고 있는 나를 이상하다는 눈빛으로 쳐다보았다. 나는 다른 때였다면 벌써 여러 번 아버지에게 질문을 던졌을 '질문쟁이'였다. '그럼 지금 여길 지나가고 있는 강물은 며칠 전에 검룡소에서 출발한 애들이에요?' 그런 질문이 목젖까지 차올랐지만 나는 꾹 다문 입술을 삐쭉 내밀며 심통이 나 있다는 표시를 했다. 이사가 싫었다. 겨우 사귄 친구들과 헤어지고 또 새로운 친구를 사귀어야 했다. 은근한 텃세도 견뎌야 할 것이다. 아버지는 내 질문을 기다리지 않고 다시 지리부도로 돌아갔다. 북한강을 거슬러 올라간 아버지의 손끝은 금강산에 멈췄다.

"여기 금강산에서 솟아난 물이 금강천이란 이름으로 철원까지 흘러와서 금성천과 합쳐 북한강이란 이름으로 남쪽으로 쭉 흘러내리기 시작하는 거야. 여기 춘천에서 소양강과 만나고, 여기 가평에서는 홍천강과 만나 이렇게 서쪽으로 방향을 바꾸어 흐르다가 청평에서 조종천과 합쳐 이곳 양수리까지 와서 남한강과 하나가 되어 한강이 되지."

트럭은 남한강을 오른쪽으로 끼고 비포장도로를 달렸다. 창밖으로 목을 빼고 돌아보면 자욱한 먼지가 지나온 길을 지우고 있었다. 아버지가 발령받은 원덕은 말이 양평일 뿐이었다. 낡은 트럭이 양평에서 동으로 뻗은 남한강과 작별하고 북쪽으로 난 길을 따라 두 시간을 더 달린 다음에야 원덕이 나타났다. 학교는 작고 관사는 초라했다. 나처럼 심통을 부리지는 않았지만 어머니의 표정도 밝지는 않았다.

원덕에서도 나는 낯선 환경에서 새로운 친구를 사귀기 위해 여러 달 몸살을 앓아야 했다.

4학년으로 올라가도 적응이 되지 않는 것은 이발소에 가는 일이었다.

원덕은 이발소 하나 없는 산골이었다. 산을 넘고 개천을 건너가야 이발소가 있었는데 나는 그 이발소에 가는 게 너무 싫었다.

그 무렵 근태는 머리 깎기를 정말 싫어했어요. 이발소에 가자고 할 조짐이 보이면 미리 도망을 갔죠. 아버지가 가죽끈으로 그 애의 허리를 묶어서 붙잡고 이발소에 가곤 했지요. 머리를 깎고 오면 풋밤같이 뽀얗고 동글동글한 게 정말 예뻤어요. 그래서 '너 이렇게 멋있는데 왜 머리 안 깎으려고 했어?' 하고 물으면 세숫대야에 담긴 물을 막 저에게 뿌려 대면서 심통을 부렸어요. 그러면서 화가 풀렸기 때문에 난 근태가 머리를 깎고 오면 늘 똑같이 묻고, 물세례를 받아 주었지요. 왜 머리 깎는 걸 그렇게 싫어했는지는 나도 모르죠. '난 싫단 말이야.' 그렇게만 말했으니까요. 김태련

나는 그 이발소가 싫었다. 목을 아프도록 조여 매는 보자기가 너무 더러웠다. 버짐이 핀 아이들의 머리를 밀었던 바리캉도 싫었다. 뒷머리와 옆머리를 미는 바리캉은 무디기까지 해서 머리칼을 자주 씹었다. 그러나 그보다 더 싫은 것이 있었다. 생머리가 빠지는 아픔 때문에 몸을 비틀며 인상을 찡그리면 이발사는 교장 선생님의 아들이 엄살을 부린다며 목덜미를 꽉 눌러 잡고 움직이지 못하게 했다. 말과 표정은 부드러웠지만 내 목을 잡은 이발사의 손이 주는 느낌은 그것과 아주 다른 것이었다. 나는 그 이질감이 아주 싫었다. 손으로 내 목을 누르는 그가 실제로 억누르는 다른 무엇을 나는 아주 어렴풋하게나마 짐작했다. 내가 교장의 아들이 아니었다면 다른 아이들에게 하는 것처럼 바리캉으로 머리를 툭툭 치며 화를 냈을 것이다. 더 싫었던 것은, 설명하기 어렵

지만 그 이발사가 나를 앉혀 두고 아버지를 속이고 있다는 그런 느낌이었다. 그런 사람 옆에서 사람 좋은 얼굴을 하고 앉아 있는 아버지도 내 마음에 들지 않았다. 그런 아버지의 모습이 비굴한 타협 비슷하게 느껴졌다. 이발소에 가지 않으려는 내 저항은 원덕을 떠날 때까지 계속됐다. 비록 이발소에 가는 걸 한두 주 미루는 데 그쳤지만 나로서는 길고 치열한 투쟁이었다.

아버지가 더 마음에 들지 않게 된 건 3·1절 날이었다. 학교 운동장에서 열린 전체 조회에서 아버지는 우리말 대신 일본어로 가르치고 배워야 했던 비애를 상기시키며 민족 독립의 중요성을 강조했다. 그날 저녁 나는 3·1절에 아버지는 무엇을 했는지 물었다.

"뒷산 꼭대기 올라가서 목청이 터지도록 만세를 불렀지."

"누구랑요?"

"혼자서."

읍내에 나가서 만세를 부르는 것은 너무 위험했기 때문이라는 아버지의 말은 나를 아주 실망시켰다.

"그게 뭐예요. 시시하게."

나는 아버지가 어머니처럼 강단이 있는 분이었으면 하는 마음을 가지고 있었다.

원덕을 떠나기 얼마 전에 아버지가 장학사를 집으로 데려왔다. 저녁 무렵이었다. 날이 어둑해진 다음이었던 것으로 봐서 해가 짧았던 겨울이었던 것 같다. 어머니는 너무나 화가 나서 아버지를 뒷마당으로 데리고 갔다.

"당신은 도대체 어떻게 된 사람이에요. 장학사가 온다고 미리 말을 했어야 닭이라도 잡고 준비를 해 둘 거 아녜요. 그러니까 이렇게 시골로만

나도는 거 아녜요."

안방에 모셔 둔 장학사에게 들리지 않도록 목소리를 낮췄지만 어머니는 발을 구르며 분통을 터뜨렸다. 부엌 아궁이의 잔불 위에서는 된장국이 끓고 있었다. 미리 차려진 밥상에 올라와 있는 반찬은 어머니가 봄철에 뜯어 말린 고사리와 곰취 같은 나물이 전부였다. 아버지는 옛날부터 알던 사람이라며 있는 대로 먹으면 된다고 어머니를 안심시키려 들었다. 그러나 어머니는 가슴을 치며 답답해했다.

"간고등어 한 토막도 없잖아요. 된장에 밥 비벼 먹으라고 그래요? 이제 국태 대학 가고 태련이 중학교 가야 하는데, 이 산골에서 어떻게 할 거예요."

"그래. 그럼 닭 잡게 물 끓여. 털은 내가 뽑을게."

누나와 나는 몰래 두 분을 지켜보고 있었다. 어머니가 안되어 보이고 아버지가 슬퍼 보이는 저녁이었다.

3

원덕으로 간 지 한 해 만에 아버지는 다시 양수국민학교로 발령을 받았다. 친구들을 사귀고 정이 붙을 무렵이면 영락없이 닥쳐오는 일이었다. 나는 또 상처를 받고 상실감에 허우적거려야 했다.

두물머리에 있는 양수국민학교는 양평보다도 훨씬 서울에서 가까운 곳이었다. 학교도 원덕보다는 크고 관사도 깔끔했다. 어머니의 얼굴이 환했다. 서울사대에 입학한 형이 기차로 통학할 수 있게 된 걸 어머니는 무엇보다 기뻐했다. 집에서 북한강을 건너면 대성리역이었다. 다른 식구들에게는 모두 만족스러운 이사였다.

그러나 내게는 또 한 번의 형벌이었다. 그토록 싫어한 이발소에 가지 않아도 되었지만 다시 낯선 환경에서 잔뜩 긴장한 채 새로운 친구들을 사귀기 위해 몸살을 앓아야 했다. 옮겨 다닐 때마다 닥쳐오는 것은 어둠과 추위, 그리고 토박이 아이들의 적의였다. 늘 떠돌고 겉도는 외톨이란 느낌을 뚫고 나가는 과정에는 몸살보다 더한 진통이 따랐다.

따돌림당하지 않기 위해 아이들이 노는 곳이라면 어디든지 쫓아 다녀야 했다. 낯선 외톨이로 남게 되는 것이 얼마나 견디기 어려운지 나는 이미 충분히 알고 있었다. 아이들과 친해지려고 나는 안간힘을 다했다.

아이들과 어울려 노는 일에 부지런하다 보니 공부에는 신경 쓸 수가 없었다. 열심히 놀다 보니 노는 것도 재미가 있어서 공부는 점점 멀어졌다. 숙제를 안 해 가거나 누나에게 부탁하는 때도 많았다.

그래도 수업 시간에는 정신을 집중해서 열심히 들었다. 공부하는 과정에서 맛볼 수 있는 성취감도 있고, 시험 점수가 좋았을 때 으쓱하는 기분도 괜찮았기 때문이다. 그리고 무엇보다 주변의 시선과 체면, 특히 교장 아들로서의 체면치레는 해야 했다. 수업 시간에 딴짓을 하지 않는 것만으로도 나는 일등을 할 수 있다는 자신감을 가지고 있었다. 그러나 그게 자만이고 오산이란 게 드러났다.

한 번도 일등을 놓친 적이 없는 나를 앞서는 아이가 있었다. 철로 선로반 직원의 아들이 나를 제치고 일등을 차지했다. 나는 처음으로 이등이란 걸 해 봤다. 어머니에게 야단을 맞았다.

"공부는 않고 날마다 싸돌아다니면서 노니까 시골 아이들한테도 뒤지지. 앞으로 학교 끝나면 바로 집으로 와서 공부해."

"실수로 몇 개 틀려서 그런 것일 뿐이에요. 내가 맘만 먹으면 걔한테 왜 져요?"

나는 변명을 하며 아이들과 놀기를 포기할 수 없다고 버텼다. 다음 날 학교에 가니 일등을 한 아이가 나를 놀리며 시비를 걸었다.

"뭐, 실수로 틀린 거라고?"

관사가 길가에 있어서 내가 야단맞는 걸 우연히 지나가던 그 아이가 들은 모양이었다.

"맘먹으면 이긴다고? 맘먹고 한번 해 봐, 인마."

"그래, 한번 해 봐."

나는 공부에 좀 신경을 썼다. 그러나 동네 아이들과 노는 걸 그만둔다는 건 있을 수 없었다. 내게 가장 시급하고 중요한 일은 동네 아이들로부터 같은 패거리로 인정받는 것이었다. 놀기도 하면서 공부를 해도 그 아이 하나쯤 제치는 건 어렵지 않을 것으로 생각했다. 그러나 결과는 비참한 패배였다. 그 아이도 능력이 있었다. 나는 이번에도 그 아이 다음으로 이등을 했다.

천만다행으로 그 아이의 아버지가 다른 역으로 전근을 갔다. 따라서 그 아이도 전학을 갔다. 만사가 순조롭게 풀리는 듯했다. 경쟁자는 사라졌다. 그러나 이게 어떻게 된 일인지 다음 월례고사에서 삼등을 하던 애가 별안간 치고 올라왔다. 양수 토박이 애였다. 나는 또 이등으로 밀려나는 수모를 당했다. 고통스러웠지만 따돌림당하고 외톨이로 지내는 것을 선택할 수는 없었다. 겨우 아이들과 어울려 가고 있는데 그걸 포기할 수는 없었다. 놀자고 부르는 아이만 있으면 나는 총알처럼 달려 나갔다.

다시 월례고사가 다가왔는데 나는 자신이 없었다. 마침내 결단을 내렸다. 그리고 결행을 했다. 시골 학교여서 어려운 점은 없었다. 또 교장의 아들이어서 의심받을 여지도 별로 없었다. 교무실 옆에 붙은 등사실에 들어가 갱지에 밀어 놓은 시험지를 찾아냈다. 가슴이 쿵쾅거렸지만 잘 해냈다.

시험을 봤다. 다 정답을 쓰면 의심받을 것 같아 일부러 몇 개는 틀렸다. 시험지를 제출하고 교실을 나오며 나는 회심의 미소를 지었다.

아, 그런데 이게 웬일인가. 다 알고 본 시험인데 여전히 이등이었다. 토박이 아이가 하나 틀리고 전부 맞혀버린 것이었다. 주위의 압박에 못 이겨 저지른 부정의 결과로 얻은 것은 뭉개진 자존심뿐이었다.

자존심을 회복하는 방법은 하나뿐이었다. 확실하게 공부해서 한 문제도 틀리지 않는 것. 나는 학년의 마지막 시험에서 전 과목 만점을 받아 토박이 아이의 코를 납작하게 해 주었다. 공부로 인한 어머니의 압박에서도 깨끗이 벗어났다.

두물머리의 봄은 원추리와 함께 왔다. 어머니는 남한강 가에서 캐 온 원추리 새순으로 나물을 무치고 국을 끓였다. 아버지의 식물도감이 어김없이 저녁 식탁에 등장했다.

"고서에, 원추리의 청순한 순과 화려한 꽃은 사람의 가슴을 맑게 하고 오장을 편하게 하며, 몸을 가볍게 하고 눈을 맑게 한다, 고 되어 있다."

아버지는 원추리의 잎과 줄기에는 해독 성분이 있어 몸에 든 독을 뺄 때 원추리를 이용한다고 덧붙였다. 그래서 독풀을 먹은 사슴이 찾는 산야초가 원추리라고 했다.

원추리무침의 상큼한 냄새는 파와 비슷했다. 형과 누나는 며칠 지나지 않아 물린다는 표정을 지었지만 나는 한 달 내내 먹어도 질리지 않왔다. 들판은 나날이 초록으로 짙어 갔다. 원추리국이 밥상에서 물러나고 여름이 왔다. 두물머리의 여름을 알리는 전령은 원추리꽃이었다. 새벽이슬을 머금고 초록 들판 사이로 무리 지어 피어난 원추리꽃은 황홀했다. 허리 높이로 솟아오른 늘씬한 원추리의 줄기 끝에 달린 꽃은 새침하고 화려했지만 도도하진 않았다. 바람은 원추리가 도도해지도록 내버려 두지 않았다. 바람은 쉼 없이 방향을 바꾸어 가며 높이 솟아오른 원추리를 흔들었다. 흔들리며 피어나서 흔들리며 빛나다 더 이상 흔들리고 싶지 않을 때 지는 꽃이 원추리였다. 해가 지며 빛을 잃은 원추리꽃은 시든 채 머무르길 바라지 않았다. 내일은 내일의 꽃이 있음을 아는 꽃이 원추리였다. 밀려드는 어둠 속에서 원추리꽃이 하나씩 떨어질 때마다 두물머리의 밤하늘에는 별이 하나씩 떠올랐다.

그해 여름방학은 집 안에 웃음이 넘쳤다. 나는 아침을 먹고 나면 형을 따라 북한강으로 나갔다. 형은 된장이 든 어항을 물속에 넣어 두고 나무 그늘에서 하루 종일 책을 읽었다. 나는 형과 떨어진 나무 그늘에서 공부를 하거나 책을 보았다. 형은 가끔 내가 공부하는 걸 지켜보았지만 간섭하지는 않았다. 누나가 빌려 온 소설을 읽고 있어도 뭐라고 하지 않았다. 점심을 먹으러 가지 않으면 누나가 우리의 밥을 가져다주기도 했다.

점심은 자유로웠지만 아침과 저녁은 꼭 가족 모두가 같이 하는 게 우리 집의 묵시적인 규율이었다. 특히 저녁은 아주 길었다. 아버지는 식구들에게 그날 있었던 일을 묻고, 자신이 한 일에 대해서도 설명했다.

어머니의 음식 솜씨가 빛을 발한 것도 이 시절이었다. 형이 잡은 물고기로 매운탕을 끓이는 날 저녁에는 이웃에 사는 선생님들이 술병을 들고 왔고, 집 안에는 웃음소리가 넘쳤다.

방학 동안에 새로운 친구들도 더 생겼다. 책 읽기가 시들해지면 친구들과 어울려 남한강으로 진출해서 멱을 감고 놀았다. 여자아이들은 저녁에 자기들끼리 어울려서 멱을 감았는데 남자아이들은 밤길을 지켜 준다는 구실로 괜히 그 주변을 얼쩡거리곤 했다. 여자아이들 중에는 내 마음을 끄는 아이도 있었다. 성연이란 이름을 가진, 말이 적고 새침한 아이였다. 공부도 잘하고 도도해 보여서 남자아이들이 섣불리 관심을 드러내지 못하는 대상이었다. 하루는 성연이가 먼저 내게 말을 붙였다.

　"너 요즘 무슨 책 읽니?"

　밤하늘의 별을 올려다보며 묻는 성연이의 목소리는 평소처럼 새침했지만 나는 가슴이 두근거렸다.

　"『노인과 바다』."

　"난 『로빈슨 크루소』 읽고 있는데, 다 보고 바꿔 볼래?"

　성연이와 바꿔 보는 책이 늘어 가면서 둘만의 비밀이 늘어 가는 것 같은 특별한 감정이 생겨났다. 더 빠르게 더 어려운 책을 열심히 읽었다. 나는 누나가 빌려 온 책뿐만 아니라 형이 보던 책에도 손을 뻗었다.

　개학이 다가왔는데 숙제고 일기고 해 놓은 게 없었다. 방학 숙제는 몰아치기로 해냈다. 식물채집과 일기는 누나에게 부탁했다. 그건 거의 방학 때마다 되풀이되어 온 일이었다. 누나는 자신의 일기를 보며 날씨를 옮기고 집 안에서 있었던 일을 떠올려 내 일기를 꾸며 주었다. 이번이 마지막이야, 늘 그랬던 것처럼 그렇게 말하는 누나에게 나는 한 술 더 떠서 내 글씨와 비슷하게 써 달라고 떼를 썼다.

　그해 나는 세상에서 가장 행복한 열두 살이었다. 북한강으로 불어오는 바람을 포위하며 떼 지어 달려갈 친구들이 내 곁에 있었다. 함께 남한강 가에 누워 물 냄새를 맡고 풀이 자라는 소리를 들으며 책을 바꿔 볼 성연이도 있었다. 내게 가장 따뜻하고 평화로웠던 시간은 그렇게 강물과 더불어 흘러갔다.

남한강의 물소리와 함께 가을이 깊어 갔다. 북한강의 물안개는 아래로부터 위로 피어올랐고, 강 건너 운길산의 나뭇잎은 위로부터 아래로 붉게 젖어 내렸다. 하루가 다르게 색깔이 흐려지던 운길산의 단풍이 마침내 다 떨어졌다. 산은 9부 능선에 감쪽같이 감추어 두었던 절 하나를 세상에 내놓았다. 물안개 걷힌 강의 이녁에서 올려다본 수종사는 신비로웠다.

역사에 관심이 많은 담임 박문홍 선생님은 반 아이들을 데리고 수종사로 야외 수업을 갔다. 박문홍 선생님은 수종사에 머물렀던 다산이 쓴 글을 우리에게 따라 외우도록 했다.

'수종사는 천년의 향기를 품고 아름다운 종소리를 온 누리에 울리며 역사 속으로 걸어 들어온 셈이다. 절에는 샘이 있어 돌 틈으로 흘러나와 땅에 떨어지면서 종소리를 낸다.'

그래서 수종사(水鐘寺)였다. 두 주 뒤에 박문홍 선생님이 물었을 때 다산의 문장을 정확히 외운 아이는 나 하나였다.

박문홍 선생님은 상이라며 두물머리 건너 능내에 있는 다산의 묘소에 갈 때 나를 데려갔다. 선생님에게서 들은 정약용의 훌륭함에 비해 묘소는 너무나 초라했다. 방치된 정약용의 묘지를 보고 실망한 기색이 역력한 내게 선생님은 다산의 생애에 대해 이것저것 설명을 해 주었다. 여러 이야기 중에서 유난히 기억에 선명한 대목은 '수기안인(修己安人)'이었다.

"어떻게 자신의 몸과 마음을 닦아 백성들을 편안하고 행복하게 할 것인가? 다산의 모든 관심은 오로지 그것 하나였고, 그것을 위해 생을 다

바쳤다. 근태야, 공부를 잘하는 것보다 훨씬 중요한 것은 그 공부를 무엇에 쓰는가에 있다."

전학을 다니면서도 달고 다니는 별명인 질문쟁이답게 나는 박문홍 선생님께 물었다.

"백성들을 위해 산 사람들은 이렇게 무덤이 초라해야 되는 거예요?"

"백성들의 삶이 초라한데 백성을 위해 산 사람의 무덤이 화려하면 그게 이상한 거 아니냐?"

다산의 묘소와 박문홍 선생님의 얼굴은 사이먼과 가펑클의 노래로 내 가슴에 남아 있다. '사운드 오브 사일런스', 세월이 지난 다음에도 이 노래를 들으면 그날이 아련하게 떠올랐다.

선생님과 같이 능내에서 돌아오는데 마을 공기가 심상치 않았다. 처녀와 총각들의 발걸음이 부산했다. 아이들도 들떠 있었다. 동네 가운데 공터에는 이미 광목이 빙 둘러쳐져 있었다. 영화가 들어온 것이다. 〈졸업〉, 이동식 간판에서는 더스틴 호프먼이 캐서린 로스의 손을 잡고 결혼식장에서 달려 나오고 있었다.

서둘러 저녁을 먹고 가설극장으로 달려갔다. 시작이 임박하자 어른들은 광목 안으로 줄지어 사라졌다. 입장이 금지된 아이들만 밖에 남겨졌다. 마침내 영화는 시작되고 솜사탕처럼 감미로운 음악이 흘러나왔다. '사운드 오브 사일런스'. 배우들의 목소리는 너무나 달콤하고 광목은 지나치게 얇았다. 나와 친구들은 광목 바깥으로 빙빙 돌며 허술한 지점을 찾았다. 바닥이 고르지 않아 틈이 생긴 곳을 찾아내고 기회를 노리던 우리는 암전의 짧은 순간에 광목을 들치고 안으로 들어갔다. 두근거리는 가슴을 쓸어내리며 스크린으로 눈을 돌리던 나는 반사적으로 눈을 감았다. 스크린 위에서는 육체파 여배우가 스타킹을 막 벗어

내리고 있었다. 숨이 컥 막혔다. 다시 눈을 뜬 순간 스크린이 환하게 밝아지며 장면이 바뀌었고, 누군가 내 뒷덜미를 낚아챘다. 고개를 돌렸을 때 눈앞에는 몽둥이를 든 장정이 버티고 있었다. 절망이었다. 바깥으로 끌려 나온 우리는 밤하늘의 별을 쳐다보며 '사운드 오브 사일런스'를 들었다. 사이먼과 가펑클의 목소리는 어린 마음을 흔들었다. 가사 따위는 문제가 되지 않는 애잔한 선율이었다. 그리고 이어지는 '미세스 로빈슨'은 별에 가 닿을 것만 같았다.

선배님이 입원한 다음에 읽고 싶어 한 소설 한 권과 듣고 싶어 한 노래 몇 곡이 있었어요. 소설책은 상태가 갑자기 나빠져서 끝까지 다 읽지 못했어요. 노래는 의식이 없을 때도 제가 자주 틀어 드렸지요. '사운드 오브 사일런스', 이 노래를 들으면 얼굴이 조금 편안해지는 것 같았어요. 병실을 지키면서 제가 할 수 있는 일은 사이먼과 가펑클의 노래를 틀어 드리는 것뿐이었어요. '에이프릴 컴 쉬 윌', 이 노래를 들으면 저도 좀 위안이 되었어요. 4월이 오면 그녀 역시 오리라, 이 겨울이 지나고 봄 4월이 오면 선배님도 일어나시리라, 하고요. 최상엽

영화가 끝나고 어른들이 나오기 전에 나는 집으로 달려갔다. 집을 지키던 누나는 씻지도 않고 얼른 불을 끄고 눕는 내가 이상스러웠던 모양이었다.

"무슨 일 있었어?"

"아, 누나. 나 이미 잠들었어. 잠든 거야. 아버지 어머니 오셔도 깨우지 마."

잠시 후 아버지 어머니가 도착했고, 누나가 방문을 열고 인사를

했다.

"근태는?"

"잠들었는데요."

아버지는 형과 내가 쓰는 방의 문을 열었다. 나를 내려다보는 아버지의 눈길을 나는 눈을 꼭 감고도 느낄 수 있었다. 아버지가 문을 닫고 나갔고, 나는 안도의 한숨을 몰아쉬었다. 다시 불을 켜지도 못하고 가만히 누워 있는 내 귓가에 영화의 배경 음악이 맴돌았다.

형은 한 시간이 더 지나서 돌아왔다. 불을 켜지 않고 옷을 갈아입는 형의 몸에서 바람의 냄새가 묻어 있었다.

"형, 어디 갔다 이제 와?"

"강가에. 넌 거길 왜 들어왔냐?"

"봤어?"

"그럼."

"그래… 그럼 그 노래 가사가 무슨 뜻이야?"

"Hello darkness my old friend. 안녕 어둠이여 내 오랜 벗. I've come to talk with you again. 너와 다시 얘기하러 왔어. 나도 여기까지만 기억이 나는데."

〈졸업〉 다음에 들어온 영화는 〈25시〉였다. 역시 아이들은 입장 금지였다. 더 이상 안으로 들어가려는 시도는 하지 않았다. 대신 멀리 떨어진 나무 위에 올라가서 영화를 보았다. 대사와 음악만 들을 수 있었던 지난번 영화와는 반대였다. 광목 위로 스크린은 볼 수 있었지만 앤서니 퀸의 멋진 목소리는 들을 수 없었다.

4

가설극장 안에서 당당히 볼 수 있었던 건 〈정글북〉이었다. 나쁜 호랑이 시어칸이 정글에 나타났다는 소식을 들은 늑대들이 모글리의 안전을 위해 그를 인간 세계에 돌려보내기로 하면서 벌어지는 이야기는 흥미진진했다. 표범 바기라가 모글리의 든든한 보호자가 되어 긴 여정을 같이하는 장면에서 옆에 있는 성연이를 쳐다보자 서로 눈길이 마주쳤다. 쑥스러워하며 얼른 스크린으로 시선을 돌렸지만 기분이 좋았다. 굶주린 비단뱀에게서 도망친 모글리가 코끼리 군단에 휩쓸리는 장면에서 성연이는 비명을 지르며 내 팔을 꽉 잡고 매달렸다. 가슴이 쾅쾅 뛰었다.

〈정글북〉을 보고 돌아온 나는 마루 밑에 누워 있던 순둥이를 불러냈다.

"오늘부터 네 이름은 순둥이가 아니고 바기라다. 알겠니? 바기라. 나는 모글리야."

순둥이는 원덕에서 밤나무 농장을 하는 이웃집한테 얻은 녀석이었다. 순둥이의 어미는 울타리가 없는 야산의 밤나무를 지키는 셰퍼드였다. 그 개도 잡종인 것 같았는데 주인은 족보가 있는 순종이라는 걸 늘 강조했다. 순종이 낳은 첫 잡종이기 때문에 거의 순종이나 다름없다며 우리 집에 한 마리를 주었다. 성격이 온순해서 누나가 순둥이란 이름을 붙여 주었다. 녀석의 울음소리는 늑대와 비슷했다. 녀석은 밤중에도 구슬프게 울어 대곤 해서 어머니가 좋아하지 않았지만 난 아주 친해졌다. 어머니가 집안 망칠 개라며 돌려주거나 없애버리자고 할 때마다 나는 심하게 반발했다.

한번은 내가 학교에 간 사이 어머니가 개장수에게 순둥이를 넘겨주었다. 개장수에게 끌려가다 도망쳐 온 순둥이는 관사의 마루 밑으로 기어들어가 저항했다. 사납게 으르렁거리고, 구슬프게 울면서 앞발로 마루 밑의 흙을 발톱으로 긁어 댔다. 어머니와 개장수가 나보고 구슬려서 끌어내라고 했다. 나는 단호하게 거절하고, 오히려 마루 앞을 가로막아 섰다. 만약 개가 집에 없으면 나도 집에 있지 않겠다, 사뭇 비장하게 눈물로 선언했다. 그날 이후로 어머니는 순둥이를 없애버리자는 말을 꺼내지 않았다.

〈정글북〉을 본 다음 날부터 순둥이, 아니 바기라를 데리고 밤낮으로 쏘다녔다. 마을길에서 만난 어떤 개도 바기라에게 덤비지 못했다. 내가 옆에 있으면 바기라는 드높은 사기 속에서 상대를 물어 넘어뜨리거나 도망치게 만들었다. 어쩌다 바기라가 밀리면 내가 가세했다. 나는 돌멩이를 던지거나 막대기를 휘둘러 전황을 바꾸어 놓았다. 상대가 꼬리를 내리고 도망치면 우리는 양양한 승리자가 되어 집으로 돌아왔다. 가자, 바기라!

〈정글북〉 놀이가 시들해질 무렵에 교내 웅변대회가 열렸다. 나는 며칠 연습을 해서 일등을 했다. 웅변대회가 자주 열렸고, 주제는 '만수무강하옵소서, 우리 대통령 이승만 박사'였다. 군대회에 진출한 나는 이승만 박사가 없으면 먹을 것도 없고, 입을 것도 없고, 나라도 없다는 찬양을 했다. 연단 위에 올라가 팔을 휘둘러 가며 이승만 박사 찬양을 할 때는 스스로 감격해서 콧등이 시큰하고 눈물까지 핑 돌았다. 그러나 결과는 이등도 아닌 삼등이었다. 다행이었다. 이등만 했어도 아마 틀림없이 일등을 해 보겠다고 계속 웅변대회에 나가서 더 가열차게 이승만을 찬양했을 것이다.

가설극장과 함께 가을이 갔다. 가설극장은 더 이상 찾아오지 않았다. 가을이 저물어가며 원추리의 잎이 시들었다. 겨울이 오자 원추리는 제자리에 잎을 떨구었다. 먼저 떨어진 꽃과 나중에 무너져 내린 줄기와 함께 원추리의 잎은 땅속에서 움트고 있는 새싹을 겨울로부터 지켜냈다.

양수리는 산이 제법 높고 골이 깊어 겨울 해는 더욱 짧았다. 북한강과 남한강을 함께 끼고 있어 바람도 찼다. 양수의 아이들은 겨우내 양지바른 담벼락에 옹기종기 모여 추위에 터서 갈라진 손으로 딱지를 치거나 하늘 높이 연을 날리며 놀았다. 그러다 바짓가랑이를 파고드는 추위를 견디기 어려우면 강가로 몰려가서 불을 지피고 손과 얼굴을 비비며 언 몸을 녹였다. 불이 사방으로 퍼져 훨훨 타오를 때면 무섭기도 하고 신이 나기도 했다. 불길이 잦아들고 어둠이 강을 타고 올라오면 우리는 집을 향해 줄달음치곤 했다.

겨우내 얼었던 원추리의 꽃과 잎, 줄기는 봄볕에 녹으며 스스로를 해체했다. 그렇게 썩은 거름의 힘으로 원추리는 다시 새싹을 틔우고 줄기를 밀어 올렸다. 원추리의 꽃말이 '어머니의 사랑'이란 걸 가르쳐 준 건 누나였다. 제 빛나던 꽃과 잎, 줄기로 뿌리를 덮어 새싹을 지키고 키우는 게 원추리야.

다시 원추리와 함께 봄이 왔고, 나는 6학년이 되었다.

아버지는 어머니와 한마디 상의도 없이, 해마다 늘려 온 소를 모두 작은아버지에게 줘버렸다. 다른 교사들이 그러는 것처럼 아버지도 암송아지를 사서 키우게 하고, 그 송아지가 큰 소가 되면 팔아서 다시 송아지를 늘렸다. 시골 사람들은 송아지를 맡아 키워 주는 대신 그 소가 낳은 송아지를 차지했다. 아버지는 송아지를 농사짓는 작은아버지에게 맡겼다. 아버지가 그렇게 늘려 온 소를 작은아버지에게 준 이유는 할머니를 작은아버지가 모셨기 때문이었다. 아버지가 큰아들이었지만 할머니는 끊임없이 이사를 다니는 아버지를 따라다니는 것보다 한곳에 정착해 사는 작은아들들과 함께 살기를 바랐다.

"어머니 모신다고 고생하는 동생이 어렵다는데 어떻게 해. 내 정년이 아직 팔 년이나 남았으니까, 그전에 막내까지 다 대학 들어갈 거고, 퇴직금도 있으니까 걱정할 거 없어."

그렇게 말하는 아버지를 어머니는 맥 빠진 눈빛으로 바라보기만 했다. 교장 선생님의 위신이 깎일까 봐 눈치를 보아 가며 까다로운 바느질감만 골라 받아 푼돈을 모으고, 나물을 캐어 반찬값을 아껴 가며 소를 늘려 온 건 어머니였다. 어머니는 묵묵히 나물을 뜯고 말리며 그 봄을 견뎠다.

"막내, 중학교는 어떻게 할 거냐?"

주말의 저녁, 밥상을 앞에 놓고 아버지가 형을 바라보며 물었다.

"여기서 중학교를 경기로 가는 건 아무래도 무리일 것 같습니다. 경복 정도에 가서 고등학교는 경기로 가는 게 좋을 듯합니다."

그날로 중학교 시험공부를 시작했다. 여름과 가을, 계절을 잊고 열심히 했다.

시험을 보고 나서 자신은 없었지만 그래도 발표가 기다려졌다. 합격자 발표를 보러 형이 서울에 다녀왔다. 바기라와 밖에 쏘다니다가 집에 왔는데 형은 닭장을 치우고 있었다. 내가 바라봐도 형은 아무 말이 없었다. 표정이 어두웠다. 사태는 자명했다. 아득한 절망감이 엄습했다. 내 생애 첫 실패였다. 하늘이 무너진 것 같았다.

5

기가 죽어서 중학교에 다니고 싶지는 않았다. 나는 반드시 일류 중학교에 들어가서 고개를 들고 다니고 싶었다.

"서울에 있는 국민학교로 옮겨 6학년을 다시 다니게 해 주세요."

나는 아버지에게 재수를 시켜 달라고 간청했다. 아버지는 난감한 표정을 지었다. 한참 말이 없다가 일단 2차를 보라고 했다.

"나중에 어쩌더라도 우선 시험은 한 번 더 봐라."

광신중학교가 2차였다. 광신은 청량리 근처에 있어서 기차로 통학이 가능했다. 풀이 죽은 나는 아버지의 말을 거역하지 못했다.

광신중학교 시험과 양수국민학교 졸업식이 겹쳤다. 나는 도(道) 교육장상을 받게 되어 있었지만 졸업식에 참석하지 못하고 시험을 보러 갔다. 결과는 수석 합격이었다. 마음이 조금 흔들렸지만 기어코 일류 중학교에 가고 싶은 마음은 수그러들지 않았다. 서울에 있는 국민학교에서 일 년을 재수하게 해 달라고 부모님에게 다시 애원했지만 아무 소용이 없었다.

장학생으로 삼 년 동안 학교를 다니게 되었지만 조금도 기쁘지 않았다.

형, 누나와 함께 대성리역에서 완행열차를 타고 서울로 통학을 했다. 내가 원하지 않는 학교에 다녀야 하는 현실을 받아들이기 어려웠다. 나는 늘 모자를 깊이 눌러쓰고 다니는 말 없는 아이가 되었다. 그가 누구라도 내 눈동자를 들여다보는 것을 허락하고 싶지 않았다. 성연이는 기숙사가 있는 춘천의 학교로 진학을 했다. 그 아이가 입학 선물로 준 『데미안』이 우리가 주고받은 마지막 책이 되었다. 그 책장 안에는 잘 말린 네 잎 클로버와 함께 위로의 편지가 끼워져 있었다. 나는 답장하지 않았다.

중학교 삼 년 동안 공부할 계획을 세워놓고, 그 계획을 지켜 나갔다. 4·19혁명과 5·16군사정변으로 세상이 술렁거릴 때에도 나는 책장 밖으로 눈을 돌리지 않았다.

근태는 자기가 그날 계획한 공부를 다 하기 전에는 잠을 자지 않았어요. 불 끄고 잠 좀 자라, 밤늦도록 자지 않는 막내가 안쓰러웠던 어머니가 채근을 했지만 요지부동이었어요. 그렇다고 아침에 늦게 일어나는 것도 아니예요. 심지어 잠 안 오게 하는, 타이밍이란 약까지 먹어 가며 공부하는 걸 눈치챈 어머니가 근태의 통학 시간을 아껴 주려고 서울에 방을 얻어 줬어요. 그래서 오빠, 나, 동생, 이렇게 셋이 자취를 하게 되었는데, 그래도 마찬가지였어요. 나보다도 늦게 잤는데도 아침에 나를 깨우는 건 근태였어요. 누나, 일어나. 학교 가야지. 이렇게 공부하면 누나 원하는 대학 못 들어가. 누나, 이러다 어쩌려고 그래. 어느 날 보니 그 애가 동생이 아니라 오빠처럼 되어 있는 거예요. 일기를 대신 써 달라고 떼쓰던 개구쟁이 내 동생이 말예요. 그때 나는 여고 1학년이었고, 근태는 중학교 2학년이었어요. 나중에 어느 책에서, 이 시절에 겪은 좌절과 실패, 열등감이 불확실한 미래와 싸울 수 있는 용기를 길러 주었다고 근태가 써 놓은 걸 봤어요. 김태련

내 공부를 방해한 사람도 있었다. 형이었다. 대학 2학년 때부터 영어 소설을 읽고 번역을 하던 형은 내게 자기가 번역한 소설을 읽어 주곤 했다. 에밀리 브론테의『폭풍의 언덕』은 굉장히 길었다. 형은 그 소설을 번역하면서 연재소설처럼 날마다 내게 들려주었다. 내가 이상하다고

한 부분은 다음 날 고쳐서 다시 들려주며 내 반응을 살폈다. 내가 더 훌륭해졌다고 하면 형의 얼굴에 미소가 번졌다. 그래서 별로 좋아지지 않았는데도 훌륭해졌다고 한 적도 있었다. 그래야 더 빨리 다음 부분을 번역해서 들려주었기 때문이다.

근태는 내 소설의 첫 번째 독자였어요. 나는 대학에 들어가면서부터 소설을 쓰기 시작했고, 번역도 소설 공부의 일부로 시작한 거였어요. 물론 나중에는 집을 마련하려고 죽어라 번역을 했지요. 근태에게 번역 소설을 보여 주다 슬쩍 내 소설을 번역 단편인 것처럼 보여 줬어요. 이름과 지명만 서양식으로 바꾼 내 소설을 읽고 근태는 꼭 우리나라 얘기 같다고 했지요. 나는 우리나라 사람 정서에 맞게 번역을 했다고 둘러댔지요. 근태가 이 소설 재밌다 그러면 기분이 아주 좋았죠. 김국태

나중에야 알았지만 소설가 지망생이었던 형은 내가 중학교 입시에 실패한 뒤 공부에만 몰두하는 것을 보고 인생을 승부로 여기는 아이가 될까 봐 의도적으로 나를 흔든 것이었다. 그런 면에서 형의 계략은 성공적이었다. 나는 형이 던진 미끼에 단단히 걸려들었다. 형의 번역이 더뎌지면 누나가 빌려 온 소설을 가로채 읽기도 했다. 누나가 좋아한 계용묵이나 강경애의 작품은 여러 날 뇌리에서 떠나지 않을 만큼 강렬했다.

일기를 부지런히 쓰기 시작한 것도 형의 영향이었다. 소설을 번역하는 형처럼 멋진 문장을 쓰고 싶어 하는 내게 형은 매일 일기를 쓰라고 권했다. 형은 일기를 빠뜨리지 않고 썼다. 그래서 국민학교 시절 그토록 쓰기 싫어하던 일기를 부지런히 썼다.

그렇게 쓴 일기장 두 권 중에 쓰다 만 날이 딱 한 번 있었다. 백지동

맹 사건을 저지른 다음 날이었다. 일기장이 아직 남아 있다면 그때의 아프고 부끄러웠던 심정을 그대로 확인할 수 있을 텐데, 그 일기들은 내가 쫓겨 다니던 시절에 내 안전을 걱정한 형이 다 없애버렸다.

광신중 3학년 1학기 때의 일이다. 학교를 '하익교'로 발음하는 영어 선생이 있었다. 연대 대학원을 나왔다고 늘 자랑했는데 가르치는 능력은 신통치 않았다. 실력은 모르지만 능력이 부족한 건 분명했다. 지루해하는 학생들을 장악하지 못해 그의 수업 시간이면 소란스럽기 짝이 없었다.

경기고등학교에 가기 위해 서너 시간을 자며 공부를 하던 내게는 고통스럽기 그지없었다. 경기고등학교의 입학 정원은 열 학급 사백오십 명이었다. 그러나 그중에서 아홉 학급은 자교 경기중학교 출신을 선발하고 나머지 한 학급 사십오 명만 타교 출신을 선발했다. 경기중학교가 아닌 전국의 모든 중학생과 경쟁해서 사십오 등에 들어야 나는 경기고등학교에 들어갈 수 있었다. 그런데 영어 시간은 혼자 공부할 수도 없는 지경이었다. 목까지 차오르는 불만을 억누르고 있던 차에 제의가 들어왔다. 농구 선수인 키가 큰 아이였다. 영어 시험을 백지동맹으로 나가자는 것이었다. 시험공부를 하고 있던 동급생들 사이에서는 순식간에 동의가 이루어졌다. 아이들은 내 대답을 기다렸다. 조금 주저하던 나는 그렇게 하자고 동의했다. 네가 제일 먼저 일어서겠느냐고 해서, 나는 그렇게 하겠다고 약속했다.

막상 시험지를 받고 보니 마음이 흔들렸다. 영어 선생의 얼굴이 눈앞에 어른거렸다. 정말 옳은 일인지 망설여졌다. 농구 선수 애가 참지 못하고 먼저 일어서서 나갔다. 나도 더 이상 망설일 수 없었다. 내가 일어서자 뒤따라 아이들이 우르르 교실에서 몰려나왔다.

담임이 나를 불러 불만이 있으면 자기를 통해서 건의하지 않고 왜 그랬느냐고 나무라며 여러 가지를 물었다. 나는 영어 수업의 문제점과 그동안 내가 얼마나 참아 왔는지를 말했다.

"다른 아이들은 다 너를 주동자라고 해. 이 문제에 대해서는 학교에서 처벌하지 않기로 이미 결정했으니까 사실대로 얘기해 봐."

나는 진행 과정을 사실대로 말했다. 결과적으로 주동자는 내가 아니라 농구 선수라고 말한 셈이 되었다. 그러나 담임의 반응은 달랐다.

"네 얘기를 들어도 주동자는 역시 너야."

나로서는 납득이 되지 않아 다시 말했지만 담임의 결론은 마찬가지였다. 답답했다. 그러던 어느 순간 내 가슴에 감당하기 어려운 후회와 아픔이 밀려들었다. 영어 수업의 문제를 담임과 상의해 해결할 방법을 찾지 않고 충동적으로 행동해서 나는 영어 선생에게 치명적인 상처를 준 것이었다. 영어 선생에 대한 죄책감과 그 일의 처리 과정에서 보인 내 찜찜한 태도는 내 마음에 오랫동안 앙금처럼 남아서 나를 괴롭히곤 했다.

지금 되돌아보면 그 백지동맹의 주동자는 분명히 나였다. 아마 그 농구 선수 아이는 나와 공동정범이거나 아니면 그것을 제안한 하위범이라고 보는 것이 적절하다. 시험 보는 교실에 들어가기 직전에 충동적으로 결정한 것이었고, 계획을 갖고 준비한 것은 아니었지만, 내가 반대했으면 백지동맹 사태는 실행되지 않았을 것이다. 담임의 추궁을 당하면서 나는 이것을 이해하지 못했다. 그때 내 대답이 담임을 실망시키지 않았을까, 비겁한 변명으로 여겨져 나를 혐오하지 않았을까, 그래서 처벌하지 않기로 결정했으니 솔직하게 말해 보라고 거듭 말했던 것이 아닐까.

떠올리고 싶지 않지만 이건 아직까지도 내 가슴 한구석에 지워지지 않는 부담으로 남아 있다. 나는 이 일로 깊이 눌러쓰던 모자를 더욱 깊이 눌러쓰고 다니게 되었다.

일기에도 쓰지 못할 만큼 내가 가슴앓이를 하고 있는 사이 예기치 않은 풍파가 집안에 몰아닥쳤다.

"아버지가 학교를 그만두게 되었다는구나."

늦게 학교에서 돌아온 형은 대수롭지 않은 듯이 말했다. 나보다 놀란 것은 누나였다.

"왜?"

"군인들이 교사들의 정년을 단축시키기로 한 모양이야."

나와는 아무 상관도 없는 것 같았던 5·16군사정변이 그렇게 집안으로 밀려 들어왔다. 박정희 소장이 이끄는 군부는 육십오 세인 교사의 정년을 육십 세로 단축시켰다. 아버지는 정확히 육십 세였다.

"그렇다고 해도 하루아침에 갑자기 내쫓기야 하겠어요?"

그건 누나의 생각이었다. 아버지는 하루아침에 쫓겨났다. 관사는 비워 줘야 했고, 옮길 집은 없었다. 어머니는 미아리 산동네에 허름한 셋집을 얻었다. 비록 관사였지만 늘 넓은 마당이 있는 집에서 살아왔던 우리였다. 어머니는 말이 없었고 누나는 눈물을 흘렸다.

아버지의 자리를 빼앗고 우리 식구를 셋방으로 몰아냈지만 나는 박정희 소장이 이끄는 국가재건최고회의를 나쁘게 생각하지 않았다. 미국에서 돈을 빌려 와서라도 민생을 해결하겠다는 윤보선보다는 '자립 경제'를 외치는 박정희의 주장에 마음이 끌렸다.

마땅한 일자리를 찾지 못한 아버지는 인쇄업에 눈길을 돌렸다. 사업을 해 본 경험도, 자금도 없었던 아버지에게 그나마 친숙한 것이 인쇄였던 것이다. 아버지의 퇴직금이 나오길 기다리며 집을 알아보러 다니던 어머니는 아버지의 사업에 대해 처음부터 반대였다.

"군인하고 선생 퇴직금은 먼저 보는 사람이 임자라는 소리도 못 들었어요? 세상 물정이라고는 모르는 사람이 무슨 사업이에요. 딴 생각하지 말고 판잣집이라도 내 집부터 하나 마련해요."

그러나 아버지는 인쇄업에 대한 관심을 접지 않았다. 집은 사업으로 돈을 벌어 마련해도 늦지 않다는 것이었다. 충무로에서 인쇄업을 한다는 사람들이 셋집에 드나들었고, 아버지는 최상일이란 사람과 동업을 의논했다. 어머니는 아버지가 동업자로 삼으려는 사람을 싫어했다.

"그 사람이 정말 그렇게 잘난 사람이라면 돈 댈 사람들이 줄을 설 텐데 뭐가 아쉬워 아무것도 모르는 당신과 동업을 하겠어요? 저는 그 사람 인상도 마음에 들지 않아요."

아버지는 결국 사기를 당했다. 퇴직금을 한 번 만져 보지도 못한 채 고스란히 날린 아버지는 화병으로 앓아누웠다. 최상일이란 사기꾼은 우리 집 책상에 있던 영한사전까지 가지고 자취를 감추었다. 나는 그 사실을 어머니와 아버지에게 말하지 않았다. 사전이 필요한 단어는 적어 두었다가 학교에서 해결했다. 내가 사전 없이 공부하는 걸 뒤늦게 안 형이 헌 사전 하나를 구해다 주었다.

교직에 몸담았던 아버지의 삼십구 년은 퇴임 기념품으로 받은 은수저 두 벌로 남았다.

어머니는 의외로 의연했다.

"깔끔하게 망했으니 마음은 편하게 되었다. 교장 마누라가 바느질한다고 흉볼 사람도 이젠 없게 되었다."

어머니는 그날부터 셋방 한구석에서 재봉틀을 돌리기 시작했다.

"학비는 어떻게든 내가 댈 테니 너희들은 공부만 열심히 하면 된다. 걱정할 것도 기죽을 것도 없다."

어머니는 아주 담담하게 웃으며 말했다. 아버지가 화병으로 누워 있고 쌀이 떨어지기도 했지만 어머니는 대수롭지 않은 것처럼 행동했다. 우리 형제들은 어머니로부터 시련을 어떻게 견뎌 나가야 하는지를 배웠다.

그 집만 그런 게 아니라 워낙 동네 전체가 가난했어요. 구멍가게를 하는 우리 집이 그 동네에서 형편이 제일 나은 축이었으니, 가난한 건 뭐 이상할 게 없었지요. 우리 가게에서 쌀자루 하나를 두고 봉지쌀을 팔았는데, 쌀이 떨어진 집에서 봉지로 쌀을 사갔어요. 그 집에서도 가끔 봉지쌀을 사갔지요. 이상한 건, 다 같이 가난한데 그 집 형제들은 얼굴이 뽀얀 게 귀티가 난다는 거였어요. 우리 부모님은 그 집 형제들이 나란히 지나가면 참 신기하다고 말하곤 했어요. 신명자

우리는 가난을 남들에게 숨기지도 않았지만 떠벌리지도 않았다. 어머니는 집안의 어려움을 해결하진 못했지만 어려움을 견디는 힘을 우리에게 심어 주었다. 어머니는 우리에게 한 번도 차비를 주지 않았다. 그러면서도 어떻게 학교에 다니는지 묻지 않았다. 미안하다는 말을 한 적도 없었다. 그러나 우리는 어머니가 최선을 다하고 있다는 걸 너무나 잘 알고 있었다.

어머니는 끼니를 때우지 못하는 상황에서도 교장 선생님의 딸일 때와 다름없이 저를 '공주야' 하고 불렀고, 집에서 궂은일을 못 하게 했어

요. 한번은 어머니에게 왜 그러냐고, 거지처럼 살면서 창피하게 공주가 뭐냐고, 그러지 말라고 했어요. 그랬더니 어머니가 이렇게 말했어요. 돈이 있어야 공주가 되는 거 아니다. 돈이 없어도 공주처럼 생각하면 공주 같은 행동을 하고, 돈이 많아도 거지처럼 생각하면 거지 같은 행동을 하는 거다. 공주 같은 행동을 하는 사람은 공주 같은 대접을 받고, 거지 같은 행동을 하는 사람은 거지 같은 대접을 받으며 사는 거다. 그러고는 저를 물끄러미 쳐다보는데, 어머니의 그 눈빛이 저를 너무 너무 부끄럽게 만들었어요. 그 시절 우리들에게 가장 큰 영향을 미친 건 가난이 아니라 말없이 우리를 바라보던 어머니의 그 눈빛이었어요.

창덕여고는 수학여행을 경주로 갔는데, 저는 어머니에게 아예 말도 꺼내지 않았어요. 반에서 가지 못하는 애가 둘이었는데 그중 하나가 저였지요. 담임 선생님이 여행비를 대 주겠다고 했어요. 고마웠지요. 그러나 저는 사양했어요. 공주였으니까요. (웃음) 약간 서글프긴 했지만 상처 받진 않았어요. 수학여행 다녀온 친구들이 도리어 선물 사다 주며 같이 못 가서 미안하다고 손잡고 울었지만 저는 웃었어요. 웃을 수 있었어요. 서로 사정이 좀 다른 것뿐이라고 생각했으니까요. 김태련

눈물 속에서도 웃음을 짓던 어머니의 힘은 우리 형제의 가슴에 형체가 분명치 않았지만 자존감 비슷한 것으로 자리 잡았다.

6

나는 고등학교에 합격했다. 5·16군사정변 덕분에 내게는 한결 부담

없는 시험이 되었다. 군사정부는 고등학교 입시에서 자교 출신을 별도로 선발하는 제도를 폐지시켰다. 경기중학 출신들도 사백오십 명 정원을 놓고 전국의 중학생 모두와 경쟁해야 했다.

나는 학원사에서 실시하는 장학생 선발 시험에 합격해서 '학원장학금'을 삼 년 동안 받을 수 있게 되었다. 형은 입학 선물로 새 사전을 사 주었다. 교복 가슴에 다이아몬드 모양의 경기 명찰을 달아주는 어머니의 입가에서 웃음이 지워지지 않았다.

그러나 일상은 더 나빠졌다. 아버지의 화병은 협심증으로 발전했다. 어머니는 잠자는 시간이 아니면 미싱을 타고 바느질을 했다.

나와 누나는 한 번도 어머니에게 차비를 달라고 해 보지 않았다. 우리는 매일 이른 아침을 먹고 집을 나섰다. 동네 골목을 벗어나면 우린 누가 먼저랄 것도 없이 달리기 시작했다. 성북구 미아리에서 종로까지는 만만치 않은 거리였다. 앞서 가던 내가 돌아보면 누나가 웃으며 쫓아왔다. 내가 일부러 뒤처져 주면 누나는 신이 나서 앞서 갔다. 반쯤은 뛰고 반쯤은 걸으면 한 시간 반이 걸렸다. 누나가 다니는 창덕여고는 재동에 있고 내가 다니는 경기고는 화동에 있었다. 배가 빨리 고팠지만 점심시간이 기다려지지 않는 날들이 많았다. 도시락을 싸 오지 못한 날에는 수돗가에 가서 물을 마시고 철봉에 매달려 운동을 했다. 허기가 졌지만 철봉과 평행봉을 하면 스스로 강해지는 것 같은 느낌이 들었다. 그러면 다른 아이들도 내가 점심을 먹지 못했을 거라고는 상상도 하지 못했다. 땀을 흘린 다음에 나는 벤치에 앉아 책을 읽으며 남은 점심시간을 보냈다.

"점심은 어떻게 했느냐?"

학교에 다녀온 내 가방에서 도시락이 나오지 않는 걸 보고 아버지가 물었다. 나는 대답하지 않았다. 나보다 늦게 학교에서 돌아온 누나에게도 아버지는 같은 질문을 했다. 누나도 대답하지 않았다. 어머니에게 물었지만 역시 대답하지 않았다. 아버지는 묻지 말아야 할 것을 물은 것이었다. 우리에게 점심시간에 대한 것은 묻고 답할 대상이 아니었다. 다른 많은 시간이 그런 것처럼 그 시간도 우리에게는 견뎌 내야 할 대상일 뿐이었다. 어머니도, 형도, 누나도, 나도 각자의 방식으로 우리 앞에 닥친 시간을 묵묵히 견뎌 가고 있었다. 내가 그 시간을 견디는 방법은 공부하고 책을 읽는 것이었다. 아무도 말한 적이 없지만 다른 방법이 없다면 말하지 않는 것이 우리의 원칙처럼 되어 있었다. 그것을 아버지만 모르고 있었다.

우리가 견뎌야 할 시간을 아버지는 자신의 잘못과 책임으로 받아들였다. 우리와 눈을 마주치지 않던 아버지는 며칠 뒤 자리를 털고 일어났다. 우리와 함께 아침을 먹고 학교에 근무할 때처럼 양복을 차려입고 집을 나섰다. 중절모까지 단정하게 챙겨 쓴 아버지가 들고 나가는 가방 안에 양말이 들어 있다는 사실은 여러 날이 지나서야 알았다. 아버지는 예전에 함께 근무했던 후배 교사들을 찾아다니며 양말을 팔았다. 누나는 눈물을 쏟았다.

"우리 아버지 어떻게 하면 좋아. '잡상인 출입 금지'라는 문구가 붙어 있는 교무실의 문을 심장병을 앓는 아버지가 어떻게 열었을까."

그러나 나는 아버지가 미웠다. 비록 전차를 타지 못하고, 점심도 굶었지만 우리는 잘 견디고 있었다. 나는 우리가 견디는 일을 아버지가 비참하게 만들어버렸다고 생각했다. 그러나 아버지의 양말 장사도 오래가진 못했다. 협심증이 악화된 아버지는 다시 자리에 누워 지내는 시간이 많아졌다. 더 찾아갈 교무실도 별로 남아 있지 않았을 것이다.

누나는 대학에 진학하지 못하고 교통지도책 외판원을 했다. '책 파는 공주가 되었다며 누나는 웃었다. 나도 고2로 진급하면서 과외 자리를 얻었다. 과외 자리를 소개해 준 사람은 역사 담당 황상석 선생이었다. 점심시간에 벤치에서 책을 보고 있는 내게 황상석 선생이 물은 적이 있었다.

"넌 점심 안 먹냐?"

난 그냥 씩 웃었고 황상석 선생은 더 묻지 않았다. 그리고 한 달쯤 지난 다음이었다. 그날도 수돗물을 마시고 벤치에 앉아 버트런드 러셀의 책을 읽고 있는데 황상석 선생이 다가왔다.

"과외 한번 해 보지 않을래?"

황상석 선생은 지나가는 말처럼 물었다.

"제가요?"

"그래, 근태 넌 조리 있게 설명을 잘하잖아. 가르치는 일도 잘할 거야. 3학년과 2학년인데 어렵지 않을 거야."

"국민학교 3학년, 2학년이 벌써 과외를 하나요?"

"아니, 중학교 3학년, 2학년."

고등학교 2학년인 내가 중학교 3학년과 2학년을 가르칠 수 있을까? 걱정이 되었지만 용기를 내 면접을 보기로 했다. 토요일 오후, 황상석 선생이 준 주소를 들고 종암동으로 찾아갔다. 짙은 녹색 대문의 초인종을 누르자 식모가 나와 안내를 했다. 잔뜩 긴장하고 들어갔는데 주인어른은 아주 따뜻하게 나를 대해 주었다. 식구들의 인상과 집안 분위기도 좋았다.

근태 오빠와 우리 식구들이 인연을 맺게 된 건 내가 중학교 2학년 때인 1963년, 그러니까 그때 근태 오빠가 열일곱 살 때였던 것 같습니다. 소개하시는 분이 오빠가 경기고에서도 수석을 다투는 수재인데, 사람 됨됨이도 훌륭하다고 칭찬을 했습니다. 내가 처음 봤을 때 오빠는 참 하얗고 해맑았습니다.

우리 형제는 오남매였는데 친오빠는 근태 오빠와 거의 같은 또래였고, 내 아래로 여동생이 있고, 그 밑으로 남동생이 둘 있었습니다. 근태 오빠는 부드럽고 조용했어요. 오빠는 우리의 공부를 돌봐 줬을 뿐만 아니라 생활 태도 면에서 많은 영향을 주었습니다. 항상 정직하고, 용돈이 생겨도 책을 사는 것 외에는 조금도 낭비하지 않는 검소함으로 우리에게 생활의 본이 되었어요. 그러면서도 진취적이었던 오빠를 우리 부모님, 특히 아버지께서는 기대에 못 미치는 친자식들보다 더 사랑했습니다. 나도 이렇게 좋은 오빠가 생겼다는 게 얼마나 자랑스럽고 즐거웠는지 모릅니다. 엄성영

엄인섭 선생은 보건사회부 약정 국장이었는데 고위 공무원 티가 전혀 나지 않는 분이었다. 선량한 교사나 학자 같은 인상을 지닌 엄 선생은 나를 입주 아르바이트생으로 받아 주었다. 책과 입을 옷가지 몇 벌을 챙겨 종암동으로 들어갔다. 혼자 쓸 수 있는 방이 생겼고 학교까지 등하교 거리도 줄어들었다. 더구나 등교는 걸어서 하지 않게 되었다. 엄 선생은 나와 함께 버스를 타고 출근을 했다. 종로에서 먼저 내리는 내 등을 말없이 두드려 주는 엄 선생의 따뜻한 손길은 늘 한결같았다.

다른 식구들도 모두 나를 가족처럼 대해 주었다. 근태 오빠 밥 먹자고 해, 근태 형하고 상의해 보렴, 사모님은 나를 큰아들처럼 아끼고 신뢰했다. 아이들도 나를 형이나 오빠처럼 따랐다. 특히 규영이는 중3이었

지만 나이는 열여섯 살로 나와 한 살밖에 차이가 나지 않았는데 친형처럼 따랐다. 성격이 활달한 중2 성영이는 친오빠한테 하는 것보다 더 살갑게 굴어서 규영이가 상처를 받을까 봐 은근히 신경이 쓰였다.

나는 과외비로 받은 돈을 한 푼도 쓰지 않고 고스란히 누나에게 가져다주었다. 책과 학용품은 가끔 엄 선생 부부가 주는 용돈으로 해결했다. 형도 입주 과외와 번역으로 번 돈을 누나에게 가져다주었다. 누나도 지도책 외판을 해서 번 돈과 과외를 해서 번 돈을 모아 저금했다. 그렇게 세 형제가 번 돈이 든 통장을 어머니에게 주었다. 통장을 받아 든 어머니는 우리에게 눈물을 보이지 않으려고 돌아앉았다. 어머니가 우리 앞에서 들썩이는 등을 보인 건 처음이었다.

어머니는 그 돈에 셋집 보증금을 합쳐 미아리 산꼭대기 동네에 집을 마련했다. 깎아지른 축대 밑에 있는 제일 값싼 집이었다. 문짝 대신 거적이 걸려 있었지만 우리는 행복했다. 그건 우리 식구들 모두의 힘으로 마련한 우리의 첫 집이었다. 형과 나는 과외 집에서 주는 용돈을 모아 거적을 떼어 내고 헌 문짝을 사다 달았다. 누나가 닦고 꾸민 집안에는 광채가 났다.

집을 고쳐 나가기 위해서는 돈이 더 필요했다. 그러나 나도 조금씩 돈이 필요했다. 경기고등학교에는 공식, 비공식 서클이 아주 많았다. 학내 서클뿐만 아니라 다른 고등학교 학생들과 함께하는 연합 서클도 많았다. 서클 모임에는 재학생들뿐만 아니라 대학교에 다니는 선배들도 자주 나왔고, 여러 분야의 전문가들이 지도를 맡기도 했다. 나는 3·1운동의 주역 가운데 한 분이자 서울대 수의과대학 초빙교수였던 스코필드 박사를 모시고 신약성경을 공부하는 서클에 들어갔다. 마태복음과 요한복음을 읽었고, 로마서와 빌립보서를 통해 기독교 문명의 기원도 공부했다. 노령에도 불구하고 눈빛이 형형했던 스코필드 박사는 단순히 성경을 지도하기 위해 우리를 만나는 건 아니었다. 약자에게는 비둘기 같은 마음을 가지고 강자에게는 사자같이 행동하라, 스코필드가 강조했던 이 말이 서클을 지배했다. 다른 서클들도 그랬지만 우리 서클은 특히 선배들이 후배들을 도와주고 이끌어 주는 것을 큰 덕목으로 여겼다. 신입생들이 서클에 들어오고 나도 선배가 되었다. 그건 시간과 함께 돈이 드는 일이었다.

어느 날, 한 학년 위인 김근태 선배가 내게 오후에 뭘 할 것이냐고 물었습니다. 우리는 스코필드 박사가 이끄는 성경 공부 서클의 멤버였어요. 김 선배는 학교 모의고사에서 항상 베스트 텐에 드는 수재였지요. 나는 잠시 머뭇거리다가 별로 생각한 것이 없다고 했지요. 그랬더니 선배는 내게 언제나 다음 날 하루 계획을 세운 다음 잠자리에 들라고 충고했습니다. 나는 몹시 부끄러웠어요. 그걸 눈치챈 김 선배는 내가 마음의 상처를 입을까 봐 학교 부근 빵집으로 데려가 빵을 사 주며 분위기를 바꿔 주었어요. 그날 이후 나는 자기 전에 다음 날 계획을 세우려는 노력을 계속하며 살아왔습니다. 고마운 일이지요. 정은찬

그렇게 후배들을 만나면 돈이 조금씩 들었다. 그전에는 과외비 전액에다 가끔 받는 용돈을 보태서 누나에게 가져다줄 수 있었는데 이젠 과외비도 다 가져다주지 못할 때가 있었다.

지금 그때를 생각하면 근태에게 너무 미안하고, 가슴이 아파요. 동생이 집에 오면 난 그 애가 아니라 그 애의 주머니부터 먼저 살폈어요. 얼

마나 가져왔을까. 지난달보다 적으면 섭섭한 마음이 들었어요. 그 애는 내 동생이고 아직 고등학생이었는데… 근태는 집에 와도 저녁을 먹지 않고 그냥 갔어요. 누나, 괜찮아. 난 종암동에 가면 고기 먹어. 그랬지요. 쌀이 떨어져 집에 남아 있는 나와 부모님이 굶을까 봐 그랬던 거예요. 근태는 그런 아이였어요. 그런 근태한테 누나란 게 밥 한번 따뜻하게 해 먹이지 못하고 돈 나오기를 기다리며 주머니만 쳐다본 거예요. 그렇게 근태를 보내고 나서 나도 어머니도 울었어요. 아마 근태도 가면서 울었을 거예요. 김태련

과외 자리를 내놓아야 할 순간이 왔다. 내가 가르친 규영이가 경기고 시험에 떨어진 것이다. 규영이한테 미안하고 엄 선생에게 면목이 없었다. 나는 집을 나가겠다고 말했다. 하지만 엄 선생은 이미 짐까지 꾸려 둔 나를 만류했다.

"공부는 결국 자기가 하는 것일세. 자네는 아이들의 형, 오빠 노릇만 해 주면 되네."

규영이도 자기가 시험을 못 본 탓에 형이 나간다면 자기도 집을 나가겠다고 우겼고, 성영이는 눈물까지 비치며 현관문을 가로막고 서 있었다. 나는 고집을 부리지 못했다. 꾸려 둔 짐을 풀면서 스스로에게 물어보았다. 정말 아이들을 위해서 남은 것일까, 아니면 내 사정 때문에 져야 할 책임을 지지 않고 남은 것일까. 아이들을 위해 남은 것이라고 믿고 싶었지만 자신이 없었다.

7

이른 봄부터 어수선하던 학교가 4월에 접어들면서 술렁거리기 시작했다. 서클들을 중심으로 박정희 정부가 추진하는 한일협정 반대 토론이 벌어졌다. 대학교에 다니는 선배들의 발길도 잦아졌다. 그들이 전해준 유인물이 교실에 나돌았다.

5월 들어서는 학내외 서클들이 유인물을 직접 만들어 내기 시작했다. 제일 먼저 나선 건 변론반이었다.

종로에서 화동으로 이어지는 등굣길은 아침마다 흰색 블라우스와 하늘색 셔츠로 메워졌다. 풍문여고와 덕성여고 정문을 차례로 지나면서 흰색 블라우스가 모두 빠져나가고 화동으로 올라가는 언덕길에는 하늘색 셔츠만 남았다. 여학생들의 재잘거림도 함께 빠져나가 버린 단조로운 언덕길에서 우리를 맞이하는 것은 연보랏빛 라일락이었다. 젊은 날의 추억, 연보랏빛 라일락의 꽃말은 낭만적이었다. 그 젊은 날의 추억 사이로 하얀 라일락꽃이 수줍게 자태를 과시했다. 연보랏빛에 에워싸여 더욱 도드라진 하얀 라일락은 경기에서 '아름다운 맹세'로 불렸다.

변론반은 교문 앞에서 등교하는 아이들에게 철필로 긁어 직접 등사한 유인물을 돌렸다. 아침 햇살을 받아 홍조를 띤 '젊은 날의 추억' 사이로 '아름다운 맹세'가 풋풋하던 아침이었다. 교사들이 나와서 지켜보았지만 만류하진 않았다. 이것을 신호로 하루가 멀다 하고 서클들이 유인물을 만들어 냈다. 유인물의 집필자가 화제에 올랐고 문장력에 대한 품평으로 서클들이 갑론을박을 벌였다. 흥사단에 이어 불교계의 실력자들과 함께 불경을 공부하는 '룸비니회'도 유인물을 냈지만 내가 속한 신약성경 서클은 별도의 유인물을 내지 않고 함석헌 선생이 쓴 글을 가지고 토론을 벌였다.

교정의 라일락이 절정에 이르렀을 무렵에는 경기고등학교 대의원회 명의의 한일협정 반대 투쟁 선언문이 나오고, 5월 말로 가면서부터는 아예 교실에서 학급 단위로 성토대회가 열렸다. 3학년 2반 교실도 예외가 아니었다.

"문제는 박정희가 불법적인 쿠데타로 4·19혁명을 짓밟고 정권을 탈취한 것에서부터 비롯된 것입니다. 이런 정통성 없는 정부를 인정하고 지원해 줄 나라가 세계 어디에 있겠습니까? 그래서 박정희는 굴욕적인 협정서에 도장을 찍어 주는 대가로 일본으로부터 더러운 돈을 얻어다 정권을 유지하려는 것입니다."

교단에 올라선 아이들이 교탁을 내리치며 열변을 토했지만 나는 선뜻 동의가 되지 않았다. 굴욕적인 한일회담의 즉각적인 중단도 옳고 자주적인 경제 건설도 맞는 말이었다. 그러나 어딘가 공허하게 들렸다. 나는 물었다.

"결국 경제 건설을 위해서는 다른 어느 나라로부터인가는 돈을 빌려야 한다는 것 아닙니까? 빌리기보다는 받아야 할 보상금을 먼저 받아서 사용하는 것이 더 나은 방법일 수도 있지 않습니까?"

교단에 선 아이가 나를 노려보며 반박했다.

"우리 국민 모두가 굶어 죽는 한이 있어도 민족정신은 지켜져야 합니다. 식민지 침략에 대한 일본의 분명한 반성과 사죄가 없는 상태에서 체결하는 한일협정이 또 한 번 나라를 팔아먹는 일이란 걸 모릅니까? 지금은 우리 모두가 굴욕적인 한일협정을 저지하기 위해 결사 투쟁에 나서야 할 때입니다."

내 눈길을 잡아당기는 것은 이상하게도 그렇게 주장하는 아이의 입이 아니라 그 아래에 있는 목덜미였다. 굶어 죽는 한이 있어도, 조금의 떨림도 없이 그 아이의 미끈한 목젖을 타고 미끄러져 나오는 이 어휘가 내 목에는 가시처럼 걸렸다. 한 끼라도 굶어 보았을까. 목에 핏대를 세워가며 반복하는 그 아이들의 '결사 반대'에 나는 어쩐지 신뢰가 가지 않았다. 나는 다시 의견을 밝히기 위해 손을 들었다. 그러나 발언권도 얻지 않은 아이들이 소리치며 내 발언을 가로막았다.

"돈 몇 푼에 민족의 자존심을 팔아먹자는 거야?"

"일본의 밑이나 핥자는 거야 뭐야?"

나는 소란 속에서도 들어 올린 손을 내리지 않고 버텼다.

"쟤 어느 중학교 출신이냐?"

경기를 지배하는 보이지 않는 분위기였지만 대놓고 이렇게 하는 말을 듣기는 처음이었다. 내 입학 성적이 낮았으면 들고 있던 손을 내렸을지도 모른다. 나는 경기중학교 출신들의 박정희 대통령에 대한 반감에는 자교 출신 별도 선발 제도를 없앤 것도 작용했을지 모른다는 생각이 들었다. 나는 끝까지 손을 들고 있었고, 소란은 조영래가 나서면서 가라앉았다. 1, 2학년 교실을 순회하러 갔다가 언제 돌아왔는지 조영래가 팔을 치켜들고 소리쳤다.

"의장, 의사 진행 발언 있습니다."

교탁 옆에 섰던 반장이 냉큼 조영래를 지목했다.

"방금 전에 그 말 한 사람 취소하고, 사과하세요."

경기고의 전국구 조영래는 경기중학교 출신이었다.

"그리고 손 든 사람부터 발언합시다."

그래서 나는 수십 대 일의 논쟁을 벌였다.

김근태 선배는 사회 부조리를 해결하고 경제성장을 이루는 문제에 대해 진지하게 고민을 했어요. 그러나 학생운동이나 정치 활동과는 거리를 두었습니다. 동기인 고 조영래 변호사나 손학규 의원이 농촌 봉사 활동을 갈 때도 김 선배는 참여하지 않았어요. 김근태 선배와 조영래 변호사는 3학년 때 같은 반이었어요. 아마 두 사람이 2반이고, 손학규 의원은 1반이었을 거예요. 조 변호사와 손 의원이 동급생과 후배들을 이끌고 한일협정 반대 시위를 주도했지만 김 선배는 여전히 거리를 두었지요. 정은찬

6월로 넘어가며 시위가 절정에 달했다. 1교시를 마친 뒤 학생회 간부와 서클 리더들이 교실을 돌며 시위에 나설 것을 독려했다. 2교시가 끝나기 십 분 전쯤 뒷자리에서 쪽지가 넘어왔다. '2교시 종료 후 운동장 집결.' 나는 그 쪽지를 앞으로 전해야 할지 잠시 망설였다. 그러나 더 망설일 필요는 없었다. 짝이 내 손에 들려 있는 쪽지를 채서 앞으로 넘겨 버렸다. 쉬는 시간을 알리는 종이 울리기 무섭게 아이들이 운동장으로 몰려 나갔다. 순식간에 교실이 텅 비었다. 화동 언덕은 운동장을 꽉 메운 학생들의 함성으로 가득 찼다. 3학년 2반에서 시위에 나가지 않은 학생은 나를 포함해서 셋뿐이었다. 그중 하나는 환자였다.

나는 윤보선 전 대통령과 박정희가 붙은 지난해 대통령 선거에서도 차라리 박정희가 더 마음에 들었다. 군대로 돌아가겠다던 자신의 약속을 지키지 않고 대통령에 출마한 박정희도 실망스러웠지만 윤보선의 행동은 그보다 더 실망스러웠기 때문이다. 목숨을 걸고 헌정질서를 수호해야 할 대통령이 반란군에 얹혀 자리를 지키다가 나라를 넘겨준 것만도 창피스러워 고개를 들지 못할 일인데, 스스로 지키지 못한 대통령

자리에 다시 오르겠다고 버젓이 선거에 출마한 윤보선이 나는 도무지 이해되지 않았다. 자신이 넘겨준 권력을 차지한 반란군이 주도하는 선거에 출마해서 반란군 지휘관인 박정희와 대통령 자리를 다투는 게 얼마나 부끄러운 모순인지 전혀 모르는 사람같이 행동했다. 그런데도 윤보선은 유세를 하면서 창피한 줄도 모르고 자신이 인정해 준 박정희를 빨갱이로 모는 데 급급했다. 박정희가 주장하는 민족의 자주와 자립은 북괴의 주장과 비슷하다. 이런 주장을 하는 후보에게 나라를 맡기면 공산주의를 끌어들일 우려가 있다. 그러면서 윤보선은 민족적 자존심이라고는 찾아볼 수 없는 주장을 반복했다. 내가 대통령에 당선되면 취임 전에 미국을 방문해서 내 몸을 인질로 잡히는 한이 있더라도 원조를 얻어다 국민을 먹여살리겠다. 언론에 보도된 윤보선의 주장을 보며 나는 모욕감이 들었다. 개인적 자존심도 없는 사람에게 민족적 자존심을 어떻게 기대하겠는가? 그는 대통령을 뽑는 게 아니라 거지 우두머리를 뽑는 줄 아는 것 같았다. 이에 반해 박정희의 주장은 당당했다. 외국에 대해 목불인견의 자세를 취하는 정신의 식민지화 상태에서는 민족주의는 물론 민주주의도 이룰 수가 없다. 윤보선과 같은 사대주의자를 물리치고 자주와 자립을 이루겠다. 투표권이 있었다면 나는 당연히 박정희를 찍었을 것이다.

내가 한일회담 반대 투쟁을 외면한 이유 중의 하나도 윤보선에 대한 반감 때문이었다. 그 투쟁의 지도자가 부끄러운 출마와 한심한 주장으로, 자신이 인정한 반란군 지도자 박정희를 다시 합법적인 대통령으로 만들어 준 인물이었다. 나는 그런 인물을 모시고 뚜렷한 대안도 없이 한일회담을 반대하는 아이들을 마음속으로 경멸했다.

학급별로 스크럼을 짠 학생들이 손항규가 이끄는 3학년 1반을 필두로 교문을 빠져나갔다. 선두에 선 아이들은 현수막을 높이 치켜들고 있었다. 이것이 한국적 민주주의더냐? 1학년의 마지막 반이 빠져나가자 화동 언덕은 일순 정적에 빠졌다. 2교시 국어와 3교시 역사는 그냥 지나갔다. 아예 담당 선생이 교실에 올라오지도 않았다. 나는 버트런드 러셀의 책을 꺼내 읽었다. 경제 문제를 해결하지 못하면 인류의 구원도 없다는 그의 문장이 나를 끌어당겼다. 경제 문제와 인간의 행복이 분리되어 있지 않다는 걸 이해하고 해결하려는 지혜의 중요성을 그는 강조했다. 지혜란 천천히 생각하는 가운데 한 방울 한 방울씩 농축되는 것처럼 얻어진다. 그런데 사람들은 천천히 생각하는 시간을 낭비라고 생각하며 바삐 손익 계산 하는 데만 몰두한다. 그래서 영리한 사람은 늘어나지만 지혜로운 사람은 줄어들고 있다는 그의 통찰이 교실에 남아 있는 내게 위로가 되었다.

4교시, 수학 시간에는 담당 선생이 들어왔다. 출석부도 교과서도 들고 있지 않았다. 나를 바라보는 그의 눈빛은 곱지 않았다. 그는 내 책상 앞으로 다가와 내 가슴에 달린 명찰을 유심히 들여다보다 물었다.

"네 큰형이 김지태지?"

"네."

"경성 제1고보에서 수석을 했다. 천재였지."

교실에 남아 있던 두 아이의 시선이 내게 향했다. 경성 제1고등보통학교는 일제강점기 경기고등학교의 이름이었다. 수학 선생도 경성 제1고보 출신이었다. 경기 출신 교사들의 학생들에 대한 영향력은 절대적이었다. 나보다 스물다섯 살이나 위인 큰형이 수재였다는 얘기는 들어서 알고 있었다. 그러나 나는 큰형의 얼굴도 기억하지 못했다.

서울에 살던 우리 가족은 6·25전쟁 때 한강을 건너 피난을 갔다. 나는 그때 겨우 세 살이었다. 수원에 임시 거처를 마련한 다음 큰형과 둘째형, 셋째형은 짐을 가지러 다시 서울로 갔다. 그것이 마지막이었다. 다시는 돌아오지 못했다. 생사도 알 수 없었다. 어머니는 믿으려 하지 않았지만 집안에서는 형들이 폭격에 희생된 것으로 여겼다. 어쩌다 형들을 피난민 대열에서 만났다거나 인민군 장교복을 입고 지나가는 걸 봤다는 소문이 들렸다. 그때마다 어머니는 물어물어 그 사람을 찾아갔지만 한 번도 사실 여부를 확인하지는 못했다. 자기도 누군가로부터 들었다는 게 다였다.

"네 큰형은 와세다대학교 이공계에서도 알아주는 수재였다. 이공계에서 드물게 독립운동을 했지."

말을 끊고 잠시 물끄러미 나를 쳐다보던 그가 한 마디를 덧붙였다.

"네 형과 달리 너는 오늘 같은 날 여기 남아 있어서 참 다행이구나."

정말 다행이라는 것인지, 왜 여기에 남아 있느냐는 질책인지. 나를 바라보는 그의 눈빛을 나는 해석하기 어려웠다. 마음이 불편했다. 그러나 정말 마음이 불편해진 것은 다음 날부터였다. 수학 선생의 말은 금방 학교 안에 퍼졌다. 나는 아이들 사이에서 주목의 대상이 되었다. 특히 다른 중학 출신들을 은근히 무시하는 경기중학교 출신 학생들 사이에서 내 이름이 오르내리는 계기가 되었다. 몹시 불편한 주목이었다.

전교생을 이끌고 세종로의 국회의사당까지 진출했던 주동자 여섯 명은 정학을 당했다. 6월 3일 전국에 비상계엄령이 선포되었고 이튿날부터 서울 시내의 모든 학교에 휴교령이 내려졌다. 경기고등학교도 문을 닫았지만 오래가진 않았다.

화동 언덕의 라일락꽃이 다 지고 여름이 왔다. 방학이었지만 나는 종암동 엄 선생의 집에 머물렀다. 미아리 집에는 학기 중일 때와 마찬가

56

지로 한 달에 한 번 들렀다. 우리 가족이 모두 모이는 날은 매달 첫 번째 일요일이었다. 형과 내가 과외비를 집에 가져다주는 날이기도 했다.

8월 첫 번째 일요일, 비가 많이 내렸다. 미아리 집에 들어서자 방 안 여기저기에 대야와 그릇이 놓여 있었다. 7월 하순부터 오락가락하던 장마가 길게 이어지면서 집 안 곳곳에 물이 샜다. 물방울이 뚝뚝 떨어지는 방 안에 둘러앉아 수박화채를 먹으면서도 웃음소리가 끊이질 않았다.

"누나, 우리 반의 괴짜 두 명 얘기해 줄까?"

"아직도 남은 괴짜가 있었니?"

어머니가 먼저 반문을 했다. 내가 해 주는 학교 아이들 얘기를 제일 좋아하는 건 어머니였다. 나는 집에 가면서 어머니가 재미있어할 이야기를 한두 개씩 미리 생각해 두었다.

"그럼요. 우리 반에는 전국의 괴짜들만 다 모아 놓은 것 같다니까요. 한 녀석은 전라남도에서 왔는데 세계문학전집에 있는 백 명도 넘는 작가들 연보를 전부 다 외워요. 출생에서 작품 발표 순서, 사망 연월일까지. 그 작가가 사귄 연인들 이름도 다 알아요. 그런데 국어 시험 보면 완전 꽝이에요. 형, 걔는 자기가 세계적인 작가가 될 거라는데, 될까?"

형은 빙긋이 웃기만 했다. 대신 누나가 다음 이야기를 재촉해 주었다.

"다른 한 애는?"

"걔는 충청도 앤데 계통수 있잖아. 그거 완전 어렵잖아. 그런데 그걸 다 외워. 지구상에 있는 모든 생물들을 원생생물에서 영장류까지 분류해 놓은 계통수를 마치 머릿속에 사진을 찍어 둔 것처럼 줄줄 외우는 거야. 아마 우리나라에서 그거 다 외우는 애는 걔뿐일 거야."

"공부 잘해?"

"반에서 마지막. 근데 난 걔가 정말 대단한 생물학자가 될 거 같은 생각이 들어. 수학도 다 맞아. 그런데 역사와 국어가 그렇게 어렵대. 시 같은 거 나오면 다 틀리는 거야. 문학은 왜 공식이 없냐고 투덜거려."

온 식구가 웃음을 터뜨렸다. 나는 아버지를 쳐다보며 슬쩍 물었다.

"큰형이 정말 그렇게 공부를 잘했어요?"

아버지와 어머니, 형, 누구도 대답을 하려 들지 않았다. 갑자기 분위기가 어색해졌다. 형은 왜 그런 걸 묻느냐는 눈빛을 보냈지만 나는 내친 김에 한 발 더 나갔다.

"와세다대학교가 들어가기 어려운 학교였어요?"

아버지가 내키지 않는 목소리로 짧게 대답했다.

"경성 제1고보에서 수석하고, 거기 들어갔다. 적록색약이어서 떨어질 뻔했는데 한 시간 만에 시력검사표를 몽땅 외워서 시력검사를 통과했다고 하더라. 안 그랬으면 징용 끌려가야 했으니까."

그게 다였다. 형이 어색해진 분위기를 바꾸려고 화제를 돌렸다. 번역한 소설이 잘 팔려서 보너스를 많이 받았다며 형답지 않은 자랑을 했다. 형이 사 온 어른 머리통만 한 수박의 절반이 아직 옆에 남아 있었다.

"얼마나 받았는데?"

누나가 말을 받자 형은 벽에 걸린 교복을 손으로 가리켰다.

"꺼내 봐."

형의 교복 주머니를 뒤지던 누나가 고개를 갸웃거렸다.

"없는데."

"왜 없어. 주머니에 접힌 봉투 있잖아."

"없다니까."

정말 없었다.

"수박 값을 내고 분명히 봉투를 도로 주머니에 넣었는데 어떻게 된 거지?"

형의 교복은 면도칼로 예리하게 그어져 있었다. 식구들 모두 숟가락을 내려놓고 말이 없었다. 대야에 떨어지는 빗방울 소리가 유난히 크게 들리는 오후였다. 러셀과 에릭 카의 책을 사고, 후배들 빵을 사 주느라 얇아져 버린 과외비 봉투는 누나에게 너무 미안해야 했다. 형은 저녁을 먹지 않고 돌아갔다. 나도 같이 가려는데 누나가 붙잡았다.

"방학인데 하루만 자고 가라."

비가 새는 집에 누나를 두고 돌아가려니 차마 걸음이 떨어지지 않았다.

어머니는 저녁 반찬으로 고추전을 부쳤다. 그것이 우리가 장만한 첫 집에서 먹은 마지막 식사가 되었다.

이튿날 새벽 뒷집의 가파른 축대가 무너져 우리 집을 덮쳤다.

> 깔려 죽지 않은 게 요행이었죠. 워낙 높은 축대의 위쪽이 무너져 내
> 리는 바람에 오히려 축대에 붙은 안쪽은 돌덩이들이 덮치지 않았어요.
> 그래서 산 거예요. 지붕과 집 바깥쪽 벽은 폭격을 맞은 것처럼 부서졌
> 어요. 비는 계속 쏟아지는데 무너진 집을 보고 있으려니 참 막막했어
> 요. 김태련

우리는 살았지만 문 앞에 있던 또 하나의 식구 바기라를 잃었다. 돌과 판자 사이에 깔린 바기라를 구해 내려고 맨손으로 미친 듯이 달려들었지만 거대한 흙더미에 눌린 돌과 판자는 꼼짝하지 않았다. 머리 위를 겨우 치웠지만 바기라의 숨은 이미 끊어져 있었다. 서울에선 먹이

구하기가 어렵다고 어머니가 만류했지만 내가 기어코 양수에서 데리고 왔던 녀석이었다. 셋집 마당에서도 이웃의 사랑을 받으며 살아남았던 바기라가 우리가 장만한 집에 깔려 죽었다. 서울에 와서도 가끔 늑대처럼 울어서 이웃의 눈치를 살피게 만들었던 녀석의 울음소리가 들리는 듯 했다.

구청과 경찰에서 조사를 나왔다. 개의 죽음 따위는 그들의 안중에 없었다. 결론은, 사정은 안됐지만 우리가 알아서 이사를 가라는 것이었다. 어이없었다. 전화를 받고 달려온 형은 구청 직원에게 항의했다. 축대 관리 책임이 누구에게 있느냐, 구청이 관리하는 것이면 구청이 책임을 져야 할 것 아니냐. 구청 직원은 그 축대는 뒷집의 사유지라고 했다. 그러면 뒷집에 책임을 물어야 할 것 아니냐고 형이 따졌다. 구청 직원은 우리 집은 무허가 주택이어서 보호받을 수 없다고 했다. 경찰은 뒷집 소유자가 누구인지 알고 까부느냐면서 말썽 부리지 말고 짐을 챙겨 이사를 가라고 했다. 괜히 말썽 부리면 다칠 거라는 경고까지 덧붙였다.

"지금 우리에게 협박하는 겁니까?"

쏟아지는 비를 고스란히 맞으며 무너진 집을 바라보고 있던 형이 경찰을 돌아보며 소리를 질렀지만 경찰의 대답은 분명했다.

"네."

착 깔린 목소리가 서늘했다. 그리고 그는 형에게 물었다.

"당신 이름이 뭐요?"

그 질문에 아직까지 한 마디도 하지 못하고 있던 아버지가 화들짝 놀라며 나섰다. 아버지는 경찰에게 머리를 숙이고 짐을 챙겨 바로 이사를 가겠다는 말을 되풀이했다. 몸싸움이라도 벌일 기세인 형을 뒤로 떠밀며 아버지는 애원을 했다.

"참자. 국태야, 우리가 참자."

그 집에서 제대로 챙겨 나온 건 벽시계와 어머니가 쓰던 인장표 싱거 재봉틀 한 대가 전부였다.

8

아버지와 어머니는 막내인 내가 큰형을 닮는 것을 가장 두려워했다. 자식들 중에 머리가 가장 뛰어났던 큰형은 두 사람에게 공포와 상실감으로 남아 있었다. 경성 제1고보에서 독립운동에 가담했던 형과 달리 내가 한일협정 반대 시위에 휩쓸리지 않자 두 분은 안도의 한숨을 내쉬었다.

아버지는 내가 법대나 의대로 진학하기를 바랐다. 나는 그 어느 쪽도 선택하지 않았다.

법대는 어쩐지 일거에 출세를 해서 남들 위에 군림하면서 살아가려는 사람들이 선택하는 데 같아 거부감이 들었다. 의대는 적록색약이어서 진학 자체가 어려웠다. 외국에서는 이미 오래전부터 적록색약의 이공계 진학을 허용해 왔고, 국내에서도 올해부터는 이공계 진학을 허용한다는 얘기가 나오고 있긴 했다. 물론 큰형처럼 색맹조사표를 외워서 이공계로 갈까 하는 생각도 해 봤다. 내가 제일 좋아한 과목도 물리였다. 그러나 일제의 징용을 피하기 위해 색맹조사표를 외워 이공계로 진학한 큰형은 양심에 거리낄 것이 없었겠지만 지금 나는 달랐다. 개인의 소망을 위해 누군가를 속이고 싶진 않았다. 그리고 무엇보다도 의대가 인생을 안전하게만 살아가려는 사람들이 선택하는 데 같아 내키지 않았다.

상대 쪽으로 마음이 기운 것은 나라가 급변하는 과정에서 역할을 할 수 있으리라는 막연한 기대 때문이었다. 물론 개인적인 이유도 작용을 했다. 제대로 항의 한번 해 보지 못하고 무너진 집을 뒤로한 채 맨몸으로 돌아서야 했던 기억은 좀처럼 뇌리에서 지워지지 않았다. 그렇지만 개인적으로 사업가가 되거나 큰 부자가 되고 싶은 욕심은 생기지 않았다. 상대에서도 경영학과보다는 경제학과에 관심이 갔다. 경제학을 공부해서 정직하고 성실한 사람이 가난 때문에 무시당하고 모욕당하지 않는 세상을 설계하는 일에 기여하겠다는 막연한 생각을 했다.

아버지와 어머니의 반대는 경제학에 대한 내 막연한 선호를 오히려 확신으로 바꿔 놓는 작용을 했다. 부모님을 설득하기 위해서 나는 경제학에 대해 더 관심을 가지게 되었고, 경제학에 대해 알게 될수록 더 그쪽으로 마음이 기울었다.

의대나 법대에서 하는 일은 개인적인 차원에서의 성실성이 중요하고 그 성취의 파급력도 제한적인 반면 경제학 전문가가 하는 일은 개인이 직접 드러나는 일은 아니지만 그 효과가 사회 전체로 파급된다는 점이 가장 크게 마음을 끌었다. 좀 멋있어 보일 것도 같았다.

경제학으로 마음을 정한 나는 후배들에게도 경제학의 중요성을 설파하는 전도사가 되었다.

내가 경제학을 공부하게 된 것도 김근태 선배의 충고가 크게 작용했습니다. 난 고교 1학년 때까지 공대를 생각하고 있었는데 김 선배는 나라가 급변하는 상황에서 이공계보다는 인문계로 가서 사회구조를 바꾸는 데 기여하는 게 어떠냐고 조언했어요. 내가 고3이 되자 김 선배는 무슨 과에 갈 거냐고 물었습니다. 그때 근태 형은 대학에 다니고 있었죠. 이미 문과로 바꾼 나는 법학과로 가겠다고 했죠. 그랬더니 법대에 가서 판사가 되면 냉엄한 판단력이, 검사가 되면 강인한 수사력이, 그리고 변호사가 되면 남을 사로잡는 설득력이 필요한데 내게 그런 자질이 충분히 있느냐고 물었습니다. 내가 아직 그런 소질을 갖추지 못했다는 투로 말입니다. 나는 내용도 잘 모르면서 법학과에 가서 한스 켈젠 같은 법철학자가 되겠다고 큰소리를 쳤지요. 근태 형은 경제 발전 초기 단계에 들어선 한국에서는 법학보다는 경제학이 더 중요할 수 있다며 경제학을 권하더군요. 김 선배에게 허를 찔린 나는 결국 경제학과를 선택했습니다. 그리고 지금까지 그 선택을 후회해 본 적이 없습니다. 정은찬

사대에 다니던 형은 경제학과에 가겠다는 내 선택을 밀어주었다. 의대와 법대에 대한 미련을 끝내 떨치지 못하던 아버지와 어머니도 마지못해 상대에 가는 것을 동의했다. 내가 큰형처럼 될까 봐 두려웠던 부모님은 상대가 사회문제와는 조금 거리가 있는 학과라고 여겼고, 그게 약간은 안심이 되는 모양이었다. 상대의 높은 커트라인도 부모님의 반대를 접게 만드는 데 영향을 미쳤다.

그전에는 취직이 잘 되고 산업화와 연관성이 높은 공대 화공과와 기계과가 커트라인이 제일 높았다. 그것이 흔들리기 시작한 것은 내가 고등학교에 들어갈 무렵부터였다. 내 바로 위 선배들부터는 공대와 상대의 커트라인이 완전히 뒤집혔다. 서울대에서도 경제학과와 경영학과의 커트라인이 제일 높았다. 이것도 내게 뿌리치기 어려운 유혹이 되었다.

자신 있었지만 시험이 다가올수록 떨렸다. 중학교 입시 실패의 악몽

이 떠오르곤 했다. 시험 날도 엄 선생의 가족들과 함께 아침을 먹었다. 평소와 다름없는 식단에 소고깃국이 올라와 있었지만 나는 사모님의 배려를 충분히 느낄 수 있었다. 내게 부담을 줄까 봐 티가 나는 상을 차리는 것보다 훨씬 더 신경 썼을 것이다.

두 달 전, 성영이의 생일날이었다. 생일상을 앞에 두고 성영이가 의아한 얼굴로 물었다.

"생일인데 왜 미역국이 없어?"

"오빠 곧 시험이잖아."

"아, 그렇지. 내년 생일 때 미역국 먹으려면 오빠 꼭 붙어야겠다. 히히."

나는 그때야 비로소 2학기 들어 밥상에서 미역국과 면 종류가 사라진 것을 깨달았다.

한 달 전부터 내가 아이들을 가르치지 못하게 한 엄 선생은 대문을 나서는 내 등을 평소와 다름없이 두드려 주었다. 홍릉에 있는 상대는 엄 선생의 집에서 가까웠다.

시험을 괜찮게 봤다. 그런데 신문에 실린 상대 합격자 명단에 내 이름이 없었다.

1월 31일, 일간신문들은 일제히 1965년도 서울대 합격자 이천삼백오십 명의 명단이 담긴 호외를 발행했다. 앞뒷면으로 빼곡히 실린 명단 어디에도 내 이름은 찾을 수 없었다. 나는 육 년 전의 악몽이 떠올랐다. 그러나 이번은 충분히 준비했고, 합격 자체는 별로 걱정을 하지 않았다. 엄 선생의 집에서도 깜짝 놀랐다. 미아리의 가족들은 더했다. 누나가 전화를 걸어 어떻게 된 일이냐고 물었다. 공중전화까지 달려 나온 누나의 가쁜 숨이 들렸다.

신문의 오보였다. 金槿泰(김근태)를 金相泰(김상태)라고 잘못 쓴 것이었다.

"이런 엉터리가 어딨어? 내년에도 내 생일에 미역국 못 먹는 줄 알았잖아."

경기여고에 다니던 성영이는 신문사에 항의를 해야 한다고 백색 전화의 수화기를 집어 들었다. 사모님은 좋은 일에 부정이 섞이는 걸 막아주는 액땜을 한 것이라며 성영이를 타일렀다.

그러나 기쁨도 잠시였다. 어렵게 마련한 집을 잃고 다시 보증금도 없는 셋방으로 밀려난 처지에서 입학금과 등록금이 있을 리 없었다. 삼선동 셋방에서는 침묵이 흘렀다. 볼펜으로 '金相泰'라고 박혀 있는 이름의 '相'자를 '槿'자로 고친 신문을 들고 있던 아버지는 벽을 보고 돌아앉으며 어렵게 입을 열었다.

"근태야, 미안하지만 네가 신문사에 한번 다녀와 보면 어떻겠느냐. 이름이 이렇게 잘못 나왔다는 것도 얘기하고, 우리의 사정도 말해서 신문에 그게 나가면 등록금을 대 줄 사람이 나타나지 않겠느냐."

아버지는 신문에 우리 집안 사정을 내서 근태의 등록금을 마련하자고 했어요. 우리를 등지고 벽을 쳐다보며 미안하다는 말을 되풀이하면서요. 우린 모두 울었어요. 엄마도, 오빠도, 저도요. 근데 근태만 울지 않더라고요. 아무 말도 않고 가만히 앉아 있더군요. 그런 근태를 본 아버지는 또 정말 정말 미안하다, 내가 네게 하지 말아야 할 말을 했다며 다시 벽을 향해 돌아앉으셨어요. 김태련

아버지에게 다시 한 번 실망한 날이었다. 나는 아버지 앞에서 절대 울지 않겠다고 속으로 다짐했다. 아무 말도 하지 않는 것을 통해서만

가장 분명하게 할 수 있는 말이 있었다. 나는 완강한 침묵으로 아버지에 대한 실망을 표현했다. 내 침묵을 듣고 있던 어머니는 손등으로 눈물을 훔치며 일어섰다.

"까짓것 울 것 없다. 어디 가서 네 입학금 하나 마련하지 못하겠냐."

그러나 등록 최종 마감이 다가왔지만 입학금은 어디에서도 마련하지 못했다. 김수영의 시와 도스토옙스키의 소설을 읽었다. 내가 할 수 있는 일은 그것밖에 없었다. 누나가 전화를 한 건 등록 마지막 날이었다.

"근태야, 글쎄 누가 네 입학금을 냈어."

며칠이라도 더 연기를 해 달라고 사정해 보려고 학교에 갔는데 이미 입학금과 등록금을 냈더라는 것이다.

"넌 누가 냈는지 아니? 혹시 거기 주인집에서 내 준 거 아닐까?"

그랬다. 엄 선생은 아주 조심스럽게 말했다.

"기분 나쁘게 생각하지 않았으면 좋겠구나."

나는 표정이 굳었다.

"장학금 받은 걸로 생각해 둬."

"……"

나는 어떤 반응을 보여야 할지 알 수가 없었다.

무작정 종암동 집을 나섰다. 아직 겨울이었다. 바람이 매서웠다. 하염없이 걷다 보니 청계천이었다. 지게꾼들이 피워 놓은 불을 잠시 얻어 쬐었다. 주머니에는 전차를 탈 돈도 남아 있지 않았다. 가끔 들렀던 한풍서점에 들어가 《사상계》에 실린 부완혁의 「경제론」을 찾아 읽었다. 너무 오래 있기 미안해서 바로 옆에 있는 중앙서림으로 가서 장준하의 시론을, 다음에 있는 창인책방에서 김수영의 산문을 읽었다. 책을 읽었다기보다 현실에 대한 생각을 잊고 싶었는지 모른다.

돌아오는 길에는 눈발이 흩날렸다. 눈이 오는 길을 되짚어 종암동으로 돌아오면서 나는 어떤 감정이 가장 정직한 것일까를 생각했다.

"고맙습니다."

나는 서재에 있는 엄 선생에게 고개 숙여 인사했다. 그것이 가장 정직한 감정이라고 나는 생각했다.

9

내게 대학교를 고등학교와 다른 곳으로 만들어 준 건 신준영 선배와 나가라우 교수였다. 그 두 사람이 아니었다면 나는 대학 1학년을 고등학교 4학년처럼 생활했을지 모른다.

상대의 겉모습은 고등학교와 크게 다르지 않았다. 낯익은 얼굴들이 많았다. 상대에서 만나는 두셋 중 하나는 경기 출신이었다. 지난해부터 계속되어 온 한일협정 반대 시위도 고등학교에서 보았던 것과 다르지 않았다. 상대의 시위는 한번 하면 세게 하는 경기고등학교 아이들보다 오히려 박력이 없었다.

휴강이 빈번했고 공부는 혼자 하는 수밖에 없었다. 강의가 없는 시간에 나는 도서관에 붙어 있었다. 신준영 선배를 만난 것도 도서관에서였다. 내가 보고 있는 『철학사 논쟁』에 시선을 던지며 신 선배가 불쑥 물었다.

"혼자 공부하면 심심하지 않냐?"

나는 대답하지 못하고 머뭇거렸다. 그는 상대 학생들에게 가장 영향력이 큰 인물 중의 하나였다. 학생운동과 거리를 두고 있는 내게 그가 관심을 보인 것은 뜻밖이었다.

"담배나 한 대 피우고 들어올까?"

그는 나를 데리고 소나무 숲 사이에 놓인 벤치로 갔다. 도서관 앞에 있는 소나무들은 향상림이란 숲의 이름처럼 위를 향해 시원하게 뻗어 올라 있었다. '진달래' 한 개비를 뽑아 내밀며 그가 물었다.

"담배는 피우나?"

"예."

"완전 샌님은 아니네. 우리 서클에 들어와라."

그는 경제복지회의 중심 인물이었다. 봄바람에 흔들리는 교정의 진달래를 바라보며 나는 진달래 한 모금을 길게 빨아들였다. 대학에 들어와서 내가 참여한 학생 활동은 대학생 선교회에 나가는 것이 전부였다. 고등학교의 신약성경 모임을 통해 자연스럽게 연결된 것이었지만 열성적이지는 않았다.

근태와 나는 명동에 있는 대학생 선교회에도 함께 나가서 영문 성경을 공부하고 성가를 부르곤 했어요. 그렇지만 우리가 신앙으로 기독교를 받아들이고 있었던 건 아니었어요. 초대 기독교인들의 이상주의에 심취해 있었다고 보는 게 사실에 가까울 것 같아요. 어쩌다 시간이 나면 우이암이나 인수봉에 가서 암벽을 타기도 했어요. 장비 그런 게 어딨어요. 그냥 입던 옷 입고 그대로 가서 같이 땀을 뻘뻘 흘리는 게 우리들이 우의를 다지는 방법이었죠.

경제복지회에는 그 뒤에 들어갔는데, 경기 동기들은 근태가 거기 들어간 걸 좀 의아하게 여겼어요. 고등학교 때는 근태가 학생운동에 전혀 관계를 하지 않았잖아요. 그래도 존재감이 뚜렷해서 근태를 모르는 아이들은 없었지요.

경제복지회는 회원들의 집을 순회하며 모임을 가졌는데 우리 집에서 모임을 하고 친구들이 다 돌아간 다음에 어머님이 유독 근태만 지목해서, 얼굴 하얗고 얌전한 그 학생이 누구냐고 내게 물었어요. 근태는 별말을 않고 있어도 이상하게 존재감이 있었어요. 김국준

나는 책을 많이 읽고 수준 높은 토론을 하는 것으로 알려진 경제복지회에 마음이 끌렸다. 경제복지회에서 읽는 책은 경제뿐만 아니라 문학에서부터 사회과학 분야까지 폭이 넓었다. 소리만 요란한 빈 깡통이 아닌 것만은 분명했다. 그러나 내가 경제복지회에 들어간 더 결정적인 이유는 신준영 선배가 마음에 들었기 때문이다.

신준영 선배는 혼자서 하는 독서만으로는 채워지지 않는 내 내면의 갈증을 꿰뚫어보고 있는 것 같았다. 그는 상대 안에서 실력파로 알려져 있었지만 신입생인 내게 조금도 권위를 내세우지 않았다. 다른 선배들처럼 괜히 후배들에게 으스대려고 하지도 않았다. 자신에 차 있으면서도 진지하고 소탈한 그의 모습이 보기 좋았다. 경제복지회의 다른 선배들도 대체로 신준영 선배에게서 느껴지는 것과 비슷한 분위기를 가지고 있었다. 자신이 깊이 알고 있지 않은 걸 쉽게 주장하거나, 실감하지 않은 걸 과장하지 않은 분위기가 강했다. 그들이 만들어 내는 학구적이면서도 밝은 분위기에 나는 자연스럽게 동화되었다.

경제복지회에 가입하고 나서 나는 시간 계획을 더 꼼꼼하게 세워야 했다. 입주 가정교사와 별도로 방문 과외를 하나 더 하고 있었다. 대학생 선교회에도 계속 나가야 했다. 새로운 서클에 나가면서 갑자기 나가던 모임에 발길을 끊는 게 어쩐지 배신행위 같아서 대학생 선교회에도

한동안 계속 나갔다. 입주 가정교사, 방문 가정교사, 선교회, 경제복지회, 전공 공부, 인수봉 암벽 타기. 거기다 일본어까지 배워야 했다. 스코필드 박사와 한 신약성경 공부 덕분에 영어 원서를 읽는 건 그렇게 어렵지 않았지만 일본어 원서는 읽을 길이 없어 답답했다.

내가 읽고 싶었던 책 중에는 한국어로 번역되지 않은 일본 서적이 많았다. 경제복지회에서 내가 가장 먼저 얻은 것이 일본어 강독 능력이었다. 서클에서 1학년들을 대상으로 경제학과 사회과학 서적 강독에 필요한 일본어 학습 세미나를 열었다. 삼 일 속성 과정이라고 해서 처음에는 속으로 웃었다. 삼 일 동안 공부를 해서 일본어 원서를 읽는다는 게 어이없었다.

삼 일 속성 과정에는 이화여대 학생들도 함께 참여했다. 지도는 신준영 선배가 직접 맡았는데 인문, 사회과학과 경제학도에게 필요한 핵심 독법만 가르쳤다. 군더더기라고는 없는 학습 목적 중심의 과정이었다. 세미나를 이끄는 신준영 선배는 빛이 났다. 그보다 더 경제적인 방법으로 가르칠 수 있는 사람은 없을 것 같았다. 모두들 혀를 내둘렀다. 부드럽게만 보이는 그의 카리스마가 어디에서 생겨나는지 알 수 있을 것 같았다.

"전 삼 일에 끝낸다고 해서 농담인 줄 알았어요."

어떻게 그렇게 가르칠 수 있는지 묻는 내게 신준영 선배는 대수롭지 않게 대답했다.

"나도 배웠지, 선배에게. 너도 내년이면 할 수 있어."

삼 일 속성 과정을 마친 나는 거짓말처럼 일본 서적을 읽을 수 있었다. 청계천에는 일본인들이 버리고 간 역사, 철학 서적이 영어 원서보다도 많았다. 그동안 손대지 못했던 책을 맘껏 읽게 되었다. 나는 물 만난 고기처럼 신이 나서 청계천에서 보아 두었던 일본 서적들을 사들였다. 집에 가져다주어야 할 돈이 부족하다는 걸 알면서도 책에 대한 유혹을 뿌리치기가 어려웠다.

내가 그를 만난 건 경제복지회에서였다. 그는 서울상대 1학년에 다니는 햇병아리였는데 언제나 세계사나 철학서 따위의 두꺼운 원전을 끼고 다녔고 대화나 토론을 할 때는 핼쑥한 얼굴에 고뇌에 찬 표정을 지으며 낱말 하나하나의 선택에도 신경을 곤두세우곤 했던 학생으로 내 뇌리에 새겨져 있다. 라이트 밀스의 『들어라 양키들아』를 읽으며 가까스로 세상에 눈떠 가던 그 시절, 기독교 신앙과 사회과학이 미분화된 경제복지회의 낭만적 분위기 속에서, 그는 남다른 독서량을 바탕으로 예리하게 논지를 전개해서 선배들을 애먹이는 비상하게 똑똑한 후배로 사랑받는 존재였다. 한영숙

나는 어떤 일이 있어도 강의에는 빠지지 않았다. 처음의 목표를 늘 잊지 않으려 했다. 나는 경제계획을 수립하는 전문가가 되기 위해, 경제학을 공부하려고 상대에 온 것이었다. 선배들이 아무리 중요하다고 강조하는 행사가 있어도 강의와 겹치면 나는 강의실로 내뺐다. "강의 갔다가 올게요." 헤헤 웃으며 꽁무니를 빼는 나를 보고 경제복지회 선배들은 어이없어하기도 했지만 대체로 귀엽게 보아주었다. 내가 강의에 빠질 수 없는 또 다른 이유가 있다는 것을 아는 선배들은 없었다. 내게는 장학금이 필요했다.

그러나 강의는 내가 하는 게 아니었다. 시위가 있는 날에는 강의실이 텅 비고 교수조차도 들어오지 않기 일쑤였다. 나는 빈 강의실을 지

키며 수업 종료 시간까지 책을 읽었다. 나가라우 교수의 강의만 휴강이 없었다.

나는 강의실에서 나가라우 교수를 만나기 전까지 그가 일본인인 줄 알았다. 개강도 하기 전에 선배들이 나가라우 교수, 나가라우 교수했기 때문이다. 그가 왜 나가라우 교수가 되었는지는 강의 첫날 눈으로 직접 확인할 수 있었다.

출석을 부르고 막 강의를 시작하려는 순간에 삐걱 소리가 났다. 동급생 하나가 뒷문을 열고 들어섰다. 순간, 카랑카랑한 목소리가 강의실을 울렸다.

"나가라우!"

나도 깜짝 놀랐다. 지각한 학생은 강의실에 발도 들여놓지 못하고 쫓겨났다. 나가라우, 변형운 교수의 강의 관리는 철저했다.

학생들이 시위에 나가도 빠짐없이 시간에 맞춰 강의가 이루어지는 과목은 '경제정책론'이 유일했다. 교실에 남은 학생이 몇 명이건 개의치 않고 그는 강의를 진행했다. 그러나 진도를 나가지는 않았다. 출석을 부르지도 않았다. 강의실의 자리가 거의 비어 있어도 그는 아무 일 없는 것처럼 칠판에 경제학자 이름 하나를 분필로 적어 놓고는 강의를 시작했다. 애덤 스미스. 왜 진도를 나가지 않고 '경제정책론'과 직접 관계도 없는 경제학자들의 생애와 철학을 다루는지에 대한 설명도 없었다.

"애덤 스미스, 세리의 아들로 태어나 네 살 때 집시들에게 유괴됐던 인물이에요. 삼촌이 그를 집시들로부터 구출해 내지 않았다면 '보이지 않는 손'은 끝내 보이지 않는 손으로 남아 있었겠죠. 그의 전기를 쓴 존 레이가 애덤 스미스는 쓸 만한 집시가 되진 못했을 거라고 한 걸 보니까, 그의 삼촌이 쓸 만한 일을 한 것이겠죠. 귀족 타운센드의 아들을 데

리고 이 년 동안 유럽 여행을 하면서 국가행정 시스템을 관찰하고 쓴
것이『국부론』이에요. 애덤 스미스가 특별한 것은, 그의 경제학은 윤리
학과 분리되어 있지 않다는 것인데 사람들은 '보이지 않는 손'만 생각하
고 그의『도덕감정론』은 곧잘 잊어버립니다."

나는 강의가 끝나자마자 도서관으로 달려가서 애덤 스미스의 책을
찾았다.『국부론』만 있고『도덕감정론』은 없었다. 혜화동의 문리대에 있
는 중앙도서관에도『도덕감정론』은 없었다. 청계천의 헌책방 창인서점
에서 일어판을 겨우 구했다.

다음 강의 시간에 내 책상 위에 놓인『국부론』과『도덕감정론』을 보
고 변 교수는 빙긋이 웃으며 수업을 시작했다.

애덤 스미스의 '절대우위론'을 한 단계 발전시켜 '비교우위론'를 정립한
데이비드 리카도와 '인구론'으로 영국을 논쟁에 빠뜨린 맬서스, 대조적
인 인생을 산 두 경제학자의 우정에 대한 이야기도 인상 깊었다. 가족
이 아닌 벗에게 재산의 일부를 상속하는 풍속, 맬서스가 성공회 신부
였다는 사실도 재미있었다.

"아버지가 증권거래소 중개인이었던 리카도는 유서에 제3의 상속자
로 친구인 맬서스를 지명했습니다."

18세기에 증권거래소가 있었다는 사실에 놀라는 학생들에게 최초의
증권거래소가 네덜란드에서 탄생했다고 가르쳐 준 이도 변 교수였다.

"1602년 암스테르담에서 탄생한 증권거래소의 첫 투자 대상은 네덜
란드가 인도를 지배하기 위해 설립한 '동인도회사'의 주식이었습니다.
육십사 톤의 금을 자본금으로 모았습니다. 그렇게 출범한 동인도회사
의 선박은 향료와 섬유, 도자기 같은 값비싼 물건을 잔뜩 싣고 돌아왔
고, 동인도회사의 주식 시세와 배당금은 치솟았어요."

내가 고등학교 때 매료되었던 러셀의 대부였던 존 스튜어트 밀이 영국 국교인 성공회의 신도가 되기 싫어서 옥스퍼드대학교와 케임브리지대학교에서 공부하기를 거부하고 영국의 동인도회사에서 삼십오 년간이나 근무했다는 사실도 신기했다. 상대 도서관에는 밀의『정치경제학 원리』만 있고『논리학 체계』는 없었다.

변 교수가 마셜의 생애와 철학을 다룬 건 4월 16일, 목요일이었다. 한일회담 과정에서 박정희 정부가 평화선을 포기하기로 한 방침이 알려지면서 서울 시내의 모든 대학이 들끓고 있었다. 상대에서도 성토대회가 열렸고, 육십여 명은 미국의 한일회담 개입 중지와 '평화선 사수'를 주장하며 단식 농성에 돌입했다. 휴교령이 내려질 것이라는 소문이 돌면서 강의가 거의 이루어지지 않던 날이었다. 앨프리드 마셜, 변 교수는 칠판에 먼저 이름을 썼다.

"마셜은 그의 주저인『경제학 원리』첫 페이지에 이런 명언을 남겼습니다. 경제학은 부의 축적에 관한 연구인 동시에 인간에 관한 연구의 일부다. 경제학이 인간 중심의 학문이라는 것을 잊어서는 안 된다는 것이지요."

그는 들었던 마셜의 원서를 내려놓고 말을 이었다.

"마셜은 훌륭한 경제학자가 되는 데 반드시 필요한 두 가지 덕목을 제시했습니다. 뜨거운 가슴과 냉철한 머리가 그것입니다."

'뜨거운 가슴과 냉철한 머리'란 경구가 출현하게 된 사회적 맥락을 설명하고 변 교수는 강의실에 앉아 있는 다섯 명의 얼굴을 차례로 훑어봤다.

"이 자리에 있는 제군들은 냉철한 머리를 가진 것은 분명한데 뜨거운 가슴을 가졌는지는 잘 모르겠군요."

나는 뒤통수를 한 대 세게 얻어맞은 느낌이었다. 학교가 아무리 시끄러워도 강의를 계속하는 완고한 학자로 여겼던 그의 입에서 나온 말이었기에 더 당황스러웠다. 교실에 앉아 있던 학생들은 갑자기 나쁜 일을 하고 있는 녀석들처럼 되어버렸다. 뭐라고 반발하고 싶은데 이상하게도 그렇게 되지가 않았다.

"지금 이 자리에 없는 학생들이 뜨거운 가슴을 가지고 있는 건 분명하지만 냉철한 머리를 가지고 있는지 잘 알 수 없는 것과 마찬가지입니다."

"교수님은 냉철한 머리와 뜨거운 가슴, 그 둘 중에 어느 것이 더 중요하다고 생각하시는지요?"

앞자리에 앉아 있던 입학 동기 하나가 물었다.

"제군들, 훌륭한 경제학자의 자질은 둘 다라고 하지 않았나요? 둘 중에 어느 하나를 결여한 채 좋은 경제학자가 될 수는 없지요. 그러나 이렇게 바꾸어 질문할 수는 있겠군요. 둘 중 어느 쪽이 결여된 경제학자가 더 나쁜 경제학자냐?"

모두의 시선이 변 교수의 입을 향했다.

"가슴이겠지요."

그렇잖아도 몇 명 남지 않은 강의실이 정적으로 얼어붙었다.

"냉철한 머리가 없으면 무능한 경제학자가 되긴 하지만 괴물은 되지 않겠지요."

나는 얼굴이 화끈거렸지만 반박하지 못했다.

"제군들, 강의실에서 해야 할 공부도 있지만 때로는 거리에서 배워야 하는 것도 있는 법입니다. 우리의 이웃이 갈망하고 절규하는 게 무엇인지 느끼고 이해하고 해결하려는 가슴이 없다면 어떤 힘으로 경제학을 공부하지요?"

동급생 하나가 당돌하게 되물었다.

"그럼, 교수님은 강의실에서 가르칠 것만 있고 거리에서 가르쳐야 할 건 없나요?"

"있지요."

"그럼, 교수님은 왜 거리로 가지 않고 강의실로 오셨습니까?"

"…"

변 교수는 질문한 학생을 말없이 바라봤다. 널널하던 강의실이 순식간에 긴장으로 팽팽해졌다. 변 교수는 생각에 잠긴 채 침묵을 지켰다. 아주 길게 느껴지는 침묵 끝에 그가 입을 열었다.

"잠시 생각해 보았는데, 내가 교실 밖에서 가르쳐야 할 때라고 생각했을 때 그렇게 하지 않은 적은 없는 것 같군요. 다시 그래야 한다고 생각되는 상황이 닥치면 그렇게 해야겠지요."

더는 아무도 변 교수의 말을 반박하지 못했다. 아마 그건 그의 말 때문이 아니라 그의 진지한 눈빛 때문이었을 것이다. 너희들이 청년이냐. 그가 차라리 화를 냈다면 덜 상처 받았을지 모른다. 우리를 바라보는 그의 눈빛에는 분노가 아닌 실망과 안타까움 비슷한 것이 서려 있었다. 그 눈빛 앞에서 나는 심하게 흔들렸다.

강의는 다시 이어졌지만 시간을 채우지 못하고 끝났다.

누군가 강의실 문을 밖에서 두드렸다. 조교였다. 그가 내민 쪽지를 받아 본 변 교수가 착잡한 시선으로 우리를 바라보았다.

"휴교령이 내렸다는군요."

신준영 선배를 만나 변형운 교수가 어떤 사람이냐고 물었다.

"나가라우 교수님? 4·19혁명 때 학생들이 총에 맞아 쓰러지는 것을 보고, 가장 먼저 거리 행진에 나선 교수단의 한 사람이잖아. '학생들의 피값에 보답하라.' 그분들이 앞세운 현수막에 쓰인 그 한 문장에 4·19 혁명의 모든 진실이 담겨 있었지. 바로 그 한 문장에 이승만이 무너진 거야. 총 아니라 대포를 쏘아도 무너뜨릴 수 없는 그 한 문장이 더 많은 학생들의 희생을 막아 냈다고 봐야지."

냉철한 머리와 뜨거운 가슴, 변형운 교수의 말이 다른 무게감으로 다가왔고 나는 더욱 흔들렸다.

10

내가 통령을 만난 건 상대학생대표자회의에서였다. 휴교 중에 열린 학생대표자회의의 장소는 우이동에 있는 가톨릭 수양관이었다. 학교에서 가끔 그를 본 적은 있었지만 직접 마주치기는 처음이었다.

대표자회의라고 했지만 참가 대상이 명확하지 않은 비공식 모임이었다. 경제학과와 경영학과의 학생회 간부, 학년 대표, 각 서클 간부들이 두루 모였는데 참가 비율이 들쭉날쭉했다. 경제학과에서는 여섯 명, 경제복지회에서는 세 명이 참석한 반면 경영학과에서는 참석자가 둘뿐이었는데, 그나마 학회장도 대의원도 아니었다. 한 명도 참석하지 않은 서클도 있었다. 사회를 맡은 여학생은 경제복지회로부터 연락을 받고 참석한 나를 '경제학과 1학년을 대표하는 김근태'라고 소개했다. 어찌 되었건 다들 대표하는 학과든, 학년이든, 서클이든 있었는데 통령만 아무 곳도 대표하지 않았다.

"다 아시죠? 삼통령께서 참석하셨습니다."

상대에 셋뿐인 여학생 중의 하나인 사회자는 그를 삼통령이라고 했다. 후배들은 그를 선배님이라고 부르지 않고 그냥 '통령님'이라고 불렀는데, 선배들은 그를 상통령이라고 부르기도 하고 삼통령이라고 부르기도 했다. 삼통령이라고 부르는 선배들은 그의 별명 통령이 상대 대통령이란 뜻으로 붙여진 것이 아니고 서울대를 세 번 다녀서 붙여진 별명이라고 주장했다. 그는 서울대 공대에 입학했다가 교수의 부당한 행위를 참지 못하고 대들다 스스로 학교를 집어치운 다음 문리대 국사과에 시험을 봐서 다시 입학했다. 그렇게 입학한 문리대에서 그는 학생 시위 주동자로 제적되었다. 그리고 또 다시 시험을 봐서 들어온 곳이 서울대 상대였다. 칠 년에 걸쳐 세 번째 서울대를 다니고 있는 그는 존재 자체로 상대에서 영향력을 행사했다. 집회에서 그가 한쪽에 앉아 있기만 해도 그 집회의 무게감은 두 배가 되었다. 통령의 참석으로 해서 상대 학생대표자회의는 성원 여부와 관계없이 충분한 무게감을 확보했다.

휴교령 아래에서 열리는 비공개 집회라는 점을 의식해서 회의의 이름은 상대합동학술토론회로 되어 있었다. 학술토론회라는 이름에 맞추기 위해서인지, 지금까지 벌여 온 학생 시위의 정당성을 이론적으로 뒷받침하기 위해서인지 선배들 세 명이 차례로 주제 발표를 했다. 예상대로 선배들은 5·16군사정변에 대한 평가에서부터 한일협정, 한미행정협정과 베트남 파병, 경제개발계획에 이르기까지 박정희가 해 온 모든 일을 비판했다. 마지막, 경제개발5개년계획에 대한 비판도 신랄했다. 대외 의존도의 심화, 부의 편중, 금권 결탁. 동의가 되는 부분도 있었지만 그렇지 않은 부분도 분명히 있었다.

분위기를 깨는 것 같아 입을 다물고 있는데 사회자가 몇 되지 않는 1학년들에게 차례로 주제 발표에 대한 의견을 물었다. 신입생들도 뒤질세라 한마디씩 박정희 정부의 문제점을 추가했다. 부정부패, 생필품 부족, 물가 상승. 나는 최대한 예의를 갖춰서 발표자들에게 물었다. 5·16 군사정변 이전에 나라에 희망이 있었느냐? 지나간 옛 감정을 앞세워 일본을 배척하는 게 현대적인 생각이냐? 외국의 지원 없이 어떻게 경제개발이 가능하냐?

예상했던 것보다 반응은 훨씬 더 냉랭했다. 그동안 경제복지회의 선배들이 내게 무척 관대했다는 게 피부로 느껴졌다. 경제복지회의 선배들은 강압적인 분위기를 조성하는 경우가 없었다. 주제 발표를 맡았던 선배는 불쾌감을 감추지 않고 내게 되물었다.

"지금 그 질문이 말이 되는 소리라고 생각해? 너 서클이 어디냐?"

서클이 어디냐고 묻는 그가 좀 작아 보였다. 아버지가 누군지는 묻지 않으세요, 하고 쏘아 주고 싶었지만 참았다. 경제복지회에 누가 되는 것은 아닌가 싶어 선배들을 둘러보았다. 나와 눈이 마주친 신준영 선배가 씩 웃어 보였다. 용기가 되었다.

"네. 경제복지회 회원입니다. 그러나 사회자가 저에게 물은 건 제 개인의 의견이었지 서클의 의견이 아니었습니다. 제 개인의 의견을 말씀드리면, 저는 에너지와 기간산업을 우선 육성하려는 제1차 경제개발5개년계획이 큰 방향에서 옳고, 이러한 계획을 수립하고 추진한 박정희 정부의 공로에 대해서는 인정해야 한다고 봅니다."

주제 발표를 맡은 선배의 얼굴이 빨갛게 달아올랐다.

"그 계획이 옳다 치자. 그런데 그 계획을 수립한 공로가 왜 박정희에게 있냐? 그 계획은 이미 다 장면 정권 때 장준하 선생 그룹이 수립했던 거야."

나는 물러서지 않았다.

"그 계획이 잘못된 것이라면 장준하 선생을 비판해야 되는 거군요. 박정희 정부에는 그런 잘못된 계획을 실행한 제한적인 책임을 물어야 하는 거구요. 그렇지 않고 그 계획이 옳았다면 그 계획 수립의 공로는 장준하 선생에게 돌리고, 그 계획을 실행한 정도의 제한적인 업적만 박정희 정부에게 인정하는 게 타당하다, 그렇게 선배님의 말씀을 이해하겠습니다."

표현을 절제했지만 할 말은 했다. 후덥지근한 한여름의 회의장에 싸늘한 냉기가 흘렀다. 사회를 맡은 여자 선배가 분위기를 수습하지 못하고 있는데 누군가 큰 소리로 웃음을 터뜨렸다.

"하하하."

통령이었다.

"상대에 진짜 인물 났데이. 내는 인자 고마 하야해야 되겠다."

그의 농담에 얼어붙었던 회의장이 웃음으로 뒤덮였다. 이 틈을 타서 사회자는 재빨리 휴식을 선언했다.

이 시절의 김근태를 보고, 이후의 김근태를 상상하기가 어려워요. 말수가 많지 않았지만 모임에서 말을 하게 되면 어려운 어휘들을 많이 구사하면서 후배답지 않게 독서에서 습득한 자기 생각을 전개하곤 했어요. 그래서 비록 후배지만 선배들이 어렵게 대하는 후배였죠. 세미나를 하면 선배들도 읽지 않은 책을 읽고, 그걸 가지고 논리를 세워 철학적으로 말해서 선배들을 힘들게 만들기도 하는, 그런 후배가 김근태였어요.

난 어떤 사건에 연루되어 감옥에 오래 들어가 있었고, 그때는 사람들을 만나기도, 바깥소식을 듣기도 어려웠어요. 1970년대 후반 즈음에야 감옥에 들어온 사람들로부터 김근태의 활약상에 대해서 처음 들었지요. 내가 기억하는 학생 시절의 김근태는 항상 독서를 하고 문제를 논리적으로 접근하는 지적인 타입의 인간이었는데, 그때 감옥에서 들 었던 김근태는 학생 시절과는 많이 달라져 있었어요. 박성진

이어진 진짜 회의는 내가 낄 만한 것이 아니었다. 내용은 구체적이고 발언에는 책임이 따르는 것들이었다. 시국에 대한 진단과 학생운동이 나갈 방향이 제시되었는데 나로서는 논의에 참여할 근거가 없는 것들 이었다.

회의는 늦게 끝났다. 선배들에게 인사를 하고 돌아서는 내 팔을 누가 잡았다. 통령이었다. 그는 회의 내내 지켜보기만 할 뿐 한마디도 없었다.

"니 시간 쫌 되나?"

그의 표정이 호의인지 아닌지 읽기 어려웠다.

"오늘은 약속이 있어서요."

"그라머 언제 저녁에 시간 되노? 내캉 대포 한잔 하자."

"…"

"내가 하야할라 카이 이취임식은 해야 안 되겠나."

사흘 뒤 학교 앞 대폿집에서 만난 통령은 막걸리 주전자를 사이에 두 고 내게 이런저런 말을 시켰다. 이걸 대답하면 저걸 묻고, 저걸 대답하 면 또 다른 걸 묻고, 그는 자기 말은 않고 계속 내게 말을 시키기만 했 다. 한 시간 넘게 나만 이야기를 하고 나서야 그가 물은 게 모두 그동안 내가 선배들과 벌였던 토론의 쟁점이었다는 사실을 알아차렸다.

"그라니까네 니 말은 3·1운동 이후에 독립투쟁다븐 독립투쟁 한분 몬 하고, 미국, 소련 늠들 덕에 겨우 독립했시머 인자 정신 채리고 일본 늠들 돈이라도 땡기다가 잘살아 볼 생각을 해야 될 낀데, 아직도 정신

몬 채리고 헛소리나 하고 있다. 과거야 우쨋든동 그래도 뭐라도 해 볼라 그카는 박정희가 차라리 낫다, 이거제."

한 시간 넘게 내가 한 이야기를 그는 그렇게 딱 두 문장으로 정리했다. 나는 그의 말투가 우스워서 픽 웃었다.

"니는 마 억수로 잘났는데 우리 민족은 좆도 아이다? 니 그기 얼매나 택도 읎는 생각인 줄 모리제. 니 여기서 한 발자국만 더 나가머 우예 되는 줄 아나. 김활란이가 최고다, 박정희 없시머 나라 망한다, 이래 됐뿐다. 니 이승만 읎서가 나라 망해뿠드나?"

그는 아주 유쾌한 목소리로 김활란과 박정희, 이승만을 싸잡아 깔아뭉갰다. 김활란은 내가 지금까지 연모에 가까운 마음으로 존경해 온 여성 지도자였다.

"이승만이나 박정희를 왜 나쁘다고 그러는지는 알겠는데 김활란 선생까지 왜 비난받아야 하죠?"

그는 내가 들고 온 영문판 『자유론』을 힐끗 쳐다보고 나서 장난스럽게 입을 삐쭉했다.

"니, 뚜껍은 영어책 들고 댕기는 헛똑똑이 되지 말고 역사 공부부터 단디 쫌 해라. 내 말로 다 할라 카모 입이 아퍼가 되겠나. 니가 남의 말 듣고 생각 바꿀 늠도 아일 끼고. 내 책으로 줄 끼까네, 공부는 똑똑은 니가 직접 해라."

그는 옆에 놓인 보자기를 내게 건네주었다. 보자기를 풀어 보려는 나를 말리며 그는 다시 막걸리를 권했다.

"여어가 인마 술 묵는 데지 도서관이가. 마시자."

종암동에 돌아와 풀어 본 보자기 안에는 다섯 권의 책이 들어 있었다. 『의열단』 『북간도 반일 투쟁사』 『임시정부 약사』 『일제하 항일 운동사』『반민특위 사료』. 책을 읽어 가면서 나는 완전히 혼란에 빠졌다. 한 권 한 권의 책이 내가 지금까지 가지고 있던 역사에 대한 생각을 완전히 뒤집어 놓았다. 1919년 3·1운동 이후에는 민족해방을 위한 변변한 투쟁이 없었다고 나는 지금까지 배웠고, 믿었다.

3·1운동 후에 북간도에서만 무려 천삼백팔십구 회의 무장 충돌이 있었다는 일본의 치안 기록을 보고 나는 깜짝 놀랐다. 만주에서, 연해주에서, 상해에서, 국내에서 자신의 목숨과 가족의 안위를 버리고 바람처럼 살았던 투사들의 행적을 읽으며 나는 전율했다. 의열단원과 광복군, 그들을 도와준 동포들을 잡아들이고 고문한 노덕술과 최운하 같은 일제 특무들이 해방된 나라의 경찰 간부가 되어 활개를 치며 독립운동가들을 핍박한 것을 보고 나는 피가 역류했다. 내가 지금까지 깊이 존경해 온 여성 선각자 김활란이 1930년대 후반기에 '국민정신총동원조선연맹'에 가담하여 우리나라 처녀들에게 일본군의 위안부가 되라고 수백 차례나 순회 연설을 다녔다는 사실도 나는 그동안 까맣게 모르고 있었다. 전 재산을 처분하여 만주에 신흥무관학교를 세운 이회영 형제, 해방되지 않은 조국에 주검으로도 돌아오기를 거부했던 이상용 일가의 생애 앞에서 나는 그동안의 내 무지와 오만이 한없이 부끄럽고 죄스러웠다.

"어떻게 고등학교 3학년 때까지 어느 역사 교과서에도 이회영, 이상용 이런 분들의 이름이 한 번도 안 나올 수가 있지요? 북만주 지역에서 수천 회의 항일전투가 있었다는 사실을 어떻게 교과서에서 빼버릴 수가 있는 거죠?"

책을 돌려주기 위해 만난 통령, 최주백 선배의 눈을 피하며 나는 그동안의 무지를 그렇게 고백했다.

"민족의 정신을 다룬다는 작가며 예술가, 지식인이라 카는 것들까지 다 일본 늠들 똥구녕 핥던 늠들이 득세를 했는데, 언 늠이 그런 걸 가르치고 싶겠노? 우리 민족은 좇도 아이어서 일본 늠들 지배 받는 기 당연했다. 그라고 지금도 좇도 아이기 때문에 도적늠이라도 힘센 늠 나오머 그 밑에 기야 밥이라도 처묵는다. 그기 우리 마음속의 식민지라 카는 긴데, 그기 뭔지 잘 모리겠시머 니 가슴과 머릿속을 잘 들여다보머 빌 끼라."

그랬다. 그는 내 문제가 역사에 대한 잘못된 인식에서 비롯되었다는 것을 날카롭게 읽고 있었다. 3·1운동 때 한번 들고일어났다가 무너지니까 모두 일제에 복종하고 살아온 민족에게 무슨 희망이 있겠는가. 그래서 나는 대학에서 경제학을 전공하고, 서양에 가서 더 배우고 돌아와 우매한 우리 민중을 가르쳐서 잘살게 만들어 주겠다고 생각을 했던 것이다. 그의 말대로 나는 우리 민족의 역사를 뒷으로 여기는 내 안의 식민지에서 살고 있었던 것이다.

"박정희를 우얄 수 없는 현실로 받아들이는 한 우리는 다 식민지에 살고 있는 기다. 독일 봐라. 나치에 협력한 늠들 다 법정에 세우고 과거 싹 청산해뿠다. 독일 망했나? 우리는 와 몬 하는데? 우리 민족이 좇이어서? 장준하 선생같이 정신 똑바로 백힌 분이 하머 박정희보다 열 배는 더 잘할 끼다. 아직도 아이가?"

나는 대답하지 못하고 눈을 내리깔았다.

"아이머 내 하야 몬 하는데. 인마야, 나도 인자 마 졸업 쫌 하자."

나는 그가 따라 주는 술을 거절하지 못하고 받아 마셨다. 잘하지 못하는 술을 연거푸 마신 탓에 눈앞이 어질어질했다. 자리에서 일어서기 전에 그에게 항복을 표시해야겠다는 생각이 들었다.

"전 정말 이해가 안 돼요. 아무리 그래도 자신이 졸업한 이화학당에서 자신이 가르친 제자들에게 일본군의 위안부가 되라고 선동한 여자가 어떻게 해방된 나라에서 이화여대의 총장을 하고, 장관을 하지요? 이게 어떻게 사실일 수가 있죠? 전 어떻게 그것도 모르고 살았을까요?"

나는 겨우 그렇게 항복을 표시했다.

"와, 박정희는 괜찮고 김활란은 안 되나. 니 인간 차별하나?"

그는 호탕하게 웃으며 내 소심한 항복을 받아들였다.

"내는 인간 차별하는 종자들이 젤로 싫다."

11

나는 해야 할 공부가 더 늘었다. 한동안 역사책에 미친 듯이 몰입했다.

일주일 단위로 계획을 세우고, 그것에 따라 매일 잠들기 전에 다음날 일과표를 짰다. 시간 단위로 세운 일과표에는 빈틈이 없었다. 매월 첫째 주 일요일이 아니면 거의 삼선동 집에 가지 못했다. 지난달에는 일요일에 맞춰 가지 못하고 평일에 잠시 들렀다.

누나가 만나자고 종암동으로 전화를 했다. 집 밖에서, 그것도 형과 같이 보자고 한 건 처음이었다. 마음이 불편했다. 이번 달에도 책을 사는데 너무 많은 돈을 써 버렸다.

누나와 형이 먼저 와서 창경원 안에 있는 연못 앞 빵집에서 기다리고 있었다. 나와 형의 교복을 바라보는 누나의 얼굴에 행복한 미소가 번졌다.

"서울대 다니는 오빠, 동생과 같이 앉아 있는 기분 이거 괜찮은데."

누나는 성심여대 2학년이었다. 고등학교를 졸업한 누나가 대학에 가지 못하고 지도책을 팔러 다닌다는 소식을 들은 창덕여고 교장 선생님이 지난해 성심여대에 원서를 내게 했다. 수석으로 합격한 누나는 입학금과 등록금을 모두 면제받았지만 집안의 생활비를 보태기 위해 가정교사를 두 개나 하고 있었다.

"나 오늘 월급 받았으니까, 실컷 먹자. 우리 셋이 이렇게 밖에서 뭐 먹어 본 거 처음이다. 그렇지, 오빠?"

"내가 니들 빵집에 한번 못 데리고 갔구나."

"아냐, 오빠. 빵집에 안 와서 그렇지 그동안 여러 번 오빠가 빵 사다 줬잖아."

누나는 팥빵과 찹쌀도넛, 우유도 세 잔 시켰다. 형은 포크로 찍은 도넛을 입에 넣지 못하고 누나를 물끄러미 바라봤다.

"왜, 내 옷에 뭐 묻었어?"

누나는 형의 눈길을 좇아 자신의 옷을 살폈다. 누나가 입고 있는 옷은 고등학교 때 입던 교복을 고친 것이었다. 치마의 단을 줄이고 블라우스의 카라 모양을 솜씨 좋게 바꾼 것은 어머니였다. 누나는 그 옷을 입고 이 년째 대학에 다니고 있었다.

"내가 내년에 졸업하고 취직하면 태련이 양장 한 벌 해 줄게."

"아이고 됐어요. 지금도 데이트하자는 남학생들이 줄을 서요."

서로의 대학 생활에 대해 묻고, 얘기하던 끝에 누나가 조심스럽게 내게 물었다.

"넌 데모하는 데 안 끼지? 어머니 아버지가 매일 걱정이셔."

동남아 국가들이 전승국의 자격으로 배상을 받은 것과 달리 독립 축하금 명목으로 무상 원조 삼억 달러, 차관 이억 달러를 받고 일본과 체결한 협정의 세부 내용이 드러나면서 반정부 시위는 더욱 거세지고 있었다. 특히 우리나라가 배타적으로 고기잡이를 할 수 있는 전관수역 40해리를 포기하고 일본이 원하는 대로 12해리로 물러섬으로써 전관수역과 직결된 평화선마저 내준 것에 대해서는 보수층마저도 반발했다. 여기에 더해 박정희 대통령이 미국에 가서 주한 미군에 대한 재판 관할권을 양보하고 돌아왔다는 사실이 알려지면서 반정부 시위는 전국으로 확산되어 나갔다. 지방의 고등학생들까지 나서서 '평화선'과 '민족 주권' 사수를 외치며 단식 농성을 벌이는 판에 상대라고 조용할 리 없었다.

"누나, 나 감독하러 특사로 왔구나."

"아냐. 그건 아니고 오빠랑 너랑 의논할 게 있어서."

누나는 다시 집을 장만하자고 했다.

"언제까지 사글셋방에 살 순 없잖아. 오빠와 우리가 조금 더 뛰자."

그건 누나와 내가 가정교사를 하나씩 더 구하고 형이 번역을 더 많이 하자는 말이었다. 형은 자신이 취직을 할 때까지 조금만 더 그대로 견뎌 보자고 했지만 형 혼자서 해결할 수 있는 일은 아니었다.

개조한 고등학교 교복을 입고 앉아 있는 누나 앞에서 더는 못 한다는 말이 나오지 않았다. 그러나 쉬운 일이 아니었다. 방문 가정교사 자리를 구하는 것도 어려웠지만 오래 계속하기는 더욱 어려웠다. 엄 선생 집 같은 곳은 아주 예외였다. 지금 하나 하고 있는 방문 과외도 벌써 두 번째 바뀐 집이었다. 다음 달 시험에서 성적이 바로 올라가지 않으면 참지 못하는 사람들이었다.

그때 나는 우리 형제가 집안을 일으켜야 한다는 생각만 했어요. 오빠나 근태가 얼마나 힘들지는 생각 못했죠. 성심여대에 다니는 나도 하는데 서울대 다니는 오빠와 동생이 못할 게 뭐 있나, 그렇게만 생각한 거죠. 시간이 지나고 나서야 내가 오빠와 동생을 얼마나 힘들게 한 건지를 알았죠. 특히 꿈 많고, 누구에게도 지기 싫어하는 근태에게 내가 주지 말았어야 할 부담을 준 거죠. 그랬기에 우리가 삼 년 뒤에 다시 시민주택 한 칸이라도 마련하긴 했지만요. 김태련

누나는 우리 집을 마련하기 위한 계획을 차근차근 설명했다. 나는 누나의 시선을 피해 연못을 바라보고 있었다. 우아한 자태를 뽐내며 수면 위에 떠 있는 백조를 바라보며 나는 혼잣말로 중얼거렸다.

"참 힘들겠다."

"그렇게 힘들지 않아. 이렇게 하면 삼 년 안에 우리 집 마련할 수 있어."

내 쪽으로 몸을 기울이며 진지하게 말하는 누나를 보고 나는 웃고 말았다.

"아냐. 쟤들 말야."

백조는 짐짓 거만하게 좌우를 살피며 천천히 수면 위를 가로지르고 있었다.

"지금 수면 아래에서는 죽어라고 갈퀴질을 하고 있을걸."

수면 위의 우아한 자태를 유지하기 위해 혼신을 다해 수면 아래에서 허우적거려야 하는 백조의 처지가 지금의 내 처지를 보는 것 같았다. 누나의 제안은 결정 사항이 되었고, 나는 일상을 지탱하기 위해 수면 아래에서 쉬지 않고 갈퀴질을 하는 백조가 되어야 했다.

기말고사도 보지 않고 조기 방학에 들어갔던 학교는 2학기 개강을

8월로 앞당겼다.

다행히 개강을 앞두고 평창동에 방문 가정교사 자리를 하나 더 얻었다. 내가 해야 할 공부는 공부대로 늘어나고 있었다. 보아야 할 책도 밀렸다. 일주일에 두 번은 서클에 나가야 했다. 정신없이 뛰었다. 잠을 더 줄이는 수밖에 없었다. 자주 코피가 났다. 강의가 끝나고 평창동에 들러 중학생 하나를 가르치고 종암동으로 와서 늦은 저녁을 먹고 규영이와 성영이 공부를 봐 주었다.

고등학교에 들어간 성영이의 내면이 흔들리는 것을 느끼면서도 충분한 시간을 가지고 돌봐 주지 못한 것이 마음에 무척 부담이 되었다.

학교에서도 힘이 들었다.

나는 중심을 잃지 않으려고 안간힘을 썼다.

그러나 상황은 점점 선택의 여지를 줄여 나갔다.

어젯밤, 박정희 대통령은 정부 각료 전원과 군 수뇌부, 서울 시내 대학 총장들을 배석시키고 학생 시위를 뿌리 뽑겠다는 담화를 발표했다. 시위 주동 학생을 색출해서 처벌하고 그런 학생들이 소속된 대학은 아예 없애버리겠다는 것이었다. 오늘 위수령이 선포되었고 전방에 주둔하고 있던 6사단 병력이 서울에 진주했다.

나는 박정희라는 인물이 점점 이해하기 어려웠다.

근태가 박정희에게 가졌던 막연한 기대를 버리는 데는 시간이 많이 걸리지 않았어요. 근태는 다른 까다로운 이론적 문제를 가지고 선배들을 애먹이긴 했지만 박정희 가지고는 전혀 그러지 않았어요. 박정희에 대한 설명은 그의 이력만으로도 충분했던 것 같아요. 나라가 망해 식민지가 되었을 때는 일본군 장교가 되어 항일 세력을 소탕하고, 일본

이 패망하고 나라가 독립했을 때는 임시정부로 달려가 광복군복으로
갈아입고, 우익이 불리했을 때는 군대의 남로당 조직책으로 활약하고,
좌익이 궁지에 빠졌을 때는 자신이 조직했던 동료들을 우익에 팔아넘
기고, 그렇게 살아남은 사람이 박정희였잖아요. 박동수

　내가 박정희를 이해하기 어려웠던 것은 현란한 변신 그 자체보다도
'대동아공영권을 확립하는 성전에 참여하여 사쿠라처럼 산화하겠다'
고 일본 천황에게 맹세한 그가 왜 일본군복을 벗어던지고 광복군복으
로 갈아입었는지에 대해 단 한마디의 해명도 한 적이 없다는 사실이었
다. 사람이 살면서 생각과 입장이 바뀔 수는 있다. 그러나 납득할 만한
설명은 필요한 것이다. 나는 그의 영혼이 참으로 궁금했다. 그는 자신
의 변신에 대해 스스로에게 뭐라고 설명할까? 반공을 국시로 내세우면
서도 자신이 한 공산주의 활동에 대해서는 한마디의 해명도 하지 않는
그의 영혼이 나는 무서워지기 시작했다.

12

　위수령에도 학생들은 물러서지 않았다.
　무장 군인들은 대학에 난입하여 시설물을 부수고 학생들을 폭행했다.
　문교부 장관은 징계해야 할 교수 스물한 명과 처벌해야 할 학생 백오
십일곱 명의 명단을 학교에 통보하고 이틀 안으로 결과를 보고하라고
지시했다.
　학생들은 대학별로 '학원방위단' 결성에 나섰다. 상황은 숨 가쁘게 진

전되었다. 그동안 단과대학별로 행동해 온 서울대에서도 연합 '학원방위단' 결성에 착수했다. 오늘 잡혀 있던 경제복지회의 정례 모임도 '학원방위단' 구성을 위한 긴급회의로 전환되었다. 상황이 상황인 만큼 토의는 길지 않았다. 위수령이 계엄령으로 바뀌고, 학교에 휴교령이 내려질 경우에 대한 대책이 결정되었다.

회의를 마치고 서둘러 일어서려는데 신준영 선배가 불렀다.

"오늘도 바쁘냐?"

오늘은 일과표가 가장 빡빡한 목요일이었다. 바로 방문 가정교사를 하는 평창동으로 달려가야 시간을 맞출 수 있었다.

"29일이 '학원방위단' 결성식인 거 알지?"

나는 일정을 확인하기 위해 수첩을 꺼냈다.

"일요일엔 강의 없다!"

내가 미처 수첩을 펼치기도 전에 신준영 선배가 못을 박았다.

"오는 거다."

수업 갔다 오겠습니다, 하고 헤헤 웃으며 도망갈 때마다 씩 웃으며 넘어가 주던 그였다.

8월 29일 일요일, 범 서울대학교 '학원방위단' 결성식이 혜화동에서 열렸다. 나치나 파시스트 정권도 하지 않던 학원 탄압을 자행하는 박정희 정부에 맞서 끝까지 싸우겠다는 결의문이 채택되었다. 선배들 틈에 끼어 있는 나를 발견한 신준영 선배가 다가와 내 어깨를 두드려 주었다.

"야, 이제 모든 행사는 일요일에 해야겠다."

내가 학원방위 투쟁에 참여하기로 결심한 것은 내가 강해서가 아니라 박정희가 무섭고, 그가 만들어 갈 세상이 두려웠기 때문이었다. 그는 자신이 걸어온 길에 대해 한 번도 해명하지 않았지만 그가 걸어가게 될 길이 무엇인지는 너무나 분명하게 설명하고 있었다. 그가 지금까지 살아온 방법이 그가 앞으로 살아갈 방법이었다. 그것이 그가 걸어온 길을 설명하지 않는 진정한 이유라는 걸 나는 최근에야 눈치채기 시작했다. 그의 과거가 곧 그의 미래였다. 그가 걸어온 길 안에 그의 가치 기준이 무엇인지에 대한 설명이 고스란히 담겨 있고, 그 가치 기준에 조금의 변화도 없는데 별도의 무슨 설명이 그에게 더 필요했겠는가.

그가 만들어 갈 미래의 한 풍경이 '학원 사찰 백서'에 실려 있었다.

정보기관이 대학생을 돈으로 매수해서 학원 사찰을 하고 있다는 의혹은 벌써 여러 차례 제기되어 왔다. 학원방위 투쟁도 학원 사찰 행위에 대한 잇따른 폭로가 그 시발점이었다. 학원 사찰의 내막을 폭로한 문리대의 손철원은 정보기관에 납치되어 린치를 당했다. 대통령의 대학 폐쇄 방침과 무장 군인들의 대학 난입은 학원방위 투쟁에 기름을 부은 셈이었다.

나는 학원 사찰에 대해 들으면서도 그것이 조직적으로 전개되는 일이라고는 믿지 않았다. 더구나 바로 내 곁에서 벌어지고 있는 일이라고는 상상하지 못했다. 그러나 내가 생각하는 것보다 훨씬 빠르게 우려는 현실로 바뀌고 있었다. 여러 대학에서 활동해 온 비밀 조직의 세부 실체가 드러났다. 정보기관으로부터 활동비를 지원받고 프락치 노릇을 해 온 정보원들의 신원이 노출되었는데, 나와 같이 강의실에 남아 수업을 들었던 이들 중에 둘이 거기에 연루되어 있었다. 기자로 가장한 선배를 통해 그들이 받은 정보비는 일 인당 이삼천 원이었다.

이것은 아니었다. 나는 자신의 국민을 비열한 인간으로 만드는 정부의 도덕성에 대해 참을 수 없는 혐오감을 느꼈다. 국민을 책임진 정부가 국민에게 해서는 안 되는 일을 하고서도 부끄러워하지 않았다. 이것이 자신의 과거에 대해 한마디의 해명도 하지 않는 박정희가 걸어갈 미래였다. 돈 몇천 원에 자신의 젊은 영혼을 팔아버린 이들이 측은했고, 그들로부터 영혼을 훔쳐 간 권력이 소름 끼치게 싫었다.

그러나 나는 알 수 없었다. 내가 어디까지 나가야 하는지, 어디까지 나갈 수 있는지. 분명한 건 더 이상 선배들에게 헤헤 웃으며 집회에서 빠져나와 강의실에 다녀올 수는 없다는 사실이었다. 학원방위 투쟁은 동맹휴교가 핵심 내용이었다. 수업과 시험은 이 투쟁과 공존할 수 없었다.

참으로 긴 하루였다. 방문 가정교사, 교수 면담, '학원방위단' 결성식.

종암동으로 돌아왔을 때는 지칠 대로 지쳐 있었다. 규영이와 성영이의 방을 잠깐 둘러보았다. 영어 문법 몇 개를 짚어 주고 나오려는데 성영이가 쭈뼛거렸다.

"왜?"

"오빠, 요즘 많이 바빠요?"

성영이가 무슨 말인가 하려는 눈치였다.

"조금. 뭐 할 얘기 있어?"

이럴 땐 차분히 앉아서 내가 먼저 이런저런 것을 물어 주어야 했다. 그런데 내 마음에 여유가 없었다.

"아녜요. 오빠, 너무 피곤한 것 같은데 다음에 얘기해요."

"미안해. 오빠도 내일 시험이야."

휴교령에 이어 조기 방학을 하는 바람에 1학기 기말시험이 2학기로 미뤄진 것이었다.

내 방으로 와서『경제원론』을 펴 들었지만 눈에 들어오지 않았다. 동맹휴교를 결의한 학원방위 투쟁에 이미 발을 올려놓은 나였다. 동맹으로 거부하기로 한 대상에는 강의와 시험이 모두 포함되어 있었다. 전공에 최선을 다한다, 강의에 빠지지 않는다는 내 원칙을 버려야 하는 일이었다. 그것은 장학금과도 직결되어 있었다.

내가 기계가 되어 버린 것 같단 생각이 들었다. 가정교사를 세 개나 하도록 몰아붙인 누나가 원망스러웠다. 시위에 가담하지 못하게 만들 속셈으로 생활의 올가미를 내게 씌운 건 아닐까. 누나의 의도가 의심스럽기도 했다. 건성으로 보고 있던『경제원론』을 덮고 방바닥에 벌렁 드러누웠다. 눈을 감은 채 길게 숨을 몰아쉬었다. 이렇게 힘들게 살아야 하나? 회의가 밀려들었다.

나는 모든 것에서 지치고 있었다. 총체적 난국, 언론이 현재의 시국을 두고 한 표현이 지금의 내게 딱 맞는 말이었다.

누운 채 담배를 꺼내 물었다. 고등학교 2학년 시절 배운 담배가 이럴 때는 위안이 되었다. 외롭고 흔들릴 때 나는 혼자 담배를 피웠다. 진달래 한 모금을 깊이 빨아들이고 천천히 내뱉으며 흔들리는 나를 달랬다. 피곤이 몰려왔다. 이대로 깊은 잠에 빠져들고 싶었다.

그러나 섬광처럼 뇌리에 엄습하는 것이 있었다. 여기서 무너지면 다시는 일어나지 못할 것 같은 예감이었다. 나는 벌떡 일어나 책상에 앉았다. 메모를 하며『경제원론』한 권을 밤새 정리했다. 시험을 보든 보지 않든 한 학기 동안 공부한 걸 마무리는 하고 넘어가는 게 마땅했다. 중심을 잃지 않으려는 내 발버둥이기도 했다. 창밖으로 날이 밝아 왔고, 나는 책가방을 챙겼다.

하필 아침 식탁 앞에서 코피가 났다. 식구들도 놀라고 나도 놀랐다. 종암동 식구들이 보는 앞에서 코피를 흘리기는 처음이었다.

홍릉, 교문 밖에는 이미 진압 경찰과 무장 군인이 배치되어 있었다. 정문에 들어서자 본관 건물 앞에서 집회를 하는 학생들의 구호 소리가 들렸다. 곧장 가면 본관이고 왼쪽으로 가면 오늘 『경제원론』 시험이 있는 강의동이었다.

나는 가방을 손에 든 채 오래 강의동을 올려다보았다. 어떤 상황에서도 지켰던 강의실의 창문들이 눈에 와 박혔다. 빈 강의실을 지키며 밖을 내다보던 창을 오늘은 밖에서 바라보고 서 있었다.

나는 몸을 돌려 '학원방위 상대 학생총회'가 열리는 본관을 향해 천천히 발걸음을 옮겼다.

내가 얼마나 먼 길을 향해 걸어가기 시작했는지, 나는 그 순간에는 미처 알지 못했다.

13

전통적으로 이론을 중요하게 여겨 온 상대에는 학습 서클이 많았다. 이론 능력이 떨어지면 어디에서도 존중받기가 어려운 곳이 상대였다. 경제복지회가 두각을 나타낸 것도 신준영 선배와 같은 쟁쟁한 이론가들이 포진하고 있었기 때문이었다.

이론의 우월성을 둘러싼 서클들 사이의 경쟁도 치열했다. 신입생을 대상으로 한 세미나의 수준 경쟁은 불꽃이 튀었다. 신입생 세미나의 성패가 서클의 한 해를 결정했다. 그래서 각 서클의 대표 선수들이 나서서 신입생 세미나의 지도를 맡았다.

선배들이 신입생 세미나 지도를 2학년인 내게 맡긴다고 했을 때 나는 의아했다. 2학년이 신입생 세미나 지도를 맡는 서클은 거의 없었다. 경제복지회에서도 드문 일이었다. 지난해 신입생 세미나에서 내가 선배들을 애먹인 데 대한 응징일지 모른다는 생각이 먼저 들었다. 나는 모두가 당연한 걸로 받아들이고 넘어가는 문제들을 걸고 넘어져서 선배들을 당황하게 만들었다. 그건 당연한 거지. 그게 왜 당연한데요? 이런 상황이 여러 번 되풀이되었다. 너도 한번 당해 보라고 신입생 세미나를 내게 맡기는 건 아닐까?

"너 같은 신입생만 없으면 문제없을 거야."

선배들의 농담도 그런 생각을 가지게 만들었다. 그러나 그럴 순 없었다. 신입생 세미나는 서클 내부의 일로 끝나는 게 아니었다. 신입생 세미나의 수준이 서클의 위상을 좌우했다. 나를 골탕 먹이려고 서클의 위상을 걸 리는 없었다.

쟁쟁한 선배들을 제쳐 두고 내게 그 일을 맡긴 건 다른 서클을 향한 일종의 시위 비슷한 성격을 띠고 있다는 걸 나는 곧 눈치챘다.

상대 조교로 있던 내가 김근태를 처음 만난 건 그가 2학년 때였어요. 김근태는 몇 년 만에 나올까 말까 하는 비상한 인물이었죠. 뛰어난 판단력, 과학적인 사고를 가진 '천재'라고 할 만했어요. 2학년 초엔 대부분 운동을 계속할 것인가 말 것인가, 삶의 방향에 대한 고민을 주로 이야기하는데 그로부터는 그런 이야기를 들은 적이 없어요. 그때 이미 신념이 확고했던 것 같아요. 안명직

경제복지회는 2학년만으로도 충분히 신입생을 지도할 능력을 가진 서클이라는 자신감의 표현 방식으로 내가 발탁되었다는 것을 선배들의 눈빛에서 어렵지 않게 읽을 수 있었다. 나는 은근히 어깨에 힘이 들어갔다. 그러나 그것은 잘해야 한다는 강한 압박으로 내게 다가왔다.

선배들이 교재로 사용해 온 정치경제학 서적들에다 문학과 철학서를 더 많이 보충했다. 중학교 시절부터 읽은 문학과 철학에서는 나도 선배들에게 뒤지지 않을 자신이 있었다.

닮고 싶은 선배였죠. 1학년 때 경제복지회에 들어간 우리의 세미나를 지도한 게 김근태 선배였어요. 일 년 선배일 뿐인데 아는 게 왜 그렇게 많은지. 본인이 지적이었고, 또 지적인 사람을 좋아했어요. 도스토옙스키의 『카라마조프의 형제』를 읽고 거기에 나오는 인물들에 대해 토론한 적이 있었습니다. 대부분 이 소설에서 이상적인 인물로 그리고 있는 셋째 아들 알료샤를 제일 마음에 들어했지만 김 선배는 둘째 아들 이반 표도르비치가 좋다고 했어요. 이반은 정직하고, 강한 이성을 가진 인물이었던 거 같아요. 겉으로 많이 드러나는 인물이 아닌데 이야기의 중심에 있는 인물이기도 하고요. 정이영

세미나가 아주 잘 진행되어서 신입생들이 감동에 가까운 반응을 보이면 내가 좀 대단한 사람이 된 것 같은 느낌이 들었다.

반대로 어딘가 헛바퀴를 돈 것 같은 날에는 잔뜩 위축이 되었다. 오늘이 바로 그런 날이었다. 세미나를 진행하는 동안에 내 말이 튕겨져 나온다는 느낌을 여러 번 받았다. 세미나가 끝나고 나서도 후배들의 눈빛에서 어쩐지 다른 날 같은 존경을 읽을 수 없었다. 자신이 왜소하게 느껴졌다.

패배자처럼 터덜터덜 걸어서 집으로 돌아왔다. 다음 세미나는 완벽하게 준비해서 후배들의 기를 팍 꺾어 놓고 말겠다는 생각이 고개를 쳐들었다. 일단 생각이 거기에 미치자 발걸음이 바빠졌다. 머릿속은 빨리

집으로 돌아가서 다음 세미나에 대비해야겠단 생각으로만 가득 찼다.

종암동 집에 도착한 나는 규영이의 진도를 살펴보고 서둘러 성영이의 방으로 갔다. 성영이에게는 시간을 좀 더 내 주어야 했다. 서클의 세미나를 지도하는 데 그동안 가정교사로 아이들을 가르친 경험도 도움이 많이 되었다. 그러나 정작 나를 믿고 의지해 온 규영이와 성영이에게는 충분히 시간을 내 주지 못하고 있었다. 그게 계속 마음에 부담이 되었다. 특히 성적이 떨어진 성영이에게 미안했다. 눈에 띄게 흔들리는 수학부터 빨리 잡아 둬야 했다. 그러나 문제를 푸는 성영이의 태도는 불성실했다. 답도 틀리기 일쑤였다.

"엄성영, 너 왜 이래?"

공부 때문에 나무란 적이 없는 아이였다.

"뭐가요?"

의외의 반문이었다. 성영이는 흩어진 단발머리를 손가락으로 빗어 넘기며 불만스러운 눈빛으로 나를 쳐다봤다.

"이거 어려운 문제도 아닌데 틀렸잖아."

"전 틀리면 안 돼요? 제가 기계예요?"

야단을 치려다가 성영이의 눈을 보고 나는 입을 다물고 말았다. 그 아이의 눈동자가 눈물로 그렁그렁했다.

"무슨 일 있니?"

"오빠가 무슨 상관이에요. 언제, 제 성적 말고 저에게 관심을 가졌던 적이 있었어요?"

이제 성영이도 아이가 아니었다.

"오빤 대학 들어가고 나서 너무 달라졌어요. 그 전엔 안 그랬잖아요. 이것저것 다 물어보고, 무엇이든 다 들어주고, 놀아도 주고 그랬잖아요.

그런데 지금은 뭐예요. 그저 국어, 영어, 수학. 공부 이외에는 아무것도 물어보지 않잖아요."

내가 할 수 있는 말은 한 마디밖에 없었다.

"미안해."

내 방으로 돌아와 책상 앞에 앉았다. 집으로 돌아오면서 다음 세미나를 준비하려고 했던 생각이 너무나 부끄러웠다. 내가 책임져야 할 의무가 있는 아이들에게는 최선을 다하지 않으면서 세미나에 대한 후배들의 반응에 그렇게 민감하게 반응하는 자신이 낯설었다. 이 꼴이 뭔가.

힘들고 슬픈 밤이 지났다. 그리고 더 힘든 다음 날이 찾아왔다.

모든 약속을 취소하고 집으로 돌아왔지만 성영이의 방으로 가지 못한 채 내 방에 멍청히 앉아서 창을 적시는 저녁노을을 바라보고 있었다. 전화벨 소리가 울렸고, 식모로 일하는 아이가 소리쳤다.

"선생님, 전화 받으세요."

"아버지가 돌아가셨다."

아무도 지켜보는 사람 없는 셋방에서 아버지는 외롭게 세상을 떠났다.

작은아버지가 농사를 짓던 시골의 언덕배기에 아버지를 모셨다. 관 위에 흙을 뿌리면서도 나는 울지 않았다. 나는 아버지를 용서하지 않았고, 그건 장례를 치르고 돌아오면서도 달라지지 않았다.

내가 아버지를 용서할 수 없게 된 날의 이야기는 정말 묻어 두고 싶었다. 그래서 유년을 회상하면서도 일부러 건너뛰었던 부분이다. 그러나 이 이야기를 빼버리고는 도저히 나와 아버지의 관계를 설명할 길이 없을 것 같다.

아버지에게 두 번째로 매를 맞았던 날이었다. 달걀 사건으로 아버지에게 종아리를 맞은 적이 있었지만 그때와는 분위기가 전혀 달랐다.

"이놈, 니가 훔쳤지!"

평소에 그렇게 자상했던 아버지가 내 멱살을 움켜잡고 면도날을 내놓으라고 했다. 질레트 면도날, 지금도 내게는 치가 떨리는 이름이다. 처음엔 어안이 벙벙했다. 도무지 알아들을 수가 없었다. 그러나 곧 사태를 알아차렸다. 아버지의 안주머니에 넣어 두었던 질레트 면도날 한 갑이 없어진 것이었다. 미군 부대에서 흘러나왔을 그 면도날의 절도범으로 아버지는 나를 지목한 것이었다.

이 일은 내가 집 안의 닭장에서 달걀을 몰래 꺼내다가 흰 수염이 길게 난 할아버지의 가게에서 과자와 바꿔 먹다 아버지에게 발각된 지 얼마 지나지 않아서 벌어진 일이었다. 달걀 사건으로 나를 신뢰하지 않게 된 아버지는 면도날이 없어지자 막무가내로 나를 범인으로 몰아붙였던 것이다. 나는 아니었다. 기가 막혔다. 절대 내가 그러지 않았다고 했지만 아무 소용도 없었다. 멱살을 잡힌 나는 도망칠 수도 없었다. 나는 버텼다. 끝까지 버티자 아버지는 나를 부엌으로 끌고 갔다. 어머니가 숯불에 담가 둔 인두를 꺼내 내 입가에 들이대며 거짓말을 하는 입은 지져야 한다고 위협했다. 나는 절대로 그런 일이 없다고 저항하고, 울면서 호소했지만 아버지의 냉소는 차디찼다. 달걀 사건으로 신뢰를 잃은 내 몸부림은 설득력이 없었다.

결국 나는 굴복하고 말았다. 불에 달군 인두 앞에서 나는 거짓 자백을 하고 말았다. 장돌뱅이에게 면도날 한 갑을 주고 돈을 받아 박하사탕을 사 먹었다고 했다. 서러워서 눈물이 끝도 없이 흘러내렸다. 그러나 아버지는 거기에서 끝내지 않았다. 달걀 사건 때 그랬던 것처럼 나를 끌고 면도날을 팔아먹었다는 장터로 갔다. 나는 어쩔 수 없이 장터의 적당한 곳을 가리키며 거기 있던 장돌뱅이에게 면도날을 넘겼다고 했다. 내 얼굴은 억울함과 원망으로 범벅이 된 눈물로 얼룩졌다. 폭력에 굴복한 나 자신이 가증스러웠고 거짓 자백을 한 나를 끝까지 끌고 다니면서 무참한 굴욕을 가하는 아버지가 말할 수 없이 미웠다. 살고 싶지가 않았다. 나는 꽤 오랫동안 모든 일에 의욕을 잃고 의기소침하게 지냈다.

그런데 면도날이 나타났다. 그것도 한 갑 그대로. 잠결에 아버지와 어머니가 주고받는 이야기를 얼핏 들었다. 아버지 주머니에 구멍이 나서 그 아래로 떨어졌다는 것이다. 가슴 저 깊숙한 곳에서부터 바윗덩이 같은 억울함이 되살아났지만, 한편으로는 누명을 벗게 되었다는 환희에 젖어 다시 잠에 빠져들었다. 그러나 면도날을 찾은 그 이튿날 어머니와 아버지는 어색해하시기만 할 뿐 사실을 자세히 설명해 주지도, 내게 용서를 구하지도 않았다. 나는 이 일을 잊을 수가 없었다. 잊어버려도 괜찮은 그런 일이 아니었다. 이 사건을 떠올릴 때마다 나는 치욕과 분노로 몸을 떨었다.

내가 경기고등학교에 입학했던 해, 집으로 돌아오면 아버지는 골목길에 있던 복덕방에서 장기를 두다가 나를 맞이했다. 복덕방에 있던 노인들이 나를 아버지의 붕어빵이라고 말하면 아버지는 흐뭇해했다. 그러나 나는 아니었다. 나는 속으로 외쳤다. 난 아버지와 달라. 아버지처럼은 절대 살지 않을 거야. 나는 아버지와 대립하고 갈등하며 성장했다. 아버지를 닮지 않으려는 필사의 노력이 만들어 낸 게 지금의 나였다.

아버지의 장례 기간에도 나는 면도날 사건으로 아버지가 내게 입혔던 상처를 떨쳐 버리지 못했다. 누나는 너무나 서럽게 울었지만 나는 울지 않았다.

하지만 잘못은 내게도 있었다.

그때 나는 불에 달군 인두를 든 아버지에게 굴하지 않고 내 결백을 끝까지 주장했어야 했다. 그리고 면도날이 발견된 다음, 내게 용서를 빌지 않았던 아버지의 비굴함을 그 즉시 추궁했어야 옳았다. 그랬더라면 아버지의 무덤 앞에서 내가 이토록 복잡한 심정으로 서 있지 않아도 되었을 것이다.

14

3학년에 올라가면서 상대의 대의원회 의장이 되었다.

규영이는 대학에 들어가고 성영이는 고3이 되었다. 내게 무슨 일이 생기면 그 여파가 대학 입시를 앞둔 성영이에게까지 미칠 게 뻔했다. 섬세한 심성을 가진 성영이에게 그것은 치명적인 타격이 될 수 있었다. 악의를 모르는 가족들 안에서, 험한 일이라고는 겪지 않고 자란 성영이를 위험에 노출시킬 수는 없었다. 내면에 불어닥친 질풍노도의 시간을 겨우 통과해서 웃음과 활기를 되찾은 아이를 지켜 주는 것이 내가 해야할 마땅한 도리였다.

나는 종암동 집을 나오기로 결심했다.

대의원회 의장을 맡게 되었다는 사실을 엄 선생에게 말하고 집을 나가겠다고 했다. 엄 선생은 놀랐다. 지금까지 나를 온순한 모범생으로만 알아 온 그였다. 한참 동안 말을 잊고 있던 엄 선생은 뒤늦게 놀란 표정을 감추려고 애를 썼다.

"학생회도 법이 보장하는 것인데 그게 무슨 큰 문제가 되겠나. 걱정말고 그냥 있게."

그는 박정희 정부의 고위 관료였다. 나는 지금의 현실과 박정희 정부에 대한 내 변화된 생각도 솔직하게 털어놓았다. 엄 선생의 서재에서 우리는 길게 이야기를 나눴다. 어떤 부분에서는 내 생각에 공감을 표시했지만 많은 부분에서 엄 선생은 내 생각을 걱정했다. 정확하게 말하면 내 생각이 아니라 내 생각이 가져올 결과에 대해 걱정을 했다.

"이십 대에 좌파가 아니면 젊은이가 아니고, 삼십 대에도 좌파인 사람은 철이 없는 어른이란 말도 있지 않은가."

엄 선생은 내 생각을 이십 대의 혈기로 받아들이고 싶어 했다.

"전 좌파까지는 아닙니다. 그렇지만 나이가 들어 제가 현실과 타협하게 된다면 저 자신을 굉장히 경멸하게 될 것 같습니다."

성영이는 내가 직접 말을 하기도 전에 내 방으로 달려와 한바탕 난리를 쳤다.

"성영아, 널 위해서야. 그래야 네가 차분하게 공부할 수 있어."

"거짓말. 이게 무슨 날 위한 거야. 난 공부 안 할 거야. 대학도 다 떨어져 버릴 거야."

나는 할 말이 많지 않았다.

"학교에서 맡은 일 끝나면 돌아올게. 그때까지만 오빠 좀 봐줘."

성영이에게는 터울이 지는 동생이 셋 더 있었다.

"정말 돌아오는 거야?"

"우리 아가씨, 대학 붙어야지. 떨어지면 오빠 탓이 돼서 못 돌아오니까 꼭 대학 들어가야 해."

엄 선생은 마지막까지 나를 잡았다.

"다시 한 번 생각을 해 보게."

내 안에서도 머무르고 싶은 유혹이 꿈틀거렸다. 그러나 아니었다. 엄 선생의 가족에게 피해가 가게 하는 건 인간의 도리가 아니었다.

언제나 작별은 어려운 일이었다. 나는 규영이와 성영이가 있는 시간을 피해서 종암동 집을 나섰다. 골목을 빠져나오기 전에 마지막으로 푸른 대문을 돌아보았다. 고맙고 따뜻한 분들이었다. 그들의 따뜻함으로 해서 나도 따뜻한 인간이 될 수 있었다. 그들 덕분에 대학에 등록을 할 수 있었고, 힘든 시간을 견딜 수 있었다.

5월 3일 치러진 대통령 선거에서 다시 윤보선을 이긴 박정희는 총선에서 승리를 거두기 위해 정부의 모든 조직과 힘을 동원했다. 중앙정보부와 내무부가 직접 막대한 자금과 공무원을 동원하여 선거를 주도했다. 공무원의 선거 개입에 대한 원성이 들끓었지만 박정희 정부는 아랑곳하지 않았다.

중앙선거관리위원회는 '선거운동 기간 중 국무위원이 국정을 위한 지방출장에서 특정후보자를 지지-추천, 반대하는 연설을 하는 것은 선거법 32조 2항에 위배된다'는 유권 해석을 내놓았다. 그러자 박정희 정부는 바로 국무회의에서 대통령, 국무총리, 국무위원, 정부위원 등 별정직공무원은 선거운동을 할 수 있도록 선거법 시행령을 개정했다. 대통령 박정희는 전국을 순회하며 공화당 후보에 대한 지원 유세를 펼치는 한편 신민당의 선거 자금은 동결시켰다. 야당의 선거운동원들은 곳곳에서 린치를 당했다.

박정희의 눈엣가시였던 장준하는 이미 한 달 전에 감옥에 가 있었다. 장준하는 남로당의 군부 프락치로 대한민국 군사 법정에서 무기징역을 선고받았던 박정희를 겨냥해서 '자기 사상을 갖지 못한 방랑아'라고 맹공을 퍼부었다. 장준하는 국가원수모독죄로 체포되었다.

"국가원수를 모독한 대역 죄인이 국회의원에 돼뿠네."

최주백 선배는 총선 결과가 실린 오늘 조간신문을 펼쳐 들고 낄낄 웃었다. 옥중 출마한 장준하는 선거운동 한번 하지 않고도 서울에서 당선했다. 그러나 7대 총선의 전체 결과는 박정희의 압승이었다. 공화당 130석, 신민당 44석, 대중당 1석.

"지금 웃음이 나오세요?"

"아이머, 우까?"

"이건 민주주의의 근간인 선거제도를 능멸하는 거잖아요."

> 공화당의 연락사무소에는 막걸리통과 소주병이 항상 놓여 있어 누구든지 마시도록 했다. 경찰서장과 군수, 구청장이 직접 선거운동에 참여하여 동장과 경찰들에게 현금과 쌀, 밀가루를 나눠 주며 살포하도록 독려했다. (중략) 500~1,000원의 현금이 든 돈 봉투를 공공연하게 유권자들에게 돌리는 일도 비일비재했다. 《신동아》

"대통령 선거공약을 학실히 지킸는데 와? 술 주제, 쌀 주제, 밀가리 주제, 돈 주제. 민생 해결을 이거보다 더 우예 학실히 해 주노."

최주백 선배는 코로 웃었다.

"세상에 빈대표, 닭죽표, 올빼미표, 이게 선겁니까?"

빈대표는 야당에 찍은 ○표를 문질러 빈 속을 메워 버리는 수법으로 귀여운 축에 속하는 것이었다. 전남 보성에서는 수면제를 탄 닭죽을 먹여 야당 참관인을 모두 잠재우고 투표용지를 바꿔치기했다. 개표 도중에 전기를 끊어서 깜깜한 암흑으로 만들고 투표함을 바꿔치기하는 일도 다반사였다.

"니는 쌍가락지표, 피아노표 겉은 우아한 거는 놔두고 와 그런 파충
류 비스무리한 거만 들촤쌓노."

야당을 찍은 투표용지에 한 번 더 기표를 해서 무효가 된 게 쌍가락
지표였다. 피아노표는 개표원이 손가락에 묻힌 인주를 투표용지에 주르
륵 문질러서 몽땅 무효표가 된 것이었다.

전례 없이 판을 친 금권–향응–선심행정, 여당 후보에 대한 행정 지
원, 여당 후보의 지역 사업 공약 남발, 폭력–흑색선전 등으로 타락한
분위기 속에서 진행된 6·8총선거는 투표 당일 오전 서울 시내에서만
도 영등포갑구–성동갑구 등지에서 야당 참관인과 운동원들이 폭행 납
치당하는 사태를 빚어내 험악한 분위기를 감돌게 했다. 《동아일보》

7월 초 최초의 착오 시정을 위해 경기 화성군에서 재검표가 있던 날
저녁 각사 정치부 기자들은 서울에서 수원까지 지프 레이스를 벌였다.
필자는 재검표장인 화성군청 강당 책상 위에 덮인, 붉은 인주로 더덕
더덕 채색된 담요를 보고 깊은 충격을 받았던 기억이 지금도 생생하다.
개표 때 여당 후보의 지시(?) 내지 압력을 받은 종사원들이 야당 표를
무효화하기 위해 열 손가락에 인주를 묻혀 뭉개고 이를 담요에 문지른
것이다. 얼마나 문질렀으면, 표 도둑질을 했으면 담요가 이토록 검붉게
채색된 것인가. 소위 빈대표, 곰보표, 피아노표, 돼지표, 안개표 제작판
인 것이다. 이성춘 (전 한국기자협회장)

"박정희가 정말 3선개헌을 하려는 걸까요?"
"안 그라머, 새빠졌다고 이래 내놓고 선거를 개떡으로 맨들면서꺼지

삼분지 이를 차지할라 카겠나?"

공화당은 결국 개헌에 필요한 117석보다 훨씬 많은 130석을 만들어 냈다.

"박정희 대통령이 이번이 끝이라고, 현행 헌법을 준수하겠다고 공언 했잖아요."

최주백 선배는 나를 바라보며 혀를 끌끌 찼다.

"니는 세상에 믿을 늠이 그래 읎드나."

부정선거 항의 시위는 개표가 끝나기도 전에 벌써 시작됐다. 이번 시위는 예전과 달리 지방에서 먼저 불이 붙었다. 청주, 순천, 곡성, 남원, 안동, 상주, 무안… 부정선거를 직접 눈으로 보고, 몸으로 겪은 사람들이 들고일어났다. 공개투표가 벌어졌던 전남 보성에서는 중학생들까지 거리에 나섰다.

지방보다 부정선거가 덜했던 서울로 시위의 불길이 옮겨붙기 시작한 건 월요일인 12일이었다. 내가 상대 긴급 대의원회의를 소집한 것도 이날 오전이었다. 회의에서는 투표를 하러 고향에 다녀온 지방 학생들의 보고가 있었다. 부정선거의 실상은 언론에 보도된 것보다 훨씬 심각했다. 선거라는 이름을 붙이기조차 민망한 부정 사례가 즐비했다.

사태가 명확한 만큼 결정은 신속했다. 회의에서는 6·8총선을 민주주의의 근간을 짓밟은 부정선거로 규정하고 이튿날 학생총회를 열기로 결정했다.

학교의 대응도 신속했다. 긴급 학생총회를 알리는 공고문을 붙인 지 두 시간도 지나지 않아 학교는 긴급 학처장회의를 열어 임시 휴교를 결정했다. 학교의 발표는 실소를 자아냈다. 부정에 항의하는 젊은이들의 심정은 이해하나 제자들의 희생을 막기 위해 6월 13일부터 17일까지 임시 휴교키로 한다.

나를 부른 학장은 학생총회를 취소하라고 설득했다. 받아들일 수 없었다. 그는 학원의 질서 유지를 역설했고, 나는 민주주의의 기본 질서 유지를 주장했다. 부정을 보고도 침묵해야 유지할 수 있는 질서는 악의 질서뿐이라며 나는 학생총회의 철회를 거부했다.

충돌은 피할 수 없었다. 이튿날, 상대 정문은 열리지 않았다.

학생들의 의견은 정문을 밀어젖히자는 쪽과 담을 넘자는 쪽으로 나뉘었다. 나는 학생들에게 삼십 분간의 시간을 요청했다. 그리고 삼십 분을 더 기다리겠다고 학교에 통보했다. 기다려 봐야 안 열어 줄 게 뻔하다는 학생들이 많았지만 나는 그래도 기다려 줄 것을 학생들에게 요청했다. 학생들의 예상이 맞았다. 학생들은 내 요청을 받아들였지만 학교는 문을 열어 주지 않았다. 그렇다고 해서 내가 틀린 것은 아니라고 나는 생각했다.

시계를 보며 기다리던 학생들이 담을 넘어 학교로 들어갔다. 강당에 집결한 학생들은 요구 사항을 세 개 항으로 정리했다. 부정으로 얼룩진 6·8총선의 선거사범을 색출하여 처단할 것, 학원의 정상 수업을 보장할 것, 선거를 무효화하고 재선거를 실시할 것. 세 가지 요구를 앞세우고 3·1절 노래를 부르며 거리 행진에 나섰다.

기미년 삼월 일일 정—오/터지자 밀물 같은 대한독립만세/태극기 곳곳마다 삼천만이 하나로/이날은 우리의 의의요 생명이요 교—훈이다/한강은 다시 흐르고 백두산-높았다/선열하 이 나라를 보소서/동포야 이 날을 길이 빛내자

내가 책임을 져야 하는 첫 가두 시위였다. 날이 저물어도 돌아갈 생각을 않는 동료들을 이끌고 나는 혜화동의 문리대로 갔다. 고3 때 같은

반이었던 조영래와 옆 반이었던 손항규가 나를 보고 반색을 하며 손을
내밀었다. 영래는 법대, 항규는 문리대였다. 둘은 대학에 와서도 여전히
이름을 날리고 있었다. 한일회담에 반대하는 그들이 경기고 학생들을
이끌고 가두 시위에 나설 때 교실에 남아 끝까지 버텼던 나였다. 나를
바라보는 둘의 눈빛에는 반가움과 낯섦이 교차했다.

근태가 학생운동에 뛰어들었다는 얘기를 처음 들었을 때 나는 믿질
않았어요. 그건 영래도 다르지 않았을 거예요. 우리가 아는 근태는 쉽
게 생각을 바꾸는 그런 친구가 아니었거든요. 그런데 정말 학생운동에
참여했더라고요. 무엇이 그를 바꿨는지는 알 수 없었지만 우린 천군만
마를 얻은 것처럼 든든했지요. 자신이 옳다고 확신하지 않으면 목에 칼
이 들어와도 절대 움직이지 않는 그가 우리와 같은 편에 섰다는 건 우
리의 입장이 완벽하게 옳다는 반증 같은 거였으니까요. 우리의 믿음대
로 근태는 마지막 순간까지 옳은 길을 걸었고, 그 길 위에서 죽었지요.
돌이켜보면 근태에게는 참 이상했던 게 하나 있었어요. 경기중을 거
쳐 경기고 나온, 하늘 높은 줄 모르는 아이들도 근태 앞에만 서면 한없
이 작아지는 거예요. 근태가 죽고 나서 장례식장을 지키면서 저는 그
게 뭐였는지 어렴풋이 알 것 같았어요. 정직? 진정성? 그런 윤리적인
말보다는 좀 더 깊은 정신적인 차원에서의 어떤 순수함이랄까, 순정,
투명함 같은 것이 근태에게는 있었어요. 근태는 그런 눈으로 세상을
보고 사람을 대했어요. 아무리 명성을 얻고, 대단한 자리를 올라 봤자
근태의 눈빛 앞에서는 그게 아무런 소용도 없다는 걸 근태를 조금이
라도 아는 사람들은 알았던 거죠. 근태가 아무 말도 않고 스윽 바라볼
때 그 눈빛, 그거 통과하기 정말 어렵고 힘든 거예요. 손항규

서투른 나와 달리 영래와 항규는 아주 능숙하게 문리대와 법대 학생들의 농성을 이끌었다. 그들과 함께 '망국투표함' 화형식을 진행했다. 밤중에 타오르는 혜화동 캠퍼스 앞마당의 불길은 자극적이었다.

상대의 함일규 교학과장이 혜화동으로 달려왔다.

"근태야, 우리 애들 데리고 일단 여기서 나가자. 나가서 얘기하자."

나는 응하지 않았다. 경찰이 농성자 전원을 연행할 계획이란 정보를 입수한 법대에서도 교수들이 농성장으로 달려왔다. 어느 대학도 자진 해산에 응하지 않았다. 최무환 총장과 보직 교수들도 직접 달려왔다. 교직원들이 끝까지 남아서 버티던 자기네 대학 학생들을 강제로 끌고 나갔다. 저항하려는 내 팔을 함일규 교학과장이 잡아당겼다.

"근태야. 오늘은 그냥 못 이긴 척 나가자. 쟤들도 봐."

함 과장은 턱으로 문리대와 법대 학생들 쪽을 가리켰다. 반발하면서도 끌려 나가 주고 있었다.

"두고 봐라. 이거 일 박 이 일에 쉽게 안 끝난다."

"…."

"자유당 때보다도 더했는데, 이게 쉽게 끝나겠냐. 그러니까 길게 보고, 오늘은 일단 나가자."

나는 대기하고 있던 버스에 오른 마지막 학생이었다. 학생들을 버스에 태워 귀가시키면서 상대 교직원들과 문리대 교직원들이 서로 언쟁을 벌였다.

"문리대, 니네들은 올빼미표 어떻게 만드는지 보여 주려고 불 내렸냐."

"불을 내리긴 누가 내렸다고 그래. 야, 상것들. 문리대로 애들 보내서 일을 키운 게 누군데 그래. 장사꾼들은 상도의도 없냐?"

상대 학생들이 '우우' 야유를 보냈다.

"니들이 깜깜하게 만들었으니까 애들이 화형식한다고 불 지른 거지. 그래서 청와대에서 다 잡아들이라고 난리치게 만든 거 아니냐."

어색한 분위기를 눙치려는 교직원들의 말싸움에 학생 하나가 순진하게 끼어들었다.

"그 불, 문리대 선생님들이 내린 거 아니에요. 사실은 우리가 잠깐 내린 거였어요. 캠프파이어 같은 거 할 땐 불 꺼야 분위기 살잖아요."

신입생임이 분명한 학생의 양심선언에 와, 하고 웃음이 터져 나왔다. 마무리는 상대의 함일규 교학과장이 했다.

"아이고, 문리대는 좋겠다야. 편들어 주는 학생도 있고."

학생들을 보호하려는 교직원들의 마음을 알고 있었기 때문에 별 충돌 없이 학생들은 해산했다. 애초에 계획된 농성이 아니기도 했다.

함일규 교학과장의 예상은 정확했다. 다음 날부터 부정선거 항의 투쟁이 일파만파로 번져 나가기 시작했다. 한양대, 중앙대, 부산대, 연세대, 광운공대, 외대, 가톨릭의대, 홍대, 숙대로 번지며 전 대학가가 합세했다. 연대 의대생들은 철야 농성을 벌이며 세브란스병원 앞에서 흰 가운을 입고 '6·8악성종양절제 화형식'을 거행했다. 고등학생들의 시위는 더 격렬했다. 동성고, 배재고, 양정고, 용산고, 동대문상고, 서울상고, 삼선고, 청송전기고, 경희고, 한성고, 단국고, 균명고, 중앙고, 대동상고, 청량리종고, 스무 개가 넘는 고등학교의 학생 일만여 명이 시내로 진출해서 경찰과 맞섰다. 지방에서 시작되어 서울로 옮겨붙었던 시위의 불길이 다시 전국으로 확산되며 시국은 걷잡을 수 없는 격랑에 휩싸였다.

15

사태가 심각해지자 박정희 대통령은 6·8총선의 부정을 일부 인정하고 화성, 수원, 평택, 군산, 영천, 고창, 서천, 일곱 개 지역구의 당선자를 제명한다고 발표했다. 그러나 어림없는 일이었다. 수습책의 약발은 단 하루도 가지 않았다.

박정희 대통령이 발표한 수습책을 행동으로 반박하고 나선 건 야당도 대학생도 아닌 고등학생들이었다.

'6·8부정선거 책임자 처벌하라' '전면 재선거 실시하라'

서울 시내 열일곱 개 학교의 고등학생 칠천 명이 수업을 거부하고 거리로 몰려나왔다. 박정희가 수습책을 내놓은 바로 그날 오후였다. 휘문고와 경기고, 중앙고 학생들은 가두 연합 집회를 열고 광화문까지 진출해서 박정희의 수습책에 찬물을 끼얹었다.

고등학생들에게 면박을 당한 박정희 정부는 백오십 개 고등학교에 휴교령을 내렸다. 그러나 대학교에 이은 고등학교의 휴교령으로도 상황은 가라앉지 않았다. 야당도 장준하가 주도하고 있는 '6·8총선무효화투쟁위원회'에 힘을 싣고 있었다. 전면 재선거까지는 아니어도 부정선거의 정황이 명확한 절반 이상의 지역에 대한 재선거 가능성이 여기저기에서 흘러나오고 있었다.

서울 시내 학생 대표자들은 신설동에서 모임을 가지고 공동 투쟁을 통해 재선거를 이끌어 내자는 데 합의했다. 지금의 투쟁을 조금 더 강화해 나가면 박정희 정부가 물러서지 않을 수 없을 거라는 자신감이 모임의 분위기를 지배했다. 상황의 흐름을 일거에 바꾸어 놓을 사건이 눈앞에 닥치고 있다는 사실을 우리가 알 리 없었다.

외출했던 성균관대 대표가 잔뜩 굳은 얼굴을 하고 돌아온 건 성명서 초안 작업을 거의 마무리해 갈 무렵이었다.

"사건이 터졌어요."

앞뒤 설명을 듣지 않아도 심상치 않은 일이 벌어졌다는 걸 직감할 수 있었다.

"라디오 켜 봐요."

대남간첩단 사건이었다. 라디오에서는 중앙정보부 부장 김형욱의 음산한 목소리가 흘러나오고 있었다. 교수와 학생 백구십사 명이 연루된 이 간첩단은 북괴의 지령을 받고 국내외에서 암약하며 정부를 전복하기 위해 학생 시위를 선동했다. 이 발표가 어디를 겨누고 있는지는 명확했다. 더구나 서울대 문리대의 서클 민족주의비교연구회를 간첩단과 관련된 반국가단체의 하나라고 공표했다.

라디오가 꺼지고 자취방 안에 침묵이 흘렀다. 방 안에 있던 사람들은 서로의 굳은 얼굴을 바라보며 아무도 선뜻 입을 열지 못했다. 성명서 초안 작업은 마무리되지 못했다.

박정희 정부의 반격은 대단했다. 독일과 프랑스에서 활동하던 세계적인 음악가 윤이상과 화가 이응로를 한국으로 데려와 구속시켰다. 6·8 총선무효화 투쟁위원회의 상징적 인물인 장준하도 관련자의 한 명으로 연행되었다.

총선무효화 투쟁은 주춤했고, 대학은 조기 방학에 들어갔다. 누가 간첩으로 몰려 끌려 들어갈지 모른다는 공포의 그림자가 대학가를 배회했다.

상황에 자신감을 얻은 박정희 정부는 8월 말 다시 대학의 문을 열었다. 개학과 함께 열린 상대 대의원회의는 강경파와 온건파가 맞섰다.

강경파는 부정선거 무효화 투쟁이 조기 방학으로 중단된 만큼 개학과 더불어 재개되어야 한다고 주장했다. 온건파는 이미 시기를 놓쳤고, 문리대와 법대도 힘을 쓰지 못하고 있는 판에 상대가 나서기는 무리라고 반대했다. 강경파는 문리대와 법대가 1학기 투쟁으로 징계를 당해 힘을 못 쓰고 있기 때문에 더욱 상대가 앞장서 줘야 한다고 반박했다. 동어반복의 논쟁이 계속되었다. 회의를 주재한 나는 대의원들에게 물었다.

"6·8부정선거 무효화 투쟁을 결의한 기관이 어디입니까?"

대답이 없었다.

"학생총회의 결의로 시작한 투쟁이었습니다. 대의원회의에서는 그 결의의 범위를 벗어나는 결정을 해서는 안 됩니다. 대의원회의는 이 투쟁의 중단을 결정할 권한이 없습니다."

결국 대의원회의는 임시 학생총회를 열기로 결정했다. 나는 강경파의 손을 들어 준 것이다. 학생총회의 참석자는 어차피 싸울 의지를 가진 학생들이 모이기 때문에 결론은 뻔했다.

회의를 끝내고 후배들과 농구를 하고 있는데 교무과 직원이 찾아왔다. 교학과장의 면담 요청이었다. 하던 게임을 마치고 교학과장실로 갔다. 함일규 과장은 차를 권하며 물었다.

"지금 학생총회를 열어서 뭘 어떻게 하려고 그래?"

"학생들의 의견을 들어봐야죠."

"설마 총선무효화 투쟁을 계속하려는 건 아니지?"

"총회에서 그렇게 결정되면, 해야죠."

"너 남의 얘기 하듯이 한다. 결과에 대한 책임은 의장인 네가 다 지는 거야."

"져야 하면 져야죠."

함 과장은 산책이나 하자며 일어섰다. 도청을 피하려는 의도란 걸 알고 따라 일어섰다. 운동장에는 아직도 후배들이 소리를 지르며 농구를 하고 있었다.

"근태야, 내가 자유당 때부터 봐 와서 안다. 지금은 납작 엎드려 있을 때다. 남들 다 들고일어날 때 일어나는 건 괜찮아. 그렇지만 지금은 아닌 거 알잖아. 대가리 쳐드는 놈 그놈만 총 맞는다."

나는 뭐라고 대답해야 할지 알 수 없었다.

"지금 이 정권한테 눈에 보이는 게 있는 줄 아나? 저놈들이 미운털 박힌 놈 하나 간첩단에 연결시키는 건 일도 아니다. 너네들 피 끓는 마음은 나도 안다. 그렇지만 지금은 참아야 된다."

8월 하순의 하늘은 높고 햇빛은 쨍쨍했다. 농구하는 후배들이 지르는 즐거운 비명은 농구공보다 더 경쾌하게 튀어 오르며 하늘을 갈랐다.

"선배들한테 물어봐라. 내가 니들 도와주진 못해도 한 번도 불리하게 만든 적은 없다. 지혜롭게 넘어가자. 저 미친놈들 때문에 창창한 니 앞길 망칠 일 없다."

"걱정은 고맙습니다."

"내 말 흘려듣지 마라."

함 과장은 안타까운 눈빛으로 나를 쳐다봤다. 그날 밤에는 성북경찰서 형사가 집으로 찾아왔다. 경찰이 집으로 찾아오기는 처음이었다. 그는 함 과장이 했던 것보다 훨씬 강도 높은 경고를 했다.

상황이 쉽지 않은 것은 분명했다. 간첩단 사건의 약발은 무시할 수 있는 게 아니었다. 천하의 최주백 선배마저도 조심스럽게 나를 만류했다.

"벼락 치고 소나기 쏟아지는데 우비도 없이 우야겠노."

"이럴 때 통령이 도와주지 않으면 어떻게 합니까?"

"인마야, 내도 졸업이라 카는 거 한분 해 보자."

그렇게 말하는 최주백 선배에게 더 도와 달라는 소리를 할 수가 없었다.

8월 22일 열린 임시학생총회는 조기 방학으로 중단된 6·8부정선거 무효화 투쟁을 계속하기로 결의했다. 싸움은 다시 시작되었다. 나는 강의실을 돌며 강요된 침묵과 굴종을 받아들이지 말자며 투쟁의 필요성을 역설했다. 최주백 선배는 내가 들어간 강의실에 따라 들어와 괜히 뒤에서 얼쩡거리곤 했다.

"왜 절 따라다니고 그러세요?"

1학년 강의실에 들어갔다 나오면서 먼저 복도에 나와 있던 최주백 선배에게 핀잔을 주었다. 그가 내 주변에 어슬렁거려 주는 것만으로도 내 발언의 무게감이 두 배가 된다는 것을 내가 모를 리 없었다.

"네 발 달린 짐승이 어데를 몬 가겠노."

그러면서 손가락으로 내 입을 가리켰다.

"니 그래 미적지근하게 말해가 아아들이 나오겠나. 조국으 운명이 풍전등화다. 민주주의가 백척간두에 섰다. 이 투쟁에 안 나서며 역사으 죄인이다. 나중에 그때 아부지는 뭐 했노 커고 자식들이 물으며 우예 대답을 할 끼냐. 선동을 할라카머 이래 시게 해야 아아들이 양심에 켕기가 달러 몬 갈 거 아이가."

핵심을 꿰뚫는 통령의 촌철살인은 여전했다. 그러나 나는 아니었다. 내게는 문제를 극도로 단순화해서 자신의 주장을 정당화하는 것에 대한 본능적인 저항감이 있었다. 나는 쉽게 내 곁으로 오는 후배들보다 고민과 망설임 끝에 다가오는 후배들에게 더 신뢰가 갔다.

"제가 언제부터 이런 일에 앞장섰다고 그렇게 말을 하겠어요. 통령님이 하시죠."

"인마야, 니가 뭐라 캐도 내는 졸업할 끼데이."

집회가 있으면 김근태 선배는 늘 열성이었습니다. 그러나 우리한테 한 번도 집회에 참여하라고 강요하지는 않았어요. 나는 겁이 많아서 집회에 참여한 적이 거의 없었습니다. 그런 내가 얄미울 만도 할 텐데 선배는 한결같았습니다. 우리 둘은 그저 평범한 선후배로 어울려 다녔어요. 가끔 무슨 책을 읽는 게 좋겠다는 말 정도를 했어요.

항간에 그분이 과격한 인물로 알려지기도 했는데, 절대 그런 사람이 아니었어요. 한번은 『햄릿』 얘기를 한 적이 있습니다. 자기는 그 책을 열 번이나 읽었는데 얼마나 큰 감동을 받았는지 눈물까지 흘렸다더군요. 김근태는 『햄릿』을 읽고 눈물을 흘릴 만큼 감수성이 풍부하고 따뜻한 사람이었습니다.

한편에서는 전혀 다른 의미로 그분을 '여의도의 햄릿'이라고 했는데, 그렇게 말하는 사람들이 『햄릿』을 한 번이라도 제대로 읽어 보고 그런 말을 하는지 궁금했어요. 햄릿은 대학에 다니다가 아버지 죽음의 진실을 밝히려고 고국으로 돌아와 세상을 속인 숙부와 어머니를 처단합니다. 햄릿은 겉으로는 여리게 보이지만 불의에 맞서 끝내 자신의 결심을 모두 실행에 옮긴 인간형입니다. 김근태는 세상에 떠도는 평가보다 훨씬 더 훌륭한 사람이었습니다. 이중구

방학을 거치면서 안정을 되찾고 있던 대학가에서 투쟁을 계속하는 상대는 섬처럼 도드라졌다. 우리는 고립감을 느꼈고, 정부는 우리의 숨

통을 끊어 놓고 싶어 했다. 나는 꺼져 가는 부정선거 무효화 투쟁의 불씨를 살려보기 위해 혼신을 다했고, 9월 11일의 상대 시위는 내용과 규모, 모두에서 전례 없는 성공을 거두었다. 이 성공으로 상대는 비로소 문리대와 법대의 그늘로부터 벗어났다. 그리고 이 성공에 대한 응징도 확실했다.

경찰에 연행된 나는 죽지 않을 만큼 두드려 맞았다.

일주일 만에 풀려난 내 신병을 인수하러 온 건 함일규 교학과장이었다. 경찰서 안에서 입을 굳게 다물고 있던 그가 정문을 빠져나오면서 한 마디, 낮게 내뱉었다.

"개새끼들."

경찰서를 한번 돌아보고 나서 그는 엉망이 된 내 얼굴로 시선을 옮겼다. 나를 바라보는 그의 눈동자에 물기가 어른거렸다.

"내가 널 끝까지 말렸어야 하는 건데. 그래도 경찰서에서 끝난 게 다행이다."

만신창이가 되어 풀려난 나를 기다리는 건 징계였다. 학교는 상대의 9·11투쟁 주동자를 제적했다. 나는 6·8부정선거 규탄 투쟁으로 제적된 최초의 학생 중의 하나가 되었다. 제적과 동시에 징집영장이 발부되었다. 신체검사도 없었다.

정말 미안한 건 최주백 선배의 제적이었다. 그는 결국 나 때문에 세 번째 입학한 서울대를 다시 떠나야 했다.

징계 결과를 통보해 준 건 함일규 교학과장이었다.

"미안하다."

"과장님이 짜른 것도 아니잖아요."

"니들 징계 서류 내 손으로 다 만들었다."

홍릉의 오후 네 시 가을 하늘은 높고도 높았다.

"최주백 선배는 어떻게 되는 거예요?"

"너무 걱정 마라. 이 정권이 얼마나 가겠냐."

16

형은 입을 굳게 다물었고 누나는 끝내 눈물을 보였다. 내게 닥친 현실을 바꿀 수 없다는 건 둘 다 잘 알고 있었다.

"어머니에게는 어떻게 말할 거냐?"

형이 물었다.

"어머니 쓰러지실 거야."

누나가 눈가의 물기를 훔쳤다. 어머니에게 숨길 길은 없었다. 징집 예정일은 일주일 뒤였다. 궁리 끝에 우리는 어머니에게 연극을 하기로 했다.

형과 누나가 먼저 소고기 반 근을 사 들고 집에 들어갔다. 날이 저물고 저녁상이 차려질 시간에 맞춰 나는 집에 들어갔다. 절뚝거리는 다리는 감출 수 있었지만 눈가의 멍은 가릴 수 없었다. 어머니가 내 이마를 덮은 머리칼을 쓸어 올렸다.

"네 얼굴이 왜 이러냐?"

"후배들하고 농구 하다 부딪쳐서요. 며칠 지나면 괜찮아질 거래요. 무역학과랑 시합을 했는데 녀석들이 전부 저한테만 덤비잖아요. 제가 골을 제일 잘 넣거든요."

"다른 덴 다치지 않고?"

"네. 국 식겠어요."

나는 말을 돌리며 형을 쳐다보았다.

"너 농구 그거 위험한 운동이다. 잘못하다간 크게 다치니까 가능하면 하지 마라."

"저도 안 하려고 하는데, 시합만 하면 놔두질 않는다니까. 농구 좀 하던 애들이 군대 가 버리고 나니까 더 빠질 수가 없어. 형 나도 군대 가면 어떨까?"

"빨리 갔다 오는 것도 좋지."

"졸업하려면 멀었는데 왜 벌써 군대에 가?"

갑작스러운 군대 얘기에 어머니가 눈을 크게 떴다.

"군대 갔다 와서 졸업을 하는 게 취직하는 데 유리해요. 군인들 세상이잖아요."

"정말 그러냐?"

어머니가 형을 쳐다보며 물었다.

"예. 그건 그래요. 군대 제대하고 바로 취직하려면 어려워요. 아무 데나 가지 않으려면 군대 빨리 다녀온 다음에 졸업하면서 취직하는 게 좋아요."

고개를 끄덕이는 어머니에게 누나가 한마디 더 보탰다.

"내 친구 정화 있잖아요. 걔 오빠도 지원 입대해서 군대 일찍 갔다 왔는데, 올해 졸업하면서 한국은행 들어갔대요."

나는 가족회의의 결정에 따라 군대에 지원 입대하는 것으로 되었다.

다음 날 엄 선생에게 군대에 간다는 인사 전화를 했다. 엄 선생은 기어코 종암동에 들렀다 가라고 했다.

규영이와 성영이에게는 말하지 않았지만 엄 선생에게는 사실대로 애기했다. 식사를 같이 하는 자리에서 엄 선생은 입대할 때까지 며칠이라도 종암동에서 쉬라고 권했다.

"선생님 방 정리되어 있죠?"

엄 선생은 내가 종암동에 처음 들어왔던 고등학교 2학년 시절부터 아이들 앞에서는 나를 깍듯하게 '선생님'이라고 불렀다.

"네, 그럼요."

집안일을 하는 아주머니가 대답을 했다. 규영이와 성영이가 반색을 했고, 그 아래의 동생들도 덩달아 손뼉을 쳤다. 어머니 앞에서 연기를 하는 게 부담스러웠던 나는 엄 선생의 배려를 받아들였다.

내가 쓰던 방은 모든 게 그대로였다. 엄 선생의 나에 대한 신뢰와 호의가 고마웠다.

남은 닷새 동안 친구와 선배, 후배들을 만나 작별 인사를 했다. 꼭 만나야 할 사람들은 다 만났는데 한 사람만 만날 수 없었다. 최주백 선배였다.

그는 후배들과 연락을 끊고 있었고, 거처를 아는 사람도 없었다. 두 번의 제적은 각오를 했던 그였지만 이번은 아니었다. 한 일이 없었기에 준비도 없이 있다가 당한 제적이었다. 9월 11일 시위에서 그가 한 일이라고는 맨 뒷줄에서 따라다닌 것뿐이었다. 시위의 결정 과정에 참여하지도 않았다. 나를 도와주기 위해 그가 내 주위에서 어슬렁거렸지만 어떤 사람들의 눈에는 그의 주변에서 내가 얼쩡거리는 것으로 보인 모양이었다.

교수들에게도 인사를 갔다. 다들 안됐다는 반응이었는데 나가라우 교수만 달랐다.

"이깟 거는 앞에 나설 때 이미 각오했갔지."

나는 웃으며 조심스럽게 고개를 숙였다.

"잘 갔다 오라."

마지막 밤은 가족들이 있는 북선동의 집에서 보냈다. 집 안에 불고기와 고깃국 냄새가 가득했다. 나흘을 지낸 종암동에서 내 손에 들려 준 소고기였다. 누나는 이렇게 큰 고깃덩어리를 만져 보긴 처음이라고 입을 벌렸다.

어머니는 용산역까지, 누나는 논산역까지, 형은 훈련소까지 따라오겠다고 해서 내가 질색을 했다. 결국 어머니와 누나가 따라오지 않는 대신 형이 훈련소까지 동행하는 걸로 타협이 이루어졌다.

용산역에는 친구들과 규영이, 성영이가 전송을 나왔다. 친구들과 작별 인사를 하면서도 나는 누군가를 찾고 있었다. 최주백 선배가 내 눈에 들어온 건 기차에 오르려고 막 발길을 돌리려던 순간이었다. 탑승을 재촉하는 호각 소리가 요란했지만 그는 느릿느릿 내게로 다가왔다.

"죄송해요."

"내 혹시라도 니가 그래 생각할까 봐 나와 본 기다. 니가 죄송할 일은 하나도 없다."

그는 내게 손을 내밀었다.

"앞으로 어떡하실 거예요?"

내 손을 잡은 손에 힘을 주며 흔들었다.

"낼은 또 낼 해가 안 뜨겠나. 잘 댕기온나."

형을 따라 기차에 오른 나는 이등석에 앉았다. 형이 창 쪽의 자리를 내게 내주었다. 기차가 움직였다. 친구들과 규영이, 성영이, 최주백 선배가 차례로 멀어졌다.

내가 훈련소까지 동행하겠다고 하자 동생은 펄쩍 뛰었지요. '경제적
으로 무리이고, 시간적으로 낭비이고, 정신적으로 부담이고…' 하면서
익살을 떨며 혼자 가겠다고. 그러나 나는 이미 직장에 어렵게 이틀의
휴가를 얻어 둔 상태였어요. 나는 목청을 가다듬고 짐짓 허세를 떨었
지요. '형의 권위로, 네가 뭐라든 나는 너와 동행할 것을 엄숙히 선포하
노라.' 내 말에 온 가족이 참으로 오랜만에 맘껏 웃었지요.

논산으로 가는 기차 안에서 네 홉짜리 소주 한 병을 나와 나눠 마
신 동생은 내 무릎을 베고 잠들었어요. 웃는 것 같은 표정을 하고 곤하
게 자던 동생의 얼굴이 떠오르네요. 어릴 때부터 자는 얼굴이 편안하
고 천진한 녀석이었지요. 그게 동생과 내가 같이한 처음이자 마지막인
여행이었네요. 김극태

SP(Student Power) 딱지를 단 나는 인천의 수송부대에 배치를 받았다.
좆통수는 불어도 국방부 시계는 돌아간다. 이 말을 하루에 열 번은 하
는 사수 밑에서 조수 생활을 했다.

내가 군대에 있는 동안 또 한 차례의 격랑이 세상을 휩쓸고 지나갔다.

최주백 선배가 예상한 대로 박정희 대통령은 3선개헌을 감행했다. 군
대에 있는 내게도 투표권은 있었다. 끝까지 찬성에 기표하기를 거부하
는 내게 파견 대장이 물었다.

"너, 그냥 찬성에 찍을래, 맞고 찬성에 찍을래?"

"안 맞고 반대에 찍고 싶습니다."

파견 대장은 어이없어하며 SP를 관리하는 방첩대로 전화를 걸었다.
통화하는 그의 얼굴에서 차츰 난감함이 사라졌다. 수화기에서 흘러나
오는 상대의 목소리는 내 귀에까지 들렸다.

"야, 에스피 새끼 한 놈만 그래? 잘못 건드리면 골치만 아프니까 그 새끼 내버려 두고 다른 놈들이나 단속 잘해."

그러면 안 되는 일인데, 나는 안도가 되었다.

"너, 이거 상관 명령불복종이야. 영창 가도 반대 찍을 거야?"

"네."

"그럼 니 맘대로 찍어 봐."

파견 대장이 제시한 찬성 한 표의 교환가치는 특별 휴가 삼 일이었다. 나는 기어코 반대에 찍었다. 내가 찍은 반대 한 표의 교환가치는 빠따 서른 대였다. SP였기에 교환가치가 오히려 저렴했다.

"너, 일반병이었으면 죽도록 맞고 한 대 더 맞아야 되는 거 알지? 그래도 그냥 지나가면 다른 병들 보기에 그러니까 서른 대만 맞자."

엉덩이가 터지도록 맞은 내게 파견 대장이 물었다.

"인마, 너 한 표 여기 찍으나 저기 찍으나 통과되는 건 매일반이야. 그런데 왜 공연히 매를 버나?"

대답하지 않았다. 부정선거에 항의하다 제적당하고, 강제로 군대에 끌려온 내가 폭력이 무서워 부정선거를 하라는 말이냐. 그에게 이런 말을 하는 것 자체가 부정선거에 항의해서 싸운 내 행동을 모욕하는 것 같았다. '한 번만 더'를 호소하는 박정희의 3선개헌안은 내 엉덩이를 피투성이로 만들고 통과되었다.

국방부 시계는 공평하게 돌아갔다. 사수를 제대시킨 시계는 돌고 돌아 나도 제대를 시켰다.

17

국방부 시계만 돌아간 건 아니었다.

문교부 시계도 돌아가서 제적생의 복교가 허용되었다. 학생들을 위축시킬 목적으로 남발한 제적 조치가 부메랑이 되어 정권을 위협했기 때문이었다. 시위 주동자에 대한 잇따른 제적 처리가 반정부 세력을 약화시키는 것이 아니라 공인 반정부 활동가를 양산하는 결과를 낳았다. 처지가 같은 제적생들은 대학의 울타리를 넘나들며 서로 교류하고 협력했다. 박정희 정부는 딜레마에 빠졌다. 제적생을 그냥 두자니 반정부 상비군을 학교 바깥에 편성시켜 주는 꼴이고 복학을 시키자니 대학이 걱정이었다. 결국 전업 반정부 세력을 학교 바깥에 두는 것이 더 위험하다고 판단한 정부는 제적생에 대한 복교 조치를 내렸다.

'영구히 대학으로부터 격리해야 할 대상'이었던 나는 학적을 회복했다.

내가 군대에 가 있는 동안 집안에도 변화가 있었다. 형은 중학교 교사를 그만두었고, 누나는 국민학교 교사가 되어 있었다.

성심여대 학장님이 저를 경제인연합회에 추천을 해 주었어요. 학교의 명예가 있으니까 수석 입학에 수석 졸업생인 저를 좀 괜찮은 데 취직을 시키려 했던 거 같아요. 그런데 면접을 보러 가야 하는데 입고 갈 옷도 구두도 없는 거예요. 그때 친하게 지내던 언니가 옷과 구두를 빌려 주었어요. 나중에 뽀빠이 이상용 씨의 부인이 된 언니인데 굉장한 멋쟁이였죠. 저한테는 양장도 처음이고 하이힐도 처음이었어요.

면접 보러 들어가는데 걸음걸이가 온전할 리 있겠어요? 양장은 또

소화가 되었겠어요? 학장님이 저 하나만 단수로 추천할 수가 없어 복수로 추천했는데 제가 떨어졌어요. 성적도 제가 앞서고, 타이프도 제가 잘 치고, 외모도 제가 앞서는데, 지금도 그렇지만 처녀 때는 키도 크고 외모도 눈에 띄었거든요. (웃음) 그런데 제가 떨어졌어요.

너무너무 속상해하고 있는데 교대에 교원양성특별과정을 개설한다는 라디오 뉴스를 우연히 들었어요. 그래서 지원을 했지요. 4년제 대학 졸업자 중에서 선발된 학생을 일 년 동안 가르쳐서 국민학교 정교사 자격증을 주는 과정이었어요. 모자라는 교사를 충원하기 위해 만들어진 거였죠. 춘천교대에 설치된 그 과정을 이수했어요. 김태련

내가 무사히 제대를 하고 돌아오자 한시름을 놓은 어머니는 누나를 걱정했다. 누나의 근무지는 철원이었다. 어머니에게 누나는 여전히 공주였다.

"근태야, 네가 한번 다녀와 봐라. 네 형은 아무리 말을 해도 안 듣는구나."

자신의 꿈인 소설가가 되어 출판사에 다니고 있던 형은 바쁘다는 평계를 댔다.

시외버스로 47번 국도를 타고 가는 동안 검문소 다섯 개를 통과했다. 내가 내민 제대증명서를 받아든 헌병들의 위협적인 눈빛을 보며 형이 왜 한사코 철원에 가지 않으려고 했는지 알 것 같았다.

누나가 근무하는 와수국민학교는 철원읍에서도 한참 떨어진 와수리에 있었다. 휴전선이 인접한 군사 지역으로 전기도 들어오지 않는 마을이었다.

누나의 자취방에 걸려 있는 괘종시계를 보고 나는 놀랐다. 그 시계는

무너진 축대에 깔린 미아리의 집에서 인장표 미싱과 함께 겨우 챙겨 나왔던 물건이었다. 그때 나무로 된 시계추가 쪼개져서 아버지가 밥풀을 먹인 시멘트 포대로 붙인 시계였다.

"저 시계가 왜 여기까지 왔어?"

"내가 어머니에게 달라고 해서 가져왔어."

벽에 걸린 괘종시계를 올려다보는 누나의 눈동자에 지나온 시간들이 스쳐 갔다. 아버지는 어쩌다 집에 손님이 오면 이 괘종시계 자랑을 빠뜨리지 않고 했다.

이 시계가 우리 큰애보다 한 십 년은 나이를 더 먹은 건데 아직도 일분 틀리는 일이 없어요. 왜정 때 교사 월급 석 달 치를 주고 장만해서 지금까지 가지고 다니는 거예요. 다른 건 다 버려도 저건 꼭 가지고 다녔는데 전쟁 때는 워낙 경황이 없어 그냥 두고 갔었지요. 피난에서 돌아오니까 이 시계가 없어져서, 집이 없어진 것만큼 섭섭하더라고요. 그런데 다음 날 이웃집 사람이 그동안 갑갑해서 자기 집 벽에 걸어 두고 보았다며 돌려주는데, 얼마나 반갑던지.

그러면서 아버지는 그 시계를 고리 삼아서 숱한 이야깃거리를 끄집어 내곤 했다. 나는 무능한 전직 교장의 위안거리가 된 괘종시계가 싫어서 가능하면 쳐다보지 않으려고 애를 썼다.

"저 시계를 보고 있으면 행복했던 옛날이 생각나. 우리가 살았던 관사들도 차례로 떠오르고. 저 시계가 아버지처럼 나를 내려다보며 좋은 선생이 되라고 격려해 주는 것 같아 위로가 되기도 해."

나와 달리 누나는 예전이나 지금이나 아버지를 존경하고, 안타까워하고, 그리워했다. 그런 아버지를 따라 전학을 다닌 기억도 누나에겐 그리움이었다. 누나가 교사가 되기로 한 선택에도 아버지에 대한 그리움이 작용을 한 것 같았다. 아버지를 이어 교사가 된 형이 학교를 그만둬 버린 것도 영향을 미쳤을 것이다.

"너 장가가면 저 시계 너 줄게."

"난 안 가질래. 누나가 가져."

저녁 일곱 시 종을 치자 아이들이 찾아왔다. 누나는 수업을 제대로 쫓아오지 못하는 아이들을 방과 후에 따로 모아 가르쳤다. 그래도 안 되는 아이들 여섯은 저녁에 집으로 불렀다. 모포로 창문을 가린 채 촛불 아래에서 누나가 아이들을 가르치는 동안 나는 마당에 나와서 초가을의 별을 쳐다보며 시간을 보냈다. 등화관제가 철저한 전방 지대의 칠흑 같은 밤하늘은 스스로 빛을 내는 별들만 빛나며 반짝였다. 누나가 고맙고 자랑스러웠다. 누나는 비춰 주는 조명 없이도 어디에서나 스스로의 빛으로 반짝이는 별이었다.

아버지는 소심하고 융통성이 없었지만 성실하고 틀림없는 분이었어요. 저세상에 계신 아버지에게 부끄럽지 않은 선생이 되고 싶었어요. 와수국민학교에서 근무한 삼 년 동안 진도를 못 쫓아오는 아이들을 집으로 불러서 라면을 끓여 먹이며 가르쳤어요. 초 값도 만만치 않게 들었지요. 그 학교를 떠날 때 내가 가진 건 모두 다 아이들에게 나눠 주고 왔어요. 손목시계에서부터 연필 한 자루까지요. 그때 가르친 아이들이 사십 년이 지난 지금도 스승의 날이면 꽃을 보내 와요. 김태현

"서울에서보다 별이 훨씬 많지?"

아이들을 돌려보낸 누나가 내게 물었다. 나는 고개를 끄덕였다.

"원덕에서 아버지 따라 나가서 별자리 공부하던 생각 나?"

아버지는, 별은 겨울에 잘 보인다며 찬바람이 부는 학교 운동장에 우리 데리고 나가서 별자리 찾는 법을 가르쳤다. 남한에서 가장 춥다는 원덕에서 나는 덜덜 떨며 별자리를 외웠다.

"북극성과 지구의 거리가 얼마라고 했는지 기억나니?"

"육백팔십 광년."

"그래, 아버지가 그때 이렇게 말했지. 지금 우리가 보고 있는 저 별빛은 서기 1274년, 그러니까 원종이 전함 삼백 척을 만들어 원나라와 함께 일본 정벌에 나섰다가 실패했던 그해의 고려인을 향해 출발했던 별빛이라고."

나와 누나에게 북극성 찾는 법을 알려 주던 아버지의 목소리가 환청처럼 들려왔다.

저 많은 별들 중에 자리를 바꾸지 않는 별이 딱 하나 있다는 거 알지? 북극성. 자 북극성을 찾아봐. 북극성을 찾을 줄만 알면 어디에서든 방향을 잃지 않고 집을 찾아올 수가 있지. 나침반도 없이 깊은 산으로 사냥을 떠나고, 먼 바다로 고기잡이를 떠났던 옛날 사람들은 북극성을 보고 길을 찾아 집으로 돌아왔지. 그래서 사람들은 오래전부터 절대 잊어버릴 수 없는 이야기로 북극성을 기억시켰어. 그리스 사람들은 아주 슬픈 이야기로 북극성을 가르쳤다. 신들의 왕 제우스는 아름다운 공주 칼리스토에 반해 사랑을 나누었다. 결혼을 하지 않은 채 아이를 갖게 된 공주 칼리스토는 산속으로 숨어 들어가서 아르카스란 아들을 낳게 되었단다. 이 사실을 알게 된 여신 헤라는 화가 나서 칼리스토를 곰으로 만들어 버렸어. 어머니를 모르고 자란 아르카스는 산속을 누비는 뛰어난 사냥꾼으로 자랐어. 어느 날 사냥을 나갔다가 큰곰을 발견한 아르카스는 그 곰이 자신의 어머니인 줄 모른 채 활을 겨누었다. 아르카스가 팽팽히 당긴 활의 시위를 막 놓으려는 순간 하늘에서 이 모습을 내려다보고 있던 제우스가 황급히 둘을 하늘로 불러올려 별로 만들어버렸다. 그래서 아들 아르카스는 작은곰자리가 되고, 그 엄마인 칼리스토는 큰곰자리가 된 거란다. 저기 큰곰자리의 별을 따라가면 보이는 작은곰자리의 꼬리에 붙은 별 보이지, 저게 북극성이다. 비록 다른 별보다 희미하지만 저렇게 붙박이 별이 있어 다른 별들이 서로 부딪치지 않고, 사람들은 길을 찾아 집으로 돌아올 수 있는 거란다. 어머니를 알아보지 못하고 활을 겨누었던 작은곰 아르카스는 그 벌로 북극성에 꼬리가 묶이게 되었지. 그래서 일 년 열두 달 작은곰은 큰곰을 따라 돌지만 어머니에게 한 발자국도 다가갈 수가 없단다. 이 슬픈 이야기를 한 번이라도 들은 적이 있는 세상의 모든 자식들은 아무리 먼 길을 떠나도 부모가 기다리는 집으로 돌아올 수가 있는 거란다.

"은하를 영어로 뭐라고 그러지?"

아버지가 우리에게 던졌던 질문을 누나가 내게 던졌다.

"갤럭시."

"하나의 은하가 거느리고 있는 별의 숫자는?"

"십의 십 승."

그 물음에 하나도 틀리지 않고 대답할 때까지 우린 살을 에는 겨울 바람이 부는 원덕국민학교의 운동장을 떠날 수 없었다.

"그러니까 백억 개."

"맞았어. 우리가 살고 있는 은하의 크기는?"

"지름 십만 광년."

"우리 은하에서 가장 가까운 나선 은하는?"

"안드로메다. 안드로메다까지의 거리는?"

내가 역습을 했다.

"이백만 광년."

누나는 틀리지 않았다.

"누난 좋은 선생이 될 거야. 아니, 이미 좋은 선생인 거 같아."

"좋은 선생이 되고 싶어. 넌, 이제 어떻게 할 거니?"

"공부해야지."

"정말이지?"

"그럼."

빈말이 아니었다.

내가 몸담았던 경제복지회는 신준영 선배가 외부의 조직 사건에 연루되어 구속되면서 활동이 마비된 상태였다. 후배들의 성실한 후견인 정도로 남아 있으면서 공부를 하기로 작정한 나는 대학원에 진학한 선배와 함께 학습 서클을 만들었다. 인문사회과학과 정치경제학을 교양 수준에서 두루 공부했던 경제복지회와 달리 깊이 있는 경제학 공부를 통해 전공 분야의 수준을 높이는 걸 목표로 하는 서클이었다. 서클의 이름은 상대의 소나무 숲 이름인 향상림을 따서 향상회로 지었다.

나는 학생운동에서 발을 빼겠다는 생각도 하지 않았지만, 앞장서겠다는 생각도 하지 않았다. '나도 군대 가기 전에는, 나도 옛날에는' 하며 현실에 안주한 자신을 변명하고 후배들의 실천을 미성숙의 산물로 폄하하는 비겁한 선배가 되고 싶지는 않았다. 꺼져 가는 6·8부정선거 무효화 투쟁의 불씨를 살려 보겠다고 나선 나와 함께했다가 징계를 당한 이들이 떠올라서도 그렇게 할 수는 없었다.

운동하는 후배들을 도와주며 수업에 열심히 들어가고, 도서관에서 책을 읽었다. 대학에 들어와서 여유를 가지고 책을 보며 공부하는 재미를 만끽한 것은 처음이었다. 새로운 경제 이론과 방법을 발견하는 순간에는 짜릿한 쾌감이 온몸을 휘감았다. 향상회는 경제학에 대한 열정이 확실한 학부와 대학원생들의 본격 경제학 연구 모임으로 자리를 잡아 갔다. 누렇게 색이 바랜 노트 한 권으로 수업을 때우는 교수들이 가르쳐 주지 않는 이론서들이 향상회로 흘러들어왔다. 회원들은 새로운 이론을 스펀지처럼 빨아들였다.

틈을 내서 강의를 같이 듣는 후배들과 어울려 농구를 하는 여유도 누렸다. 후배들과 몸을 부딪치며 흠뻑 땀을 흘리는 것도 즐거웠다.

선배는 세 살 정도 어린 우리와 허물없이 잘 어울렸어요. 그에게서 운동권이라는 인상은 전혀 못 받았던 거 같아요. 그저 평범한 복학생으로 느껴졌어요. 그때 우린 틈만 나면 농구장으로 달려갔는데, 선배도 자주 우리와 함께 뛰었죠. 내가 슈팅하려는 선배의 바짓가랑이를 잡고 반칙을 했던 기억도 나네요. (웃음) 하루는 농구를 끝내고 강의실로 향하는데 목이 몹시 말랐습니다. 나는 후배들이 선배들에게 흔히 그러듯이, 선배님 콜라 좀 사 주세요! 하고 어리광을 부렸어요. 선배는 당황한 표정으로, 나 지금 돈이 하나도 없어, 라고 말하더군요. 나는 그날 선배가 지은 그 표정을 생생하게 기억합니다.

나중에야 알았지만, 선배는 용돈은 고사하고 주머니에 교통비조차 없는 처지였어요. 그런데 후배가 콜라를 사 달라고 어리광을 부리니 얼마나 곤혹스러웠겠어요. 십 몇 년 전에 선배와 정은찬 교수를 같이 만난 자리가 있었어요. 그날 선배가, 대학 시절 정은찬 교수가 자신에

게 장학금을 양보한 일을 떠올리며 고마웠다면서 눈시울을 붉히던 모습이 눈에 선하네요. 이종구

나는 어느 정도의 가난은 즐길 만큼 마음의 여유가 있었다. 형과 누나가 취직을 해서 이제 내 등록금과 용돈만 내가 해결하면 되었다. 등록금은 성적 장학금을 받아서 해결할 작정을 하고, 과외는 하나만 했다. 그러면 내 책값과 차비 정도는 벌 수 있었다. 그러나 어쩌다 비싼 책을 몇 권 사게 되거나 후배들 밥을 사 주고 나면 주머니에 차비도 남아 있지 않을 때도 있었다. 과외를 하나 더 하면 되었지만 그러고 싶지가 않았다. 고2 때부터 군대에 갈 때까지 한 번도 쉬지 않고, 때로는 과외를 네 개나 했던 나였다. 차라리 밥 한 끼를 굶더라도 공부할 수 있는 내 시간을 지키고 싶었다.

종암동으로 들어가지 않은 건 학생운동에서 발을 완전히 빼지 않고 있기도 했고, 과분한 배려에 보답할 자신이 없어서이기도 했다. 나만의 시간과 나만의 생활을 가지고 싶은 이기심도 작용을 했다.

중간고사도 잘 봤다. 수업 시간에 다루지 않은 이론을 접목시켜 답안지를 빽빽하게 채웠다. 교수들의 평가도 대체로 괜찮았다. 특히 채점을 마친 변형운 교수는 나를 불렀다.

"이제 어카갔어?"

변형운 교수는 대뜸 그렇게 물었다. 그렇지 않아도 진로에 대해 고민을 하고 있던 차였다. 취업을 하거나 고시를 볼 생각은 애초에 없었다. 내가 갈 수 있는 길은 두 가지였다. 대학원 진학과 유학이었다. 어느 쪽이든 공부를 해야 했다.

"정신 똑바로 차리고 공부하라."

그건 학문의 길로 갈 능력이 된다는 인정이자, 그 길로 가라는 권유였다. 자신의 제자로 받아 주겠다는 뜻이기도 했다.

김 의장의 첫인상? 경기고등학생이었지. 모범생이란 얘기야. 좋은 뜻만은 아니야. (웃음)

과묵한 제자였어. 내가 원래 말 많고 행동 가벼운 거 싫어하지 않았어. 김 의장은 말을 잘하는 편은 아니었지만 논리가 정연하고, 행동이 가볍지 않았어. 워낙 억지가 지배하던 시대라서 균형 감각을 유지하기가 어려운데 정치뿐만 아니라 경제까지, 전체를 보는 능력이 뛰어났어. 박정희식과는 다른 경제 발전 정책을 입안할 만한 가슴과 머리를 함께 가진 드문 제자였으니까, 내가 기대했던 거 아니갔어. 시대 상황이 안 그랬으면 당연히 유학 다녀와서 좋은 학자, 경제 지도자가 됐갔지.

내가 가르치거나 조언해 준 거, 없었어. 자기 갈 길이 분명한데, 뭐. 수배 중이거나 감옥에 가 있을 때가 아니면 꼭 정초에 인사를 왔지만 내가 뭐 해 준 말 없어. 내 지켜보고 있갔다, 그 말은 했갔지.

남영동 얘기 처음 전해 듣고 어땠느냐? 그걸 말로 다 어케 하갔어. 나중에 장관 할 때 모시고 싶다고 해서 과천에 가서 공무원 식당에서 밥 같이 먹는데, 참 만감이 교차하지 않갔어. 그리고 장관실에 올라가서 차 한 잔 얻어먹었지. 장관 자리에 기어코 앉으라고 해서 내가 장관 자리에도 한번 앉아 보지 않았갔어. 나 장관 자리에 앉았던 사람이라우. (웃음) 변형윤

정신 똑바로 차리고 공부하라, 그건 칭찬에 인색한 변형윤 교수가 제자들에게 하는 최고의 칭찬이었다. 경제학과에서 그로부터 인정을 받

는 것보다 더 큰 영예는 없었다. 변 교수의 방을 나서는 내 가슴은 은 근한 자부심과 기쁨으로 차올랐다.

18

토요일 아침, 등굣길에서였다.

신문팔이 소년의 외침을 듣고 처음엔 귀를 의심했다.

"근로 조건 개선 요구하던 시장 종업원 분신자살~ 조선일보! 시설 개선 데모하던 평화시장 근로자 사망~ 한국일보!"

신문을 사서 펼쳐 드는 내 손은 떨렸다. 길거리에 선 채 기사를 읽는 동안 온몸에 소름이 돋았다.

"우리는 기계가 아니다. 일요일은 쉬게 하라."

한 학기 동안 내가 경제학을 공부하는 재미에 흠뻑 빠져 지내는 동 안 커피 한 잔 값을 받고 하루 열네 시간 혹사당하는 어린 노동자들을 위해 끼니를 거르며 뛰어다닌 청년이 있었다. 그는 환기 시설도 없는 다 락방에서 하루 종일 허리도 펴지 못하고 일하는 노동자들에게 일요일 은 쉬게 해 달라고, 근로기준법을 지켜 달라고 업주와 노동청, 청와대, 언론에 호소했다. 손을 내민 모든 곳으로부터 거절당한 청년이 자신을 불태우며 호소한 마지막 외침이 내 가슴에 비수가 되어 꽂혔다.

"내 죽음을 헛되이 하지 마라."

청년의 이름은 전태일이었다. 나는 학교로 가려던 발걸음을 돌려 그 청년이 안치되어 있는 성모병원으로 향했다.

명동성당 근처에 있는 병원에 도착한 나는 잘못 찾아온 줄 알았다.

사람들이 구름처럼 몰려들고 경찰이 진을 치고 있을 줄 알았는데, 아니었다. 열 평 남짓한 지하 영안실에는 허름하기 짝이 없는 옷을 입은 대여섯 명이 황망한 표정으로 나무 의자에 앉아 있을 뿐이었다. 서울 한복판에 있는 병원 영안실인데도 너무나 초라하고 썰렁했다.

내 주머니에는 동전 몇 개뿐이었다. 아는 친구들이 나타나기를 기다리며 서성거렸지만 한 시간이 지나도 문상객이 없었다. 나는 결국 부의금도 없이 전태일의 영전에 무릎을 꿇었다. 비로소 눈물이 비 오듯 쏟아졌다. 죽어서도 외면당하고 있는 청년의 외로움이 나를 울게 했다.

"누구세요?"

손바닥으로 눈물을 훔치며 빈소를 나오는 내게 입구의 의자에 앉아 있던 아주머니 하나가 물었다.

"그냥… 신문 보고 온 사람이에요."

미안해서 학생이란 말이 나오지 않았다. 아주머니는 청년이 살던 쌍문동의 이웃 사람이라며 내 소매를 잡았다.

"뭐 준비한 건 없지만, 팥죽이라도 한 그릇 먹고 가세요."

쌍문동 판자촌에 사는 이웃들이 자기 집에서 쑤어 왔다는 팥죽 그릇을 앞에 두고 나는 또 눈물을 흘리고 말았다. 나마저 일어서면 썰렁한 영안실이 더 썰렁해질 것만 같아 차마 일어나지 못하고 몇 시간을 앉아 동네 사람들의 이야기를 들었다.

"우리 동네는 사는 게 모두 힘드니까, 부모가 다 새벽에 나가서 밤에 들어오는 사람이 많아요. 그나마 저녁밥이라도 해 놓고 나가는 집은 양반이죠. 저녁이면 애들이 제비 새끼들마냥 골목에 나와 앉아서 부모를 기다리죠. 태일이 총각이 일찍 들어오는 날은 그런 애들을 거두어서 자기 집에 데려가 놀아 주었지요. 어떤 날은 풀빵까지 사 먹이고. 나도 늦

게 들어가서 애가 집에 없으면 으레 태일이 총각 집으로 데리러 갔죠. 그렇게 좋은 총각이었는데….'

그들의 얘기를 들을수록 내 자신이 더욱 부끄러워졌다. 교회에서 사람이 몇 명 온 틈을 타서 영안실을 빠져나와 학교로 갔다.

강의는 이미 다 끝난 다음이었다. 복학한 다음의 첫 결석이었다. 기말인 데다가 토요일이어서 학교에는 남아 있는 학생들이 거의 없었다. 월요일까지 기다릴 수가 없었다. 내 죽음을 헛되이 하지 말라고 외치며 죽어 간 청년의 빈소를 그토록 외롭게 내버려 둘 수는 없었다. 월요일까지 빈소가 유지될지도 알 수 없는 일이었다. 나는 학교 인근에서 자취하는 향상회 회원들의 집을 찾아 나섰다. 기말고사를 준비하고 있는 동기와 후배들을 불러내서 연 꼬리 달듯이 뒤에 달고 홍릉 일대의 자취방을 샅샅이 뒤졌다. 그들과 함께 밤중에 다시 성모병원으로 갔다. 법대와 문리대 학생들도 몇 와 있었다. 낮보다는 영안실이 덜 썰렁했다.

"좀 보자."

경기고 동기 심단수였다. 그는 고등학교를 졸업하고 사 년 동안 낭인처럼 지내다가 지지난해에 문리대에 들어온 친구였다. 고등학교에서는 나와 가깝지 않았던 녀석이었다. 그렇지만 변론반이었던 그를 모르는 동기는 아무도 없었다. 한일협정 반대 시위 때 조영래, 손항규와 함께 경기고등학생들을 이끌고 세종로까지 진출한 주동자의 하나가 그였다. 시민회관 앞에서 경기고등학교를 대표해서 선언문을 낭독한 장본인이기도 했다. 복학을 하니까 그가 문리대에 들어와 있었다.

심단수가 나를 데리고 간 다방에는 조영래가 기다리고 있었다.

"용두거사, 네가 웬일이야?"

영래는 지난 학기에 졸업을 하고 경기도 일산에 있는 용두암이란 암자에 들어가 사법고시를 준비하고 있었다.

"이 사람을 이렇게 그냥 묻을 수는 없지 않겠어?"

영래는 이미 계획을 가지고 있었다.

"우리 법대의 학생장으로 치르는 게 어떨까 한다."

법대 학생장? 느닷없는 소리였다. 나는 뜨악한 표정으로 영래를 쳐다보았다.

"이 죽음은 자살이 아니야. 잠자는 법이 그를 죽인 거고, 그걸 알고도 눈감고 외면한 법을 다루는 자들이 그를 죽인 거다. 대한민국에서 법 공부한다는 자들 중에 대가리 제일 좋다는 놈들이 모였다고 뻐기고들 있는데, 이 나라에서 법이 도대체 뭔지를 여기 와서 두 눈으로 똑똑히 봐야 되지 않겠어. 이 사람을 묻기 전에 이 사람보다 훨씬 먼저 죽은 법의 장례식부터 치러야지. 그걸 판사란 자들이 하겠어, 검사란 자들이 하겠어, 변호사란 자들이 하겠어? 그래도 양심이 멸치 꼬랑지만큼이라도 살아 있는 법대생들이 하는 수밖에 없잖아."

아주 엉뚱한 말은 아니었다. 전태일이 자신을 불태우기 전에 먼저 불태우려고 했던 것이 근로기준법이었다. 정부가 헌법을 밥 먹듯이 유린하는 사회에서 제대로 지켜지는 법이 있을 리 없었다. 근로기준법도 예외가 아니었다.

"가족들이 동의할까?"

"벌써 장이표가 어머니를 만나서 동의를 받아 놨대."

법대의 마당발로 알려진 장이표는 소문대로 빠르고 용의주도했다. 영래가 암자로 들어가면서 법대의 간판으로 떠오른 게 장이표였다.

"어머니가 정말 대단한 분인 것 같아."

영래의 말을 받아 심단수가 슬그머니 거들고 나섰다.

"이런 일은 가족이 어떻게 나오느냐에 따라서 허망하게 묻혀 버릴 수도 있고, 엄청난 사건이 될 수도 있는데… 저쪽에서 가족을 가만히 내버려 둘 리는 없을 테고…"

뜸을 들이는 심단수의 말을 영래가 매듭지었다.

"믿고 기대할 만한 데가 없으면 가족이 버틸 수가 없다, 그거지? 야당은 먼 산 쳐다보고 있고, 교회에서는 자살한 사람이란 구실로 외면하고, 그렇다고 어용노총이 할 것도 아니고, 급한 대로 법대가 나서 보는 수밖에 없잖아. 모두 가만히 있으면 어려운 결심을 한 고인의 어머니와 가족들이 뭐가 되겠어."

분신했다는 소식을 듣고 병원으로 달려가니까, 온몸을 하얀 붕대로 감은 태일이가 꺼져 가는 목소리로 나를 불러. 어무이, 어무이. 간절한 눈빛으로 나를 쳐다보며 말을 하는 거야. 어무이, 지금부터 누구의 얘기도 듣지 말고 내 말만 들어요. 내가 죽으면 아무것도 보이지 않는 이 캄캄한 세상에 빛이 스며들 조그만 구멍 하나가 생길 거예요. 노동자와 학생들이 힘을 합쳐 그 구멍을 넓힐 수 있도록 해 줘요. 내가 다 못한 일을 엄마가 해 준다고 내게 약속해 주세요. 내가 대답을 않으니까, 마지막 죽을힘을 다해서 약속하라고 하는 거야. 내가 어떻게 하겠어. 내 뼈가 가루가 되어도 그렇게 하겠다고 약속했지. 그게 마지막이었지. 정보부 사람들이 내 눈을 가리고 안가로 끌고 갔어. 그 사무실의 책임자란 놈이 잠실 삼십사 평 아파트 문서와 외환은행 통장, 새 보자기로 싼 현금 뭉치를 내놓고 자기들 말에 따르라고 그래. 그러면서 이미 친척들이 다 도장을 찍은 서류를 내 앞에 내밀었어. 작가 선생, 내가 어떻게 해야 됐겠어? 그 서류를 갈기갈기 찢어버렸어. 그런데도 영안실까지 돈 보따리를 들고 다시 찾아왔어.

　이날 이때까지 태일이가 죽을 때 한 약속 지키면서 사느라고 살았어. 수없이 매 맞고 감옥에 잡혀 가고, 그래서 남은 건 골병든 몸뚱이뿐이지만 후회되는 것도 없고 겁나는 것도 없어. 작가 선생, 이거 하나는 꼭 써 줘. 내가 걱정되고 두려운 건, 약자는 사람이 아니라고 여기는 지금 같은 세상에서 젊은 사람들이 뭘 배우고 어떻게 살아갈지 그거 하나라고 써 줘. 쌍용자동차, 기륭전자에서 하는 거 봐. 힘없는 놈은 죽으라는 거잖아. 그래서 걱정이 돼서 내가 기운만 나면 거기 가, 가서 내가 빌어. 제발 죽지는 말고 싸우라고. 너희는 죽으면 그만일지 모르지만 부모들은 남은 인생을 어떻게 사느냐고, 내가 걔들 손 붙잡고 빌어. 내 몸 움직여서 젊은이 하나라도 살릴 수만 있다면 죽는 날까지 어떻게든 꿈적거려야지.

　태일이 친구들, 참 굶기도 많이 굶고 맞기도 많이 맞으면서 청계노조 지킨 최종민, 김명문, 이성철, 임현제… 그리고 먼저 간 조영래도 그렇고 장이표, 김근태, 다 나한테 말할 수 없이 고마운 사람들이지. 언제 만나도 어무이 어무이 하고, 내 말이라면 뭐라도 다 들어주고.

　이소선(2009.12.27.)

　영래는 어느새 전태일이 남긴 기록의 일부를 입수하고 있었다. 그 내용 중에 꼼짝 못하게 우리의 발목을 붙잡는 문장이 있었다.

　"나한테 대학생 친구가 한 명만 있었으면 좋겠다."

　나는 그날로 수업을 작파했다. 영래도 고시 준비를 중단하고 암자에서 나왔다.

　서울대 법대생 백여 명은 월요일인 16일 학생총회를 열고 전태일의 장례식을 서울대 법대 학생장으로 한다는 결의를 했다. 경제학을 공부하는 상대생들이 받은 충격도 법대생들 못지않았다. 상대 학생총회에는 사백 명 넘게 참석했다. 토요일 밤에 성모병원에 다녀온 향상회 회원들과 후배들이 하루 사이 모아 낸 숫자였다.

상대 재학생의 절반 이상이 참석한 총회에 전태일의 친구 한 명이 나와 평화시장의 실상을 증언했다. 난생처음 마이크를 잡아 본다는 그는 적어 온 메모를 들고 연신 더듬거렸다. 11월의 중순인데도 그의 이마에는 땀이 송글송글 맺혔다. 그러나 그의 어눌한 증언은 그날의 다른 모든 연설을 완전히 압도하고 남았다.

이천 명의 노동자가 남녀 공용의 화장실 세 개를 함께 씁니다. 사백 개의 작업장이 있는데 수도는 딱 세 개입니다. 한 업체의 면적이 보통 여덟 평 정도 되는데 삼십 명 안팎이 그 안에서 일을 합니다. 그 안에 원단과 자재들까지 쌓아 놓으려니까, 높이 삼 미터 되는 한 층을 위아래로 나눠 복층으로 만들어 사용합니다. 한 층이 1.5미터가 되지 않는 겁니다. 그러니 일어서서 허리를 펴지 못하고 온종일 일을 합니다. 평화시장 건물에는 빛도 거의 들어오지 않습니다. 환기 시설은 아예 없습니다. 거기 앉아서 한나절만 일하면 머리가 실밥과 먼지로 하얗게 됩니다. 그런 곳에서 하루 열네 시간 일을 합니다. 점심시간에는 그곳에서 도시락을 까먹고, 밤에는 그곳에서 잠을 잡니다. 복층의 위층이 시다들의 기숙사가 됩니다. 눈병과 폐병이 끊이질 않습니다. 그렇게 첫 번째, 세 번째 주 일요일을 제외하고 한 달 내내 일해서 시다들이 받는 평균 임금이 삼천 원입니다. 일당으로 치면 하루에 백 원, 대학생 여러분들이 마시는 커피 한 잔 값을 받습니다. 도시락을 못 싸 오는 시다들은 점심을 일 원짜리 풀빵 몇 개로 때웁니다. 그것도 없어서 굶는 시다들도 허다하지요. 태일이는 그렇게 굶는 시다들에게 차비를 털어 풀빵을 사 주고 자기는 집까지 세 시간을 걸어서 갔습니다. 이것이 우리 평화시장이고, 내 친구 전태일이었습니다. 일요일은 쉬게 해 달라. 근로기준법을 지켜라. 태일이의 이 요구가 그토록 부당한 것입니까? 태일이가 목숨을 내주고도 이루지 못할 만큼 그렇게 엄청난 꿈입니까. 최종민

그의 증언은 강당 안을 눈물바다로 만들었다. 아무도 알아주지 않는 곳에서 누구도 알아주길 바라지 않고 자기보다 더 어려운 노동자들을 위해 살았던 한 청년의 삶 앞에 누구도 고개를 들 수 없었다.

형이 하루는 미리 얘기도 없이 집에 들어오지 않았는데, 다음 날 그러더군요. 일 끝나고 걸어서 오다가 통금에 걸려서 파출소에서 잤다고. 어머니가, 아침에 나갈 때 내가 삼십 원 준 건 어쩌고 그랬냐고 하니까, 시다들 풀빵 다 사 줬다는 거예요. 시다들이 잠이 모자라서 꾸벅꾸벅 졸면서 일하는데, 점심도 굶고 어떻게 열여섯 시간 일을 하느냐고, 주머니에 돈이 들어 있는데 점심 굶는 아이들을 보고 어떻게 모른 체하느냐고, 그래서 일 원짜리 풀빵 삼십 개 사서 여섯 명에게 먹였다는 거예요. 그리고 형은 밤 열 시에 일 마치고 세 시간을 걸어오다 통금에 걸린 거예요. 나는, 아이 참 형은 왜 그러느냐고 했는데, 어머닌, 잘했다, 그러더군요.

형은 동네 아이들하고도 잘 놀아 주고, 우리 동생들한테도 참 잘해 줬어요. 쉬는 날이면 우릴 창경원에도 데리고 가고, 여름에는 뚝섬에 가서 물놀이도 하고 그랬어요. 막내 순덕이는 형이 업고, 수옥이는 내

142

손을 잡고 다녔죠. 그래서 우리 형제는 서울의 유적지 중에 가 보지 않은 곳이 별로 없어요. 그때는 그게 있는 집 아이들도 누리기 어려운 특별한 경험이란 걸 몰랐죠. 전태산

'전태일 선생의 죽음을 헛되이 하지 말라'는 결의문을 채택하고, 그의 요구가 받아들여질 때까지 싸우겠다는 선언을 하고 상대의 학생총회는 끝났다. 전태일 선생이란 호칭은 우리가 그에게 붙이는 최대의 경의와 사죄의 표현이었다. 그때 우리가 선생이라고 부르는 데 이의가 없었던 사람은 함석헌과 장준하 정도였다.

장이표가 대학생들이 중심이 된 장례식 준비를 하고, 영래는 이 문제를 사회 각계로 확산시키는 일을 맡아 뛰었다. 심단수는 서울 시내의 다른 대학교와 연락하는 일을 맡았다. 장이표는 전태일의 어머니로부터 시신인수증까지 받아 냈다. 내가 군대 가 있는 동안 대학생들의 3선 개헌 반대 투쟁을 이끌며 종교계와 재야의 어른들, 언론인들과도 안면을 튼 영래의 영향력도 막강했다. 심단수는 둘이 하지 못하는 모든 일을 했다. 내가 할 수 있는 일은 상대 하나 제대로 책임을 지는 것이었다.

상대 학생총회를 마치고 백여 명의 후배들과 성모병원으로 몰려갔을 땐 이미 경찰이 영안실을 봉쇄하고 있었다. 영안실의 봉쇄에 항의하는 내게 기관원 하나가 비아냥거렸다.

"재단사 한 놈 죽은 걸 가지고 니들이 왜 난리야. 한겨울에 얼어 죽는 병아리 새끼들 장례식도 다 대학생장으로 치를 거냐."

나는 참을 수 없는 분노로 주먹을 움켜쥐고 부들부들 떨었다. 향상회 후배들이 기관원을 노려보는 나를 뒤로 끌고 갔다. 모욕감으로 몸을 떨었지만 나는 이미 우리의 행동이 가져온 결과를 기관원의 어깨너

머로 확인하고 있었다. 조문객조차 찾아보기 어렵던 영안실 입구에 유력 인사들이 보낸 조화가 즐비했다. 김대중, 김영삼과 같은 야당 정치인은 말할 나위도 없고 국무총리가 보낸 조화도 있었다. 이미 전태일은 덮어 버릴 수 없는 이름으로 떠오르고 있었다.

우리가 준비하던 대규모 장례식이 벽에 부딪혔지만 나는 걱정하지 않았다. 야당이 정치 쟁점화하고, 한 신문에 전태일이 쓴 일기가 실리면서 전태일의 삶과 죽음은 이제 그 누구도 지워 버릴 수 없게 되었다. 걱정이라면 단 하나, 전태일의 가족이 정부의 회유와 압박을 견디지 못해서 그의 아름다웠던 삶과 희생을 바래게 만들진 않을까, 하는 것이었다. 그들의 가족 누구도 온전한 학력을 가지고 있지 않다는 사실이 우리의 불안감을 부채질했다. 그때까지 우리들 중에 누구도 우리 현대사에서 가장 아름다운 별이 된 전태일의 어머니와 형제들의 존재를 알지 못했다.

어머니가 우리 형제들을 불러 놓고 물었어요. 저 탁자 위에 있는 보따리 안에 든 것이 다 돈이다. 받는 것이 좋겠니, 받지 않는 것이 좋겠니, 하고요. 그래서 제가 되물었어요. 받으면 어떻게 되느냐고. 어머니는, 이걸 받으면 우리 형제가 돈 걱정 없이 공부할 수 있다. 그러나 오빠가 하려던 일을 할 수는 없다고 하셨어요. 받지 않으면 어떻게 되느냐고 제가 다시 물으니까 어머니가 그러더군요. 우리는 계속 힘들게 살아야 한다. 너희들도 공장에서 일해야 한다. 그러나 오빠가 하려던 일을 할 수는 있다. 태산이 오빠, 저, 동생 순덕이 셋 다 받지 않겠다고 대답했지요. 어머니는 탁자 위에 놓인 보따리를 풀어 그 안에 든 돈뭉치를 꺼내, 그걸 들고 온 사람에게 집어던지며 소리쳤어요. 우린 이 돈 필요 없다! 돈 좋아하는 놈들 이 돈 다 가져가라! 그때 제 나이가 열여섯 살이었어요.

그땐 어머니가 왜 어린 우리에게 그런 걸 묻는지 몰랐어요. 어머니는 어렸을 때부터 우리들이 자기 문제를 스스로 결정하고 그것에 책임지도록 가르쳤어요. 어머니는 우리 가족이 앞으로 감당해야 할 대가가 어느 정도일지 본능적으로 느꼈고, 우리 형제는 그 결정에 참여함으로 해서 힘이 들었지만 우리에게 닥친 현실을 덜 원망하며 견뎌 나갈 수 있었던 거 같아요. 어머니가 칠천만 원을 내던지고 받아 낸 것이 '청계피복노동조합 등록필증'이었어요. 1970년에 칠천만 원은 결코 적은 돈이 아니었죠. 전수옥

학교로 돌아온 나는 비인간적인 노동정책의 중단과 전태일 선생의 요구 수용을 촉구하며 단식투쟁에 들어갔다. 군대에 다녀와서 후배들의 후견인을 자처하며 2선에 물러서 있던 내가 할 수 있는 일은 그것밖에 없었다.

서울대학교는 이날부터 또 무기한 휴교에 들어갔다. 전태일의 죽음이 던진 충격은 여러 대학의 학생들이 가세하고, 야당이 정치 쟁점으로 삼으면서 일파만파로 번져 나갔다. 당황한 정부는 이소선 어머니의 요구 사항을 받아들이면서 장례를 한국노총장으로 하고, 노동행정의 최고 책임자인 노동청장이 호상을 맡겠다고 나섰다.

그 아들의 그 어머니였다. 일요일 휴무, 노동조합결성 보장…. 어머니가 요구한 여덟 개 항 중에 가족을 위한 것은 단 하나도 없었다. 그 아들의 그 어머니가 아니라 그 어머니의 그 아들이었다는 사실을 그때는 아무도 몰랐다.

대학생장으로 하려던 우리의 계획은 좌절되었지만 그건 중요한 것이 아니었다. 11월 20일 서울 시내 대학들이 공동 주최한 '고 전태일 선생의 추도식'도 봉쇄당했다. 그것 역시 중요한 것은 아니었다.

전태일이 참 많은 사람들의 인생을 바꾸어 놓았어요. 그는 뜨거운 향학열에도 불구하고 학교 공부라고는 국민학교 사 년, 중학 과정 일 년밖에 다니지 못했지만 그 어떤 철학자나 사상가도 도달키 어려운 밝은 지혜, 높은 사상, 아름다운 꿈, 치열한 사명감을 우리에게 보여 주었습니다. 그 죽음에 함께했던 사람이라면 누구라도 죽는 순간까지 그로부터 벗어날 순 없었을 겁니다. 장이표

전태일이 우리에게 준 충격은 그가 마지막으로 선택한 방법의 처절함 때문만은 아니었다. 그가 폭로한 비참한 노동 조건 때문만도 아니었다. 그는 스스로 감내하기 어려운 가난과 시련을 겪으면서도 비관하거나 절망하지 않고 자기보다 더 어려운 사람들을 살피고, 그들의 고통을 아파했다. 그러나 그가 우리에게 던진 충격의 실체는 조금 더 깊고 근원적인 그 무엇이었다. 세상의 어떤 무관심과 횡포도 훼손시키지 못한 한 인간의 완벽한 선의는 놀라운 희망의 발견이 아닐 수 없었다.

전태일은 우리가 외쳐 온 정의의 실체가 무엇인지 불타는 몸으로 묻고, 차가운 주검으로 대답을 요구했다. 그 물음에 대한 대답은 이제 모두의 몫으로 남았다. 질문을 던진 전태일은 주검이 되어 대답 듣기를 영원히 거부해 버렸다. 이제 그가 던진 질문은 내게도 평생을 두고 대답해 나가야 할 숙제로 남겨졌다. 참으로 어렵고도 잔인한 질문이었다.

11월 25일 수요일, 가톨릭교와 개신교의 합동 추모 예배가 연동교회

에서 열렸다. 학교가 문을 닫아 버린 상태에서 단식투쟁을 계속하던 나는 후배들을 데리고 이 예배에 참석했다. 어느새 나는 다시 맨 앞줄에 서 있었다. 예배에서 김재준 목사가 한 추도사는 오래 뇌리에서 떠나지 않았다.

"우리는 여기에 전태일의 죽음을 애도하기 위해 모인 것이 아니라 우리의 나태와 안일과 위선을 애도하기 위해 모였다."

19

지난 수요일 아침이었다. 어머니, 형과 같이 밥을 먹고 있는데 국민학교에 다니는 앞집 아이가 뛰어왔다.

"대학생 아저씨, 전화 왔어요."

신발을 바로 신지도 못한 채 앞집으로 달려갔다. 전화를 건 사람은 함일규 교학과장에 이어 교학과를 맡은 이형구 교학과장이었다.

"오늘 학교에 좀 왔다 갈 수 있겠나?"

개학을 하려면 아직 열흘이나 남아 있었다.

"나쁜 일 아니니까, 잠시 왔다 가게나."

아침을 먹고 바로 학교 교학과로 찾아갔다. 나를 만난 이형구 과장은 내 앞에 등사물 한 장을 내밀었다. 영국 국비유학 신청자 구비 서류. 나는 의아한 눈빛으로 이 과장을 쳐다보았다.

"왜, 싫어?"

"아뇨. 그런 게 아니라 왜 이런 기회를 저에게 주는지…"

"학장님이 자네한테 거는 기대가 아주 큰 것 같네."

새 학년도를 맞아 변형운 교수가 상대 학장이 되었다. 나한테는 직접 말도 하지 않고 교학과에 얘기를 한 모양이었다. 변 교수의 배려와 신뢰가 고마웠다.

"서울대 전체에 일 년에 세 명 떨어지는 티오야. 쉽게 오지 않는 기회니까 다음 주 안에 여기 있는 서류 다 떼어 가지고 와."

"아직 졸업하려면 일 년 남았는데 벌써 서류가 필요한가요?"

"학장, 총장 추천서 받아서 문교부 심사 거친 다음에 영국으로 서류를 보내서 저쪽 대학의 입학 승인을 받아야 하는 거여서 일 년 전에 미리 대상자를 선발해."

제출해야 할 서류 목록이 갱지 한 장 가득이었다. 호적등본, 제적등본, 주민등록초본, 제대증명서, 신원확인서, 부동산등기부 등본, 국민학교 졸업증명서, 중학교 졸업증명서, 고등학교 졸업증명서, 고등학교 성적증명서⋯. 어제까지 국민학교 졸업증명서를 빼고는 다 준비를 했다.

대학의 군사훈련 강화 방안을 들은 건 어제저녁이었다. 부천에 가서 호적등본을 떼어 집에 돌아오는데 라디오 뉴스에서 박정희 대통령이 주재한 국무회의의 의결 내용을 보도했다.

기절할 내용이었다. 대학교 재학생을 대상으로 일반군사교육 삼백열다섯 시간, 집체군사교육 삼백아흔여섯 시간을 실시한다. 군사교육을 위해 대학에 현역군인을 배치한다. 교련 담당 교관으로 대학생 이백오십 명당 한 명의 현역 장교를 선발하여 대학에 파견한다. 교련 교육에 불참하는 학생은 징집한다.

일반군사교육과 집체군사교육을 합하면 총 군사교육 시간은 칠백열한 시간이었다. 이것은 대학 졸업에 필요한 전체 교육 시간의 이십 퍼센트에 해당했다. 현역군인이 대학 교육의 이십 퍼센트를 담당한다는 것도 박정희 정권이 아니면 상상조차 못할 일이었다. 군복을 입은 삼사십 명의 교관이 강사의 자격으로 캠퍼스를 활보하며 대학 운동장에서 총검술 훈련을 시키겠다는 것이었다.

나는 이 발표를 보고 숨이 턱 막혔다. 이걸 받아들일 수는 없는 노릇이었다. 대학에서 공부하고 있도록 그냥 내버려 두질 않았다. 이건 학생들에게 싸우라고 일부러 약을 올리는 거나 마찬가지였다. 대학가를 싸움터로 만드는 박정희가 정말 미웠다. 정신이 제대로 박힌 인간이라면 이 싸움을 피해 갈 길이 없었다. 나 또한 이 싸움에서 빠져나갈 퇴로도, 돌아갈 우회로도 없어 보였다.

박정희가 내세운 군사교육 강화의 이유는 안보 위기였다. 북괴의 남침이 임박했고, 젊은 대학생들이 조국 수호에 앞장서야 한다는 것이었다. 특히 북의 학생들이 적위대에 편재되어 군사훈련을 한다는 점을 강조했다.

그러나 바보가 아니면 누구나 알았다. 4월과 5월에 잇따라 실시되는 대통령 선거와 국회의원 총선거를 앞두고 대학생들의 발목을 잡아 두겠다는 정권의 의도는 훤히 보이는 것이었다.

그러나 조금 눈이 밝은 사람들에게는 그 뒤에 숨겨진 그림도 보였다. 3선개헌을 통해 세 번째 대통령을 하려고 나선 박정희는 이미 영구 집권을 위한 준비에 들어갔고, 그 첫 번째 포석이 바로 대학의 병영화였다. 내가 대학 교련 강화 방안을 보고 숨이 턱 막혔던 이유도 이것이었다.

이건 한 번 부딪치고 지나가는 그런 싸움이 아니었다. 한 번 잡혀가서 매 맞고 징역 살고 나오면 끝날 그런 일이 아니었다. 영구 독재와 맞서 싸워야 하는 아주 길고 긴 싸움의 시작을 의미했다. 정말이지 엮여

들고 싶지 않은 싸움이었다.

밤새 깊이 잠들지 못하고 뒤척였다. 이형구 교학과장의 얘기는 사실이었다. 영국 국비유학은 내게 다시 오기 어려운 기회였다.

아침을 먹고 국민학교 졸업증명서를 떼러 가려던 발길을 돌려 심단수를 찾아갔다. 그는 문리대 서클 룸에서 기보를 보며 혼자 바둑을 두고 있었다.

"이거 어떻게 해?"

심단수가 나를 힐끗 쳐다봤다.

"군사교육 말야."

"너는 어떻게 보고 있는데?"

심단수는 오른손에 든 바둑알 놓을 자리를 살피며 무심하게 되물었다.

"영구 집권을 할 작정이 아니면 왜 선거를 앞두고 이런 무리수를 두겠어. 영구 독재로 가는 길목에서 가장 먼저, 반드시 제압해야 할 장애물이 대학이라고 생각하니까 이러는 거 아니겠어."

"그러니까, 대학의 군사교육 강화, 이게 각하께서 영구히 해 드시려는 음모의 첫 단추다, 그렇게 보는 거구나."

심단수는 그제야 가는 눈을 더 가늘게 뜨고 나를 쳐다보며 더듬더듬 말을 받았다. 그는 영래와 같은 경기고 변론반 출신이었는데, 그의 어법은 변론술이나 웅변술과는 정반대였다. 약간 느리고 더듬거리지만 핵심을 놓치지 않는 그의 어법은 신뢰감을 주는 이상한 힘이 있었다.

"심당수. 아무리 당수라지만, 이거 선배한테 말버릇이 공손하지 못한데."

"아이구 선배님. 선배님이 그렇게 보시면 그렇겠지요. 선배님이 기차 바퀴가 네모라고 하면 네모고 세모라고 하면 세모이옵지요."

고등학교 시절 그와 나는 서로 소 닭 쳐다보듯 하던 사이였다. 그가 조영래, 손항규와 함께 경기고등학생들을 이끌고 세종로까지 진출할 때 나는 끝까지 교실에 남아 버텼다. 그러나 그 뒤로 그는 한 번도 전면에 얼굴을 나타낸 일이 없었다. 그는 늘 영래와 항규의 뒤를 살피며 도와주었다. 나와 가까워진 것은 내가 복학하고 나서였는데, 그때부터 그는 내 가장 중요한 상담역이자 후견인이었다. 생색내는 일 없이 뒤에서 궂은일은 도맡아서 하는 그를 많은 후배들이 좋아하고 따랐다. 그래서 그의 이름이 원래 심단수인데 다들 심당수라고 불렀다. 그를 만난 후배들은 저절로 그를 따르는 당원이 되고 싶어진다고들 했다. 나나 영래, 항규도 모두 그를 신뢰하고 의지했다. 그는 우리 셋의 조력자이자 상대, 법대와 문리대로 흩어져 있는 셋의 연결책이기도 했다. 어쩌면 우리 셋을 통제하고 조정하는 컨트롤 타워 같은 존재가 그였다. 우리도 그를 장난스럽게 심당수라고 불렀는데, 그게 장난만은 아니었다. 그는 우리 마음속의 당수였다.

사 년을 낭인처럼 떠돌다 대학에 들어온 그는 참 묘한 매력을 가지고 있었다. 대단히 실무적이면서도 아무것도 취하려 들지 않는 도인 같은 구석이 있었다. 논쟁이 벌어지면 무관심으로 일관하다가 일이 정해지면 하는 티도 내지 않고 슬그머니 도맡았다. 말할 때는 침을 튀기다가 일할 때는 보이지 않는 사람들과는 반대였다. 그리고 그 일이 끝나고 둘러보면 다시 그는 보이지 않았다. 자신의 속내를 잘 내보이지 않아서 어떨 때는 좀 의뭉스러워 보일 때가 있는데, 오늘도 그랬다.

"니 말 들으니 그런 것 같네. 그러면 가만 놔둘 수는 없겠네. 어떻게 할 건데?"

"인간아, 어떻게 하고 싶지가 않아서 그렇지."

"캄캄한 터널이 좀 길어 보이지?"

기보를 들여다보던 심단수는 손에 든 바둑알을 바둑판에 천천히 가져다 놓았다.

"길어 보이는 게 아니고 아예 끝이 보이지가 않습니다."

나는 긴 한숨을 쉬었다.

"그러면, 들어가지 마세요."

"들어가고 싶지가 않은데 끌어들이니까 그렇지. 어떻게 이 터널을 통과할 것인가, 그것이 남았을 뿐, 누구 하나도 예외 없이 박정희가 파는이 터널에 들어가지 않을 순 없잖아. 심당수는 들어가지 않을 수 있겠어?"

히틀러의 지배 아래 살면서 나치 체제로부터 자유로울 수 있는 인간은 없었다. 순종과 협력, 그리고 저항. 선택은 세 가지뿐이었다. 박정희가 영구 집권의 길로 들어서는 상황에서 우리가 할 수 있는 선택도 다르지 않을 것이다. 십 년 가는 권력은 없다고 했는데 박정희 집권 벌써십 년이었다. 권불십년, 박정희는 이 말을 사전에서 지워버릴 작정을 하고 있었다.

"아무도 피해 갈 수 없다? 아무도 피할 수 없다… 그것 참 더럽네… 나도 인간의 탈을 쓰고 있으니 피하지는 못하겠지."

"이건 어떻게 하면 좋을까?"

나는 안주머니에서 갱지를 꺼내 보여 주었다. 영국 국비유학 신청자 구비 서류.

"잘됐네."

"나도 어제까진 그랬는데, 이제 어떻게 해야 할지 모르겠다."

내가 여기서 저항의 길을 선택한다면 학자가 되려는 꿈은 아주 접어야 할지도 모른다. 내가 유학을 선택하면 순종의 길을 선택해야 한다. 어느 쪽도 선택하고 싶지 않은 두 길이 내 앞에 놓여 있었다.

"모르긴 뭘 몰라. 가야지. 서류 준비는 다 했어?"

"국민학교 졸업증명서만 떼면 되는데… 오늘 그거 떼러 양수에 가려다가 너 보러 왔어. 이래도 되나 싶어서."

심단수가 들고 있던 바둑알을 내려놓으며 벌떡 일어섰다.

"가자!"

심단수는 청량리역에서 대성리로 가는 입석표를 끊어서 내 손에 쥐여 주었다.

"일단 서류는 내놓고… 세상일을 누가 알겠어? 그다음 일은 그때 가서 생각하자."

대성리로 가는 기차를 탔다. 삼 년 동안 남들이 내 눈을 보지 못하도록 모자를 푹 눌러쓰고 기차 통학을 했던 중학교 시절이 아련히 떠올랐다.

국민학교로 가는 비포장도로의 풍경은 변함이 없었다. 내가 살았던 마을의 지붕들이 멀리 보였다. 양조장 건물의 높은 양철지붕은 여전히 우뚝했다. 단발머리 새침데기 소녀 성연이는 어떻게 살고 있을까. 나와 어울려 남한강 가에서 멱을 감았던 친구들은 어떤 모습이 되어 있을까. 갑자기 나를 앞지르고 일등을 차지해서 나를 전전긍긍하게 만들었던 아이는 지금 무엇을 하고 있을까. 궁금했지만 마을로 들어가고 싶지는 않았다.

조개탄 난로 앞에 앉아 책을 읽고 있던 당직 교사가 졸업증명서를 떼

어 주었다. 용도를 묻는 그에게 나는 잠시 머뭇거리다 유학 신청 서류라
고 대답했다. 그렇게 대답하고 싶지 않았지만 마땅히 둘러댈 다른 말이
생각나지 않았다. 반색을 하는 그가 다른 걸 더 묻기 전에 얼른 인사를
하고 교무실을 빠져나왔다.

내가 시험문제를 훔쳐 냈던 등사실 앞에서 잠시 걸음을 멈추고 안을
들여다보았다. 내부가 컴컴해서 등사기 두 대의 윤곽만 흐릿하게 보였다.

돌아갈 기차 시각까지는 여유가 있었다. 어린 시절 바람을 거슬러 달
렸던 강가로 갔다. 3월이 눈앞인데도 북한강의 바람은 날이 서 있었다.
마른 억새 숲을 지나 강가의 자갈밭을 혼자 걸었다. 텅 빈 강변에는 그
물을 던지는 사내 하나만 물과 뭍을 분주하게 드나들고 있을 뿐이었다.

자갈밭에 앉아 잔물결을 일으키며 흐르는 강물을 오래 바라보았다.
기울어 가는 오후 햇살을 받은 강물은 거울 조각처럼 반짝이곤 했다.
사람의 마음이 참 이상했다. 할 수 없게 된다고 생각하자 경제학에 대
한 애착이 풍선처럼 점점 더 커졌다. 내가 이토록 간절히 경제학자가
되고 싶었던가? 놓친 고기가 커 보이는 법이야, 하던 형의 목소리가 문
득 떠올라 멀리 강가를 살폈다. 형이 그 아래에서 낚시를 하던 버드나
무는 아직도 제자리를 지키고 있었다.

뜰채 없이 낚시를 하던 형은 낚은 물고기를 끌어내다가 놓치곤 했다.
그럴 때면 나는 너무나 안타까워서 소리치곤 했다.

"우와 형, 엄청나게 컸는데."

두 팔을 벌려 보이며 폴짝폴짝 뛰는 내게 형은 대수롭지 않게 말하
곤 했다.

"놓친 고기가 커 보이는 법이야."

그리고 다음에 형이 끌어올린 작은 물고기를 보고 나는 실망스럽게

말했다.

"아까 건 이거보다 배의 배는 더 컸는데."

"그것도 이만했어, 인마."

나는 자갈밭에 누워 칠 분 전에 빛난 태양을 바라보며 십 년 전에 지나간 남한강의 바람을 오래 그리워했다.

강변의 오후 해는 짧았다. 발길을 돌려 강가를 되짚어 오는데 투망꾼이 그물을 들고 자갈밭으로 나왔다. 그물 안에 든 작은 물고기 몇 마리가 파닥거리고 있었다. 어쩌면 저것이 거대한 권력이 던진 그물 안에 갇힌 내 모습일지도 모른다는 생각이 들어 고개를 돌려버리고 말았다.

청량리로 돌아오는 기차 안에서도 그물 안에서 파닥이던 물고기들의 잔영이 사라지지 않았다. 한 번뿐인 인생이 그물에 든 물고기처럼 끝나고 만다면 이건 너무 억울하지 않은가. 먼 바다를 맘껏 유영하는 물고기가 되고 싶었다.

나는 결국 어느 쪽도 선택하지 않은 채 개학을 맞이했다. 하나는 선택을 하고 싶지가 않았고, 다른 하나는 선택할 수가 없었다. 학문의 꿈을 접고 저항의 길을 선택하고 싶지는 않았다. 권력의 그물 안에서 몸부림치다 인생을 끝내고 싶지는 않았다. 그렇다고 순종의 길을 선택해서 학문을 할 수도 없었다.

개학과 더불어 대학가는 예상대로 군사교육을 밀어붙이려는 박정희 정권과 이를 저지하려는 학생들이 격렬한 공방전을 펼치는 싸움터가 되었다. 전국의 학생 대표자들은 '대학에 군사교육을 강요하는 박정희 정권의 목적이 학원의 병영화며 무사상, 무비판, 획일적, 맹종형 인간을 양성하려는 것'이라는 내용을 공동성명으로 내고 전면적인 철폐 투쟁을 선언했다. 군사훈련 반대는 일부 소수 학생들의 주장일 뿐이라는 국방부 장관에 맞서 상대는 학생총회를 열어 아예 찬반 투표를 실시했다. 결과는 군사교육 반대가 압도적이었다. 연세대 학생들은 총회를 마치고 신촌 로터리까지 진출해 군사교육 전면 철회를 요구했다. 총회를 마치고 교문 밖으로 나서려던 고려대 학생 삼천오백여 명은 저지하는 경찰에 맞서 격렬한 투석전을 벌였다. 고려대의 시위를 진압하기 위해 경찰은 헬기까지 동원해 최루탄을 캠퍼스에 투하했다. 총회를 마치고 교문 밖으로 진출하려다 봉쇄당한 상대의 학생회 간부들은 몰래 학교를 빠져나가 광화문의 '동아일보사' 앞으로 가서 언론인의 각성을 요구하는 기습 시위를 감행했다. 학원의 병영화를 반대하는 대학생들의 투쟁이 날마다 계속됐지만 신문지상에서 거의 찾아볼 수가 없었다. 이미 신문사 편집국에는 기관원이 상주하며 편집을 통제하고 있었다. 언론은 이미 병영화가 된 상태였던 것이다.

경찰의 강경 진압에도 불구하고 군사교육 반대 투쟁은 전국의 대학으로 들불처럼 번져 나갔다. 성균관대, 중앙대, 감리교신학대, 한양대, 외국어대, 서강대, 경북대, 부산대, 전남대, 청주대, 영남대, 강원대… 충돌은 끝없이 이어졌다.

불가능한 줄 알면서도 나는 이 국면을 무사히 통과할 수 있게 되기를 간절히 바랐다.

군사훈련을 둘러싼 공방이 계속되는 가운데 대통령 선거가 눈앞으로 닥쳐왔다. 대선을 팔 일 앞둔 4월 19일 전국의 학생대표 이백여 명이 상대 도서관에 모여 '민주수호전국청년학생연맹(전학련)'을 결성했다. 위원장은 상대의 늦은 후배 심재권이 맡았다. 심재권은 내가 군대 가 있는 사이 입학한 사 년 후배였지만 나이는 나보다 한 살 많았다.

전학련은 박정희와 심재권의 합작품이었다. 정부는 법대와 문리대,

상대를 학생운동의 소굴로 판단하고 이 대학의 신입생들을 선배들로부터 격리시키기 위해 교양과정부를 만들도록 했다. 학교는 공릉동의 공대 캠퍼스에 교양과정부를 설치했다. 69학번부터 모든 신입생들은 불순한 학생운동의 영향을 전혀 받지 않는 순수한 공대 선배들과 생활하게 되었다. 동숭동의 법대와 문리대, 홍릉의 상대에는 1학년의 그림자를 찾아볼 수 없는 캠퍼스가 되었다. 전통을 자랑하는 단과대학의 서클들이 신입생을 받지 못하는 사이 공릉동 캠퍼스에는 눈망울이 반짝이는 신입생을 빨아들이는 하마 같은 서클이 출현했다. 사회연구회였다.

사회연구회는 늦은 신입생 심재권이 공릉동 공대 캠퍼스에 다니는 1학년들을 모아서 만든 신생 서클이었다. 단과대학별로 운영되던 지금까지의 서클과는 달리 모든 대학에 개방된 사회연구회는 신입생들을 한 캠퍼스에 모아 준 박정희와 선천적인 조직가 심재권의 합작품이었다. 심재권은 이러한 조직을 기반으로 전학련을 만들었다.

심재권은 전학련을 만들기 전에 나를 찾아왔다. 나는 지난 6·8부정선거 무효화 투쟁의 경험을 들어 부정선거가 저질러진 다음에 싸우는 것의 한계를 말하고, 부정선거를 사전에 방지하기 위한 최선의 방책을 찾아보자고 했다.

전학련은 대학이 폐쇄되는 한이 있어도 군사훈련은 받아들일 수 없다는 점을 재확인하면서도 남은 선거 기간 동안에는 부정선거를 저지하기 위해 대학생 선거 참관단을 전국에 파견하는 일에 주력하겠다고 밝혔다. 이튿날 보안사령부는 서승, 서준식 형제를 비롯한 재일교포 출신 서울대생 네 명을 포함한 네 건의 대규모 간첩단을 검거했다고 발표했다. 이들이 학생들의 투쟁을 계속 고조시키라는 북의 지령을 받고 정부를 전복하려고 암약하여 왔다는 것이었다.

전학련은 이에 물러서지 않고 천백오십오 명의 선거 참관단을 전국에 파견했다.

20

심단수와 만나기로 한 자리에 법대의 이인범이 같이 나와 있었다. 이택범은 법대에서 조영래와 장이표의 뒤를 잇는 후배였다.

"심당수, 정확히 어떻게 된 거야?"

심단수는 대답 대신 고개를 돌려 이인범을 쳐다봤다.

"유기전 교수님이 오늘 오전 형법총론 시간에 들어오더니, 아무 말도 않고 칠판 옆에 붙어 있는 라틴어 법 격언을 쳐다보고 서 있는 거예요. 교수가 등을 돌린 채 그러고 있으니까 애들도 다 그걸 쳐다봤죠. 파앗 유스티티야 루앗 코엘룸, 하늘이 무너져도 정의는 세워라(Fiat justitia, ruat caelum). 한참 그러고 섰다 우리를 향해 돌아선 유 교수가 그러는 거예요. 수업할 필요 없다. 정의가 실종된 마당에 법률 공부가 무슨 소용이 있느냐. 박정희 정권이 파견한 고위 장교들이 지금 대만에 가서 총통제를 연구하고 있다. 그러고는 강의실에서 나가버렸어요. 수업에 들어왔던 백삼십 명이 더 물어볼 틈도 없었어요."

유기전 교수가 수업 시간에 한 얘기는 삽시간에 학교 전체를 술렁거리게 만들었다. 유 교수는 법대 학장과 사법대학원장, 총장을 지낸 법학자였다. 평양에서 태어나 일본의 동경제대 법학부를 거쳐 미국의 예일대에서 공부한 반공주의자인 그는 한일협정 추진의 필요성에 대해 박정희와 뜻을 같이했다. 한일협정 반대 시위가 정점에 올랐을 때 총장을 맡았던 그는 학생들을 가혹하게 징계해서 원성을 샀다. 이로 인해 신변의 위협을 느낀다며 경찰에 권총 두 자루의 소지 허가를 신청해서 '쌍권총'이란 악명을 얻기도 했다. 그런 유기전 교수가, 박정희가 이미 영구 집권 작업에 착수했다고 폭로한 것이다.

"확실한 근거가 있는 건가?"

"사실을 말해도 작살이 나는 판인데 근거도 없이 그런 말을 하겠어요. 자기가 대만에 가서 거기 정권의 핵심들한테 직접 들었대요."

나는 시선을 심단수에게 옮겼다.

"그 양반이 왜 그랬을까…."

심단수는 혼잣말처럼 중얼거렸다. 나도 궁금했다. 시위 학생들을 반체제로 몰아붙이면서 가혹하게 징계하는 데 앞장섰던 유 교수가 왜 박정희의 음모를 폭로했을까? 박정희에게 협력해서 뭔가 큰 걸 얻으려다 잘 안 되니까 돌아서서 박정희를 공격하는 것일지도 모른다는 의구심을 가진 게 나만은 아니었다. 지난달 그가 박정희 정권을 처음 비난했을 때도 학생들이 열광하지 않은 이유가 그것이었다. 경찰이 교련 반대 시위를 이끌던 법대 학생회장의 뒷머리를 곤봉으로 때려 쓰러뜨린 다음 끌고 가자 형법 전공인 유 교수는 '미필적 고의에 의한 살인미수죄'에 해당한다며 정부를 강도 높게 비난했다.

"둘 다 박정희가 한 일이지만 한일협정과 영구 집권은 서로 다른 문제 잖아요. 유 교수가 한일협정 체결에 협력했지 박정희의 장기 집권에 협력한 건 아니었어요. 그가 학생 시위의 위법성을 비판한 것도 사실이지만 부정부패와 사법부의 타락을 비판해 온 것도 사실이고요. 법대에서 그의 인품 자체를 의심하는 사람은 드뭅니다."

"꽉 막힌 반공주의자인 동시에 강직한 법학자다… 그래서 법을 어기는 학생 시위도 안 되고, 독재도 안 된다… 그러니까 진짜 보수자유주의자다?"

심단수가 이인범을 쳐다보던 눈길을 내게로 돌렸다.

"지금 중요한 건 유 교수가 어떤 사람이냐가 아니고 박정희가 확실히 영구 집권 준비에 들어갔다는 거잖아."

"이건 그냥 제가 유 교수의 표정과 말투에서 느낀 건데… 유 교수가 대만 쪽의 말만 듣고 하는 얘기가 아닌 것 같아요. 그 작업에 참여하는 쪽으로부터 직접 확인했으니까 이렇게까지 용감하게 말하는 거 아닐까 싶어요."

눈을 감은 채 이인범의 얘기를 듣던 심단수가 더듬더듬 말을 받았다.

"용감해서가 아니고… 사실이라면, 겁이 나서인 거 같은데… 이미 박정희와 등을 돌린 그가 그걸 알고 있다는 것만으로도 위험한 거잖아."

"박정희에게 쥐도 새도 모르게 당할까 봐 무서워서 수백 명 앞에서 확 불어버린 거다? 그렇게 자기를 노출시켜서 보호하려고 한 거다? 그럼 결국 유 교수가 원한 것도 이 문제를 널리 퍼뜨리는 거네."

우리는 유 교수의 발언 내용을 정확히 정리해서 알리기로 했다. 사법고시에 합격해서 연수원에 들어가 있는 영래에게 알리는 건 심단수가 맡기로 했다. 재야와 언론에 직접 선을 가진 게 영래였다.

나는 우선 향상회를 소집하고 이 문제를 논의에 부쳤다. 대학을 군사교육장으로 만들겠다고 할 때부터 영구 집권 준비에 착수했다는 짐작은 했지만 막상 구체적인 사실로 드러나기는 처음이었다. 그동안 개인적으로는 다들 여러 형태로 교련 반대 운동에 관여해 왔지만 향상회 자체는 경제학에 대한 실력을 키우는 데 집중해 왔다. 그 덕분에 향상회의 이론 역량은 자부심을 가져도 될 만큼 막강해졌다. 그러나 이번에는 향상회도 역할을 해야 한다는 데 이견이 없었다.

총통제라니, 이건 어떤 이유로도 용납할 수 없는 일이었다. 서클 차원에서 향상회가 움직이기는 처음이었다. 향상회의 회원들 대부분은 다른 학생운동 서클과 연결되어 있었다.

나는 학장실로 변형운 교수를 찾아가 싸움에 나서겠다는 뜻을 밝혔다. 변 교수의 반응은 예상과 다르지 않았다.

"어카갔어."

자리에서 일어나기 전에 나는 변명 반 넋두리 반으로 한마디 했다.

"전 정말 공부가 하고 싶었고, 지금도 그렇습니다. 죄송합니다."

"어카갔어."

변 교수는 학장실을 나서는 내 등을 두 번 두드렸다.

"너무 멀리 가진 말라우."

박정희의 영구 집권 음모는 곧 대통령 선거의 최대 쟁점으로 옮겨갔다.

제7대 대통령 선거의 쟁점은 남북문제와 경제였다. 박정희는 반공 태세의 강화와 국정 안정을 통한 경제개발을 내세우며 지지를 호소했다. 김영삼과 함께 40대 기수론을 펼치며 급부상한 김대중은 남북 교류를 통한 평화통일과 대중경제론으로 박정희를 압박하며 선거의 주도권을 잡았다. 연로한 윤보선 후보와 젊은 박정희가 벌인 지난 두 번의 대통령 선거와는 양상이 전혀 달랐다. 패기에 찬 김대중의 기세는 대단했다. 수세에 몰린 박정희는 천문학적인 액수의 선거 자금을 살포하며 유권자가 많은 경상도의 지역감정을 자극했다. 이에 맞서 김대중은 선거를 구 일 앞두고 박정희의 총통제 음모를 정면으로 들고 나왔다. 김대중은 무려 백만 청중이 운집한 장충단공원 유세장에서 자신의 경제 발전 전략을 제시하며 박정희에게 맹공을 퍼부었다.

"이번에 박정희 씨가 승리하면 앞으로는 선거도 없는 영구 집권의 총통제 시대가 올 것이며, 이것을 뒷받침할 확고한 증거를 가지고 있습니다."

선거 이틀 전, 박정희는 일주일 전에 김대중이 유세를 했던 장충단공원에서 선거 유세를 했다. 장충단공원을 완전히 메운 김대중의 유세에서만큼 청중을 모으기 위해 박정희는 어마어마한 돈을 들여 전국의 유권자들을 차로 실어 날랐다. 그렇게 모은 청중 앞에서 박정희는 김대중의 주장이 마타도어라며 마지막 한 번의 지지를 호소했다.

"내가 이런 자리에 나와, 한 번 더 나를 뽑아 주십시오, 하는 정치 연설은 오늘 이것이 마지막이라는 것을 확실히 말씀드립니다."

이것으로도 불안했던 박정희는 선거 하루 전 이번이 마지막 대통령 출마라는 사실을 다시 한 번 공표했다.

제7대 대통령 선거 개표 결과는 53.2퍼센트를 얻은 박정희가 45.3퍼센트를 얻은 김대중을 누르고 승리했다. 엄청난 선거 자금과 관권을 동원하고도 구십만여 표밖에 차이 나지 않았다. 김대중은 투표에서 승리하고 개표에서 패배했다고 선언했다.

선거 참관을 하고 돌아온 상대생 이백오십여 명은 바로 보고 대회를 열고 모의 투표함과 개표 게시판을 불태우는 '원천적 부정선거 화형식'을 했다. 변형운 교수는 현장에 나와 학생들을 지켜보았다. 팔짱을 낀 채 말이 없는 그에게 미안했다. 공교롭게도 그가 학장을 맡은 다음 내가 복학을 했고, 그동안 문리대와 법대의 그늘에 가려 있던 상대가 반정부 투쟁의 선두에 나서고 있었다. 그에게 부담이 되었을 것이다. 나를 불러 자중을 요청할 만도 한데 그는 한 번도 먼저 나를 찾지 않았다.

답답하고 한심한 것은 야당인 신민당이었다. 대통령 선거가 금권 관권 선거로 얼룩지고 영구 집권 음모의 실상이 속속 드러나고 있는데도 제대로 싸울 생각은 않고 다음 달의 국회의원 선거 준비로 여념이 없었다. 전학련 위원장 심재군은 분통을 터뜨리며 신민당을 타격하겠다고 했다. 서울대 전체에 회원이 있는 사회연구회와 전국 대학에 연락망을 갖춘 전학련을 움직이면 어려운 일이 아니었다. 나는 피해를 최소화할 수 있는 제한적인 방법의 타격을 지지했다.

법대와 문리대, 사대, 상대가 합의해서 총선 보이콧을 요구하는 신민당 기습 농성을 벌였다. 정부는 관련자 전원에 대한 체포령을 내렸다. 여덟 명이 체포되어 구속되고, 나머지 사람들에 대해서는 수배령이 떨어졌다. 문교부로부터 지시를 받은 대학에서는 대대적인 징계에 들어갔다. 변형운 교수가 학장으로 있는 상대의 징계는 최소 범위에 그쳤다. 나는 징계 대상에서 빠져 있었다. 고맙기도 하고, 미안하기도 하고, 부담스럽기도 한 일이었다.

그래도 대학가의 소용돌이는 가라앉지 않았다. 군사훈련 반대와 부정선거 백지화란 지금까지의 요구에 구속 학생 석방과 수배 해제, 징계 철회가 더 추가되었다. 문교부는 법대와 문리대, 사대, 상대에 휴교령을 내렸다.

"이 자식들은, 대학이 무슨 공중 화장실인 줄 아나 봐. 지 맘대로 문을 열었다 닫았다 하고 있어."

연수원에서 외출을 나온 영래가 분통을 터뜨렸다.

"조 영감께서 소송을 한번 해 보시지."

그렇게 농담을 한 건 심단수였다.

163

"정말. 이거 소송 한번 붙어 볼 만하겠는데."

"그렇다고 소송만 해서야 되겠습니까?"

심재군은 나이가 조영래나 심단수, 나보다 위였지만 말을 꼭 높였다.

"대학이 문리대, 법대, 상대, 사범대만 있는 게 아니란 것부터 먼저 보여 줘야죠."

그렇게 해서 두 방향에서의 협공 작전이 시작되었다.

서울대 총학생회와 총대의원회가 구속자 석방과 징계 철회에서 한 걸음 더 나아가 중앙정보부 해체를 요구하는 성명서를 냈고, 학생시위의 무풍지대로 남아 있던 공릉동 공대 캠퍼스에서 공대와 교양학부의 1학년이 합세해서 시위를 벌였다. 이천 명 넘는 학생이 참여한 대규모 시위는 학교뿐만 아니라 박정희 정부를 당황하게 만들었다. 예상치 못한 공대 캠퍼스의 시위에 정보기관도 발칵 뒤집혔다. 여기에다 휴교령이 내려지지 않은 치대와 미대, 농대, 약대가 휴교령 철회와 학생 징계 백지화를 요구하며 서명 운동과 단식 농성을 벌였다. 심재군의 말대로 서울대에 문리대와 법대, 상대, 사대만 있는 것이 아니라는 것을 보여 주는 일대 사건이었다.

이런 와중에 서울대 열두 개 단과대학 학생회장단이 민권식 문교부 장관을 상대로 휴교령 무효 가처분 신청을 법원에 냈다. 문교부가 내린 휴교령이 위법·위헌이므로 이의 정당성을 다투는 본 소송에 앞서 우선 휴교령의 효력부터 정지시켜 달라는 것이었다. 법원에 불려 나가 가처분 신청 사건에 대한 심문을 받으며 톡톡히 망신을 당한 문교부는 2차 심문을 연기해 달라고 요청했으나 법원은 받아들이지 않았다. 아직 줏대 있는 판사들이 남아 있던 법원이 학생들의 가처분 신청을 받아들일지 모른다는 예상이 나돌면서 문교부는 궁지에 몰렸다. 여기에다 학생들은 위법적인 휴교령에 맞서 자진 등교하겠다는 결의를 했다. 대학의 문을 닫아 놓고 버티던 문교부가 결국에는 휴교령을 해제한다고 발표했다. 법원의 2차 심문을 이틀 앞둔 날이자 학생들이 자진 등교를 감행하겠다고 예고한 날의 일이었다. 박정희 정권이 처음으로 학생들에게 백기를 들고 물러선 사건이었다. 법정 공방과 연대 투쟁을 통한 협공 작전이 거둔 성과였다.

비록 작지만 승리를 맛본 대학가는 부정부패 추방, 학원 사찰 중지, 현역 군인의 학원 철수를 내세우며 박정희 정권의 장기 집권 음모에 맞섰다.

21

그렇다고 아주 물러설 박정희 정권이 아니었다. 군사정권의 실세인 윤필용 소장이 사령관으로 있는 수도경비사령부 헌병들이 새벽에 고려대에 난입해서 농성 중이던 학생들을 폭행하고 끌어갔다. 김상협 총장의 항의를 받고 어쩔 수 없이 학생들을 풀어 준 박정희는 열흘 뒤 숨겨두었던 칼을 뽑아 들었다.

1971년 10월 15일 오전, 박정희는 위수령을 발동했다. 라디오를 통해 흘러나오는 그의 음성은 음산한 그림자 군단을 거느리고 있었다.

교련 반대를 빙자한 불법 데모로 질서가 파괴된 대학에는 학원의 자유, 자주, 자치를 인정할 수 없다. 따라서 학원 질서 확립을 위해 다음 아홉 개 항의 특별 법령을 시행한다. 학원 질서를 파괴하는 모든 주도 학생을 학원에서 추방한다. 데모, 성토, 농성, 등교 거부와 수강 방해

등 난동 행위를 주도한 학생은 전원 학적에서 제적한다. 대학 내의 모든 서클을 해산시킨다. 학생자치단체의 활동은 중단시킨다. 대학에서 인가하지 않은 여하한 신문, 잡지, 기타 간행물도 발간할 수 없다. 경찰은 학원 내에 들어가서라도 주도 학생을 색출한다. 필요한 경우에는 대학에 군대를 투입한다. 각 대학의 학칙을 더욱 엄격히 보강한다.

같이 뉴스를 듣던 후배들의 입에서 욕이 터져 나왔다. "개새끼." 그러나 그들과 마찬가지로 나도 그토록 빨리 군대가 밀고 들어올 줄은 몰랐다.

향상림에서 풀빵으로 점심을 때우고 있는데 요란한 굉음이 들려오기 시작했다. 아스팔트를 밟는 탱크의 캐터필러 소리가 틀림없었다. 굉음은 점점 가까이 다가왔다. 심장이 방망이질을 했다. 나는 같이 풀빵을 먹던 후배를 데리고 일어섰다. 향상림 주변에 있던 학생들이 웅성거렸다.

"군대야. 난 학생회관으로 갈 테니까 넌 강의실로 가서 알려."

후배는 풀빵을 입에 문 채 강의동으로 달려갔다. 나는 학생회실에 있던 후배들을 데리고 나왔다. 어느새 장갑차가 정문에 들어서고 있었다.

박정희의 말이 떨어지기 무섭게 양탄식 서울 시장은 위수령이 정한 절차대로 바로 서울 시내 대학에 군대를 투입해 달라고 수도경비사령관에게 요청했고, 대기하고 있던 군대가 출동한 것이었다.

학교 안에 들어온 군인들은 눈에 보이는 대로 학생들을 구타하며 끌고 갔다. 도망치는 학생들을 뒤쫓아가 개머리판으로 등짝을 찍어 쓰러뜨렸다. 미처 빠져나오지 못한 학생들이 남아 있던 강의실의 유리창을 깨고 최루탄을 던져 넣었다. 건물 밖으로 기어 나오는 학생들을 문 앞에 대기하고 있던 군인들이 군홧발로 짓밟았다. 조금 전까지 평화롭기 그지없던 캠퍼스는 순식간에 아수라장이 되었다.

어찌할 바를 모르는 후배들을 데리고 나는 학교의 뒷담을 넘었다. 최루탄 연기로 뒤덮인 학교를 돌아보는 우리들의 얼굴은 눈물로 얼룩져 있었다.

경찰은 시위 주동자들에 대한 대대적인 체포 작전에 돌입했다. 나는 이날부터 수배자가 되었다.

서울 시경은 이틀 만에 칠십사 명을 검거했다고 발표했다. 스물네 개 대학의 백육십삼 명이 제적됐고, 군사교육을 거부한 징집대상자 육천 삼백이십이 명의 명단이 병무청으로 넘어갔다. 일곱 개 대학의 학생회가 활동을 정지당하고, 여섯 개 대학의 일흔네 개 서클이 해산되었다. 제적생은 서울대 예순한 명, 고려대 스물한 명, 연세대 열다섯 명, 성균관대 열한 명, 한국 외국어대 아홉 명, 전남대 여덟 명, 서강대 일곱 명, 중앙대 네 명, 경북대 네 명, 서울시립농대 세 명, 강원대 두 명, 동아대 두 명, 부산대 한 명이었다. 전국의 여든네 개 대학 모두가 박정희 정권의 지시에 따라 학칙을 수정, 보강했다.

우리 집 주변에는 이미 형사들이 진을 치고 있었다. 피신할 곳이 마땅치 않았다. 내가 도움을 청할 만한 곳은 경찰이 가장 먼저 찾아갈 곳이기도 했다. 경찰이 쉽게 찾아내지 못할 곳은 오래 신세 질 수 있는 사람들이 아니었다. 이삼 일씩 신세를 지고는 거처를 옮겼다.

나는 꼭 필요한 최소 범위에서 사람을 만났다. 포위망이 점점 좁혀오는 게 느껴졌다. 토요일인 어제저녁에 잠자리를 얻으려고 찾아갔던 청계천의 헌책방은 내가 안전할 것으로 여겼던 곳이었다. 그러나 내가 들르기 한 시간 전에 형사가 다녀갔다고 했다. 달리 갈 곳이 없었던 나는 그 책방에서 하룻밤을 보냈다. 문을 밖에서 잠그고 퇴근한 책방 주인이 아침에 나와서 문을 열어 줄 때까지 나는 책장 뒤의 좁은 공간에서 몸을 뒤척이며 잠을 설쳤다. 단순한 시위 주동자 한 명을 붙잡기 위해 형사들이 토요일 오후에 연고가 깊지도 않은 헌책방까지 뒤지고 다닐 리는 없었다.

더구나 오늘 오후 한 시에 만나기로 한 영래가 약속한 다방에 나타나지 않았다. 사고가 아니면 틀림없이 전화를 했을 것이었다. 나는 이십 분을 기다리다가 다방을 나왔다. 그에게 문제가 생기지 않았다면 전화도 없이 수배자인 나를 이십 분 넘게 기다리게 할 리는 없었다. 다방이 보이는 길 건너편 건물에 들어가서 동정을 살폈다. 내 행방을 캐려는 경찰이 영래를 잡아가서 추궁을 한다고 해도 내가 피신할 시간을 주지 않고 그가 약속 장소를 불지는 않을 것이 분명했다. 내가 다방에서 나온 지 이십 분 뒤인 한 시 사십 분에 검은 승용차 한 대가 다방 앞에 멈춰 섰다. 신문으로 감싼 무전기를 든 세 명의 형사가 우르르 다방 안으로 달려 들어가는 것을 보고 나는 계단을 내려와 뒷문으로 빠져나왔다. 뒷길로 한 정거장을 걸어가서 약속했던 다방으로 전화를 걸어 영래를 찾았다. 있을 리 없었다. 조영래라는 손님이 오면 약속한 사람이 급한 사정으로 못 나가게 되었다고 전해 달라는 부탁을 남긴 다음 전화를 끊었다. 영래가 약속 장소를 불어야 하는 상황에 처했다면 나는 그의 말이 거짓이 아니라는 걸 입증해 주어야 했다.

심상치 않았다. 단순히 내 행방을 캐기 위해 법관 발령을 눈앞에 두고 있는 사법연수생을 경찰이 잡아들이기는 어려웠을 것이다. 밤에 만난 후배는 전학련 위원장을 맡았던 심재군과 법대의 장이표도 체포되었는데 아직 행방이 확인되지 않는다고 했다.

불길한 예감이 온몸을 휘감았다. 무엇인가 사건이 벌어지고 있는 것이 분명했다. 나는 완전히 잠수해야 했다. 나마저 잡혀서 먼저 잡혀간 사람들이 한 말과 어긋나는 진술을 하게 되면 나뿐만 아니라 그들도 곤란해질 게 뻔했다.

불길한 예감의 실체는 일주일 뒤 모든 일간지의 사회면 톱기사로 드러났다. 서울대생 내란음모사건. 1971년 11월 13일자 신문들은 중앙정보부가 발표한 이 사건으로 도배를 했다. 네 명의 서울대생과 한 명의 사법연수생이 대학생 오만 명을 동원한 폭력시위를 통해 청와대를 점령하고, 박정희 대통령을 하야시킨 뒤 혁명위원회를 구성하여 권력을 장악하려 했다는 것이었다. 각목 하나 없이 5·16군사정변을 능가하는 내란음모를 꾸민 네 명의 서울대생 중 한 명이 나왔다. 한 명의 사법연수생은 조영래였다.

위수령이 떨어진 뒤 무작정 도망을 다니다 중앙정보부 요원들에게 붙잡혔어요. 중정 6국으로 끌려가니까 김근태 빼고는 다 잡혀와 있었어요. 내 몫의 일용할 죄와 내란을 일으켜 내가 차지할 자리도 미리 다 마련되어 있더군요. 그들은 고문과 가혹 행위로 미리 만들어 놓은 각본 안에 우릴 밀어 넣었지요.

이 사건은 서로 활동하는 범위가 다른 다섯 명을 억지로 엮어서 한꺼번에 집어넣으려는 거였어요. 김근태와 나는 상대 중심의 서클인 사회연구회 소속이었고 조영래, 장이표, 이인범은 법대의 사회법학회 소속이었어요. 역촌동에 있던 조영래의 자취방에 몇 사람이 모여 학사장교로 입대하는 동료의 환송회를 한 게 내란을 일으켜 대한민국을 뒤엎으려 한 역모로 둔갑을 한 거죠.

공소장 내용은, 우리가 후배들을 사주해서 무장 폭동을 일으키고, 혁명위원회를 구성하고, 부정부패척결법 같은 혁명 입법을 해서 집권 세력을 제거한다는 것이었습니다. 이게 뭐랑 비슷한 건지 알아요? 5· 16군사정변을 일으킨 그들이 했던 반란 시나리오와 너무나 흡사한 거였어요. (웃음) 자기들은 탱크와 군대를 가지고 있었지만 우린 송곳 하나 없었는데… 내란은 무슨… 음모는 무슨 음모예요. 개그 같은 음모는 자기들이 한 거지. 심재권

서울대생 내란음모사건은 박정희 정권이 이미 발동한 위수령에 정당성을 부여하기 위한 후속 조치인 동시에 뒤이어 긴급조치를 발동하기 위한 사전 포석 작업이었다. 중앙정보부가 던진 그물을 요행히 피한 나는 기약 없는 도피 생활을 시작했다.

눈을 뜨면 하룻밤 잠자리부터 걱정해야 하는 날들이었다. 잠자리를 구하지 못한 어떤 날은 말죽거리 부근의 갈대밭에서 웅크리고 앉아 오들오들 떨며 밤을 새우기도 했다. 겨울에 접어든 날씨는 점점 쌀쌀해졌고, 밤은 더욱 추웠다. 내 고생은 아무것도 아니었다. 나를 가장 괴롭힌 것은 가족과 주변 사람들이 당하는 고통과 피해였다.

기관원들이 학교로 찾아왔어요. 수업을 하다 말고 불려 나갔는데 운동장에 까만 지프가 대기하고 있더군요. 창문을 열고 아이들이 내다보며 나를 부르는데 어떤 표정을 지어야 할지 몰라서 외면하고 말았어요.
네 벽과 천장이 모두 시커먼 방에서 조사를 받았어요. 왜 근무지 신청을 철원으로 했느냐? 군사기밀을 빼서 북에 넘겨주려고 일부러 철원

으로 온 거 아니냐? 북에 무슨 정보를 넘겼느냐? 다음 날 서울로 데려가서 또 조사를 하더군요. 눈을 가리고 이리저리 돌아 들어가는 방이었는데, 나중에 사람들이 그게 남산, 중앙정보부라고 해서 알았죠. 동생 있는 데 대라고, 옷을 벗기고 잠도 재우지 않고 추궁을 했어요.

기관원들이 나를 앞세우고 친척들의 집, 근태의 친구 집, 심지어는 근태가 과외를 했던 집들도 찾아갔어요. 근태를 알지도 못하는 내 친구들까지도 근태 때문에 조사를 받고 그랬다는 걸 세월이 많이 지난 다음에야 친구들이 내게 말해 주더군요. 김태련

이미 경찰의 수배자가 되어 있던 나는 내란음모사건으로 중앙정보부의 지명수배를 또 당하는 쌍수배자가 되었다.

어느 날, 나는 치안국 형사라는 사람한테서 전화를 받았습니다. 다음날 치안국 후문에 있는 커피숍에서 만나자고 하더군요. 두 명의 형사가 기다리고 있었는데, 나를 만나자 대뜸 이렇게 다그치더군요.

"너희 집에서 김근태 며칠 재워 줬어? 다 알고 왔으니까 똑바로 말해."

"전 요즘 그 선배님 본 적도 없는데 무슨 말씀이세요?"

내가 항변하자 그들이 나보고 따라오라고 하더군요.

"좋은 말로 해선 안 되겠어."

치안국의 어떤 방으로 나를 데려다 놓고는 그냥 내버려 두는데 온갖 상상을 다 하게 되더군요. 겁을 줘서 주눅 들게 만드는 수법 같았어요. 그 뒤로도 그들은 내게 김근태를 간첩 혐의로 수배했으니 수사에 협조하라고 위협했습니다.

나만이 아니라 많은 친구들이 그런 일을 당했다는 건 최근에야 알았어요. 선배의 행방을 찾기 위해 학우들을 샅샅이 뒤졌던 거예요. 치안국에서 내보낼 때 자기들을 만난 걸 절대 입 밖에 내지 말라고 겁을 주었지요. 그땐 두려워서 자신이 당한 일을 다른 사람에게 말도 하지 못했어요. 이종구

중앙정보부는 나를 수배자로 남겨 둔 채 서울대생 내란음모사건의 수사를 일단락하고 조영래와 심재권, 장이표, 이인범을 재판에 회부했다. 나는 그들의 공소장에 적시된 모든 내란음모 혐의에 '공소 외 김근태'의 자격으로 이름을 올리고 공범이 되었다. 피고 조영래는 공소 외 김근태와 모의하고… 피고 장이표는 공소 외 김근태와 합동으로 이를 획책하고… 피고 심재권은 공소 외 김근태와 분담하여….

위수령의 광풍이 휩쓸고 간 대학은 정적에 휩싸였다. 서울대생 내란음모사건은 대학생들을 위협하는 효과를 톡톡히 거두었다. 정부는 대학에 주둔시켰던 장갑차와 군인들을 철수시켰다. 다시 문을 연 대학은 바로 기말고사에 들어갔다.

모래내에서 만난 상대 후배 정상진도 기말고사 이야기부터 꺼냈다.

"형, 기말고사 대체 리포트 좀 써야 되겠는데요."

"무슨 소리냐?"

"경제사 담당하는 송규철 교수님이 형 시험 못 보니까 리포트 내라고 했어요."

나는 쌍수배를 당하고 있었지만 학적을 유지하고 있었다. 경제학과 교수들과 이형구 교학과장, 그리고 무엇보다도 학장을 맡고 있는 변형운 교수 덕분인 것은 말할 나위도 없었다.

"리포트 내면 그걸로 성적 처리해서 졸업시켜 줄 모양이에요."

"야, 넌 머리는 폼으로 달고 다니냐? 그래서 내가 리포트 내면 네가 나하고 연결이 되어 있다는 걸 공표하는 것밖에 더 돼? 너 그렇게 남산에 가고 싶어?"

"형이야말로 다른 사람들 머리는 견본인 줄 알아요? 송규철 교수가 저 하나 앉혀 놓고 그랬겠어요? 시험 시간에 애들 다 있는 데서 이럽디다. 오늘 시험 보러 못 온 사람들 있는 거 같은데 그런 사람들 혹시 보게 되면, 다음 주까지 리포트 내면 시험 대체해 준다고 전해라. 바빠서 못 오는 사람은 우편으로 보내도 된다고 그러고, 아마 다른 과목도 내 과목처럼 하면 되지 않을까, 이랬어요."

"그거 나한테 해당되는 말이라고 어떻게 단정해?"

"그 수업 시간에 결시한 사람은 형 말고 아무도 없어요. 복수형 아니거든요. '들'은 무슨 '들'이에요, 알리바이용으로 해 두는 소린 거지."

변형운 교수야 학장직에 연연할 분이 아니니까 그렇다고 쳐도, 말썽꾸러기가 되어 버린 제자를 도와주려는 송규철 교수의 마음이 가슴을 울컥하게 만들었다.

"그런데 형 졸업시키려고 송 교수가 나선 건 좀 의외네요."

"…"

송규철 교수는 경제학과의 대표적인 보수 반공주의자였다. 내가 학생운동에 가담하는 걸 늘 못마땅하게 여기고 여러 차례 '선도'를 하려다 나와 논쟁을 벌인 적도 있었다. 리포트를 제출하라고 전하는 과정에 그의 고심한 흔적이 고스란히 담겨 있었다.

"사상이 인격과 일치하는 건 아니잖아."

나는 길게 숨을 몰아쉬었다. 또 한 사람에게 신세를 졌다. 부담이 되었다.

"리포트 내야 할 게 한두 과목도 아닌데 형이 쓸 수가 있겠어요? 제가 애들이랑 나눠서 하나씩 쓸게요."

"아냐. 내가 쓸게."

수배 중이라고 해서 리포트를 대필하는 것이 용납되는 건 아니었다. 내 도덕적 해이로 학과 교수들의 배려를 욕되게 만들 수는 없었다. 보수주의자인 송규철 교수에게 운동하는 학생들의 도덕적 수준을 낮춰 보이게 하지 말아야 한다는 생각도 한편에 있었다.

"참고할 책도 없잖아요?"

나는 손가락으로 내 머리를 가리키며 건방을 떨었다.

"미안한데, 가진 돈 있으면 좀 주고 갈래?"

내가 누구에게 먼저 돈을 달라고 한 건 처음이었다. 나는 정상진이 준 돈을 받아 들고 수원으로 갔다. 변두리 독서실에 박혀서 아무 자료도 없이 사흘 동안 네 과목의 리포트를 썼다. 교수들이 나중에 추궁을 당하더라도 학점을 줄 만큼 완벽한 리포트였다는 것만은 떳떳이 말할 수 있도록 쓰려고 최선을 다했다.

독서실 구석 자리에 앉아 경제학 리포트를 쓰던 나는 가끔 서울 구치소에 갇혀 있는 내 공범들이 떠올라 볼펜을 내려놓곤 했다.

내가, 학점 주라, 그렇게 시키진 않았어. 그건 교수의 고유 권한인데 학장이라고 그렇게 해서 되갔어? 교학과장하고 송규철 교수가 와서 김근태가 우편으로 리포트를 보내왔다는 거야. 어떡하갔냐고 물으니까, 성적 줘서 졸업시켰으면 좋겠다는 거야. 그래서 리포트는 잘 썼냐고 물었더니 굉장히 잘 썼다는 거야. 그럼 성적 주라, 그랬던 거야.

내가 학장 그만둔 건 김 의장 때문이 아니야. 워낙에 저쪽으로부터 내가 미움을 샀지. 중앙정보부 요원들은 아예 내 방에 들어오지도 못하게 했으니까. 그땐 그 사람들이 나는 새도 떨어뜨린다고 할 때잖아.
변형윤

비록 졸업식이 진행되고 있는 시각에 안산의 공사판 인부로 등짐을 지고 있었지만 나는 대학을 졸업했다.

22

서울대생 내란음모사건으로 얼어붙은 대학가는 봄이 와도 해빙의 기미가 보이지 않았다. 사람들이 잊을 만하면 수인복을 입고 포승줄에 두 손이 묶인 채 재판을 받고 있는 내란음모 사범들의 사진을 신문에 실어 주었다. 강간살인, 폭행치사, 건조물방화, 살인미수, 공무집행방해, 사기… 형량이 높은 순서대로 흉악범들의 얼굴이 박혀 있는 지명 수배자 명단에서 내 자리는 맨 앞이었다. 거리와 역전, 터미널, 이발소, 식당마다 붙어 있는 수배 전단에서 내 얼굴은 강간살인범보다 앞에 박혀 있었다. 김근태 내란음모죄.

나는 수면 위에서 완전히 사라졌다. 어떤 때는 고시준비생이기도 하고, 어떤 때는 공사판의 짐꾼이기도 하고, 철물점의 점원이기도 했다.

구파발에 있는 중학교 앞 탁구장은 내가 가장 오래 머무른 곳이었다. 쓸고 닦고, 손님들의 게임 상대가 되어 주기도 하는 일이었다. 탁구에 약간 자신이 있었던 나는 중학생 손님을 끄는 데 보탬이 되었다. 주인한테 손님이 늘었다는 칭찬도 들었다. 밤에는 탁구장에서 잠자리를 해결할 수 있어서 나도 만족스러운 일자리였다. 그러나 어느 하루도 수배자라는 긴장감에서 벗어날 수는 없었다.

어젯밤에도 악몽에 시달렸다. 갑자기 아버지가 또 전근을 간다고 짐을 꾸리라고 해서 나는 싫다고 발버둥을 치다가 잠에서 깼다. 꿈의 배경은 양수였다. 온몸에 식은땀이 흐르고 있었다. 양수국민학교는 내가 네 번째 다닌 학교였고, 가장 정이 들었고, 졸업을 한 곳이었다. 국민학교 시절 전학을 다니며 겪었던 외로움과 불안감이 되살아났다. 꿈이란 걸 확인하고 안도의 한숨을 내쉬다 말고 지금의 내 처지를 깨달았다. 눈앞이 아득했다. 어둠 속에 흐릿하게 펼쳐진 을씨년스러운 탁구장의 정경이 서러워서 나는 담요를 머리끝까지 뒤집어쓰고 몸을 웅크렸다.

오늘이 누나의 결혼식이었다. 남편감은 교원양성특별과정의 강의를 맡았던 춘천교대의 교수라고 했다. 좋은 사람이기를 빌었다. 마음의 눈이 정확한 누나니까 틀림없이 좋은 사람일 것이라고 믿었다.

결혼식 장소는 춘천이었다. 내 하나뿐인 누나이자 가장 가까운 친구였던 누나의 결혼식을 나는 먼발치에서도 지켜볼 수 없었다. 나는 누나가 좋아하는 초콜릿과 고구마과자를 사서 포장을 했다. 아무런 메모도 넣지 않았다. 닭장에서 달걀을 몰래 꺼내 고구마과자와 바꿔 먹다 아버지에게 들켰던 날을 누나가 기억한다면 보낸 사람이 누구인지 알 일이었다. 구파발과 반대쪽에 있는 성수동으로 가서 우체국 소포로 선물을 부치고 돌아오는 길에 광화문에서 일하는 후배를 만났다.

다음 달에 유학을 가기로 되어 있는 후배였다. 운동을 하지는 않았지만 심성이 곧고 구김살이 없는 후배였다. 나를 잘 따랐는데 갑자기 피신을 하면서 작별 인사도 못해서 미안하기도 하고, 슈팅을 하는 내 바짓가랑이를 붙잡고 늘어지던 녀석과 농구를 하던 시절이 그립기도 했다. 언제 다시 돌아올 지 모를 유학길에 오르는 녀석의 얼굴을 잠깐이라도 보고 싶었다.

회사 옆 골목에서 기다리다가 점심을 먹으러 가는 녀석을 뒤따라가 장난스럽게 등을 쳤다. 깜짝 놀라는 녀석과 함께 점심을 먹었다. 여전히 밝고 활달해서 내 마음도 모처럼 환해졌다. 콜라 한 병 사 달라고 하는 걸 사 주지 못했던 녀석에게 유학 떠나기 전에 밥 한 끼는 꼭 사 주고 싶었다. 내가 밥값을 내려고 하는데 녀석이 기어코 나를 가로막고 자기가 냈다.

> 내가 직장에 다닐 때 선배가 한번 찾아온 일이 있습니다. 수배 중일 텐데 어떻게 서울 도심을 활보하고 계시느냐고 물었더니, 요즘은 조금 느슨해졌다고 말씀하더군요. 지금도 아쉬운 것은 그때 선배 사정이 딱하셨을 텐데 여비 얼마도 챙겨 드리질 못한 일입니다. 갑자기 만나는 바람에 주머니에 돈이 별로 없었거든요. 지갑에 있던 푼돈을 드리는 게 선배한테 결례를 하는 거 같아 주저하다가 결국 못 드렸죠. 그거라도 드렸어야 하는데… 선배는 내가 곧 유학을 떠난다는 사실을 알고 있었어요. 공부 많이 하고 오라고 격려하면서 미국에 가더라도 우리나라 일에 계속 관심을 가져 달라고 당부하더군요. 이중구

후배를 만나고 돌아오면서 마음이 심란했다. 이래서는 안 되는데, 만나러 갈 때까지도 전혀 그렇지 않았는데, 내게도 올 수 있는 기회였다는 생각이 자꾸 머리를 쳐들었다. 후배를 시샘하는 내 감정이 당황스러웠다. 내가 이런 인간이었던가? 이것 때문에 나는 또 여러 날 자신에게

실망하고, 힘이 들었다. 늦은 밤 텅 빈 탁구장에 혼자 앉아 있으면 외로움과 자신에 대한 실망감이 겹쳐서 눈물이 나려고 했다.

자신에 대한 실망의 늪에서 빠져나오려고 안간힘을 썼다. 낮이면 부지런히 바닥을 쓸고 탁구대를 걸레질했다. 늦은 밤이면 탁구장의 불을 켜 둘 수 없어 불빛이 새어 나가지 않는 화장실에 의자를 들고 들어가 책을 읽었다. 도스토옙스키의 소설이 위로가 되었고 김수영의 시가 힘이 되었다.

날이 밝으면 어젯밤 문을 닫기 전에 쓸고 닦은 바닥을 다시 닦았다. 주인은 탁구장에 있는 시간보다 기원에 가 있는 시간이 더 많았다. 몇 번 몰래 사람을 보내 돌아가는 탁구대의 숫자를 파악한 다음 장부를 대조해 보는 눈치였다. 자기가 자리를 비워도 내가 삥땅을 치지 않는다는 걸 확인한 주인은 아예 탁구장을 내게 맡기다시피 했다.

"냄비에 물 올려라."

점심시간에 주인이 라면을 사 들고 왔다. 내기 바둑에서 이겼는지 기분이 좋아 보였다. 삼양라면도 두 개가 아닌 세 개였다.

"큰일이 난 모양인데, 라디오도 좀 틀어 봐라."

칠이 벗겨진 금성 라디오에선 허버트 강의 권투를 중계하는 것같이 감정이 고조된 아나운서의 목소리가 흘러나오고 있었다.

"지금까지 이후락 중앙정보부장의 특별기자회견을 들으셨습니다. 잠시 후 이후락 중앙정보부장이 발표한 7·4남북공동성명을 다시 한 번 국민 여러분께 보내 드리도록 하겠습니다."

내란음모나 간첩단사건 발표가 아니었다. 라디오에서 흘러나오는 내용은 도무지 믿기지 않는 내용이었다.

"최근 평양과 서울에서 남북 관계를 개선하며 갈라진 조국을 통일하는 문제를 협의하기 위한 회담이 있었다. 서울의 이후락 중앙정보부장이 1972년 5월 2일부터 5월 5일까지 평양을 방문하여 평양의 김영주 조직지도부장과 회담을 진행하였으며, 김영주 부장을 대신한 박성철 제2부수상이 1972년 5월 29일부터 6월 1일까지 서울을 방문하여 이후락 부장과 회담을 진행하였다.

이 회담들에서 쌍방은 조국의 평화적 통일을 하루빨리 가져와야 한다는 공통된 염원을 안고 허심탄회하게 의견을 교환하였으며 서로의 이해를 증진시키는 데서 큰 성과를 거두었다. 이 과정에서 쌍방은 오랫동안 서로 만나 보지 못한 결과로 생긴 남북 사이의 오해와 불신을 풀고 긴장의 고조를 완화시키며 나아가서 조국 통일을 촉진시키기 위하여 다음과 같은 문제들에 완전한 견해의 일치를 보았다.

첫째, 통일은 외세에 의존하거나 외세의 간섭을 받음이 없이 자주적으로 해결하여야 한다.

둘째, 통일은 서로 상대방을 반대하는 무력행사에 의거하지 않고 평화적 방법으로 실현하여야 한다.

셋째, 사상과 이념·제도의 차이를 초월하여 우선 하나의 민족으로서 민족적 대단결을 도모하여야 한다.

쌍방은 이상의 합의 사항이 조국 통일을 일일천추로 갈망하는 온 겨레의 한결같은 염원에 부합된다고 확신하면서 이 합의 사항을 성실히 이행할 것을 온 민족 앞에 엄숙히 약속한다. 서로 상부의 뜻을 받들어 이후락, 김영주."

나는 귀신에 홀린 것 같았다. 그러나 강한 경상도 억양으로 7·4남북 공동성명을 읽어 내려가는 사람은 분명히 중앙정보부장 이후락이었다. 우리가 박카스 병으로 만든 화염병을 가지고 청와대를 습격하여 정권을 탈취하려는 내란음모를 꾸몄다고 발표한 바로 그 이후락이었다. 그가 지금 '자주', '평화', '민족 대단결'을 말하고 있었다.

남북의 상호 중상 비방과 무력 도발 중지, 합의 사항 실행을 위한 남북조절위원회의 운영, 전쟁 발발 방지를 위한 남북직통전화 개설, 이런 말이 이후락의 입에서 흘러나왔다. 김일성을 만나러 평양에 가면서 비상시 스스로 목숨을 끊기 위해 청산가리를 손에 쥐고 있었다는 이후락의 이야기는 비장미까지 갖추고 있었다.

어리둥절했던 나는 곧 심한 혼란에 빠졌다. 지금까지 내가 헛살았던 것일지도 모른다는 생각이 밀려들었다. 마지막 한 번의 대통령 임기를 정말 우리 민족의 염원을 실현하는 일에 바친다면 박정희는 과거의 모든 잘못은 다 용서받을 것이고, 지금까지 박정희를 비판하고 반대해 온 나는 부질없는 짓을 해 온 철부지가 되는 셈이었다.

박정희는 참으로 풀기 어려운 수수께끼였다. 최주백 선배를 만나면서 박정희의 실체를 파악했다고 믿었는데 아니었다.

박정희는 누구도 예상하지 못한 일을 했다. 이건 이승만의 길이 아니었다. 윤보선의 스케일도 아니었다. 심지어는 장준하의 시야마저 넘어서는 일이었다. 반외세 자주, 민족 대단결, 평화통일. 이건 김구의 노선이었고 스케일이었다. 박정희의 꿈이 민족의 활로를 여는 일에 목숨을 걸었던 김구에 가 닿아 있었던가. 오늘과 같은 일을 하기 위해 오해와 비난을 무릅쓰면서 반전에 반전을 거듭하는 풍운아의 삶을 살아온 것이었을까. 나는 원점에서부터 박정희를 다시 생각해야 했다.

통일이 눈앞에 다가온 것처럼 온 국민이 들떴다. 나라 전체가 축제 분위기였다. 나에 대한 추적도 느슨해졌다. 집 주변을 지키던 형사들도 철수했다.

나는 어수선한 시국을 뒤로하고 박정희의 행적과 발언을 담은 기록을 뒤지며 공부했다. 그동안 한 번도 들춰 보려고 한 적이 없던 그의 저서 『국가와 혁명과 나』도 행간을 살펴 가며 꼼꼼히 읽었다. 박정희라는 수수께끼를 넘어서지 못하고서는 한 걸음도 나갈 수 없으리라는 예감이 나를 사로잡았다.

23

서울대생 내란음모사건으로 구속되어 재판을 받던 동료들도 항소심에서 형량이 뚝 떨어졌다. 이인범은 징역 이 년, 조영래는 징역 일 년 육 개월, 장이표와 심재군은 징역 일 년 육 개월에 집행유예 삼 년이었다. 그동안 퍼부어 온 선전 공세에 비하면 이건 거의 무죄에 가까운 형량이었다. 이젠 내가 검거되어도 크게 문제 될 것이 없었다. 이미 재판을 통해 내란음모사건의 시나리오가 확정되었기 때문에 중앙정보부에서도 그것 이상의 또 다른 시나리오를 쓰는 것은 불가능했다. 이제 잡힌다고 해도 공범들에게 부담이 될 일도 없었다. 나 역시 공범들의 형량에 준하는 징역을 살면 될 일이었다.

느슨해진 수배 상황을 이용해서 그동안 보지 못했던 식구들을 차례로 만날 수 있었다. 누나는 수배 생활로 수척해진 내 건강을 걱정하며 같이 지내자고 했다. 눈물바람을 하는 누나와 나를 지켜보던 매형도 그렇게 하자고 권했다. 법학자인 매형은 법 이론과 판례, 현재의 정국 상황을 들어 내가 검거된다고 해도 누나와 매형에게 큰 문제가 되지 않는다고 나를 설득했다. 잡혀도 좋다는 생각을 하고 있던 나는 누나의 집으로 들어갔다. 누나는 결혼 뒤 매형이 있는 춘천으로 학교를 옮긴 상태였다. 누나네는 방 두 개가 딸린 단독주택을 전세 삼십만 원에 세 들어 살고 있었다.

지금까지의 수배 생활에 비하면 천국이었다.

누나와 매형이 아침을 먹고 출근하면 나는 설거지와 빨래를 하고, 청소를 했다. 그것이 끝나고 나면 박정희에 대한 공부를 계속했다.

공부를 하면 할수록 박정희의 얼굴은 늘어만 갔다. 친일파, 공산주의자, 혁명가, 독재자, 군인, 출세주의자, 기회주의자, 민족주의자, 애국주의자… 박정희는 하나의 인격체로는 도저히 정리가 되지 않는 인물이었다. 그의 삶은 어느 하나의 유형으로 결코 통합되지 않는 모순의 숲이었다. 그의 어록과 그에 대한 평가들 중에 지금도 기억에 남아 있는 것들이 있다.

대동아공영권을 이룩하기 위한 성전에서 나는 목숨을 바쳐 사쿠라와 같이 훌륭하게 죽겠습니다, 이건 일제 만주군관학교 졸업식에서 다카키 마사오가 한 답사다. 다카키 마사오 생도의 태생은 조선일지 몰라도 천황 폐하에 바치는 충성심이라는 점에서 그는 보통의 일본인보다 훨씬 일본인다운 데가 있다, 이건 일본 육사교장이 한 다카키 마사오에 대한 평가다.

박정희의 행적 중에서 일제의 군관이 되기 위해 그가 기울인 눈물겨운 노력은 그의 사진과 함께 실린 《만주신문》의 기사로 선명하게 남아 있었다.

혈서(血書) 군관지원(軍官志願)
반도의 젊은 훈도(訓導)로부터

29일 치안부(治安部) 군정사(軍政司) 징모과(徵募課)로 조선 경상북도 문경 서부 공립소학교 훈도(訓導) 박정희 군(23)의 열렬한 군관지원 편지가 호적등본, 이력서, 교련검정합격 증명서와 함께 '한 번 죽음으로써 충성함 박정희(一死以テ御奉公 朴正熙)'라는 혈서를 넣은 서류로 송부되어 계원(係員)을 감격시켰다. 동봉된 편지에는

(전략) 일계(日系) 군관모집요강을 받들어 읽은 소생은 일반적인 조건에 부적합한 것 같습니다. 심히 분수에 넘치고 송구하지만 무리가 있더라도 반드시 국군(만주국군-편집자 주)에 채용시켜 주실 수 없겠습니까. (중략) 일본인으로서 수치스럽지 않을 만큼의 정신과 기백으로써 일사봉공(一死奉公)의 굳건한 결심입니다. 확실히 하겠습니다. 목숨을 다해 충성을 다할 각오입니다. (중략) 한 명의 만주국군으로서 만주국을 위해, 나아가 조국(일본-편집자 주)을 위해 어떠한 일신의 영달을 바라지 않겠습니다. 멸사봉공(滅私奉公), 견마(犬馬)의 충성을 다할 결심입니다. (후략)

라고 펜으로 쓴 달필로 보이는 동군(同君)의 군관지원 편지는 이것으로 두 번째이지만 군관이 되기에는 군적에 있는 자로 한정되어 있고 군관학교에 들어가기에는 자격 연령 16세 이상 19세기 때문에 23세로는 나이가 너무 많아 동군에게는 안타까운 일이지만 정중히 사절하게 되었다. 《만주신문》 (1939. 3. 31.)

그러나 내가 박정희를 공부하기 시작한 건 그를 비난할 근거를 더 마련하기 위해서가 아니었다. 박정희라는 풀리지 않는 수수께끼를 풀기

위해서였다. 그는 왜 소학교 교사라는 그리 나쁘지 않은 직업을 버리고 그렇게까지 간절히 일본군관이 되려고 했을까. 내가 그를 이해하기 위한 단서를 찾는 과정에서 포착한 두 개의 장면이 있다. 만주에 가서 일본군관이 된 다음 박정희는 자신이 교사로 일했던 문경을 찾았다. 군도를 차고 나타난 그의 앞에 불려온 교장과 서장, 군수로부터 그는 과거의 일에 대한 사과를 받아 냈다. 일본군관에게는 그런 위세가 있었다. 대통령이 된 뒤 고향인 구미를 찾았을 때 제일 먼저 만나 자신의 차에 태운 사람은 허름한 옷을 입은 그의 어린 시절 친구였다. 도시락을 싸 오지 못하는 박정희를 집으로 데려가 밥을 먹도록 해 준 한약방 집의 아들이었던 그는 가세가 기울고 다리를 다쳐 어렵게 살고 있었다. 올해 다시 병원에 입원한 그의 병원비를 대주며 챙긴 것도 박정희였다.

고등군법회의 명령 제18호에 따르면, 남로당의 군대조직책으로 사형을 구형받았던 박정희 소령은 1949년 2월 8일에 고등군법회의에서 무기징역을 선고받고, 육군본부 정보국 1과장에서 파면되었다. 급여도 함께 몰수당했다.

6·25전쟁 과정에서 군에 복귀한 뒤 5·16군사정변을 통해 정권을 장악한 그가 남긴 어록 중에서도 오래 기억에 남은 것들이 있다.

"소박하고 근면하고 정직하고 성실한 서민 사회가 바탕이 된 자주 독립된 한국의 창건, 그것이 본인이 가진 소망의 전부다. 본인은 한마디로 말해서 서민 속에서 나고 자라고 일하고, 그리하여 그 서민의 인정 속에서 생이 끝나기를 염원한다."

박정희의 이 말은 김구를 떠올리게 만들었다.

"우리나라는 다른 나라에 비하여 적어도 한 세기의 시간을 잃었다. 이제 더 잃을 시간의 여유가 없다. 남이 한 가지 일을 할 때 우리는 열

가지 일을 해야 하겠고 남이 쉴 때 우리는 행동하고 실천해야 하겠다."

이 말은 안창호를 떠올리게 만들었다.

"한 세대의 생존은 유한하나 조국과 민족의 생명은 영원한 것이다. 오늘 우리 세대가 땀 흘려 이룩하는 모든 것이 결코 오늘을 잘살고자 함이 아니요, 이를 내일의 세대 앞에 물려주어 길이 겨레의 영원한 생명을 생동케 하고자 함이다."

이 말은 장준하를 떠올리게 만들었다.

나는 박정희라는 수수께끼를 풀다 지치면 그림을 보며 음악을 들었다. 매형은 법학을 전공한 가난한 교수였지만 음악과 미술에 관심이 깊은 사람이었다. 셋집에 어울리지 않게 레코드플레이어가 있었고 클래식 앨범도 많이 소장하고 있었다. 나는 매형이 소장한 화집을 보며 음악 듣는 걸 즐겼다.

내가 일본 유학을 다녀오면서 냉장고, 컬러텔레비전, 레코드플레이어를 가지고 왔어요. 당시에는 아주 귀한 물건들이었지요. 흑백 방송을 하던 시절이어서 컬러텔레비전으로 흑백 방송을 보았지만요. 처남은 내가 가지고 온 일본 집영사판 『현대세계미술전집』 저걸 아주 좋아했어요. 지금도 가지고 있는 저 스물다섯 권짜리 화집을 하도 봐서 외우다시피 했어요. 특히 뭉크의 그림을 무지 좋아했지요. 클래식은 차이콥스키를 즐겨 들었던 거 같아요. 내가 믿을 만한 기원을 소개해 줘서 처남이 그때 바둑도 좀 배웠죠. 1급인 나하고 두려면 새카맣게 깔아야 했지요. 이환교

강렬한 색상을 배경으로 인간의 내면을 표현한 뭉크의 그림은 내 마

음에 깊이 와 닿았다. 뭉크의 대표작으로 알려진 〈절규〉도 좋았지만 나는 강인한 힘과 함께 내면의 울림이 느껴지는 〈미역 감는 남자들〉과 〈눈 속의 빨간 집〉도 좋았다. 그의 그림을 보며 막연히 와 닿았던 어떤 느낌의 실체를 다른 책에 실린 그의 말에서 확인하고 나는 뭉크를 더욱 좋아하게 되었다.

"남자들이 책을 읽고, 여자들이 뜨개질을 하는 따위의 실내화는 더이상 그릴 필요가 없다. 내가 그리는 것은 숨을 쉬고, 느끼고, 괴로워하고, 사랑하며 살아 있는 인간이다."

뭉크가 남긴 이 두 문장은 그의 그림에 대해 내가 들은 모든 해설을 불필요하게 만들었다.

차이콥스키의 선율에는 수배에 지친 나를 감싸고 위로하는 영혼의 그늘과 따뜻함이 있었다. 특히 고독과 불안, 열정이 교차하는 그의 마지막 작품은 독재자에게 쫓기는 수배자를 위해 만들어 둔 것 같았다. 〈비창〉은 온몸의 신경과 핏줄을 팽팽하게 만드는 선율이었다. 최저음역의 콘트라베이스로 시작하는 제1악장은 어둠 속의 신음 소리처럼 내 마음을 울렸다. 달콤하고 격정적인 제2악장에는 나를 위로하는 따스함이 있었다. 경쾌한 행진곡풍의 제3악장에는 희망과 투지를 불러일으키는 힘이 있었다. 그리고 제4악장은 깊은 슬픔과 연민이 있었다. 절망과 고뇌, 울음과 절규가 거기에 있었다. 그곳이 내가 서 있는 자리였다.

다행히도 매형은 짐작하고 기대했던 것보다도 훨씬 더 괜찮은 사람이었다. 내가 누나네에서 지내는 동안 두 사람은 딱 한 번 부부 싸움을 했다. 매형이 은행 대출을 받아 와서 전세를 얻으며 빌린 돈과 가게의 외상값을 갚기로 한 날인 모양이었다.

"당신은 도대체 어떻게 된 사람이에요. 제자의 사정만 생각하고 집안

사정은 생각 안 해요?"

매형이 대출 받은 돈을 등록금이 없다고 찾아온 제자의 등록금으로 내주고 빈손으로 들어온 것이었다.

"그 학생의 부모가 한 달 안에 돈을 마련해 온다잖아. 등록은 지금 해야만 하고. 한 달만 참아 봐."

누나와 매형은 춘천교대에서 처음 만난 사이였다. 누나는 교원양성특별과정 학생이었고 매형은 교양법학을 가르치는 교수였다.

전 일등을 하지 않으면 안 되는 처지였기 때문에 언제나 맨 앞줄에 앉았어요. 모든 교수들의 침받이였죠. 오른손에는 연필을, 왼손에는 손수건을 들고 있어야 했지요. (웃음) 그때 이환교 교수는 인기 절정이었죠. 수업 시간에 일 분도 늦게 들어오는 법이 없었어요. 특별과정생 삼백 명 전원의 리포트를 읽고 오탈자를 새빨갛게 고쳐서 돌려줬지요, 문장을 제대로 쓰는 건 선생의 기본이라고. 그런 교수는 잘 없잖아요. 악명도 높았죠. 리포트를 베껴서 내거나 시험에서 부정을 하다 적발되면 예외 없이 F였죠. F 받으면 탈락인데 아무리 빌어도 소용없는 사람이 이환교 교수였지요. 교사의 제일 덕목이 정직이다. 부정을 하고 무슨 선생을 하겠다는 거냐? 저는 졸업을 하고 철원으로 발령 받았고, 이 교수님은 일본으로 연구를 갔죠. 이 년 뒤에 이 교수님이 철원으로 추수지도를 왔어요. 교대에는 졸업생들의 근무지로 찾아가서 교육 현장에 잘 적응하는지를 파악하고 도와주는 추수지도라는 제도가 있거든요. 철원 인근에 근무하는 제자들과 모여서 식사를 하고 헤어지는데 저한테 어디로 가냐고 묻더라고요. 주말이어서 서울 집으로 간다고 하니까 자기도 서울 간다며 표 두 장을 끊어 같이 시외버스를 타더라고요. 버스에서 이런저런 말을 시키더니 이렇게 불쑥 묻는 거예요.

"어머니가 뭘 좋아하시나?"

난 깜짝 놀라면서도 자신도 모르게 대답을 하고 말았어요.

"저희 어머닌 꽃을 좋아하세요."

버스에 내려서 화분을 사 들고 집에 가서 어머니에게 절을 올리더라고요. 오빠는 이 교수와 나가서 술을 한잔 하고 돌아와서는, 널 이 교수에게 주기로 했다, 그러는 거예요. 참 어이없는 남자들이었죠. 어머니는 훨씬 냉정하셨어요. 다음에 찾아온 이 교수에게 호적등본과 신체검사표를 가지고 오라고 하더군요. 이 교수가 두 번째 장가를 들거나, 무슨 고질병이 있는 건 아닌지 확인해야겠다는 거였죠. 김태련

일본에 연구 유학을 다녀왔는데 주변에서 늘 일등하던 김태련이가 아직 처녀로 있다고 그러더군요. 리포트와 시험 답안을 아주 눈에 띄게 쓰는 학생이었죠. 졸업은 일등을 못하고 이등을 했을 거예요. 백 미터 달리기를 이십사 초에 뛰었나, 그래 가지고. (웃음) 뒷조사를 조금 하긴 했죠. 짐작했던 대로 학교에서도 아주 훌륭한 선생인데, 남자가 있다고 하더군요. 교장과 교육감이 학교로 찾아오는 사람이 아무도 없으니까 남자를 소개시켜 주겠다고 했는데, 사람 있다, 미국 유학 가 있다고 했다더군요. 그래서 제가 미국 아니고 일본이었다고 정정해 주었지요. 저도 가난했지만 제가 본 건 딱 두 가지, 머리와 사람 됨됨이였어요. 처음에 팔천 원짜리 단칸방 사글세로 시작했지요. 내가 강원대 법대로 자리를 옮기고 삼십만 원에 두 칸짜리 전셋집을 얻어서 처남이 같이 지낼 수 있었죠. 이환교

화요일 저녁이었다. 누나가 저녁을 준비하는 동안 텔레비전을 보고 있던 나와 매형은 깜짝 놀랐다. 우리는 서로 마주 보다가 시선을 다시 텔레비전으로 옮겼다. 밥상을 차리던 누나도 텔레비전 앞으로 왔다.

박정희 대통령이 텔레비전 화면을 가득 채웠다. 그는 대통령 특별선 언을 발표하고 비상계엄령을 선포했다. 국회를 해산하고, 헌법의 일부 조항에 대한 효력을 정지하고, 헌법개정안을 국민투표를 통해 확정한 다, 는 것이었다.

"저게 말이 되는 조치예요?"

나는 어이가 없었다.

"지금 헌법은 냉전 시대의 산물이어서 오늘날의 상황에 적용할 수 없 고, 대의 기구는 파쟁과 정략에 희생되어 통일과 남북 대화를 뒷받침할 수 없으므로 부득이 비상조치를 국민 앞에 선포하는 바이다, 라고 하 시잖는가, 각하께서."

온 나라를 통일 열기로 들뜨게 만들었던 7·4남북공동성명은 박정희 의 영구 집권을 위한 사기극이었다. 나는 정색을 하고 다시 매형에게 물 었다.

"저게 헌법에 부합하는 조치들인 거예요?"

"현행 헌법에는 대통령이 국회를 해산할 권한이 없지."

"자기가 억지로 뜯어고친 헌법을 자기가 지키지 않는, 이게 도대체 뭡 니까."

"5·16군사정변이 헌정 질서를 부정하고 집권 세력을 축출한 단순 쿠 데타라면, 이건 집권 세력이 스스로 헌정 질서를 부정하는 거니까 뭐라 고 해야 하나, 친위 쿠데타라고 할 수 있겠네."

박정희가 헌정 질서를 부정하고 일으킨 두 번째 쿠데타였다. 전국의 주요 거점과 기관에 병력이 배치되고 광화문에는 탱크가 포진했다.

10월 26일 비상국무회의는 박정희가 미리 준비해 둔 개헌안을 심의하고 다음 날 이를 공고했다. 유기전 총장이 작년 봄 처음 폭로하고 김대중 후보가 예고했던 총통제가 마침내 그 모습을 드러낸 것이다. 대통령직선제의 폐지와 통일주체국민회의 대의원에 의한 간선제, 국회의석 3분의 1의 대통령 임명제, 대통령 임기의 육 년 연장, 대통령의 연임제한 규정 폐지, 국회의 국정감사권 폐지. 박정희의 영구 집권을 완벽하게 보장하는, 어떤 민주국가에서도 있어 본 적이 없는 헌법이고 체제였다. 그것을 박정희는 '10월유신'이라고 불렀다.

퇴근하는 누나의 왼쪽 가슴에는 '10월유신 완수'란 리본이 달려 있었고, 손에는 유명한 만화가가 그린 10월유신 찬양 홍보물이 들려 있었다.

"미안하다. 내가 이걸 들고 온종일 가정방문을 다녀."

홍보물에 찍힌 굵은 글씨가 눈에 들어왔다. '내 한 표로 10월유신 내 힘으로 남북 통일. 잘살려 하는 일에 너도나도 앞장서자. 한국적 민주주의 우리 땅에 뿌리내리자.' 홍보물을 펼치자 양복을 입은 큰 키의 서양인 옆에 작달막한 한국인이 서 있었다. 그 작은 한국인은 큰 키의 서양인이 입은 것과 같은 큰 양복을 입고 우스꽝스럽게 서 있었다. 그 밑에는 이런 글귀가 박혀 있었다. '우리 몸에 맞는 한국적 민주주의를 실시합니다. 유신헌법입니다.'

"어떻게 이렇게까지 우리 민족을 스스로 멸시할 수가 있지?"

유신이란 이름의 종신집권체제를 옹호하는 그 어떤 궤변보다 나를 소름 끼치게 만든 것은 우리 민족을 보편적 민주주의가 부적합한 난쟁이로 폄하하는 박정희의 절망적인 민족의식이었다.

'이런 걸 우리 안의 식민주의라 카는 기다.' 최주백 선배의 목소리가 귓전을 때렸다. 나는 비로소 박정희의 정확한 본질을 깨달았다. 다카키 마사오는 일본 만주군관학교에서 일본에 충성을 맹세했던 과거의 박정희로 끝난 것이 아니었다. 박정희는 이름을 단순히 일본식으로 바꾼 한국인이 아니었다. 그는 시류에 따라 창씨개명을 하고 친일을 한 친일파도 단순한 기회주의자도 아니었다. 일본식 교육을 받고 일본의 정신을 뼛속까지 받아들인 완전한 일본인이었다. 이미 삼십 년 전에 일본 육사교장이 박정희를 일본인보다 훨씬 일본인답다고 평가한 의미를 나는 여태까지 이해하지 못하고 있던 것이다.

박정희라는 수수께끼를 푸는 열쇠가 바로 식민주의와 군국주의였다. 이 하나의 열쇠를 통해서만이 박정희의 모든 것은 비로소 아무런 모순도 없이 설명 가능해진다. 일본 관동군 장교 다카키 마사오일 때나, 남로당 군대조직책일 때나, 대한민국 대통령 박정희일 때나 그는 변함없는 식민주의자였다.

조선 놈은 사흘에 한 번씩 맞아야 말을 듣고 일을 하는 게으르고 이기적인 족속이기 때문에 책임감과 충성심으로 가득 찬 일본의 지배를 받아야만 야만에서 벗어날 수 있었다. 그러므로 식민 지배를 기꺼이 받아들이고 다카키 마사오가 되어 한목숨 다 바쳐 일본에 충성하는 것은 마땅한 영광이었다. 그런데 이 열등한 민족을 포함한 아시아를 구원해야 할 일본이 분하게도 서양에 패망하고 말았다. 무능한 이 민족의 지도자들에게 나라를 맡길 수는 없는 노릇이기에 혁명으로 민족을 구원하기 위해 남로당에 들어가는 것 또한 어쩔 수 없는 선택이었다. 그 남로당 또한 못나고 무력하게 침몰할 때 거기에서 빠져나와 겨우 목숨을 구했지만, 마지막까지 포기하지 않고 진군을 계속하는 것이 불굴의 일본 정신이었다. 자신만이 옳고, 자신과 다른 것은 다 박멸해야 할 적으로 생각하는 일본 군국주의는 파시즘과 연결되는 것이었다. 자신이 아니면 안 된다고 생각하는 일본 군국주의의 화신이 박정희였다.

떠나간 일본을 대신해서 이 열등한 민족을 먹여살리고, 이 한심한 나라를 근대화할 수 있는 것은 뼛속까지 일본 정신으로 무장한 다카키 마사오, 또는 오카모토 미노루, 아니면 박정희였다. 그래서 그가 한 일이 5·16군사정변이고 3선개헌이었다. 그리고 마침내 백사 년 전 일본이 실행한 명치유신을 이어받아 단행한 것이 10월유신이었다.

"1868년의 명치유신을 주도한 게 어떤 세력이었어요?"

일본에서 공부한 매형에게 물었다.

"명치유신을 이끈 3걸(三傑)이 있는데 그들을 대표한 인물은 사이고 다카모리지. 무사 계급의 수장으로 조선정벌론을 가장 먼저 주창했다가 실패하고, 나중에 반란군을 이끌고 정부군과 싸우다 패퇴한 뒤 자결했을 거야. 박정희가 왜 하필 우리에겐 악몽의 기원이 되는 유신이란 이름을 가져다 붙였을까?"

"박정희가 가장 선망한 것이었으니까요."

중앙집권의 천황제를 확립하고 일본의 근대화를 이끈 명치유신을 박정희는 이미 여러 차례 언급했다. 나는 그러한 자료들을 보면서도 그것이 이런 모습으로 우리 앞에 나타날 줄은 상상하지 못했다.

"이제 완전히 독재로 가겠다는 건데. 앞으로 어떻게 될 거 같은가?"

"국민을 짐승 취급하겠지요. 인간으로서의 권리와 품위를 일체 인정하지 않겠다는 게 이 헌법이잖아요."

나는 유신헌법 홍보물을 물끄러미 바라봤다. 결론은 하나같이 민주적인 기본권 자체를 인정하지 않겠다는 것이었다. 나는 이제 박정희의 발상을 아무런 혼란도 없이 이해할 수 있었다.

"박정희는 우리나라를 질서 있게 발전시키고, 가난에서 벗어나도록 만들겠다는 신념을 가지고 있는 게 맞아요. 박정희를 싫어하는 많은 사람들이 이걸 인정하지 않으려고 하는데 전 그래서 안 된다고 봐요. 상대를 정확히 있는 그대로 보지 않고 어떻게 그와 싸워서 이기고, 그를 극복할 수 있겠어요."

매형은 의아한 눈으로 나를 쳐다봤다.

"문제는 그 질서와 발전의 방법이 일본의 군국주의적인 것이라는 거죠. 박정희는 우리 민족이 정상적인 민주주의를 할 자질도, 경제 발전을 이룰 능력도 없다는 판단을 가지고 있는 거예요. 일제가 우리에게 그러했던 것처럼 짐승을 다루는 방법을 통해서만 우리 민족을 잘살게 만들 수 있다는 신념 체계를 가진 사람이 박정희예요. 박정희가 휘두르는 총칼보다 훨씬 무섭고 위험한 게 이거죠."

사람의 정신을 노예로 개조시키는 것이 식민주의자였다. 돼지에게는 진주를 주지 않겠다는, 짐승처럼 채찍으로 때려서 우리를 잘살게 만들어주겠다는 이 식민주의의 밑바닥에는 우리 민족의 역량에 대한 지독한 부정과 혐오가 뱀처럼 똬리를 틀고 있었다.

"그럼, 처남은 앞으로 어떻게 할 건가?"

"싸워야죠. 제가, 우리가 짐승이 아닌데 이걸 어떻게 받아들입니까."

지친 누나의 얼굴에 먹구름이 짙게 내려앉았다.

"쉽겠어…?"

"어렵겠지. 형태도 냄새도 없는 독가스처럼 우리의 내면에 파고들어 우리를 정신적 불구자로 만들어 버리는 식민주의와 맞서 싸워야 하는 거니까. 박정희가 국민들에게 주입시키고 있는 이 식민주의는 눈에 보이는 계엄령과 총칼보다 훨씬 까다롭고 위험한 적이 되겠지. 우리는 끝까지 싸워서, 우리를 짐승으로 취급해서만 우리 사회의 발전 과제를 달성할 수 있다고 믿는 박정희의 신념 체계가 치명적인 오류라는 걸 증명해 내야겠지."

반만년 역사에서 수많은 외세의 침입을 받았지만 일제강점기 삼십육 년을 제외하고 단 한 번도 완전히 외국에 복속되지 않은 저력을 가진 게 우리 민족이었다. 일제를 피해, 일제와 싸우기 위해 맨몸으로 만주에 간 우리 동포들이 가장 먼저 세운 게 학교였다. 그들은 스스로 가르치고 배우며 싸웠고, 중국 대륙에서 가장 부지런하고 잘 살아가는 사람들이었다. 우리는 결코 사흘에 한 번씩 매를 맞아야 정신을 차리고 일을 하는 노예 같은 민족이 아니며, 그랬던 적도 없었다.

처남과 전 얘기할 시간이 많았어요. 처남은 우리 사회의 발전 과제를 달성해 가는 과정이 자긍심을 가진 인간의 이름으로 이루어져야 하고, 우리 국민에게 그럴 자질과 능력이 충분히 있고, 또 그렇게 하는 것이 짐승의 방법보다 훨씬 뛰어난 성과를 거둘 수 있다고 말하더군요. 박정희와 싸우는 사람은 그게 얼마든지 가능하다는 확신을 국민들에게 심어 주어야 하고, 그러기 위해서는 단순히 싸우는 것만으로는 부족하다며 공부하고 준비해야 한다고도 했지요. 그림을 그려 가면서 나름대로의 경제개발 방안에 대해서 자신감에 차서 내게 설명을 하기도 했는데, 구체적인 내용은 기억이 나질 않네요. 이황교

삼엄한 계엄령 아래 진행된 개헌안에 대한 국민투표에서 주어진 것은 찬성의 자유뿐이었다. 일체의 비판이나 반대는 금지되었다. 모든 정

치 활동도 금지되었다. 전국의 공무원과 교사, 통반장이 집집마다 방문해서 혼란을 원하는지 발전을 원하는지를 묻고 발전을 원한다면 찬성을 찍어야 한다고 안내했다.

그러나 누나를 투표일까지 발이 부르터지도록 10월유신 홍보물을 들고 가정방문을 다니게 만든 박정희는 정작 찬성표를 달라고 누구에게도 부탁하지 않았다. 돼지에게 부탁하는 일이란 있을 수 없었다. 그는 다만 경고했다.

"만일 국민 여러분이 헌법 개정안에 찬성하지 않는다면, 나는 이것을 남북 대화를 원치 않는다는 국민의 의사 표시로 받아들이고, 조국 통일에 대한 새로운 방안을 모색할 것임을 아울러 밝혀 두는 바입니다."

계엄령보다 더한 조치를 하겠다는 위협이었다. 순종하지 않는 돼지는 밥통을 빼앗고 때리겠다는 분명한 경고였다.

우리는 투표 결과를 개헌에 대한 찬반 의견의 반영보다는 일종의 순응 훈련(an exercise in conformity)으로 보고 있다. 주한미대사관 전문 (1972.11.22.)

야당의 선거 참관을 일체 배제한 채 국민투표를 실시하여 유신헌법을 통과시키고 통일주체국민회의 대의원을 뽑았다. 통일주체대의원 선거법 제42조는 이 선거에 출마한 사람은 특정한 정당이나 사회단체, 또는 개인에 대한 지지 또는 반대를 금지했다. 입후보자가 오로지 자신의 경력과 입후보 취지, 그리고 '유신과업'에 대한 의견만 밝힐 수 있는 백옥같이 순수한 선거였다. 정당에 가입한 사람은 아예 출마 자격을 박탈했다. 박정희를 반대하는 불순분자는 입후보 자체를 원천 봉쇄해서 선거 분위기를 혼탁하게 만들 여지를 없앴다. 그렇게 뽑힌 통일주체국민회의 대의원들이 장충체육관에 모여 대통령을 뽑았다. 선거공약 제시나 선거 유세 따위는 일절 없었다. 검은 양복을 차려입고 앞뒤 대각선으로 칼같이 줄을 맞춰 앉아 박정희의 업적을 찬양하는 홍보 영상을 관람한 다음 차례로 나가 투표를 했다. 박정희만 입후보한 선거에서 박정희가 대통령에 당선했다. 2,359명의 대의원 중 찬성 2,357표, 기권 2표였다. 99.9퍼센트라는 경이적인 득표율이었다. 체육관 대통령의 탄생이었다.

박정희가 작년 제7대 대통령 선거일 직전 삼 일 동안 반복적으로 국민들에게 한 약속이 있었다. "내가 이런 자리에 나와, 한 번 더 나를 뽑아주십시오, 하는 정치 연설은 오늘 이것이 마지막이라는 것을 확실히 말씀드립니다." 박정희는 그 약속을 이렇게 완벽하게 지켰다. 그는 이제 누구에게도 나를 뽑아주십시오, 하는 정치 연설을 할 필요가 없게 되었다.

온 국민을 흥분시키고, 나를 혼란에 빠뜨렸던 7·4남북공동성명은 이렇게 막을 내렸고 나는 누나의 집을 떠났다.

24

봄이 왔다.

통일주체국민회의 대의원들은 검은 양복을 입고 다시 장충체육관에 모였다. 통일주체국민회의는 최고 국가통치기관으로 유신헌법에 명시된 '국민의 주권적 수임기관'이었다. 그들은 질서정연하게 줄을 서서 투표를 했다. 박정희가 지명한 국회의원 73명에 대한 찬반 투표는 전원 찬성으로 통과되었다. 73명은 전체 국회의원 219명의 3분의 1이었다. 이들은 국회에서 활약할 박정희의 친위대로 공화당과는 별도로 유정회란 교섭단체를 만들었다. 나머지 국회 의석의 3분의 2는 지역구에서 국민들이 직접 선출하도록 하사했다. 선거가 과열되지 않도록 한 개 선거구에서 두 명을 뽑도록 하는 배려가 따랐다. 이등만 해도 당선이 되었기 때문에 여당이 절반을 건지는 건 기본이었다. 박정희가 직접 지명한 유정회와 지역구에서 뽑힌 공화당을 합치면 여당은 국회 의석의 3분의 2가 넘는 압도적 다수를 차지했다.

이렇게 유신 체제는 완벽하게 완성되었고 세상은 숨을 죽였다.

만나기로 한 후배 정상진은 약속 장소에 이십 분 늦게 나타났다. 막 떠나려는 순간에 다방에 들어선 녀석은 가쁜 숨을 몰아쉬었다. 나는 본능적으로 출입문과 비상구를 번갈아 살폈다. 나는 약속 장소를 반드시 비상구가 있는 곳으로 잡았다.

"무슨 일 있었나?"

주변을 살핀 녀석은 숨부터 몰아쉬었다.

"경찰에 잡힐 뻔했잖아."

"어디서?"

"한 정거장 앞에서. 얼마나 끈질기게 쫓아오는지, 한 이십 분은 달렸네요."

"그럼 전화를 하고 여기로 오지 말았어야지."

나는 자리에서 일어서려고 했다.

"괜찮아요, 괜찮아. 이거 땜에 그랬으니까."

녀석은 귀를 가린 자신의 머리를 쓸어 넘겼다. 나는 안도의 한숨을 내쉬며 웃고 말했다.

"좀 깎지그래."

유신이 금지한 것은 언론, 집회, 결사의 자유만이 아니었다. 유신은 아가씨들의 미니스커트와 청년들의 장발을 금지했다. 경찰은 삼십 센티미터 자를 들고 다니며 아가씨들의 치마가 무릎에서 얼마나 올라갔는지를 재고, 남자들의 머리카락이 두피로부터 얼마나 멀어졌는지를 쟀다. 짧은 미니스커트를 입은 아가씨는 연행하고, 장발을 한 청년의 머리는 길거리에서 바리캉으로 밀었다. 이발료를 내면 이발사가 길가에 흰 줄을 쳐서 만든 임시 유치장으로 와서 머리를 깎아 주는 경우도 있었다.

"어허, 선배님! 신체발부는 수지부모니 불감훼상이 효지시야요 입신행도하여 양명어후세하여 이현부모가 효지종야라. 몸과 머리털과 살갗은 부모님으로부터 받았으니 감히 훼손하거나 상하지 않게 하는 것이 효의 시작이요, 몸을 세워 도를 행해서 후세에 이름을 드높여 부모님을 드러내 드리는 것이 효의 마지막이거늘 어찌 감히 제게 머리를 훼손하란 말씀을 하시옵니까."

전라도 유림의 피를 이어받은 녀석은 아예 두 손으로 머리를 매만지며 너스레를 떨었다.

"선배님, 이게 지금 가장 치열한 반유신 투쟁의 최전선입니다. 미니스커트를 허하라, 머리칼을 사수하라. 아니 도대체 어느 시대부터 여자의 허벅지와 남자의 머리칼을 국가가 관리를 했습니까. 아가씨는 그게 언제부터인 줄 알아요?"

주문을 받으러 오는 종업원을 보고 녀석이 갑자기 말을 돌렸다.

"아가씨, 자 가져와 봐요. 좀 재 봐야 되겠는데 이거."

녀석이 장난스럽게 머리를 갸웃거리며 힐끔거리자 아가씨는 미니스

커트 아래로 드러난 허벅지를 손으로 가렸다.

"아저씨야말로 그 머리 위로 고속도로를 개통하셔야 되겠어요."

아가씨가 주문을 받아가고 나서야 녀석은 내 수배 문제에 대해 말을 꺼냈다.

"학생회장이 교학과장에게 부탁해서 알아봤는데, 동대문경찰서에 설치되었던 전담팀은 해체했지만 공식적으로 수배를 해제한 건 아니랍니다."

"그럼 뭐란 거야?"

"다른 건 생길 때까지 그냥 내버려 두는 거죠. 지금 선배님 잡아들여 봐야 별로 써먹을 데도 없잖아요. 유신 체제가 온 국민의 참여 속에 순조롭게 정착하고 있다고 선전하는 중인데 눈치 없이 지나간 시국 사건들 쳐내서 시끄럽게 굴었다간 위로부터 깨질지도 모른다는 분위기인 거 같아요."

그때 김근태 선배는 유신 체제가 상당히 오래갈 거라고 예상하면서 사회운동과 노동운동을 두고 고민했는데, 노동운동 쪽으로 기우는 것 같았어요. 박정희가 반대자들에 대해서는 더 폭력적으로 탄압하는 한편, 일반 국민들에 대해서는 그런 폭력적 탄압을 통해서 질서를 세워야 경제 발전을 이룰 수 있다는 식민주의를 더 집요하게 주입할 텐데, 여기에 대항하려면 대학생들만 가지고는 절대 안 된다는 걸 선배는 여러 차례 강조했어요. 그런데 그때는 박정희와 싸울 세력이 재야인사들과 대학생들밖엔 뭐 없었잖아요. 재야인사들도 성명서나 발표할 수 있었을 뿐이고, 실천력을 가지고 있는 건 대학생들뿐이었죠. 그래서 노동 현장으로 가서 안정적으로 활동하기 위해 합법적인 신분을 회복하고 숨을 죽이고 있던 후배들도 조금씩 움직이고 있었다. 나는 학생운동과는 거리를 두면서 합법적인 신분을 회복해서 노동 현장으로 갈 준비를 했다. 사회운동도 고려를 해 봤지만 아직 기반이 너무 없어서 공허한 명망가 운동으로 빠지기 쉬울 것 같다는 판단이 들어서 생각을 접었다.

저녁에 있는 제적생들의 모임에서도 나는 노동 현장으로 가겠다는 의사를 분명히 밝혔다. OB모임으로 불린 이 모임에는 제적생들이 주류를 이루었지만 대학원에 진학하거나 졸업을 한 사람도 끼어 있었다. 이 모임은 서로가 가진 정보를 교환하고, 후배들에게 혼란을 주지 않기 위해 당면 현안에 대한 선배 그룹의 의견을 조율하는 역할을 했다.

노동 현장으로 가겠다는 내 결심에 대해 참석자들은 대체로 공감하고 동의하는 분위기였다. 수배에서 자연스럽게 빠져나오는 방법으로 일반 회사에 취업을 하는 방법을 제안한 건 대기업에 근무하고 있는 이동만이었다.

"조작된 사건을 가지고 자수를 하는 것도 말이 안 되고⋯ 일부러 검거가 된다고 해도 저쪽에서는 그동안의 행적에 대해 캐지 않을 수 없을 테니까, 주변 사람들에게 어쨌든 민폐가 될 거고⋯ 기업에 취업을 해서 자연스럽게 수배에서 빠져나오는 게 어떨까?"

"돈도 좀 벌어야 하니까, 그래 볼까."

그렇게 지나가는 말처럼 한 것이 일진산업의 취직으로 이어졌다.

규모가 상당히 큰 철강 업체인 일진산업에서 나는 수출 업무를 담당했다. 고등학교 때부터 한 영어 공부가 큰 도움이 되었다. 상대 출신 중에서 영어를 잘하는 사람이 드물었기 때문에 수출부 부장이 몹시 좋아했다. 월급도 많았다. 칭찬을 듣고 월급도 많이 받으니까 일에 재미도 생겼다. 내 인생에서 경제적으로 제일 풍요로웠던 시기였다. 나는 후배들과 수배 중인 친구들에게도 도움을 주며, 약간의 저금까지 했다.

피신 생활에도 상당한 돈이 드는데, 광명리 시절 김근태의 도움을 많이 받았지요. 김 형은 회사에 다니면서 받은 돈으로 매달 내 생활비를 다 대주었어요. 덕분에 나는 상당 기간 돈 걱정 없이 지낼 수 있었습니다. 내가 광명리에 자취방을 얻어 생활하면서 낮에는 사설 독서실에서 안전하게 보낼 수 있었던 것도 그 돈이 있어서 가능했죠. 김근태가 아니면 세상에 누가 그렇게 할 수 있었겠어요. 장이표

그사이 몇 차례 유신 반대시위가 대학가에서 벌어졌지만 신문에는 단 한 줄도 나지 않았기 때문에 찻잔 속의 태풍처럼 지나갔다. 후배와 친구들이 새롭게 수배를 당하기도 했지만 내게 여파가 미치지는 않았다. 그렇다고 언제까지 무작정 돈벌이나 하며 지낼 수는 없었다.

나는 수배 해제 여부를 시험하기 위해 직접 정보기관을 찔러 보기로 했다. 방법은 대학원에 입학원서를 내보는 것이었다. 형에게 부탁을 해서 입학원서를 내게 했다. 입학시험 전날에도 형을 만나 수험표를 가지고 먼저 시험장으로 나가 달라고 했다.

"형이 먼저 가서 형사나 기관원들이 있는지 살펴봐 줘."

"야, 기관원들이 나 기관원이오, 하고 이마에 써 붙이고 다니냐?"

"형, 소설가 맞아? 기관원인지 수험생인지도 한눈에 못 알아보면서 소설을 어떻게 써."

형은 눈을 흘기며 알았다고 했다.

"기관원들이 보이지 않으면 시험장 건물 입구로 나와 모자를 눌러쓰고, 짝다리 짚고 서 있어 줘."

"이렇게?"

형이 모자를 쓰고 건달처럼 짝다리를 짚었다.

"그렇지!"

"있으면?"

"아무렇게나 형 편한 대로 해."

나는 시험장 맞은편 건물에 들어가서 시험장 입구를 내려다보고 있었다. 형의 신호를 기다릴 필요도 없었다. 벌써 건물 입구부터 기관원들이 진을 치고 있었다. 그런데도 형은 모자를 벗어들고 건물 입구에서 뱅뱅 맴돌았다. 기관원들이 눈치챌까 봐 조마조마하기도 하고, 형의 모습이 우습기도 했다.

오후에 형이 근무하는 동숭동의 문예지 사무실로 전화를 했다.

"형, 그냥 가 버리면 되지 약 먹은 병아리처럼 그게 뭐예요?"

"니가 없으면 모자 눌러쓰고 짝다리 짚고 서 있으라고 했잖아. 그래서 있길래 그 반대로 한 거지."

합법 신분을 회복하는 게 불가능하다는 걸 확인한 내가 비합법의 신분으로 노동운동을 하기 위한 준비를 하고 있는 중에 사건이 터졌다.

25

유신헌법에 대한 반대운동은 조심스러운 개헌청원운동으로 시작되었다.

그러나 박정희는 요구도 아닌 청원조차 용납하지 않고 긴급조치 시리즈를 시작했다. 박정희가 발동한 대통령 긴급조치 1호는 유신헌법을 반대하는 것은 물론 개정이나 폐지를 주장하거나 제안, 청원하는 일체의 행위를 금지한다고 못박았다. 이를 위반하거나 이러한 조치를 비방하면 영장 없이 체포하여 비상군법회의에 회부, 십오 년 이하의 징역에 처한다는 요지였다. 개헌청원운동을 멈추지 않은 장준하와 백이완이 첫 번째로 체포되어 군법회의에 회부되었다.

현재의 학생운동 역량과 방법으로는 유신 체제와의 장기전에서 승산이 없다는 인식이 빠르게 확산되었다. 내가 노동 현장으로 가려고 준비를 하는 동안 후배들은 대학생들의 투쟁을 한 차원 끌어올리기 위한 준비를 하고 있었다. 그들은 전국적인 연대투쟁을 통해 긴급조치 1호를 정면 돌파하려고 했다. 경북대의 여정남과 전남대의 윤한봉과 같은 각 지역의 학생운동을 대표하는 인물들도 참여한 이 일에는 상대 후배인 김병곤이 가담하고 있었다. 선배 그룹에서는 조영래가 관계를 했다.

후배들이 전국적인 유신 반대시위의 디데이로 잡은 날은 수요일인 오늘이었다. 노동 현장으로 가기로 한 나는 이 싸움과 거리를 유지하고 있었지만 아침부터 일이 손에 잡히지 않았다. 애써 무심하려고 했지만 잘 되지가 않았다.

퇴근을 하고 정상진을 만났다. 표정이 어두웠다.

"경북대와 서강대의 시위를 이어받아서 연대, 고대, 성대, 이대에서 시위를 벌이기는 했는데 기대했던 만큼의 성공은 아니네요."

시위 현장에서 체포된 학생들의 숫자도 많았다. 정상진의 친구도 여럿 잡혀갔다. 마음이 무겁고 우울했다. 나보다 기대가 컸던 정상진의 마음은 더 무거워 보였다. 대폿집에 데리고 가서 막걸리를 사 주며 위로를 했다.

"어차피 긴 싸움이다. 일희일비하지 말자."

말없이 술을 마시던 녀석이 지금까지 한 번도 하지 않던 욕설을 입에 담았다.

"선배, 좆도 이게 나라예요? 아니 헌법이 싫다, 바꿨으면 좋겠다, 이런 말도 못해? 그러면 징역 십오 년이야? 세상에 이런 좆같은 경우가 어딨어요?"

녀석이 끝내 눈물을 쏟았고 나는 주변을 살폈다. 다행히 라디오에서 흘러나오는 정훈희의 〈안개〉가 녀석의 목소리를 덮어 주고 있었다.

"나 홀로 걸어가는 안개만이 자욱한 이 거리 그 언젠가 다정했던 그대의 그림자 하나 생각하면 무엇하나 지나간 추억 그래도 애타게 그리는 마음 아아아아 아아 아아아…"

"선배들은 도대체 그동안 뭘 한 거예요? 쿠데타 하고, 3선개헌 하고, 유신헌법 만들어 이렇게 사람을 개돼지 취급할 동안 잘난 선배들은 도대체 뭘 했기에, 우릴 이런 거지같은 세상에 살게 만들어요?"

할 말이 없었다.

그러나 다음 순간 나는 아무 말도 할 필요가 없게 되었다. 라디오에서 흘러나오던 정훈희의 노래가 뚝 끊기고, 음악 프로그램의 진행자가 아닌 아나운서가 등장해 잠시 후 열 시에 대통령 특별 담화가 있을 것이라고 예고했다. 시계를 보았다. 열 시 칠 분 전이었다. 느닷없는 일이었다.

밤 열 시 정각에 박정희의 특별 담화가 발표됐다.

이른바 전국민주청년학생총연맹이라는 불법 단체가 반국가적 불순
세력의 배후 조종하에 그들과 결탁하여 공산주의자들이 이른바 그들
의 '인민 혁명'을 수행하기 위한 상투적 방편으로 의례히 조직하는 소
위 통일 전선의 초기 단계적 지하 조직을 우리 사회 일각에 형성하고,
반국가적 불순 활동을 전개하기 시작했다는 확증을 포착하기에 이르
렀습니다.

이들은 그동안 우리 사회 같은 공개 사회가 지니는 특성을 역이용하
여, 표면상으로는 합법성을 가장, 그들의 정체를 위장하고, 우리 사회
의 각계각층에 침투하려 획책하였습니다.

그리하여, 특히 최근에 이르러서는 소위 전국민주청년학생총연맹이
라는 지하 조직을 결성하여 공산주의자들이 말하는 이른바 '인민 혁
명'의 수행을 기도하였던 것입니다.

따라서, 나는 국가의 안전 보장을 책임지고 있는 대통령으로서 이
같은 불순 활동이 비록 초기 단계에 있다 하더라도, 이를 신속하고도
강력하게 대처하지 않으면 안 된다고 판단하고, 오늘 헌법 제53조에 의
하여 대통령에게 부여되고 있는 긴급조치권을 불가피하게 발동하게
된 것입니다. 대통령 박정희 (1974. 4. 3.)

정상진의 얼굴이 굳었다.

"저게 무슨 소리냐?"

"저거 아닌데… 저거 아닌데…"

녀석은 말을 잇지 못했다. 전국민주청년학생총연맹, 민청학련은 오늘
시위에서 뿌린 유인물에 사용한 명칭이었다. 후배인 김병곤의 자취방
에 모여서 오늘 쓸 유인물을 제작하던 학생들이 만들어 붙인 가상의

이름이었다. 각 대학의 학생들을 움직일 수 있는 인물들이 모여 전국적인 유신 반대 투쟁을 준비한 건 사실이지만 확정된 조직 체계를 갖춘 것은 아니었다. 당연히 조직의 명칭이 있을 리 없었다.

공동으로 사용할 유인물에 담긴 내용은 긴급조치 해제와 유신헌법 철폐, 중앙정보부 해체, 민주 회복, 부정부패 척결이었다. 여러 명이 나누어 쓴 유인물의 초안을 등사원지에 철필로 긁는 일은 필체가 유려한 김병곤의 몫이었다.

"그래도 끝에다가 누가 만들었는지 이름은 넣어야 하지 않겠어요?"

민중 민족 민주 선언이란 제목을 붙인 유인물의 초고를 다 긁은 김병곤이 물었다.

"그렇긴 하네, 뭐라고 하지?"

그 자리에 있던 이설, 정운화, 황민성이 차례로 하나씩 의견을 냈는데 황민성이 낸 전국민주청년학생총연맹이라는 이름이 즉석에서 채택된 것이었다. 그렇게 해서 오늘 낮에 유인물을 통해 처음 등장한 민청학련을 '공산주의 세력과 결탁하여 인민 혁명을 수행하는 반국가 지하 조직'으로 규정하고, 이 밤중에 대통령의 특별 담화를 통해, 이를 발본색원하기 위해 네 번째 긴급조치를 발동한다는 것이었다. 대통령 특별 담화의 유치찬란함은 말할 나위도 없고 정각 밤 열 시에 기해 발동한다는 긴급조치 4호의 문장 수준은 그 내용만큼이나 졸렬하기 짝이 없었다.

1. 전국민주청년학생총연맹과 이에 관련되는 제 단체(이하 "단체"라 한다)를 조직하거나 또는 이에 가입하거나, 그 구성원과 회합, 또는 통신 기타 방법으로 연락하거나, 그 구성원의 잠복, 회합·연락 그 밖의 활동

을 위하여 장소·물건·금품 기타의 편의를 제공하거나, 기타 방법으로 단체나 구성원의 활동에 직접 또는 간접으로 관여하는 일체의 행위를 금한다.

2. 단체나 그 구성원의 활동에 관한 문서, 도화·음반 기타 표현물을 출판·제작·소지·배포·전시 또는 판매하는 일체의 행위를 금한다.

3. 제1항, 제2항에서 금한 행위를 권유, 선동 또는 선전하는 일체의 행위를 금한다.

4. 이 조치 선포 전에 제1항 내지 제3항에서 금한 행위를 한 자는 1974년 4월 8일까지 그 행위 내용의 전부를 수사·정보기관에 출석하여 숨김없이 고지하여야 한다. 위 기간 내에 출석·고지한 행위에 대하여는 처벌하지 아니한다.

5. 학생의 부당한 이유 없는 출석·수업 또는 시험의 거부, 학교 관계자 지도·감독하의 정상적 수업·연구 활동을 제외한 학교 내외의 집회·시위·성토·농성 기타 일체의 개별적·집단적 행위를 금한다. 단, 의례적·비정치적 활동은 예외로 한다.

6. 이 조치에서 금한 행위를 권유, 선동 또는 선전하거나 방송·보도·출판 기타 방법으로 타인에게 알리는 일체의 행위를 금한다.

7. 문교부 장관은 대통령 긴급조치에 위반한 학생에 대한 퇴학 또는 정학의 처분이나 학생의 조직, 결사 기타 학생 단체의 해산 또는 이 조치 위반자가 소속된 학교의 폐교 처분을 할 수 있다. 학교의 폐교에 따르는 제반 조치는 따로 문교부 장관이 정한다.

8. 제1항 내지 제6항에 위반한 자, 제7항에 의한 문교부 장관의 처분에 위반한 자 및 이 조치를 비방한 자는 사형, 무기 또는 5년 이상의 유기징역에 처한다. 유기징역에 처하는 경우에는 15년 이하의 자격 정지

를 병과할 수 있다. 제1항 내지 제3항, 제5항, 제6항 위반의 경우에는 미수에 그치거나 예비, 음모한 자도 처벌한다.

9. 이 조치에 위반한 자는 법관의 영장 없이 체포, 구속, 압수, 수색하며 비상군법회의에서 심판 처단한다.

10. 비상군법회의 검찰관은 대통령 긴급조치 위반자에 대하여 소추를 하지 아니할 때에도 압수한 서류 또는 물품의 국고귀속을 명할 수 있다.

11. 군지역사령관은 서울특별시장, 부산시장 또는 도지사로부터 치안질서 유지를 위한 병력출동의 요청을 받은 때에는 이에 응하여 지원하여야 한다. 대통령 긴급조치 제4호

유신 체제를 반대하는 학생들의 유인물에 사용된 가상의 조직 하나를 대상으로 긴급조치를 발동한 것이다. 사뭇 심각한 목소리로 특별 담화와 긴급조치를 발표하는 배우의 서툰 연기가 우스꽝스럽기 짝이 없었다. 정상진은 피식피식 웃었다.

"아니 아무리 법이 깡패라도 그렇지 이게 뭐예요. 이유 없이 결석하면 정학이나 퇴학을 시킨다. 그런데 이런 조치가 심하다고 말하면 사형이나 무기, 오 년 이상 징역을 살린다. 구봉서, 배삼룡이 다 굶어 죽겠네요."

나는 웃음이 나오지 않았다. 이건 일반적인 위협이 아니었다. 아주 구체적인 대상과 앞으로의 타격 계획을 분명하게 암시하고 있었다.

나는 그날 밤으로 그동안 머물렀던 자취방을 떠났다. 이 방을 알고 있는 친구와 후배들이 넷이나 되었다. 간이 옷장과 번듯한 이부자리가 있었지만 챙겨야 할 짐은 가방 하나가 다였다. 수배자의 짐은 그래야

했다. 남겨 두고 가서 문제가 될 물건은 집에 있지 말아야 했다.

다른 날과 다름없이 출근을 했다. 내가 다니는 회사를 아는 사람은 취직을 주선한 이동만뿐이었다. 그는 2선으로 물러나 대기업에 다니고 있었기 때문에 당분간 안전할 것이었다.

예상한 대로 대대적인 검거 선풍이 불어닥쳤다.

천이십사명이 체포되었다.

중앙정보부는 수사 과정에서 민청학련을 배후조종한 조직으로 인혁당을 등장시켰다. 인혁당은 한일회담 반대 투쟁이 거세게 일어났던 십 년 전에 북한의 지령을 받은 반국가단체로 만들려고 하다가 담당 검사가 '양심상 도저히 기소할 수 없으며 공소를 유지할 자신도 없다'고 사표를 제출하며 기소를 거부하여 실패한 조직이었다. 인혁당과 연계된 민청학련이 민중봉기를 일으켜 정부를 전복하고 4단계 혁명을 통해 공산 정권을 수립하려고 기도했다는 혐의로 비상군법회의에 기소된 백팔십 명 중에는 정상진도 포함되어 있었다.

정상진은 고맙게도 조사 과정에서 내 이름이 나오지 않도록 지켜 주었다. 조영래와 장이표, 손항규도 체포를 피했다.

비상군법재판은 비공개로 진행되었다. 방청은 피고 한 명당 가족 한 명으로 제한했다. 나는 가족들을 통해서 흘러나온 이야기를 몇 단계를 거쳐서 전해 들었다. 공소 사실이 모두 고문에 의한 조작이라고 주장하는 피고인들의 법정진술은 일체 무시하고 구형을 시작한 검찰관은 앵무새처럼 사형을 반복했다. 서도원 사형, 도예종 사형, 하재완 사형, 송상진 사형, 이수병 사형, 우홍선 사형, 김용원 사형, 이설 사형, 유인대 사형, 김병곤 사형, 나병석 사형, 여정남 사형, 김지아 사형, 이형배 사형….

기가 막힌 재판이었다. 여정남의 변호인을 법정에서의 변론을 문제 삼아 긴급조치 위반으로 구속시켰다. 적법 절차를 무시한 채 피고인에게 사형까지 구형하는 것은 사법 살인의 비난을 면치 못할 것이다. 사형을 구형 받은 여정남을 변론하며 이렇게 말한 강신욱 변호사는 재판 도중에 연행되어, 변호인석이 아닌 피고인석에 서서 징역 십 년과 자격정지 십 년을 선고받았다. 직업상 이 자리에서 변호를 하고 있으나 그렇지 않다면 차라리 피고인들과 뜻을 같이하여 피고인석에 앉아 있겠다, 고 하여 긴급조치 제4호를 위반했다는 이유였다. 세계 사법 역사에서 변론을 문제 삼아 변호인을 법정에서 연행하여 징역을 선고한 전무후무한 사건이었다.

사형을 구형 받은 후배 김병곤은 최후 진술을 통해 '영광입니다'라고 응수했다.

그러나 사형은 구형으로만 끝나지 않았다. 설마했는데 재판부도 줄줄이 사형을 선고했다. 사형을 선고받은 후배들의 얼굴이 눈앞에 어른거려 자꾸 시야가 흐려졌다.

비상보통군법회는 민청학련과 인혁당 관련자 열네 명에게 사형을, 열네 명에게 무기징역을 선고했다.

"설마 정말 사형을 시키려는 건 아니겠지?"

나는 사법고시에 합격한 적이 있는 영래에게 물었다.

"다 조작이란 걸 자기들이 더 잘 아는데, 그렇게야 하겠어."

그러나 박정희는 그렇게 했다. 대법원에서 상고가 기각된 바로 다음 날 새벽 여정남을 포함한 여덟 명의 사형을 집행했다. 1975년 4월 9일 새벽이었다.

박정희는 대법원에서 확정 판결을 받은 지 열여덟 시간 만에 재심의 기회도 주지 않고 그들을 교수형에 처하고, 시신을 벽제화장터에 가져다 화장해 버렸다. 가족들은 어처구니없이 살해당한 남편과 아버지, 삼촌의 시신조차 보지 못했다. 경북대 총학생회장을 했던 여정남의 나이는 겨우 서른하나였다.

삼촌은 키가 백팔십이 센티미터에 정말 잘생겼었어요. 전 신성일보다 우리 삼촌이 더 잘생겼다고 생각했어요. 삼촌도 제게 자상하고 정답게 대해 줬지요. 인혁당 사건은 제가 중3 때 터졌는데, 이듬해 봄, 저녁 무렵이었어요. 아버지가 나랑 오빠를 불러서 할 얘기가 있다며 앉으라고 하더니, 한참을 머뭇거리다가 삼촌이 죽었다고, 사형을 당해서 돌아가셨다고, 세상에서 못 볼 거라고 했어요. 난 하느님에게 되게 화가 났어요. 교회에 가서 막 울었지요. 집에서 울면 동생들이 알게 되고, 아버지가 더 슬플 거 같아서요. 그러면서 저 사람들이 삼촌을 안 죽이고 멀리 보내 놓은 걸 거다, 어린 마음에도 그렇게 생각하고 싶었어요.

김근태 의장님을 처음 만났을 때 제가 여정남의 조카란 걸 알고, 삼촌 생각나서 힘들었겠다, 삼촌 참 훌륭한 사람이었다, 인혁당 사건으로 돌아가신 분들에 대한 진실을 밝히지 못해서 미안하다, 그러면서, 인혁당 진상 규명 일하는 제가 대견하고 자랑스럽다고 하셨어요.

이돈명 변호사님 돌아가셨을 때 우리 아들을 데리고 갔는데, 김 의장님이, 영수 군 아저씨한테 잠깐 와 봐, 하고 웃으면서 불렀어요. 한참 웃으면서 의장님하고 얘기하고 돌아온 아들에게 뭐라고 하셨냐고 물어봤더니, 이러는 거예요.

'아저씨가요, 어머니가 힘들고 좋은 일을 많이 했다고, 잘 해드리라

고, 우리나라에 엄마 팬들이 많다. 아저씨도 팬들 중의 한 명이란다.'

김근태 의장님이 굉장한 사람이라고 생각하는 아들이 그 얘길 듣고 얼마나 기분이 좋았겠어요. 같은 말이라도 저를 되게 올려주면서 자긍심을 가지게 해주었죠. 아마 의장님은 저뿐만 아니라 피눈물을 흘리며 살아온 우리 인혁당 사건 가족들에게 다 그렇게 하셨을 거예요. 여상하

제네바에 본부를 둔 국제법학자협회(International Commission of Jurists)는 민청학련과 인혁당의 대법원 확정판결이 있은 이날, 1975년 4월 8일을 '사법사상 암흑의 날'로 선포했고, 엠네스티는 가장 강력한 외교용어로 항의성명을 발표했다. "사형수 여덟 명에게 공공연히 씌운 증거가 의심스러운 것으로 판단한다." 1995년 MBC가 사법제도 일백 주년 기념 다큐멘터리를 만들며 판사 315명을 대상으로 실시한 설문조사에서 '우리나라 사법사상 가장 수치스러운 재판'으로 꼽힌 것이 이 재판이었다.

인혁당 관련자들뿐만 아니라 윤보선 전 대통령, 지학순 주교, 박형구 목사, 김동일 교수, 김찬국 교수도 민청학련사건에 연루되어 긴급조치 제4호와 내란선동죄로 실형을 선고받았다.

사형을 구형 받고 '영광입니다'라고 호쾌하게 응수했던 후배 김병곤, 간첩으로 몰린 인혁당 피고인들을 위해 분투한 윤보선, 지학순, 김지아, 스스로 민청학련의 일부가 되기를 주저하지 않았던 박형구는 종주먹을 쥔 채 속수무책으로 재판을 지켜보고 있는 우리에게 슬픈 감동이었다.

4·19혁명으로 세운 민주정부를 무능력하게 운영해서 박정희의 군사반란을 초래한 인물로 여겨온 윤보선 대통령의 진정한 면모에 나는 놀랐다. 일흔일곱의 노구를 이끌고 법정에 선 그는 시종일관 자신을 향한

혐의의 부당성에 대해서가 아니라 학생들에게 결코 죄가 없음을 명명백백하게 밝혀줄 것을 진지하고 당당하게 요구했다. 그의 비중으로 보면 이런 너저분한 재판 자체를 거부해 버릴 수도 있었을 텐데 수모를 견디며 다른 피고들, 특히 간첩으로 몰린 인혁당 관계자들이 고립되지 않도록 끝까지 함께하며 배려하고 옹호하는 모습은 나를 숙연하게 만들었다. 그를 은근히 무시해 온 내 옹졸함이 부끄럽고 죄송스러웠다. 인간은 누구나 나이를 먹지만 아무나 어른이 되는 것은 아니었다.

지학순 주교가 온몸을 던져 막아 주지 않았다면, 젊은 신부들이 천주교정의구현전국사제단을 만들어 지학순 주교와 함께 싸워 주지 않았다면 박정희는 더 많은 사람을 사형장에 세워 영구 집권의 제물로 삼았을 것이다. 박정희가 간첩으로 몰아 사형을 시키고 시체마저 빼앗아갈 때, 시체를 실은 차 밑에 기어들어가 바퀴를 껴안고 하느님이 잠시 한눈팔다 놓쳐버린 형제들의 마지막을 지키려 했던 그들이 있어서 우리는 간신히 인간이라는 긍지를 지킬 수 있었다.

자신도 사형 선고를 받고 죽음의 문턱에서 겨우 살아 돌아왔으면서도 인혁당이 조작이라고 폭로한 김지아 시인. 그는 민청학련과 인혁당을 분리시켜, 사형당한 인혁당 관련자만큼은 진짜 간첩이라고 기정사실화하려는 박정희의 야비한 시도에 생명을 건 양심선언으로 맞서 주었다.

그리고 스스로 민청학련의 일부로 처벌받기를 마다하지 않았던 박형구 목사. 그도 윤보선 대통령, 지학순 주교와 나란히 긴급조치 제1호와 제4호, 내란선동죄로 징역 십오 년을 선고받았다. 그들이 있어서 우리가 포기하지 않고 다시 일어설 수 있었다.

민청학련사건 관련 박형규 목사에 대한 재심구형논고 (전문)

이 땅을 뜨겁게 사랑하여 권력의 채찍에 맞아가며 시대의 어둠을 헤치고 걸어간 사람들이 있었습니다. 몸을 불살라 그 칠흑 같은 어둠을 밝히고 묵묵히 가시밭길을 걸어 새벽을 연 사람들이 있었습니다.

그분들의 숭고한 희생과 헌신으로 민주주의의 아침이 밝아, 그 시절 법의 이름으로 그분들의 가슴에 날인하였던 주홍글씨를 뒤늦게나마 다시 법의 이름으로 지울 수 있게 되었습니다.

그리하여, 지금 우리는 모진 비바람 속에서 온몸으로 민주주의의 싹을 지켜 낸 우리 시대의 거인에게서 그 어두웠던 시대의 상흔을 씻어내며 역사의 한 장을 함께 넘기고 있습니다.

피고인이 위반한 대통령 긴급조치 제1호와 제4호는 헌법에 위반되어 무효인 법령이므로 무죄이고, 내란선동죄는 관련 사건들에서 이미 밝혀진 바와 같이 관련 증거는 믿기 어려울 뿐만 아니라 피고인이 정권 교체를 넘어 국헌문란의 목적으로 한 폭동을 선동했다고 볼 수 없으므로 피고인에게 무죄를 선고해 주시기 바랍니다.

서울중앙지검 공판2부 검사 임은정(2012. 9. 6.)

그러나 그 어떤 위로와 조치로도 서른한 살의 아름다웠던 청년 여정남과 그 동지들의 목숨을 되돌려 놓을 수는 없는 일이기에, 그해 봄날 새벽에 그들의 목을 거두어 간 박정희의 검은손은 영원히 용서받을 수 없는 일이 되었다. 나는 그해 4월 너무나 가슴이 아파서 여러 날을 두고 울었다. 그리고 용서하지 않겠다, 내 생을 걸고 박정희와 싸우겠다고 다짐했다.

그때 나와 영래가 처리하지 못하고 지나간 일이 있었다. 우리는 민청학련 사건에 내부 밀고자가 개입되어 있다는 의심을 했다. 그렇지 않다면 민청학련의 이름이 처음 등장한 날 밤에 바로 민청학련이란 조직 하나를 대상으로 한 대통령 특별 담화와 긴급조치까지 나올 수는 없는 일이었다. 이건 분명히 내부의 움직임을 정확히 파악하면서 준비해 온 사건이었다. 우리는 혐의를 문리대 쪽에 두었다. 법대의 영래나 장이표, 상대의 내 움직임은 저들의 안테나에 걸리지 않은 반면에 문리대는 고스란히 당했다.

여러 통로로 확인한 결과 혐의는 두 사람으로 압축되었다. 우리의 판단이 거의 사실에 가깝다는 것이 재판 과정에서 드러났다. 영래는 고민했다.

"까발리면 매장되겠지?"

"…"

"그냥 둘 수도 없잖아?"

"집안 사정도 좋은데 무슨 대가를 바라고 한 건 아닐 텐데, 그들이 왜 그랬을까?"

내가 영래에게 되물었다.

"겁을 주니까, 자기가 다칠까 봐 무서워서 그랬을 가능성이 높겠지."

"다시 그런 일을 할까? 그럴 기회 있을까?"

"쉽지 않겠지."

우린 이 문제를 그들의 친구들이 나와서 해결하도록 맡겨 두기로 했다. 우리는 그들이 이 사건의 과정과 결과를 보면서 많은 생각을 할 것이라고 생각했다. 영래가 그때 했던 말이 떠오른다. 지금 속수무책으로 저 억울한 죽음을 지켜보고 있는 우리의 마음도 지옥이지만, 친구들을 팔아넘겼던 그들도 지금 마음의 지옥에 살고 있지 않을까….

나는 그 뒤에 그들이 어떻게 되었는지 모른다. 그러나 가끔 생각이 날 때면 그들이 마음의 지옥에 살지는 않더라도 마음에 부담은 가지고 살아주기를 바랐다. 죽음을 당한 자들의 슬픔은 살아남은 가족들의 삶 속에서 더욱 슬펐다는 사실을 그들이 기억해 주기를 바랐다.

제 남편이 형장의 이슬로 사라진 다음에 평범한 주부였던 저와 남겨진 아이들에게 현실은 기억하기조차 두려운 아픔이었지요. 한 동네에서 같이 살아온 이웃들이 동네 한가운데 간첩을 두고 살았다고 수군대면서 우리 집 근처에는 아이들이 얼씬거리지도 못하게 했어요.

막내아들이 그때 겨우 걸음을 제대로 걸을 수 있었던 네 살이었어요. 그런 아이를 동네 아이들이, 너희 아빠는 간첩이다, 하면서 새끼줄에 목을 매어 끌고 다니면서 때리고, 나중에는 나무에 묶어 놓고 총살시키는 시늉을 하였어요. 그런 장면을 동네 어른들이 말리기는커녕 웃으면서 구경만 하고…. (눈물)

당시 국민학교 2학년이던 둘째 딸아이의 소풍날에도 가슴 아픈 일이 일어났지요. 점심시간에 반 아이들이 몰려와 도시락에 개미를 넣고 간첩의 딸이라며 돌팔매질을 했어요. 딸아이는 나무 뒤에 숨어 울면서 도시락을 먹었다고 하더군요. 이 사실을 전해 들은 저는 차라리 제가 죽어 아이들 아버지의 누명을 벗길 수 있다면 죽음 따위는 조금도 두렵지 않다고 생각했어요.

한 사람의 장기 집권을 향한 야욕 때문에 아이들 가슴에 지울 수 없는 그늘과 상처를 남긴 현실 앞에서 저는 수없이 무너졌고, 또 수없이 일어나야 했어요. 이연교 그들을 살해한 책임자와 그 과정에서 협력한 사람들, 그리고 그 가족들은 살해당한 사람들에게도 사랑하는 가족이 있었다는 사실을 어떻게 기억하고 있을까. 하루하루를 죽음보다 더 고통스럽게 살아야 했던 희생자 가족들의 삶은 그 누구도, 그 무엇으로도 보상할 수 없다. 그래서 인혁당 사건은 내게 영원한 슬픔이 되었다.

26

이틀째 아무것도 손에 잡히지 않았다.

인혁당과 민청학련 사건 관련자 여덟 명의 사형이 집행된 어제부터 서울의 하늘은 짙은 황사로 뒤덮였다. 구내식당에 갔지만 밥이 넘어가지 않았다. 서너 숟가락을 뜨고는 식판을 들고 일어섰다. 칸막이 밖은 생산직 노동자들이 아직도 식판을 들고 줄을 서 있었다. 오늘따라 그들이 들고 있는 식판과 다른 내 식판의 색깔이 불편했다. 내 식판 위에 남아 있는, 그들의 식판에는 오르지 않을 계란 프라이가 미웠다. 생산직과 사무직을 나누어 놓은 칸막이도 짜증스러웠다.

옥상으로 올라가서 담배를 꺼내 물었다. 죽음 다음에는 무엇이 올까. 느는 건 담배뿐이었다. 어제는 하루 동안 '환희' 두 갑을 축냈다. 값이 제일 싼 '환희'는 필터가 없고 맛이 독했다. 생산직들은 '환희'를 피우고 사무직들은 '거북선'이나 'SUN'을 피웠다. 박정희가 이순신 장군을 자꾸 우려먹는 바람에 나는 거부감이 생겨 거북선을 피우지 않고 주머니 사정과 기분에 따라 '환희'와 'SUN'을 바꾸어 가며 피웠다.

옥상의 난간에 걸터앉아 담배 연기를 길게 내뿜었다. 점심시간이면 사무직 사원들이 올라와 바람을 쐬며 수다를 떠는 공간인데 황사 때문에 오늘은 아무도 없었다. 그래도 공장 앞마당에는 어느새 점심을 먹고 나온 생산직 사원들이 소리를 지르며 족구를 하고 있었다.

"어, 아저씨! 여기 있었네."

여상을 나와 수출부의 경리 업무를 맡아보는 신혜가 손에 든 커피를 내밀었다.

"너 마셔."

"짠, 제 건 여기 있죠."

신혜는 등 뒤로 감추고 있던 왼손을 앞으로 내밀었다.

"여기 있는 거 어떻게 알았어?"

"음…, 어떻게 알았을까?"

일을 깔끔하게 잘하는 데다 얼굴도 예쁘고 성격까지 밝아서 부서의 마스코트로 불리는 신혜였다. 녀석은 내가 별로 잘해준 것도 없는데 특별히 살갑게 굴며 둘이만 있을 땐 말끝을 잘라먹곤 했다.

"그거야 쉽지. 대리님이야 족구 안 하면 여기 있죠."

언젠가는 바람같이 사라져야 할 직장이었다. 누구와도 많이 정들지 말아야 했다. 그런데도 나도 모르게 녀석을 보면 애틋해졌다. 장부 한면 정도는 스윽 눈으로 훑으면서 암산으로 끝내는 녀석이 주산을 두드리며 검산을 하는 모습은 거의 예술이었다. 사무실에서 내 가장 큰 즐거움은 통로를 사이에 두고 앞줄에 앉은 녀석이 주판알을 튕기는 소리를 듣는 것이었다. 그것은 어떤 음악보다도 경쾌하고 감미로웠다. 그걸 녀석도 알아서 주판알을 튕기다가 가끔 비스듬히 돌아보며 생긋 웃음을 날리곤 했다.

"공부 잘돼?"

벌써 직장 생활 삼 년차인 녀석은 일 년 뒤에 야간대학에 진학하겠다는 계획을 세우고 있었다. 퇴근 시간이 지나고 나서 잔무를 처리하고 있으면 가끔 풀지 못한 수학 문제를 슬그머니 내 책상 위에 올려놓았다.

"네."

대답하는 녀석의 머리칼이 황사 바람에 날리며 내 얼굴을 스쳤다. 향긋한 다이알 비누 냄새가 아찔했다.

"신혜는, 시집은 안 가?"

"왜요? 아저씨 동생 있어?"

녀석이 얼굴을 바짝 들이대며 눈을 반짝였다. 나는 잠깐 숨이 멎을 뻔했다.

"없는데, 왜?"

"아저씨 닮았으면 한번 생각해 보려고 했는데, 안 되겠네."

녀석은 바짝 들이댔던 얼굴을 빼며 물러섰다.

"뭐, 동생이 없으면 아쉬운 대로 아저씨라도 한번 생각해 볼게요."

녀석은 뒤돌아보며 혀를 날름하고는 계단을 향해 폴짝폴짝 뛰어갔다. 나도 빈 커피 잔을 손에 들고 천천히 신혜가 사라진 계단을 향해 걸었다.

자리에 앉기 무섭게 내 자리의 전화벨이 울렸다. 이동만이었다.

"저녁에 거기에서 소주 한잔 하자."

일이 생겼다는 뜻이었다.

"오후에 졸리면 잠 달아나게 라디오나 들어."

한 시 정각 뉴스를 들었다. "오늘 오전 열한 시 삼십 분경 서울대 농대생 김상진 군이 할복자살을 기도하여 병원으로 이송되었습니다." 전혀 예상치 못한 사건이었다. 아나운서는 이유를 설명하지 않았는데 짐작할 수 있는 일이었다.

저녁에 OB그룹의 모임이 열렸다. 침통했다. 짧은 상황 설명이 있었다.

"오전 열한 시에 열린 농대 성토 대회에는 삼백 명 정도 참석했답니다. 세 번째 연사로 나선 김상진이 '양심선언문'을 읽어 내려가다가 갑자기 품 안에서 칼을 꺼내 하복부를 찔러 위로 당겼다고 합니다. 순식간에 벌어진 일이어서 말릴 틈도 없었구요. 구급차를 불러 수원의 병원으로 옮겼는데 아직까지 혼수 상태랍니다. 이게 김상진이 남긴 '양심선언문'과 '대통령에게 드리는 공개장'입니다."

아무도 입을 열지 않았다. 한 장뿐인 유인물이 이 손에서 저 손으로 넘어갔다. 깊은 한숨이 간간이 터져 나왔다. 나는 맨 마지막에 받아 읽었다.

　양심선언문

　더 이상 우리는 어떻게 참을 수 있으며 더 이상 우리는 그들에게서 무엇을 바랄 수 있겠는가? 어두움이 짙게 덮인 저 사회의 음울한 공기를 헤치고 죽음의 전령사가 서서히 우리에게 다가오는 것을 우리는 직시하고 있다.

　무엇을 망설이고 무엇을 생각할 여유가 있단 말인가!

　대학은 휴강의 노예가 되고, 교수들은 정부의 대변자가 되어가고 어미닭을 잃은 병아리마냥 우리들은 반응 없는 울부짖음만 토하고 있다.

　우리의 주장이 결코 그릇됨이 아닐진대 우리의 주장이 결코 비양심이 아닐진대, 우리는 어떻게 더 이상 자존을 짓밟혀 불명예스런 삶을 계속할 것인가. 우리를 대변한 동지들은 차가운 시멘트 바닥 위에 신음

하고 있고, 무고한 백성은 형장의 이슬로 사라져 가고 있다.

민주주의란 나무는 피를 먹고 살아간다고 한다. 들으라! 동지여! 우리의 숭고한 피를 흩뿌려 이 땅에 영원한 민주주의의 푸른 잎사귀가 번성하도록 할 용기를 그대들은 주저하고 있는가! 들으라! 우리는 유신헌법의 잔인한 폭력성을, 합법을 가장한 유신헌법의 모든 부조리와 악을 고발한다. 우리는 유신헌법의 비민주적 허위성을 고발한다. 우리는 유신헌법의 자기중심적 이기성을 고발한다.

학우여!

아는가! 민주주의는 지식의 산물이 아니라 투쟁의 결과라는 것을. 금일 우리는 어제를 통탄하기 전에, 내일을 체념하기 전에, 치밀한 이성과 굳은 신념으로 이 처참한 일당 독재의 아성을 향해 불퇴전의 결의로 진격하자…. 김상진(1975. 4. 11.)

박정희가 순종하지 않는 자는 죽이겠다는 위협이 다만 위협이 아님을 사형 집행을 통해 보여준 지 이틀 만에 벌어진 일이었다. 죽이겠다는 박정희에게 김상진은 죽겠다고 나섰다. 참으로 참혹한 응전이었다.

농대생들은 강의실에 모여 단식농성을 하고 있다고 했다. 이날 모임에서는 아무것도 결정하지 못했다. 할 수 있는 것이 없었다. 이미 싸울 만한 대학은 모조리 무기한 휴강에 들어가 있었다. 투쟁을 이끌 만한 후배들은 다 체포당해 감옥에 가 있거나, 강제 징집 당해 군대에 가 있거나, 수배를 당해 도피 중이었다. 망연자실, 울분과 탄식과 슬픔이 있었을 뿐이다.

총장, 교수, 학생들이 혼연일체가 되어 유신 정권의 전횡에 맞서 빛나게 싸웠던 연세대에도 휴교령이 내려진 상태였다. 연세대의 박대선 총장은 정의와 진리의 전당인 대학을 대표하는 총장의 기개를 유감없이 보여주고 장렬하게 퇴임했다. 박 총장은 민청학련 사건으로 체포되어 군법회의에 회부되었다가 석방된 학생들이 제출한 복학 신청을 일괄 승인하였다. 역시 민청학련 사건으로 군법회의에서 십오 년 징역형을 선고받았다 풀려난 김동일, 김찬국 교수의 복직 신청도 받아들였다. 문교부는 총장의 임명 승인을 취소하고 폐교 조치도 불사하겠다고 공개적으로 경고했지만 박 총장은 한마디로 일축했다. "복교 조치는 진실과 자유를 사랑하는 모든 대학과 사회의 엄숙한 요청이며, 법과 정치를 넘어선 교육적·인도주의적 결정이다." 연세대 교무위원회는 석방된 두 명의 교수와 열다섯 명의 학생들에 대한 복직, 복교를 최종 의결했다. 문교부가 연세대의 총장과 이사장에 대한 승인을 취소하겠다는 방침을 통보하자 전교생 칠천 명 가운데 육천 명이 긴급학생총회를 열었다. 음대생들이 공대 옥상에 올라가 행진곡을 연주하는 가운데 정문으로 진출한 연대생들은 저지하는 경찰과 격렬한 투석전을 벌였다.

그러나 이날부터 이 개월간의 휴교에 들어간 연세대에선 주인 잃은 벚꽃들만 봄날의 찬바람에 날리고 있었다.

김상진은 이튿날 오전 숨을 거두었다. 그래도 밥이 넘어갔다. 꾸역꾸역 밥을 먹고 있는 나를 발견하고 놀라서 숟가락을 내려놓았다.

"아저씨, 왜 그것밖에 안 드세요?"

앞에 앉아 밥을 먹던 신혜가 물었지만 나는 못 들은 체하고 일어섰다.

"아저씨, 울었어?"

커피를 들고 뒤따라온 신혜가 물었다. 나는 고개를 저었다.

"그런데 왜 눈이 빨개요? 밥도 안 먹고."

"아가씨, 미안한데, 나 오늘 좀 그냥 놔둘 수 있을까?"

삐쭉 내밀었던 입술을 사리물며 나를 빤히 쳐다보는 녀석의 눈빛을 보고 내가 한 말을 후회했지만 이미 늦은 다음이었다. 며칠 동안 나는 커피를 얻어 마실 수 없었다. 녀석은 주판알을 튕기면서도 나를 돌아보지 않았다.

내가 선배 그룹을 대표해서 후배들의 모임에 불려 나간 건 긴급조치 제9호가 발동되던 날 저녁이었다.

중국집 구석방에 모인 후배는 일곱 명이었다. 분위기가 무거웠다. 남베트남의 패망을 구실로 오늘 오후 세 시를 기해 발동된 긴급조치 제9호는 그동안 발동된 긴급조치 시리즈의 핵심조항을 모두 모아 놓은 것이었다.

"이건 완전히 유신 종합선물세트네."

인천 출신인 문리대의 맹장 이호운이 농담을 해서 분위기를 눅였다. 의심을 피하기 위해 짬뽕, 짜장면과 함께 시킨 요리가 나온 다음에 방문을 닫았다.

휴강에 들어간 학교가 개강을 하면 점심시간에 맞춰 아크로폴리스 광장에서 김상진 추도식을 열겠다는 투쟁 계획을 설명한 것은 사대의 야학연구회 회장인 박연오였다. 선뜻 찬성하는 사람은 아무도 없었다.

"다 잡혀 들어가고 역량이 바닥인데 누가 사람을 모으고 싸움을 이끌겠어?"

"백 명도 모으기가 쉽지 않을 거야."

"시작은 한다고 해도, 긴급조치가 또 떨어졌으니까 학교 안에 사복들이 추가로 쫙 깔릴 텐데, 개떼처럼 달려들면 몇 분이나 버틸 수 있겠어?"

다들 무리라고 만류했다. 내 생각도 다르지 않았다. 그동안 노동 현장으로 가기 위해 준비하며 학생운동과 거리를 두려는 나를 배려해서 이런 모임에 내보내지 않던 친구들이 나를 이 자리에 내보낸 건 싸우지 않는 쪽으로 결론을 내린다는 암묵적인 전제가 있었던 것이다. 7대 1이었다. 더구나 7이 선배고 1은 후배였다. 쉽게 결론을 내릴 수도 있었다. 나는 이 일이 숫자로 결정할 수 있는 일도, 선배의 권위로 찍어 누를 수 있는 일도 아니란 걸 알았다. 박연오는 혼자라도 싸우겠다고 버텼다.

중국집에 더 앉아 있을 수가 없어 동숭동의 옛 문리대 잔디밭으로 가서 얘기를 계속했다. 문리대는 의대와 농대를 제외한 다른 단과대학들과 함께 이번 학기에 관악산 자락으로 이전했다. 의견은 좁혀지지 않은 채 평행선을 달렸다.

오늘 내게 주어진 역할이 싸우겠다는 후배를 잘 설득하는 것이었던 만큼 한마디 거들지 않을 수 없었다.

"투쟁이 필요한 시기이긴 하지만 지금 남은 역량이 적고, 오늘 긴급조치 제9호도 새롭게 떨어진 만큼 변화된 상황을 살펴가면서 역량 손실을 최소화하는 방향에서 시기를 다시 잡아 보는 게 어떨까요?"

그러나 박연오는 물러서지 않았다.

"박정희가 있는 한 긴급조치 시리즈야 끝이 나지 않을 텐데 그게 무슨 변수가 됩니까?"

"9호는 또 달라. 싹그리 다 잡아들여서 아예 씨를 말리려 들 거야."

다혈질인 채호상까지 나섰지만 박연오는 완강했다.

"지하에서 우리의 진격을 지켜보겠다고 한 김상진 열사가 지금 우리의 모습을 보면 억장이 무너질 겁니다. 사형당해서 모가지를 내놓은 사람도 있고, 스스로 배를 갈라 죽은 사람도 있는데 그까짓 거 다 잡혀가면 어떻습니까. 다 죽이진 못할 거 아네요?"

아무도 더는 막내인 박연오의 주장을 반박하지 않았다. 박연오도 입을 꽉 다문 채 선배들에게 시위를 했다. 긴 침묵이 흘렀다. 다들 가장 선배인 내 입만 쳐다보았다. 나는 한 사람 한 사람 눈을 쳐다본 다음 물었다.

"오늘 제안된 후배의 계획에 반대하는 사람 있습니까? 있으면 말하세요."

아무도 말하지 않았다.

"없으면 그렇게 하는 걸로 합니다."

결국 일곱 명의 선배가 한 명의 후배에게 졌다.

"그 계획에 따라 필요한 게 뭔지 얘기하세요."

내가 결정에 참여한 일에서 내가 발을 뺄 수는 없었다. 그렇게 해서 나는 빠져나가려던 학생운동에 다시 관여를 하게 되었다. 내게 배당된 일은 선배 그룹의 지원을 조직하고 추모사와 추모시를 준비하는 일이었다.

회사에 사표를 냈다. 고시 공부를 하기 위해 절에 들어간다는 이유를 댔다. 내가 보던 소설책 다섯 권은 모두 신혜에게 선물로 주었다.

나는 김상진 추도식에서 쓸 추모시를 부탁하기 위해 신경림 시인을 찾아갔다. 재작년 나온 그의 시집 『농무』는 내가 몇 권을 사서 친구들에게 선물로 줄 만큼 좋아했다. 한 번도 만난 적이 없었지만 그의 시와 사람이 다르지 않다면 거절하지 않을 것 같았다.

김근태를 처음 만난 건 내가 동화출판공사에 다닐 때야. 사무실로 김근태가 찾아와서 김상진 추모집회에 쓸 추모시 겸 격려시를 써 달라고 그래. 지명수배를 당해 도망 다니는 사람이 내 시를 보고 찾아와서

225

부탁하는데 그걸 거절하면 안 되잖아. 전혀 모르는 사람인데 나를 어떻게 믿고 찾아왔냐고 하니까, 김근태가, 내 시를 믿는다는 거야. 그러는데 내가 마음에 안 들 수가 없잖아. 그날로 형 아우가 된 거야.

추도사는 황서경이한테 부탁하려고 한다길래 내가 데리고 황서경이 집에 찾아갔지. 늦게까지 기다려도 주인은 돌아오지 않고 모여든 객들끼리 술판을 벌였지. (웃음) 젊은 후배들이 우리가 해야 할 훌륭한 일을 하는데, 위험이 닥치면 함께 겪어 주자 그런 생각도 있었고 도망자 신세인데 하룻밤이라도 따뜻하게 보내라고 같이 논 거야. 근태는 술을 많이 마셔도 점잖았어.

며칠 뒤에 김근태가 심단수와 같이 찾아와서 내 시를 받아갔던 거 같아. 그게 오둘둘이라고, 5월 22일에 서울대에서 크게 벌어진 데모에서 쓰였다더구만. 그 악명 높은 긴급조치 제9호와 맞붙은 첫 싸움이었을 거야. 수배 중이었던 근태도 현장에 나타났다가 잘 빠져나갔다는 걸 나중에 중앙정보부에 붙들려 갔다가 거기서 만난 학생한테 들었어. 지금 국회의원 하는 원예영인가 그랬던 거 같아. 추모시도 좋고 추도사도 감동적이었다고. 그래서 기분 좋았는데 걸릴까 봐 내가 썼다고 안 했지. (웃음) 추도사는 황서경이 쓴 거야.

난 그것 때문에 잡혀간 거 아니고 러시아 시인 예세닌의 시집 때문이었어. 예세닌은 공산주의와 관계도 없고 오히려 소비에트 체제에 적응을 못해 자살한 농민 시인이야. 그가 러시아인이고 그 시집이 복사본이란 이유만으로 중앙정보부에 잡혀간 거지. 참, 나.

그 뒤에도 근태가 사무실 근처에 와서 사람을 보내 나오라고 하면 만나서 술을 마셨어. 눈에 불을 켜고 김근태를 찾던 때인데 생각해 보면 겁이 없었어. 낭만적이었다고나 할까.

김근태가 고문당한 건 보복성도 있었을 거야. 십 년 동안 안 잡히고 애먹이다가 나 잡아먹어 봐라 하고 민청련이란 걸 만들어서 덤볐으니까. 신경린

디데이인 5월 22일, 나는 등교하는 학생들 틈에 섞여 관악 캠퍼스에 들어갔다.

며칠 전 답사를 위해 들어와 보고 이번이 두 번째였다. 박정희는 서울 시내에 단과대학별로 흩어져 있던 캠퍼스를 모아 외곽인 이곳 관악산 밑으로 쫓아 보냈다. 시내에서 시위를 하면 아무리 언론을 통제해도 알려지기 마련이어서 골칫거리들을 아예 시민들로부터 격리시키려는 의도였다.

시작 시각은 점심시간으로 유동 인원이 제일 많은 열두 시, 집결 장소는 아크로폴리스 광장이었다. 집회와 시위를 앞에서 이끌 후배들은 광장에서 가까운 1호관 근처에서 포진하고 있었다.

행동을 제일 먼저 개시한 것은 복학생들이었다. 수강 인원이 많은 대형 강의실에 나누어 들어가 맨 뒷자리에 앉아 있던 그들은 강의 종료 십 분 전인 열한 시 오십 분에 앞자리로 쪽지를 돌렸다.

'정각 열두 시 아크로폴리스 광장에서 김상진 열사 추모식 거행'

쪽지가 제대로 앞으로 돌아가는 걸 확인하고 조용히 강의실을 빠져나와 바쁘게 움직이고 있는 복학생들 안에는 동숭동 잔디밭에서 박연오를 만류하려고 애썼던 여섯 명이 포함되어 있었다. 각 건물을 하나씩 맡은 그들은 계단에 부착된 화재 경보기 버튼을 누르기 시작했다. 곧 모든 건물에서 요란한 화재 경보음이 울렸다.

문화패들의 꽹과리 소리가 아크로폴리스 광장에 메아리쳤다. 박연오

227

가 김도연과 함께 현수막을 펼쳐 들고 등장했다. 보안은 완벽했고, 계획은 빈틈없이 이행됐다. 그런데 강의실에서 몰려나와야 할 학생들이 아크로폴리스 광장으로 오지 않았다. 시간에 맞춰 광장에 나타난 현장 지도부는 고립된 채 수십 명의 기관원에게 포위되었다. 기습을 당한 기관원들은 현장 지도부를 닥치는 대로 패고 짓밟으며 연행하려고 했다. 걱정했던 대로 정말 처참하게 패배하고 마는 것인가? 도서관에서 아크로폴리스 광장을 내려다보고 있던 나는 절망감에 휩싸였다. 그러나 그때였다. 도서관에서 창밖으로 동료들이 맞고 있는 것을 본 학생들이 열람실을 박차고 달려 나가기 시작했다. 순식간이었다. 현장 지도부를 포위한 기관원들을 도서관에서 몰려나간 학생들이 포위했다. 서로 뒤엉켜 격렬한 몸싸움이 벌어졌다. 그사이 강의동에서 몰려 나온 학생들이 아크로폴리스 광장으로 달려왔다. 광장에는 천 명이 넘는 학생들이 모여들었다. 수십 명에 불과한 기관원들은 연행을 포기하고 물러났다. 진압 경찰은 한 시간이 지나서야 출동했다.

대부분 그랬겠지만 법대에 진학한 저는 집안의 희망이었지요. 저 자신도 판검사의 길로 가는 걸 당연하게 받아들이고 학생회나 이념 서클 같은 데는 쳐다보지도 않고 열심히 강의실과 도서관을 오갔어요. 그날도 저는 도서관에서 공부를 하고 있었는데 바깥이 소란스러워서 밖을 내다봤어요. 기관원들에게 둘러싸인 학생들이 무자비하게 두드려 맞고 있는 거예요, 일방적으로. 정말 보고 있을 수가 없도록 당하고 있는 걸 보고, 저도 모르게 달려 나가서 기관원들에게 엉겨 붙었죠. 말로 하지, 왜 사람을 패냐고….

그게 서울대 입학한 지 꼭 79일 되던 날이었어요. 도서관에 펼쳐 두고 온 책과 가방, 다시는 찾으러 갈 수 없었죠. 남부서를 거쳐 영등포 구치소에 수감되었는데 전 만 스무 살이 안 돼서 소년범들과 함께 지냈어요. 그래서, 아무것도 모르던 제가 졸지에 긴급조치 제9호 1세대가 되어버린 거예요. 감옥에서 헤르만 헤세와 마르쿠제를 읽고 공범들과 어울리면서 세상을 새롭게 보게 되었지요. 안 그랬으면 제가 검찰에서 공안부장 같은 걸 했을지도 모르죠.

출감한 뒤에 방황하다가 역사 공부를 하려고 다시 예비고사를 봐서 단국대 사학과에 들어갔죠. 제가 도서관에 두고 온 책들과 가방, 어떻게 되었을까, 지금도 가끔 궁금해져요. 박완수

긴급조치 제9호를 향한 후배들의 무모했던 도전은 기대치도 않았던 도서관파의 가세로 기사회생했다. 긴급조치 시리즈의 결정판이었던 긴급조치 제9호가 발동된 지 열흘이 되기 전에 정면 돌파를 감행한 후배들이 자랑스럽고 고마웠다. 5·22 투쟁은 여정남과 인혁당 관련자 일곱 명에 대한 사형 집행에 이은 긴급조치 제9호를 통해 공포 효과를 극대화시키려던 박정희의 시도를 김빠지게 만들었다.

그러나 아무에게도 말하지 않았지만 내가 이 싸움과 관련해서 가장 자랑스럽게 여긴 것은 따로 있었다. 그것은 일곱 명의 선배가 한 명의 후배에게 진 것이었다. 우리가, 다수인 선배의 권위로 소수인 후배의 주장을 무시하지 않았고, 후배의 주장에 끝까지 귀 기울이고, 그것이 옳다고 동의한 다음에는 자신의 의견과 상관없이 후배가 세운 계획을 성공시키기 위해 모두가 최선을 다했다는 사실이었다. 이것은 나만이 가진 은근한 자긍심이 아니었다.

이 싸움의 준비에 참여했던 선배 그룹과 후배들은 이 경험을 통해 서

로에 대한 신뢰가 굉장히 높아졌다. 민주주의는 결과물로 쟁취해야 할 대상이 아니라 세상을 바꾸어 나가는 과정에서 우리가 반드시 지켜야 하는 원칙이자 우리가 사용할 수 있는 가장 강력한 무기였다. 우리 내부의 의사 결정 원칙을 확립하고, 결정된 방침을 모두가 존중하고 흔들림 없이 집행해 나가지 못하면 아무런 힘도 발휘할 수 없는 것이 민주주의였다.

고문에는 장사가 없는 법이어서 연행된 후배들은 내 이름을 불지 않을 수 없었다. 체포된 후배들의 공소장마다 나는 '공소 외 김근태'의 자격으로 이름을 올리고 그들의 수괴급 공범이 되었다. 나는 이제 단독 지명수배 전단의 주인공이 되어 전신주와 버스에까지 얼굴을 팔게 되었다. '공소 외'는 이제 내 확고한 별명이 되었다.

27

나는 특급 수배자가 되었다.

버스 정류장에 붙은 수배 전단의 내 사진이 영 마음에 들지 않았다. 예전에 나온 합동 수배 전단에는 조그맣게 얼굴 사진만 실렸는데 이번에 나온 단독 수배 전단에는 전신사진이 커다랗게 실렸다. 양복을 입고 하얀 운동화를 신은 모습이 영 촌스러웠다. 아마 2학년 축제 때 맥주 파티 장에서 찍은 것 같았다. 상대 졸업생 중에 맥주 회사 사장이 있어서 맥주는 무제한으로 마실 수 있는 파티였다. 양복은 형의 것이었다.

신경린 시인은 나를 만날 때 그걸 어디서 한 장 뜯어 가지고 와서 꺼내 보이며 놀렸다.

230

"야, 사진 한 장 새로 찍어서 치안본부에 보내줘라. 재판 인쇄할 때부터는 바꿔 달라고 해. 촌스럽게 이게 뭐냐."

"형님이 좀 보내 주세요."

"내가 보내면 왜 사진을 보내냐. 실물을 보내서 팔자 고치지."

나한테 걸린 현상금이 간첩을 훨씬 능가했다. 체포를 위한 전담팀도 만들어졌다. 특진을 노리는 경찰과 기관원들이 혈안이 되어 서로 경쟁을 벌였다. 내 연고지에는 경찰과 기관원들이 번갈아 가며 들이닥쳤다. 시도 때도 없이 구둣발로 안방까지 들어서는 그들에게 죽어나는 것은 가족과 친구, 후배들이었다.

나야 누나니까, 어떻게 해도 괜찮아요. 그런데 아무 관계도 없는 사람들을 못살게 구는 거예요. 일하는 직장에 찾아가고, 기분 나쁘면 차에 태우고 가서 며칠씩 가둬 두고. 영장요? 그런 게 어딨어요? 긴급조치 제9호에 그런 것 필요 없게 되어 있대요. 없어도 그렇게 할 사람들이지만요. 시어머니까지 찾아가서, 연세가 많으신 분을 겁주고… 정말, 어떨 때는 근태가 나중에 무슨 일을 당하더라도 어디 있는지만 알면 넘겨주고 싶더라구요.

한번은 학교 숙직실에서 남자 선생님들이 밤새 놀고 있는데 기관원들이 들이닥친 거예요. 다들 붙들려 가서 끝장나는 줄 알았다고 해요. 마작 하고 놀아서 잡으러 온 줄 알았던 거죠. 그 사람들만 절 원망하지 않더군요. 다 옷 벗는 줄 알았는데, 그게 아니고 김근태 때문이라는 걸 알고는 가슴을 쓸어내렸다고. (웃음) 김태련

저 사람들이 와서 하도 괴롭히니까 집사람이 저한테 이혼하자고 그

231

러더라구요. 애들이 셋이나 되는데, 나하고 자기 둘 다 잘못되면 어떻게 하느냐고. 나 하나라도 무사해야 애들 지킬 수 있지 않겠냐고 그래서 제가 호통을 쳤죠. 지 마누라 하나도 지키지 못하는 놈이 자식은 어떻게 지킬 수 있겠냐고. 그때 제가 그렇게 큰소리친 덕으로 여태까지 밥 얻어먹고 살지요. 이환교

나는 보일러자격증을 가지고 염색 공장에 취업을 했다. 염색 공장은 조건이 열악해서 노동운동하는 사람들도 접근을 않으니까, 정보기관에서도 주목하지 않았다. 일진산업에 다니면서 나는 보일러자격증보다 먼저 전기자격증을 따두었다. 전기자격증을 쓰지 않고 보일러자격증을 쓰기로 한 것은 보일러실이 외부에 덜 노출되기 때문이었다. 전기 일보다 노동자들을 접촉할 수 있는 기회가 적었지만 무리를 하기에는 추적이 너무 심했다.

주야 맞교대를 하는 보일러실은 근무자가 둘뿐이었다. 그나마 교대 시간에만 만날 뿐이었다. 잠수함 같은 곳이었다. 내가 만나고 싶지 않으면 사람을 만날 일이 없었다. 처음에는 식사 시간도 조금 일찍 가거나 늦게 가서 사람들의 시선을 피했다.

저녁 여덟 시에 들어가 아침 여덟 시에 퇴근하는 야간일 때는 더 한적했다. 기계에 문제가 생기지 않으면 일도 많지가 않았다. 시간대별로 내려온 가동 지시서에 맞춰 급수 밸브를 조절해 두고 수시로 이상 여부를 체크하는 게 주된 일이었다. 흠이라면 더위였다. 지하 보일러실의 여름은 한증막이었다.

여름의 한가운데서 들려온 장준하 선생의 죽음은 내 마음을 너덜너덜하게 만들었다.

박정희의 대칭 지점에 서 있었던 그의 죽음은 추락사로 발표되었지만 의문투성이였다. 경사 칠십오 도의 가파른 암벽에서 떨어졌다는데 시신의 외부에는 상처나 골절이 전혀 보이지 않고 깨끗했다. 피멍이 든 곳은 어깨 안쪽이었다. 강제로 어깨를 붙들려 끌려갔다는 것으로밖에는 설명이 되지 않았다. 더구나 안경조차 깨지지 않았고, 두 손을 포갠 채 발견되었다는 것은 상식 수준에서 보아도 추락사가 아니었다. 그의 주검을 둘러싼 의문점을 보도한 《동아일보》 기자는 긴급조치 제9호 1의 가항, 유언비어 날조 및 유포 행위로 구속되었다.

여정남, 김상진에 이은 장준하의 죽음은 서로 다른 절규로 다가와 나를 흔들고, 어깨를 짓눌렀다. 남은 여름이 길었다. 그 여름내 나는 보일러실 기계 반입구를 열고, 그 앞에 쪼그리고 앉아 토막 난 하늘을 올려다보며 지냈다.

선임자가 만들어 둔 의자는 누울 수 있는 길이였다. 배를 보이게 세우면 영락없는 사다리 모양이 되어서 누웠다가도 사무실에서 사람이 내려오는 기척이 나면 얼른 의자를 세워 두면 되었다. 그러나 나는 눕지 못했다. 그래서는 안 될 것 같았다.

수배 생활에서 반복적으로 겪게 되는 심한 무력감이 이번에는 장준하의 죽음과 함께 밀려들었다. 무너지지 않기 위한 안간힘으로 공부를 했다.

낡은 삼국지 두 권과 만화책 한 권 사이에 공부할 책을 끼워 두고 보았다. 요즘 공부하고 있는 노동경제학 서적은 표지를 뜯어 내고 책을 반으로 쪼개 놓았다. 누가 보더라도 그건 불쏘시개감일 뿐이었다.

처음에는 그릇이 커 보였는데 나중에 보면 그렇지 못한 사람이 많아요. 반대로 처음에는 크게 두드러지지 않았는데 나중에 보면 큰 그릇이 되는 사람들이 드물게 있는데, 김근태는 그런 사람에 가까워요.

　운동권 사람들은 조직 활동을 많이 하느라고 꾸준하고 철저하게 공부를 하기가 쉽지 않아요. 그런데 김근태는 쫓기면서도 항상 공부하는 형이었기 때문에 이론적으로 사람들을 지도하고 도움을 주는 위치에 설 수 있었어요. 소위 말하는 정치적인 영향력보다는 내면적인 실력 같은 것이 김근태가 지도력을 발휘하는 동력이 되었을 거예요. 어떻게 보면 정치인으로서 김근태는 성공했다고 보기 어렵잖아요. 그렇기 때문에 김근태를 떠나보내고 나서 김근태를 재평가하고 그리워하는 것은 역설적이죠. 살아 있을 때는 가치를 잘 모르다가 떠나고 난 빈자리를 보고서야 그의 가치와 크기를 뒤늦게 깨닫는 거지요. 그건 하루아침에 만들어질 수 있는 게 아니거든요. 그가 가지고 있었던 단단한 내용, 그걸 대체할 수 있을 만큼 내공을 가진 사람이 쉽게 나오는 게 아니니까요. 박성진

수배자의 여름은 길고 겨울은 추운 법이었다. 보일러실에서 보낸 이번 여름은 더욱 길었다. 공장 뒷마당에 구르는 플라타너스 잎사귀와 함께 가을이 스쳐 지나고 겨울이 왔다. 첫눈이 내리고 나서야 나는 지하 보일러실의 잠망경을 올리고 바깥의 공장을 살폈다. 주간일 때는 공장에서 일하는 노동자들 틈에 끼어서 대폿집에도 따라다녔다.

　네 개의 계절을 더 보내고 나서야 나는 노동자 비슷한 말을 떠듬거리게 되었고, 공장에서 어울리는 친구도 늘어났다. 나는 잠망경을 더 높이 올리고 바깥세상을 살폈다. 그동안 세상 어디에도 김근태는 없었다. 이원준이란 보일러공만이 염색 공장의 지하에서 빠끔빠끔 숨을 쉬며

여섯 번의 계절을 보내고 있었다.

장영국의 집에 갔던 때는 공장 생활에 자신감이 생기면서 수배 생활의 슬럼프에서도 벗어나던 무렵이었다. 장영국은 상대 일 년 후배였지만 친구처럼 지냈다. 그는 내가 요즘 공부하고 있는 노동경제학 분야의 뛰어난 전문가였다. 그는 노동자의 기본 권리 방어 수단으로 자본주의 체제가 허용하고 있는 노동조합의 역할에 주목하고 있었다. 자본주의 체제가 혁명 예방장치로 보장하고 있는 노동조합을 박정희는 원천적으로 부정하고 있었다. 장영국은 노동조합을 통한 단결권과 단체행동권의 회복이 민주화 투쟁에서도 중요한 관건이 될 것으로 보고 있었다.

내 관심은 그와 방향이 조금 달랐다. 나는 큰 틀에서 자본과 노동의 관계가 어떻게 설정되어야 하는지를 고민하고 있었다. 국가의 체제와 정부의 성격은 노동과 자본의 관계를 어떻게 바라보고 접근하느냐에 따라 결정되어 왔다. 자본주의는 자본의 역할을 훨씬 우위에 두고, 자본이 주도권을 확실하게 행사하는 범위 안에서만 노동의 가치를 인정하는 체제였다. 반면에 사회주의는 노동의 가치를 절대화하면서 자본의 역할은 거의 인정하지 않는 체제였다. 나는 우리가 모색해야 할 현실적인 답이 이 둘 사이의 어느 지점에 있을 것이라고 생각했다.

장영국은 당면한 가장 현실적인 문제를 풀어 가는 데 필요한 문제를 고민하고 있었고, 나는 궁극적으로 우리가 지향해야 할 체제에 대한 해답을 찾고 있었다. 그건 전체에 대한 판단이 선 다음에야 세부에 몰두하는 내 성격 탓이기도 하지만 내가 일하고 있는 공장이 당장 노동조합을 만들 조건이 되지 않아서이기도 했다. 나는 장영국과 다른 지점에서 노동경제학을 공부하고 있었지만 그와의 대화는 체험과 사례연구가 빈곤한 내게 풍부한 상상력을 불러일으켰다.

오랜만에 공장에서 빠져나온 나를 위해 장영국이 부인을 도와 부산하게 음식 준비를 했다.

"대충 먹으면 되는데 뭘 그렇게 준비를 하세요."

그와 일찍 결혼을 한 부인은 이대 출신의 활동가였다.

"우리가 아무나 이렇게 대접하는 게 아닙니다. 이 땅의 주인이신 노동자께서 오셨으니까 제가 잘 보이려고 특별히 삼겹살까지 사 왔어요."

그녀는 대학을 마치고 노동 상담 전문가로 일하고 있었다.

"이 친구 소개해 주기로 한 당신 후배 어떻게 됐어?"

장영국이 의미심장하게 웃으면서 부인에게 물었다. 그녀가 내게 자기 후배를 소개해 준다고 한 것이 벌써 삼 년째였다. 나는 그때마다 왜 소개 안 해 주세요, 하면서도 막상 약속을 잡자고 하면 한 발 빼곤 했다. 데이트를 할 마음의 여유도, 가정을 꾸려서 책임을 질 자신도 없었기 때문이었다.

"기다려 봐요. 인연이 되면 언젠가 만나겠지."

그녀가 나를 돌아보며 물었다.

"만나보고 싶으세요?"

"물론이죠."

나는 그녀가 농담을 하는 줄 알았다.

"그럼 마음속으로 간절히 빌면서 기다려 보세요."

그리고 잠시 후에 한 아가씨가 집에 들어섰다.

"인사하세요. 여긴 제 후배에요."

나는 직감적으로 그녀가 지금까지 내게 소개해 준다고 했던 바로 그 후배란 걸 알아차렸다.

"안녕하세요."

내가 먼저 인사를 건넸다. 생글생글 웃으며 고개를 까딱하는 그녀의
환한 얼굴이 눈부셨다. 내가 지하 보일러실에 너무 오래 가라앉아 있다
떠올라서 그런지도 몰랐다.

"여긴…"

나를 어떻게 소개해야 할지 잠시 망설이던 장영국의 부인이 손가락
으로 나와 장영국을 번갈아 가리켰다.

"친구!"

"안녕하세요. 인재근이에요."

그녀의 경쾌한 목소리는 어떤 어둠도 밀어내 버릴 것 같았다. 인재근,
이름까지 근사했다.

　　같은 사회학과의 최영이 선배가 학교 다닐 때부터 나한테 딱 어울
리는 신랑감을 찍어 두었다면서 미팅도 하지 말라고 했어. 가난하지만
똑똑하고 사람 좋은 신랑감이라고 했지. 꼭 그것 때문은 아니었지만 그
동안 별로 눈에 차는 사람도 없었고, 그렇다고 우리가 일부러 사람을
만나려고 하면서 살지도 않았으니까, 생각 없이 지내다가 최영이 선배
집에 들렀는데 형이 와 있었어. 아마 최영이 선배가 둘이 만나게 하려
고 일부러 날 불렀던 거 같애. 난 사실, 형이 처음엔 아주 마음에 드
는 건 아니었어. 좀 어두워 보였거든. 퇴짜를 놓을까 그러다가 그래도
수배 중이란 거 아니까, 내가 측은지심으로 몇 번은 만나 주기로 했
지. 인재근

인재근은 인천산업선교회의 간사로 일하고 있었다. 동일방직과 한국
기계에 대한 산업 전도 활동으로 시작한 인천산업선교회는 국내의 가

장 대표적인 노동조합 지원 기관의 하나였다. 기독교에서 운영하고 있었지만 노동자들을 단순한 전도 대상으로 삼지 않고, 현장에 밀착해서 노동자들의 고통에 동행하는, 종교를 뛰어넘은 성격을 가지고 있었다. 시카고 매코믹신학교에서 산업선교 훈련을 받고 한국으로 와서 인천 산업선교회에서 활동하던 조지 오글 목사는 인혁당 희생자들의 진실을 옹호하다가 추방되기도 했다. 그곳의 실무자들은 공장에 들어가 노동자로 살며 인성과 능력을 까다롭게 검증 받은 사람들이었다. 인천의 규모가 큰 봉제 공장에서 일한 경험을 가지고 있는 그녀는 주로 동일방직 노동조합을 돕고 있는 모양이었다.

인재근은 같이 있는 사람의 마음마저 환하게 만들 만큼 명랑하고 당찼다. 얼마나 시원시원한지 그녀와 함께 있으면 세상에 어려운 일이란 도무지 없을 것 같았다. 그녀를 만나고 돌아와서 보일러실에 앉아 있으면 그녀의 목소리가 귓전에 맴돌아서 혼자 빙그레 웃곤 했다.

세상이 나날이 어두워만 지고 재미없다고 내가 말하면 그녀는 이렇게 받았다. '걱정하지 마세요, 내가 재미있게 해 줄게요.'

후배들을 끊임없이 잡아다가 재판에 넘기고 감옥으로 보내는 검찰과 법원의 행태를 한탄해도 이렇게 받았다.

'걱정하지 마세요. 내가 다 죽여 버릴 테니까.'

그녀의 말에는 이상한 힘과 전염성이 있었다. '내가 재미있게 해 줄게요.' '내가 다 죽여버릴 테니까.' 혼자서 그녀의 말을 흉내 내고 있으면 기분이 좋아지고 힘이 생겼다. 내가 재미있게 해 줄게요. 내가 다 죽여 버릴 테니까. 그렇게 중얼거리고 있는 나 자신을 발견하고 수배 생활을 오래 해서 내 머리가 어떻게 된 건 아닌가 싶었을 때도 있었다.

그녀와 일 년 가까이 만나고 나서 나는 청혼을 했다. 분위기를 잡느라고 워커힐 아래에 있는 광나루 유원지로 갔다. 서울에서 한강의 풍광이 제일 좋은 곳이었다. 매운탕집에서 음식과 소주를 시켰다. 왼쪽 어깨 옆으로 강물이 흐르고 오른쪽으로는 울창한 숲이었다. 하류 쪽으로는 광진교가 보였고 상류로는 양쪽이 모두 우거진 숲이었다. 거절당할 것 같진 않았지만 그래도 좀 떨렸다. 좀 과장된 동작으로 소주를 몇 잔 털어 넣으며 분위기를 잡았다. 주량이 얼마 되지 않는데 소주가 들어가니 심장이 도리어 더 뛰었다.

"인재근 씨, 나랑 결혼합시다."

그녀는 대답을 않고 웃었다. 거절은 아니라고 생각한 나는 한마디 더 보탰다.

"만약, 나랑 결혼하지 않으면 도끼 들고 어디든 쫓아갈 거예요."

그녀가 까르르 웃음을 터뜨렸다.

처음엔 어두운 사람인 줄 알았는데 막상 만나 보니까 정말 따뜻한 사람이란 걸 느낄 수 있었어. 너무 순수하고 여리기도 했어. 내가 이 사람을 지켜 주어야겠다는 생각이 들었어. 그래서 내가 구제해 주기로 했지. (웃음) 뭐, 이 사람이라면 믿고 살 수 있겠다, 이 사람과 살면 참 따뜻하겠다, 그런 생각은 가지고 있었어. 그런데, 프러포즈가 그게 뭐야. 사랑합니다, 이래야지. 도끼 들고 쫓아다니겠다니. (웃음) 인재근

식당에서 나와서 버스 정류장으로 가는데 영화나 소설에서처럼 소나기가 쏟아졌다. 살펴보니 주변에 커다란 콘크리트 흄관이 보였다. 우리는 손을 잡고 그 흄관을 향해 뛰었다. 그 안에서 그녀와 첫 키스를 했다. 소나기가 더 오래 내려도 좋았을 텐데 얼마 되지 않아 멈췄다.

그녀의 부모님을 찾아뵙고 인사를 올렸다. 아버님은 나를 마음에 들어 하는 것 같았는데 어머님이 걱정을 하는 것 같았다.

신랑감이 수배자니까 어머니는 걱정을 했지. 딸 고생시킬까 봐. 그리고 주변에서 조건 좋은 혼처가 많이 들어오기도 했고. 내가 좀 예뻤잖아. (웃음) 그래도 우리 아버지가 전폭적으로 밀어 줬어. 맘에 들었나봐. 아버지가, 아주 용한 데 가서 두 사람 사주를 봤는데 정말 좋다고 나왔다며 어머니를 설득했어. 아버지가 본래 그런 거 안 보는 사람이거든. 어쩌면 어머니 설득하려고 보지도 않고 봤다고 했는지도 몰라. 사위 사랑이 대단했지. 당신 칠순 잔칫날 잔치하지 않고 감옥에 있는 사위 면회 가신 분이니까. 인재근

우리는 장인어른의 전폭적인 지원에 힘입어 인천의 크지 않은 식당에서 처가 식구들만 참석한 가운데 약식 결혼식을 올렸다. 인재근, 내 인생의 가장 큰 백이 생겼다. 우리는 부천에서 신혼살림을 차렸다. 나는 공장에 나갔고, 아내는 인천산업선교회 간사로 노동조합 지원 활동을 계속했다.

28

동일방직 노조 선거로 며칠 밤을 새우고 온 인재근의 눈에는 눈물이 그렁그렁했다.

"어떻게 인간이 이럴 수가 있어."

그녀가 지원하고 있는 동일방직 노조는 청계피복, 원풍모방, 반도상사, YH 등과 함께 몇 남지 않은 노동조합이었다. 물론 정권에 협력하고 기업주의 하수인 노릇을 하는 어용노조는 헤아릴 수 없이 많았다. 그러나 노동자를 위해 일하는 노조다운 노조는 열 손가락을 채우기 어려웠다.

"선거가 잘 안 됐어요?"

"말도 못해요."

그녀는 고개를 흔들기만 할 뿐 말을 잇지 못했다. 노조 선거에서 민주파가 어용세력에게 완패했구나 싶었다. 동일방직 노조의 명성은 인재근을 만나기 전부터 나도 알고 있었다. 동일방직은 1972년에 처음으로 여성지부장이 탄생하면서 어용노조에서 민주노조로 바뀐 곳이었다. 민주노조의 문을 연 첫 여성지부장은 코미디언 남보완의 부인이 된 주길하였다. 조합원 천사백 명의 구할이 여성이었지만 그전까지는 회사에 빌붙으려는 남자들이 노조를 완전히 독점해 왔던 것이다. 절대다수이면서도 어용노조와 가부장적인 성차별이라는 이중의 사슬에 묶여 있던 여성 노동자들이 자신을 대변할 후보를 내세워 회사가 미는 후보를 이긴 것은 일대 사건이었다.

그런 노조를 그냥 내버려 둘 정권이 아니었다. 유신 시대 내내 동일방직 노조가 겪은 시련은 상상을 초월하는 일이었고, 그것을 이겨 낸 것이 동일방직 노조였다. 인재근은 그제로 예정된 대의원 선거가 정보기관과 회사, 어용노조 세력으로 구성된 삼각편대를 상대로 여성 노동자들이 치러야 하는 또 한 번의 민주노조 방어전이라고 말했었다. 심지어 상급 단체인 섬유노조연맹조차 정권과 회사의 편이었다. 고립무원의 상태에서 사방의 적과 싸워야 하는 여성 노동자들을 지원하는 곳이 그나마 인천산선과 가톨릭노동청년회였다.

"사람에게 어떻게 똥을 먹이냐구요."

나는 내 귀를 의심했다.

"지금 뭐라고 했어요?"

"그 자식들이 우리 조합원들한테 똥을 먹였다구요."

끝내 인재근이 울음을 터뜨렸다.

"울지만 말고, 어떻게 된 건지 얘기를 좀 해 봐요."

"여기 있으니까 보세요."

그녀가 내민 유인물을 받아 들었다.

　　새벽 다섯 시 오십 분, 노조 사무실에는 밤새워 대의원투표 준비를 마친 간부들이 십 분만 있으면 퇴근할 야근자들을 기다리고 있었다. 잠시 후 야근자들이 작업을 마치고 투표를 하기 위해 다투어 뛰어왔다. 그때 노조 사무실 옆에 붙은 화장실에 숨어 있던 박복녀(회사 쪽이 내세운 지부장 후보)와 회사 측 남자 행동대들이 똥이 담긴 방화수통을 들고 노조 사무실로 달려들어 투표함을 때려 부쉈다. 그들은 고무장갑을 낀 손으로 똥을 집어서 닥치는 대로 조합원들의 얼굴과 온몸에 바르고 귀와 입에 쑤셔 넣었다. 그들은 비명을 지르며 도망치는 조합원들을 쫓아다니면서 가슴에 똥을 집어넣고 심지어는 똥통을 통째로 얼굴에 뒤집어씌우기도 했다. 울부짖으며 구원을 요청하는 여성 조합원들에게 현장에 있던 정·사복 경찰관들은 '이 쌍년아, 가만있으면 마를 거야!'라며 윽박질렀을 뿐이다. '아무리 가난했어도 똥을 먹고 살지는 않았다'는 울부짖음이 한겨울의 새벽을 갈랐다. 동일방직 (1978)

242

"이게 정말이란 말이에요?"

새처럼 가슴을 파들파들 떨던 인재근이 사진 몇 장을 꺼내 놓았다. 거기에는 작업복을 입은 여성들이 똥물을 뒤집어쓴 채 울고 있었다. 망연자실, 똥물이 질펀한 노조 사무실을 바라보고 서 있는 어린 노동자의 일렁이는 시선이 내 눈을 파고들었다.

"정말 우리 지부장 대단하죠?"

눈물로 얼룩진 얼굴로 그녀가 웃으며 물었다. 인재근다웠다.

"조합원들과 함께 똥물을 뒤집어쓰고도, 그 정신에 달려가서 사진사를 데리고 온 거예요."

지부장이 새벽어둠을 뚫고 달려간 곳은 정문 앞에 있는 유일사진관이었다. 동일방직의 아가씨들이 맞선 볼 남자에게 건네줄 사진을 찍고, 동료와 다정하게 포즈를 취한 사진에다 '우정을 영원히'라고 새겨넣던 곳이었다. 불이 꺼진 사진관의 문을 두드렸다. 자다 일어나 영문도 모른 채 따라온 사진관 주인이 아수라가 지나간 현장을 카메라에 담아 주었다.

"이 사진이 없었으면 사람들이 믿지 않았을 거예요. 나도 믿기지가 않았는데……. 이 사진을 어떻게 안 빼앗겼어요?"

약하고 어린 아가씨들이 그러고 있는 걸 보니까……, 사진을 찍으면서 가슴이 많이 아팠죠. 회사, 경찰이 와서 그 사진이 나가면 국제적인, 안보적인 문제가 된다고 필름을 달라기에 벌써 조합에서 가져갔다고 잡아뗐었죠. 그때 그 아가씨들, 이제 다들 나이가 많이 들었겠지만, 지금 어떻게 사는지 궁금하네요. 다들 잘 살고 있으면 좋겠어요. 이기목

나는 여성 노동자들이 걸어왔을 유신의 춥고 긴 시간이 떠올라 눈시울이 뜨거웠다. 사지를 붙들린 채 똥을 먹지 않으려고 몸부림쳤을 그녀들의 겨울 새벽을 생각했다. 나는 그들이 느꼈을 절망의 깊이를 도무지 헤아릴 길이 없었다.

셔터를 누르며 떨었을 사진관 아저씨의 손도 눈앞에 어른거렸다. 두려웠을 것이다. 인화지에 선명한 색상으로 되살아난 사진을 건져 내며 다시 두려웠을 것이다. 형사들이 들이닥쳐 필름을 내놓으라고 했을 때는 더 두려웠을 것이다. 문을 닫은 사진관도 떠오르고 유치장도 떠올랐을 것이다. 떨면서, 사진을 노조에 전해주었을 그의 마음이 나를 흔들었다.

그 아저씨, 고마웠죠. 사진값을 드리니까, 이런 사진을 찍고 어떻게 내가 돈을 받겠냐고 하면서 끝내 뿌리치고 받지 않았지요.

툭하면 '87년 대투쟁 이후'라고 그러는데, 뭐라고 하기도 그렇지만 듣는 사람 좀 신경질 나더라구요. 1987년 이전에는 뭐 아무것도 없었던 것처럼 그러는데 말예요. 나는 말할 수 있어요. 우리는 몸으로 싸우면서 살아왔기 때문에 말할 수 있어요. 70년대 우리 여자들이 싸울 때 남자들이 뭐 한 게 있어요. 구사대나 했잖아요. 지금 당연한 것처럼 있는 노조, 자기들이 잘나서 그냥 얻은 거 아녜요. 이종각

인재근은 사진에 멀리 찍힌 남자들을 보며 말했다.
"니들은 이제 다 죽었어."
나는 그만 웃고 말았다. 그녀도 얼굴의 물기를 훔치며 웃었다. 하늘이 무너져도 기가 죽지 않을 사람이 인재근이었다.

동일방직은 노조원 백스물여섯 명을 해고했다. 정보기관은 동일방직 해고자들의 리스트를 만들어 재취업을 막았다. 가장 어이없는 것은 상급 단체인 전국섬유노조연맹(섬유노련)이었다. 섬유노련은 해고 노동자들을 보호하기는커녕 연맹에서 제명 처분하고 동일방직 노조를 사고 처리했다. 연맹 위원장 김영태는 조직행동단이란 이름의 깡패들을 동일방직에 파견하여 노조원들에게 똥물을 먹인 자들이 노조를 차지하도록 만들었다. 해고자 백스물여섯 명의 이름, 부서, 주민등록번호, 본적까지 기재한 명단을 만들어 전국의 사업장에 배포하였다. 더 기가 막힌 것은 그 리스트가 첨부된 공문의 수신자와 발신자였다. 수신자는 섬유업체의 사장이었고 발신자는 섬유노련의 위원장인 김영태의 명의였다. 연맹의 위원장이란 자가 노동자들이 낸 조합비로 한 짓이 그것이었다. 전임 섬유노련 위원장을 동일방직 노조 탄압에 잘 대처하지 못했다는 이유로 몰아내고 위원장 자리를 차고앉은 자가 바로 김영태였다. 회사에서 해고되고, 연맹에서 제명되고, 블랙리스트에 막힌 노동자들은 이제 어디에서도 다시 일자리를 구할 수 없게 되었다.

모든 것이 끝나 버린 줄 알았는데 동일방직의 노조원들은 놀랍게도 다시 똘똘 뭉쳐 싸워 나가기 시작했다. 학생들한테서는 한 번도 보지 못한 모습이었다. 몇 사람의 주동자가 앞장을 서면 한 차례 싸우고 모래알처럼 흩어져 버리는 학생들과는 달랐다.

학생들의 시위가 의견을 표시하기 위해 한번 위험을 감수하는 일이라면 노동자들의 투쟁은 자신의 일상을 지키고 바꾸기 위해 존재를 거는 일이었다. 동일방직 노조원들은 자신의 존재를 걸고 싸워 나갔다. 라디오와 텔레비전으로 전국에 생방송되는 노동절 행사장에서 현수막을 펼쳐 들고 기습시위를 벌였다.

"노동3권 보장하라, 똥을 먹고 살 수 없다."

하느님의 응답을 갈구하는 부활절 연합 예배장에도 몰려갔다. 명동 성당에서 농성도 했다. 그들은 스스로 배우가 되어 자신들이 당한 일을 연극으로 만들어 기독교회관 강당의 무대에 올렸다. 그들이 지나간 곳에는 새로운 길이 생겼다. 형사가 데리고 온 부모님의 손에 끌려갔던 노조원들은 야간열차를 타고 기어코 동료들의 곁으로 돌아왔다. 동일방직 노조는 겨울 공화국을 누비며 싸우는 유일한 기동 전투부대였다. 온갖 공작에도 무너지지 않던 노동조합 하나를 없앴다며 쾌재를 부른 정권의 판단은 착각이었다. 하나의 진지가 무너진 대신 지금까지 없었던 상시 투쟁대오가 출현한 것이다. 아무도 예상치 못한 일이었다. 단체행동이 금지된 상황 속에서도 그들에게는 육 년을 버티며 지켜온 막강한 조직력이 있었다.

박정희 밑에서 민주노조로 남아 있었던 곳은 정말 대단한 조직력을 가지고 있었어요. 파업도 못하는데 어떻게 조직을 유지하며 활동했냐구요? 제가 잡혀가면 조합원들이 바로 식사 거부에 들어갔어요. '왜 안 먹냐' 그러면, '우리 지부장이 밥을 먹었는지 굶었는지 모르는데 우리가 어떻게 밥을 먹냐' 그러고는 태업을 하는 거예요. '왜 일이 느리냐' 그러면, '배고프니까 말 시키지 마라'며 대답도 안 하는 거지요. 그리고 전부 검은 리본 달고 다니는 거예요. '그거 떼라' 그러면, '우리 지부장 죽었는지 살았는지도 모르는데 어떻게 떼냐, 데리고 와서 죽지 않고 살아있다는 거 보여 주면 떼겠다'고 버티는 거예요. 지부장이 돌아오기 전에는 공장이 돌아가질 않았어요. 박정희가 파업 같은 거 결의할 수 없게 했지만, 우린 그런 거 결의할 필요도 없게 만들었어요. 동일방직이나

원풍모방, 콘트롤데이타, 반도상사, 우리 YH, 다 그랬어요. 그 정도가
안 되면 못 버티니까요. 최순녕

　　동일방직 노조를 지원하던 인재근은 수배를 당했다. 나는 아무것도
도와줄 수 없는 처지였다. 인재근까지 수배자가 되어 위험이 배가된 상
황에서 내가 다니던 공장에 유인물이 뿌려지는 일이 생겼다. 나도 모를
일이었다. 경찰이 출동하고, 정보기관의 내사가 시작되었다. 화장실에
뿌려진 유인물 한 장, 낙서 한 줄도 용납될 수 없었다. 회사에서 일제 신
원 조회에 들어갔다. 나는 바로 공장과 관계를 끊어야 했다. 삼 개월 동
안 학원에 나가서 취득한 보일러자격증도 버려야 했다. 친목회 수준의
소모임도 포기하고, 서로 마음을 주고받을 만큼 사귄 사람들의 곁을
나는 또 속절없이 떠나야 했다.

29

　　동일방직 노조의 투쟁이 계속되는 가운데 유신 1기 육 년이 끝나가
고 있었다.
　　그러나 이것은 끝이 아닌 또 다른 시작일 뿐이었다. 이제 박정희가
스스로 권좌에서 물러날 것으로 생각하는 사람은 아무도 없었다. 이미
박정희가 박근예와 박지반, 둘 중에 누구에게 권좌를 물려줄지가 세간
의 공공연한 화제였다. 박근예에게 물려주기로 했으니까 벌써부터 퍼
스트레이디로 훈련을 시키고 있는 거 아니냐는 주장과 대를 이어 군사
독재를 계속하기 위해 박지반을 육사에 보냈다는 주장이 갑론을박을

벌였다.

유신 2기를 맡을 '국민의 주권적 수임기관'인 통일주체국민회의 대의
원 선거가 사흘 앞으로 다가왔다. 동일방직의 조합원 열다섯 명으로
구성된 원정 투쟁단이 열차를 타기 위해 영등포역으로 향했다. 이미 이
종각 지부장을 비롯한 지도부가 줄줄이 구속되었지만 노조원들은 흔
들리지 않았다.

그들은 통일주체국민회의 대의원에 출마한 섬유노련 위원장 김영태
가 한 짓과 동일방직 노조가 당한 야만적인 탄압을 알리기 위해 부산
행 야간열차에 몸을 실었다. 동일방직 노조를 사고 지부로 처리하고,
조직행동단을 파견하여 어용노조를 지원하고, 해고자들을 연맹에서
제명하고, 블랙리스트를 섬유 업체 사장들에게 보내 해고자들의 재취
업마저 봉쇄한 인물이 김영태였다.

새벽에 부산에 도착한 조합원 열다섯 명은 그날 저녁 김영태의 파렴
치한 행태를 폭로하는 유인물 육천 장을 김영태의 선거구인 전포 1, 2,
3, 4동과 부전 1, 2동에 뿌렸다. 다른 공단 지역에도 '인권을 강도당한
노동자들의 호소'를 수만 장 뿌렸다. 이 과정에서 경찰에 연행된 네 명
의 조합원들은 '통일주체국민회의 대의원선거법 위반'으로 구속되었다.
이들을 도와주던 부산 가톨릭노동청년회원 두 명도 구속되었다.

민청학련 사건으로 사형을 선고받았다가 석방된 김병곤도 자청하여
동일방직 사건을 알리기 위해서 뛰어다니다 다시 감옥으로 갔다.

김영태는 통일주체국민회의 대의원으로 당선되었다.

1978년 7월 6일 오전 열 시, 제2대 통일주체국민회의 대의원들이 검
은 양복을 입고 대통령을 선출하기 위해 장충체육관에 모였다. 김영태
도 당당히 장충체육관에 입성했다. 앞뒤 좌우 대각, 각을 맞춰 앉은 대

의원들의 꼿꼿한 허리는 지난 제1대 대의원들과 다르지 않았다. 검은색 계열이긴 했지만 감색이 도는 양복을 입은 사람이 셋이나 되는 게 다르다면 달랐다.

박정희가 도착하기 전부터 장충체육관 안팎에는 박정희가 작사, 작곡한 노래라고 보급한 〈나의 조국〉이 우렁차게 울려 퍼지고 있었다.

> 백두산의 푸른 정기 이 땅을 수호하고
> 한라산에 높은 기상 이 겨레 지켜왔네
> 무궁화꽃 피고 져도 유구한 우리 역사
> 굳세게도 살아왔네 슬기로운 우리 겨레
>
> 삼국통일 이룩한 화랑의 옛 정신을
> 오늘에 이어받아 새마을 정신으로
> 영광된 새 조국에 새 역사 창조하여
> 영원토록 후손에게 유산으로 물려 주세

텔레비전을 지켜보며 자신도 모르게 흥얼흥얼 노래를 따라 하고 있는 모습을 발견한 나는 소스라치게 놀랐다. 반복 학습의 효과는 이렇게 섬뜩한 것이었다. 라시도미파, 우리 겨레. 군국주의의 냄새가 물씬 풍기는 단조 오음계의 이 왜색 멜로디에 몸을 떨던 나조차도 어느새 무의식적으로 따라 부를 지경이 되어 있었다.

마주 앉아 밥을 먹던 대유중공업의 노동자 전희석이 나를 보고 빙긋이 웃었다. 나는 약간 창피했다.

"하도 듣다 보니 나도 정신이 좀 이상하게 된 것 같애."

"스트레스 받을 거 뭐 있습니까. 억지로 듣지 않으려고 애쓰지 말고 열심히 같이 불러버리세요."

나는 의아한 눈빛으로 전희석을 바라보았다. 그는 젓가락을 오른손에 모아 쥐고 장단을 넣으며 노래를 불렀다.

5·16 쿠데타로 정권을 장악하여……
10월유신 없었으면 이 나라 망했겠네
길이길이 보전하여 내 딸에게 물려 주세

〈나의 조국〉의 가사를 바꾼 것이었다. 전희석은 건장한 외모만큼이나 상상력이 활기찼다. 나는 우렁우렁한 그의 목소리가 걱정스러워 식당 안을 둘러보았다. 이른 시간이어서인지 홀 안에는 다른 손님이 없었다. 전희석과 아는 사이인 식당 주인은 주방에 들어가 있었다.

"5·16쿠데타로 정권을 장악하여…… 한번 해 보세요."

그는 바꾼 가사를 한 소절씩 끊어가며 내게 가르쳐 주었다. 나는 가사뿐만 아니라 이 일본식 오음계의 멜로디 자체가 불쾌하다며 고개를 저었다.

"우리가 방송국을 세워서 우리 노래를 틀 수 없으면 박정희가 틀어주는 노래를 우리 것으로 만들어 버릴 수밖에 없잖아요."

그가 이끌고 있는 현장 모임의 조력자로 초빙된 건 나였는데, 그가 가르치고 내가 배울 때가 많았다. 내가 대답을 못하고 머뭇거리자 전희석이 덧붙였다.

"이 노래 듣기 싫으면 더 부지런히 우리 가사를 이 멜로디에 맞춰 부르면 돼요. 길이길이 보전하여 내 딸에게 물려 주세. 제가 생각할 때 지금 이렇게 가사를 바꿔서 부르는 사람이 일만은 돼요. 이렇게 부르는 사람이 앞으로 백만을 넘으면 틀림없이, 박통 지가 직접 만들었다고 우기는 이 노래, 지가 금지시킬 거예요. 한 번 보고 두 번 보고 자꾸만 보고 싶네, 그래서 금지곡 된 거잖아요."

전희석은 박정희가 사용하고 있는 일본 군국주의의 반복 주입 교육 방식이 가지고 있는 효과를 꿰뚫어보고 있었다. 자유분방한 노래에 물든 젊은 세대가 고분고분 말을 잘 듣는 유신청년이 되지 않는다는 것을 간파했기 때문에 박정희는 포크송을 금지시키고 통기타를 압수했다. 김추자, 송창식, 윤형주, 신중현, 서유석, 이장희, 정훈희의 노래 수백 곡을 금지곡으로 지정한 지 오래였다.

전희석은 박정희가 금지시킨 노래의 목록을 줄줄이 꿰고 있었다.

"김추자의 〈거짓말이야〉의 금지 사유가 뭔지 아세요? '불신풍조 조장'이에요. '거짓말이야, 거짓말이야.' 도둑놈이 제 발 저린 거죠. 다시는 대통령에 출마하지 않겠다고 국민에게 약속했던 박정희도 자기가 거짓말을 한 걸 자꾸 떠올리게 만드니까 싫었겠죠. 김추자의 노래를 듣고 있으면 자기가 하는 모든 말을 거짓말이라고 야유하는 것처럼 들리는 모양이지요."

이장희의 〈그건 너〉는 '퇴폐적'이어서 금지시켜야 했다. '그건 유신, 바로 너, 유신 때문이야.' 이렇게 들릴 소지가 있었다. 한대수의 〈행복의 나라로〉는 '현실 부정적'이어서 금지시켜야 했다. 유신의 나라가 행복하지 않은 나라라는 부정적인 생각을 젊은이들에게 심어 줄 우려가 다분했다. 이 좋은 유신의 나라를 두고 가긴 어느 나라로 간단 말인가. 김상희의 〈단벌 신사〉는 '현실 왜곡'이어서 금지시켜야 했다. 이렇게 살기 좋은 유신 공화국을 옷 한 벌로 살아가는 가난한 나라라고 북괴가 선전

251

하는 데 이용할지도 몰랐다. 양희은의 〈이루어질 수 없는 사랑〉은 '허무주의적'이어서 금지시켜야 했다. '하면 된다'는 군대정신에 정면으로 반하는 것이어서 금지시켜 마땅했다. 〈늙은 군인의 노래〉는 젊은 군인들의 사기를 저하시킬 우려가 있어서 금지시켜야 했다. 신중현과 엽전들의 〈미인〉은 '퇴폐적'이어서 금지시켜야 했다. '한 번 보고 두 번 보고 자꾸만 보고 싶네' 이 가사를 바꿔, '한 번 하고 두 번 하고 자꾸만 하고 싶네' 하며 각하의 숭고한 장기집권 의지를 퇴폐적으로 폄하하게 내버려둘 수는 없었기 때문이었다. 이금희의 〈키다리 미스터 김〉은 각하의 '심기 경호' 차원에서 금지시켜야 했다. '키 작은 미스터 박'을 불쾌하게 만들 우려가 있었다. 송창식의 〈왜 불러〉는 딱 꼬집어 뭐라고 할 수는 없지만 어딘지 모르게 반항적이기 때문에 금지시켜야 했다. 부르면 오면되지 왜 말이 많은가 말이다. '방송 부적합'이었다.

그 대신에 박정희는 건전가요 보급운동을 펼쳤다. 종교 집단이나 군대가 찬송가나 군가를 통해 구성원들에게 부여하는 일체감의 효과를 천황을 숭배하는 군국주의 일본 군대에 복무한 박정희는 누구보다 잘 알았다. 그래서 〈일하는 대통령 우리의 지도자〉와 〈대통령 찬가〉, 그리고 〈나의 조국〉이 필요했다.

"전 형은 그걸 어떻게 다 알아요?"

"야근할 때 뭐 하고 시간 보내요? 이거 한 바퀴 다 부르려면 하룻밤 가지고도 안 돼요. 저항은 작은 것부터 시작되잖아요. 야, 이걸 못 부르게 금지시키는 게 말이 되냐, 공장에서 물어 보면 말이 된다고 하는 사람 아무도 없잖아요. 그럼 이 노래 하루에 한 사람이 한 곡씩 외워서 같이 불러보자, 하고 시작하는 거죠."

전희석이 일하는 중공업 현장은 소음이 심해서 악을 쓰고 노래를 불러도 괜찮은 시간이 많다고 했다. 주변에서 일하는 동료들과 함께 금지곡을 돌아가면서 메들리로 부르는 것은 그가 현장에서 사람들의 성향을 파악하고 뜻이 맞는 사람들을 조직해 나가는 주요한 방법의 하나였다.

"워낙 시끄러우니까 무슨 노래를 부르는지 가까이 있는 사람이 아니면 알지도 못하지만, 안다고 해도 공장에서 금지곡 불렀다고 잡아가진 않잖아요."

전희석은 금지된 것을 같이 하는 것의 의미를 잘 알고 있었다.

"관리자들이나 외부인이 오면 먼저 발견한 사람이 신호를 보내죠. 그러면 노래를 멈추거나, 원래 가사로 부르거나, 곡을 바꾸어 부르거나 하죠. 그러면서 결속력이 생깁니다."

"그래. 그 방법 훌륭해."

나는 자주 감탄했다. 전희석뿐만 아니라 인천에서 내가 만나고 있는 노동자들은 누구로부터도 배우지 않은 기발한 방법으로 현장 활동을 풀어 나가곤 했다.

전희석을 만나 내가 하는 일은 크게 두 가지였다. 하나는 그가 하고 있는 현장 조직 활동에 대한 조언을 해 주는 것이었고, 다른 하나는 국내외 정치 정세에 대한 분석을 해 주는 것이었다. 현장의 구체적인 조직 활동에 대해서는 그가 하고 있는 일과 앞으로의 계획을 듣고 큰 원칙과 방향에서 잘못되지 않도록 조언을 해 주는 것이 나의 몫이었다. 정치 정세에 대해서도 나는 그의 생각을 먼저 듣고 간략하게 내 판단을 설명했다. 오늘은 드물게 내가 설명을 좀 길게 했다. 통일주체국민회의에서 박정희를 차기 대통령으로 다시 추대하는 날인 만큼 예상되는 1980년대의 정치 정세를 산업구조와 연관 지어 정리해 줄 필요가 있었기 때문이었다.

이번에도 역시 대통령 후보는 박정희 한 사람이었다. 칠 년 전 국민들에게 약속한 대로 그는 자신에게 표를 달라는 호소 따위는 하지 않았다. 선거공약을 제시하는 유치한 짓도 하지 않았다. 그는 다만 유신 과업을 달성하는 데 있어 국민과 통일주체국민회의 대의원들이 한시도 잊어서는 안 될 막중한 사명에 대해 훈시를 했다. 대의원들은 우레와 같은 박수로 훈시를 받들었다.

투표 결과는 훌륭했다. 전체 대의원 2,583명 중 참석자는 2,578명, 찬성 2,577명으로 박정희는 다섯 번째 대통령에 당선됐다. 투표율 99.81퍼센트에 찬성율 99.96퍼센트였다. 무효 한 표가 옥의 티였지만 그래도 무효가 두 표나 되었던 지난 대통령선거의 99.91퍼센트보다는 찬성율이 0.05퍼센트나 상승했다. 박정희가 강조해 온 국민총화 국론 통일의 정수였다. 이번에 달성하지 못한 찬성 백퍼센트의 과업은 1984년에 있을 다음 대통령선거에서 한 표의 무효표만 더 줄이면 될 일이었다. 그러려면 무효나 반대표의 출처를 더 정확히 확인할 수 있도록 도별로 설치한 투표함을 시군구별로 더욱 세분화할 필요가 있었다.

한국적 민주주의의 우수성을 세계만방에 과시한 두 번에 걸친 대통령선거에 대해 단 한 단어의 반대 언어도 사용하지 않은 특별한 유인물이 나왔다. 나는 이 유인물을 인천에서 만나는 노동자들의 모임에 제공했다. 가장 안전한 유인물이었기 때문이었다.

공산 국가에서도 형식상 선거를 치른다. 그러나 그 선거는 민주주의 국가에서 실시하고 있는 선거와는 다른 일종의 사기 행위다……. 우선 공산 국가의 선거에서는 단 한 사람의 입후보자에 대하여 찬성이냐 반대냐 하는 것을 표시할 수 있을 뿐이다. 그러나 유권자는 찬성할 수 있는 자유는 있어도 반대할 수 있는 자유는 없다. 선거라고 하는 것은 글자 그대로 많은 사람 중에서 적격자 한 사람을 고르는 선택 행위인데 입후보자가 한 사람밖에 없다는 것은 벌써 선거로서의 의미가 없는 것이다. 그들의 선거 결과는 항상 99퍼센트 이상의 투표와 99퍼센트 이상의 찬성으로 나타났다. 이런 선거 분위기 속에서 반대한다는 것은 상상조차 할 수 없는 일이다. 따라서 공산당의 명령에 복종해야 할 의무만이 있을 뿐이다. 다른 어떤 권리도 인정하지 않는 것이 바로 공산주의 국가들임을 알 수 있다……. 한국인권운동협의회

이 글의 밑에는 '대한민국 문교부 발행 중학교 교과서 「승공통일의 길 2」 47, 52~53쪽에 실린 글이라고 출처를 밝혀 놓고 있을 뿐 한국인권운동협의회는 자신의 의견을 단 한마디도 밝히지 않았다.

"이거, 끝내주는데요."

제일 먼저 유인물을 본 전희석이 예의 환한 미소를 얼굴에 그려 보이며 나를 쳐다봤다. 상대가 위압감을 느낄 정도의 건장한 체격을 가진 그는 자신도 그걸 아는지 얼굴에 늘 미소를 그리고 있었다. 중학교 교과서의 내용을 옮겨 놓은 유인물을 본 그가 나를 바라보며 물었다.

"대한민국 교과서를 만든 놈을 잡아들여야 하는 거예요, 아니면 이렇게 명백하게 공산주의 국가로 만들어버린 놈을 잡아들여야 하는 거예요?"

대한민국 교과서를 만든 것도 박정희고, 대한민국 교과서가 한 하늘 아래에서 같이 살 수 없다고 명시한 대상이 되는 것도 박정희였다. 박정희가 박정희와 싸워야 하는 모순의 극치를 전희석은 명쾌하게 짚었다.

"교과서를 이렇게 바꾸면 되겠네요. 공산 국가에서 치르는 선거는 유신체제가 따라 배워야 할 매우 훌륭한 제도다. 그 결과는 항상 99퍼센트 이상의 투표와 99퍼센트 이상의 찬성으로 나타난다."

전희석 다음으로 유인물을 본 케이스파이스의 이규열이 유인물을 옆으로 넘기며 한 말이었다.

"이미 만들어서 쓰고 있는 교과서를 번거롭게 바꿀 필요까지야 뭐가 있어. 긴급조치 한 발 더 장전하면 되지. 긴급조치 제10호, 이 시각부터 공산주의를 비판하거나, 비판한 사실을 전파하거나 보도하는 것을 금한다. 이를 위반한 자는 오 년 이상의 징역에 처한다. 또한 이러한 조치를 비판하거나, 비판한 사실이 있다는 사실을 보도하거나 전파한 자는 무기징역 또는 사형에 처한다. 이렇게 세 문장이면 되겠네."

이규열이 넘겨준 유인물을 읽은 대유자동차의 김태식이 결론을 내렸다. 이들이 학습 내용을 이해하고 이것을 응용하는 능력은 내가 상대의 경제복지회에서 만났던 친구들보다 더 뛰어났다. 공장 동료들 사이에서 신망도 높았다. 나는 잔업을 마친 늦은 시간에 모인 노동자 친구들을 둘러보았다. 든든하고, 자신감이 생겼다.

학습이 끝나고 헤어지기 전 동일방직 유인물을 나누어 가진 친구들은 주머니를 털어 동일방직 조합원들에게 전해 달라고 얼마간의 돈을 내게 맡겼다.

집으로 돌아오는 길에 산 신문에 찍힌 기사, 기획, 사설의 제목들은 하나같이 한심했다. '정치적 낭비를 지양한 유신체제의 효율성', '80년대를 담당할 박 대통령의 9대 대통령 당선', '충심으로 축하해 마지않는다' 그러나 오늘은 하나도 짜증스럽지 않았다. 영혼이 없는 자들은 떠들어라, 내가 만나고 있는 노동자 친구들은 우리가 세상을 바꿀 수 있다는 분명한 자신감을 가지고 있었다.

세상의 모든 일에는 전조가 있는 법이었다. 박정희의 종말을 알리는 전조는 곳곳에서 나타나고 있었다. 12월의 국회의원 선거도 그중의 하나였다.

제9대 국회의원 선거의 결과는 아무도 예상치 못한 것이었다. 지역구 국회의원 154명 중에서 박정희의 공화당이 68석을 얻는 데 그친 반면 야당인 신민당과 통일당이 61석과 3석을 얻었고, 무소속이 22석을 차지했다. 득표율은 더욱 예상 밖이었다. 공화당은 32.8퍼센트를 득표한 신민당보다 1.1퍼센트 낮은 31.7퍼센트를 얻는 데 그쳤다. 강성 야당인 통일당이 얻은 7.4퍼센트까지 합하면 야당의 전체 득표율은 40.2퍼센트였다. 긴급조치 제9호가 유지되는 가운데 치른 선거에서 8.2퍼센트가 뒤진 박정희의 참패였다.

민심이 완전히 등을 돌렸지만 박정희 정권은 아랑곳하지 않았다. 박정희가 지명한 유정회 소속 국회 의석 77석을 합하면 총선의 득표율과는 아무 상관 없이 여당의 의석은 145석으로 야당의 두 배가 훨씬 넘었다.

12월 27일 제9대 대통령의 취임식이 장충체육관에서 열렸다. '온 겨레가 드리는 정성 어린 축하의 꽃다발'을 받아 든 박정희와 박근혜는 나란히 손을 들어 화답했다. 국가 경축일로 선포되어 임시 휴일이 주어졌고, 고궁과 박물관은 무료로 개방되었다. 장충체육관을 나선 박정희와 박근혜가 청와대로 돌아가는 연도에는 여고생들이 도열해서 태극기를 흔들었다. 겨울비를 고스란히 맞으며 〈대통령 찬가〉를 부르는 여학생들의 입술은 새파랗게 얼어 있었다.

어질고 성실한 우리 겨레의
찬란한 아침과 편안한 밤의
자유와 평화의 복지 낙원을
이루려는 높은 뜻을 펴게 하소서
아아아, 대한 대한 우리 대통령
길이길이 빛나리라 길이길이 빛나리라

가난과 시련의 멍에를 벗고
풍성한 결실과 힘찬 건설의
민주와 부강의 푸른 터전을
이루려는 그 정성을 축복하소서
아아아, 대한 대한 우리 대통령
길이길이 빛나리라 길이길이 빛나리라

지난 열 달 동안 여덟 명의 친구를 감옥으로 떠나보낸 동일방직 노조원들은 인천산선의 차가운 지하 모임방에서 라면을 먹으며 전국 방방곡곡에 울려 퍼지는 〈대통령 찬가〉를 들었다.

30

우리에게 아이가 생겼다.

나는 기쁘면서도 내가 아버지 노릇을 제대로 할 수 있을지 걱정이 되었다. 아버지와의 불편했던 관계가 떠올라서 마음이 무거워지기도 했다. 내가 그랬던 것처럼 내 아이도 아비를 무능한 사람으로 여기고 실망하게 되지 않을까 두려웠다.

지난달에 인재근이 싱크대를 들여놓자는 것을 내가 반대했다. 부엌 하나와 방 하나인 집에 싱크대를 놓을 공간이 어디 있냐며 시큰둥하게 대답했지만 사실은 그것을 설치하는 데 상당한 돈이 들 것 같아 짜증을 낸 것이었다. 인재근이 더 고집을 부리지 않아서 그냥 지나갔지만 그날 밤 나는 자신의 정직하지 못한 태도 때문에 마음이 부대꼈다. 부엌에 서서 일을 해야 하는 것은 인재근이었다. 마땅히 그녀의 의견을 존중했어야 하는데도 정직하지 않은 이유를 내세워 반대를 한 내가 창피했다. 다음날 아침 일찍 일어나서 나는 부산을 떨며 삼십 센티미터 자를 들고 주방을 가로세로로 재며 싱크대를 놓아도 될 것 같다는 결론을 내려서 인재근의 환심을 샀다.

그날은 그렇게 지나갔지만 앞으로도 우리의 생활이 크게 나아질 수 없을 텐데 아이가 태어나서 이러한 환경에 상처받고, 나를 원망하게 되지 않을까 걱정이 되었다. 나와 인재근은 스스로 선택한 삶이지만 아이에게 그것을 이해하라고 강요할 수는 없는 일이었다. 한 인간이 다른 사람으로부터 이해받는다는 게 얼마나 어려운지를 나는 조금씩 알아가는 중이었다. 그리고 자신의 진심이 이해받지 못할 때 받는 상처가 얼마나 아픈지도 알아 가고 있었다. 더군다나 자신의 생을 그 누군가로부터 이해 받는 것은 얼마나 어려운 일인가. 그리고 자신의 생을 이해하지 못하는 그 누군가가 바로 아내이거나 자식이었을 때 그 쓰라림이 어떤 것인지에 대해서 나는 요즘 자주 생각하곤 했다.

그래서 나는 아버지가 되는 일이 조금 두려웠다. 더 솔직하게 말하면 내가 아버지처럼 될까 봐 두려웠다.

인재근은 여전히 수배 상태에서 동일방직 조합원들을 뒷바라지하느라고 부르튼 입술로 뛰어다녔다. 아침 일찍 나가는 그녀는 새벽부터 일어나서 식사 준비를 했다. 아이까지 가진 그녀가 힘들게 고생하는 게 미안하고 안쓰러워서 나도 요리를 해보려고 시도해 봤지만 도무지 되지가 않았다. 몇 번이나 단단히 마음을 먹고 부엌에 서 봤지만 막상 뭔가를 만들려고 하면 눈앞이 아득했다. 내가 할 수 있는 요리라고는 라면을 끓이는 것 외에는 아무것도 없었다. 도무지 요리는 나에게 엄두가 나지 않는 일이었다.

물론 결혼하면서 요리는 인재근이, 설거지와 청소는 내가 하기로 분담을 했었다. 설거지는 귀찮을 때도 있지만 세제로 그릇을 닦고 깨끗한 물에 헹구노라면 내 가슴에 고인 수배 생활의 답답함과 서러움을 씻어내는 것 같은 카타르시스도 있었다. 공장에서 나온 뒤로는 빨래까지도 내가 할 수 있었다. 그러나 내게 아무리 시간이 있고 그녀가 아무리 힘들어도 요리만큼은 그녀의 몫으로 남았다. 결혼할 때 분명히 요리는 못한다고 했고, 인재근도 그것을 가지고 짜증을 부린 적은 없었지만 그녀의 배가 조금씩 불러올수록 나는 점점 미안하고 눈치가 보였다. 더구나 나는 요즘 책을 보거나 자료를 정리하며 집에서 보내는 시간이 많았다. 겉으로 보면 마누라를 등쳐 먹는 등처가에 가까웠다. 그런데도 동일방직의 일로 몸과 마음이 지쳐서 돌아온 그녀가 저녁을 준비했다.

그런데 일은 요리가 아니고 엉뚱한 빨래에서 생겼다.

어제 아침 인재근이 아침 식사를 준비하는 동안 나는 빨래를 했다. 욕실에 쪼그리고 앉아 허리를 두드려 가며 비누칠을 한 빨랫감을 싹싹 문질렀다. 이른 아침부터 분주한 인재근에게 덜 미안하고, 나 자신에게 떳떳하기 위해 평소보다도 더 싹싹 문질렀다. 아침을 먹고 내가 설거지를 하는 동안 다세대 주택의 좁은 베란다에 빨래를 너는 것은 그녀가 했다. 인재근이 나를 한번 안아주고 나갈 때까지는 좋았다.

"비가 올 것 같아요. 비가 오면 빨래 걷어 주세요."

바깥 날씨가 흐렸다.

"네, 인재근 씨."

나는 아양을 떨며 냉큼 잘도 대답했다. 그런데 그놈의 비가 그만 소리도 없이 내리는 바람에 일이 났다. 나는 비가 내리는 것도 모르고 책에 파묻혀 있다가 문을 열고 들어서는 인재근의 표정을 보고 너무 놀랐다. 아무 말도 하지 않았지만 사태를 금방 알아차릴 수 있었다. 그녀의 얼굴은 완전히 낯선 것이었다. 모든 관심을 거둬들인 것 같은 그런 쓸쓸한 느낌이 인재근의 표정에서 묻어났다. 나는 어찌할 바를 몰랐다. 무참했다. 뭐라고 해야겠는데 입이 떨어지지 않았다.

어제는 인재근이 아무 소리도 않는 게 고맙기도 했는데 오늘 아침까지도 아무 말을 않으니까 나는 숨이 막힐 것처럼 답답했다. 내가 뭐라고 먼저 말을 해야겠는데 영 마땅치가 않았다. 이렇게 얘기하면 뻔뻔스러운 것 같고 저렇게 얘기하면 얼렁뚱땅 얼버무리려는 술수 같아서 어제 일에 대해서는 말을 꺼내지 못하고 엉뚱하게 이것저것 말을 붙였지만 그녀는 '예, 아뇨'가 다였다. 아침을 먹으면서도 침묵을 지키던 그녀가 끝내 한마디도 않고 집을 나서려고 했다. 나는 답답해서 참을 수가 없었다.

"야, 인재근!"

"왜, 김근태!"

여섯 살 아래인 그녀의 예상치 못한 역습이었다. 나는 더듬거리며 겨우 변명 비슷한 걸 늘어놓았다.

"인재근 씨, 어제는 밖에 비가 오는지 정말 몰랐어요. 나도 잘하지는 못하지만 상당히 노력은 하고 있다는 건 인정을 해 줬으면 좋겠어요."

"김근태 씨, 그러니까 결국 가사 노동의 궁극적 책임은 모두 저한테 있다, 이거죠?"

결혼하고 나서 첫 충돌이었다.

　　형은 말 안 하고 냉전 상태로 있는 걸 못 참아요. 잘 다녀오겠다는 말 않고 나간다고 달려나와서 사람을 붙잡고, 나에게 이럴 수가 있냐고 따져. 너무 웃기잖아. 당연하지. 골났는데 무슨 인사를 해. 그런데 형은 그것이 있을 수 없는 일이라고 생각해. 나한테 막 항의를 해. 그러면 나는 너무 우스운 거야. 아니 도대체 지금 싸웠으면 싸운 사람들답게 서로 그래야지. 왜 저러나, 웃기는 남자야! 난 형이 그러는 것 때문에 너무 웃겨서, 웃음이 폭발해서 풀어지고 그랬어.

　　화해는 다 그런 식이야. 나는 이런 상태는 못 참는다 그거야. 아우성이야. 마치 인재근은 나한테 절대 그러면 안 된다는 식이야. 보통 그렇게 삐쳐서 말 안 하고 그러지, 그걸 못 참고 뭔 난리를 그렇게 피우냐! 그래도 소용없어. 그런데 오래 살다 보면 서로 간을 봐서 알잖아. 싸움도 어느 선이 있으면 그 선까지만 가야지, 그걸 넘어가면 그다음엔 자존심이 상해서 진짜 화난다는 걸 서로 아니까, 거기까지만 해. 나중엔 그렇게 돼. 인재근

유신의 겨울 공화국을 견뎌 온 민주노조를 궤멸시키려는 작전이 진행되고 있다는 흉흉한 소문이 돌았다. 동일방직은 그 작전의 시작에 불과할 뿐이라는 것이었다. YH, 반도상사, 원풍모방, 콘트롤데이타……

정권이 손을 댈 노조의 차례까지 거론되었다. 그럴수록 동일방직 노조의 부담은 커졌다. 자신들은 공장으로 돌아가지 못한다고 하더라도 악착같이 싸워 주어야 다른 민주노조에 손을 대지 못할 것이기 때문이었다. 동일방직의 노조원들은 처절하게 싸웠다. 그사이 열네 명이 재판정에 서고 여덟 명이 감옥으로 갔다. 여섯 명이 불구속 기소되고 서른다섯 명이 유치장에 다녀왔다.

그러나 동일방직 노조원들의 애쓴 보람도 없이 예상했던 대로 YH노조에 마수가 뻗치기 시작했다. 국내 최대의 가발 수출 업체였던 YH는 회장인 장용오가 막대한 이익금을 빼돌리고 폐업을 하는 방법으로 노동조합의 존립 기반 자체를 없애려 들었다. 이미 동일방직에서 당한 걸 본 YH노조였다. 앉아서 당하기 전에 나가서 싸우기로 결의한 그들은 마포의 신민당사를 결전의 장소로 정했다.

인재근은 YH노조원들이 신민당사에 들어가자 발을 동동 굴렀다. 동일방직이 앞서 당해 온 과정을 너무나 잘 알고 있는 그녀였다. 더구나 YH노조를 이끌고 있는 최순녕 지부장은 임신 육 개월이었다. 인재근도 같은 임신 육 개월이어서 서로 비슷하게 배가 불러오고 있었다. 인재근은 불러오는 자신의 배를 보며 최순녕을 걱정했다.

"설마, 제1 야당 당사인데 강제로 끌어내진 않겠죠?"

"그렇겠지. 총재가 보호하겠다고 했으니까, 뭔가 중재안을 만들어서 해결하려고 들지 않을까?"

나도 자신은 없었지만 인재근이 하도 걱정을 해서 안심을 시키려고 그렇게 말을 했다.

"그렇죠? 외국 기자들까지 다 지켜보고 있는데 그렇게는 못 하겠죠?"

그러나 박정희는 그렇게 했다. YH노조원 백팔십 명이 신민당사에 들어가서 농성을 시작한 지 사흘째 되던 새벽 두 시에 진압경찰 천이백 명을 투입해서 사 층 강당에 있던 여성 노동자들을 끌어냈다. 일체의 집회와 시위가 금지된 유신 공화국에 도전했던 임신 육 개월의 최순녕 지부장을 비롯한 YH노조원들은 개처럼 끌려 나왔다. 누구도 감히 정면으로 맞설 엄두를 내지 못했던, 영원히 계속되고 대를 이어 세습될 것만 같던 절대 권력의 총구 앞에 놀라운 용기로 온몸을 들이대며 도전했던 가녀린 여성 노동자들의 처참한 최후. 그 현장에서 김경숙은 스물한 살 꽃다운 나이로 죽음을 당했다. 광주남국민학교 졸업반이던 열세 살 나이로 장갑 공장 '공순이'가 되었고, 1975년, YH에 입사한 뒤에도 자신은 그 더운 여름날 아이스케이크 하나 먹지 않고 동생의 학비를 보냈던, 노래를 유난히 잘 불러서 힘든 농성장을 즐겁게 만들었던 그녀는 주검이 되어 실려 나왔다.

동일방직이 깨지고 그다음이 우리였어요. 그래서 우리는 이왕 깨질 거 확실하게 왕창 소리가 나게 깨지자. 민주노조 깨려면 자기들도 피해를 입는다는 걸 알려줘야 쟤네들도 겁을 먹을 거 아니냐. 그때 제가 임신 육 개월이었지만 지부장이 빠질 수는 없잖아요. 총회에서 신민당사로 가기로 결정했어요. 몰래 가야 하니까, 기숙사에 몇 명만 남아서 녹음기 틀어 놓고 새벽에 목욕 가는 것처럼 빠져나와서 마포로 간 거예요.

신민당사에서 마지막 종결대회 하고, 기동대가 열 대도 넘게 들어오는 거 보고, 우리 조합원들이 너무 억울하고, 이제 다 끌려가겠구나 해서 사 층 난간에 매달렸어요. 올라오면 죽겠다고. 김영삼 총재가 와서, 우리가 지킬 거다, 안심하고 자라고 했는데 그날 새벽에 경찰이 밀고 들어온 거예요. 나는 만삭인 몸으로 감옥에 처박히고⋯⋯ 천벌을 받을 놈들이 경숙이를, 어머니도 못 오게 하고 화장시켜 버리고⋯⋯ 우린 개 장례식도 못 치러 준 거예요. (눈물) 최순녕

하찮게 여긴 여성 노동자들에게 뜻밖의 허를 찔린 유신 정권은 황망히 자신을 붕괴시킬지 모를 뇌관 제거 작업에 나섰지만, 그 결과는 뇌관 제거가 아닌 뇌관의 폭발이었다. 전국민의 기본권을 차압한 서슬 퍼런 유신 정권의 심장을 겨누며, 자신의 모든 것을 건 투쟁에 나섰던 그들의 대담한 결단은 마침내 아무도, 아니 스스로도 예기치 못했던 엄청난 충격을 불러일으키며 박정희 정권에 종지부를 찍는 한 시대의 분수령이 되었다.

YH노조 진압 과정과 김경숙의 죽음은 유신 정권의 본색을 국내외에 여지없이 폭로하며, 두려움으로 숨죽이고 있던 국민들의 분노를 폭발시켰다. 박정희 정권은 김영삼의 총재직을 박탈하고 의원직에서 제명해 YH투쟁의 여파가 번져 나가는 것을 막으려 했지만 일단 물꼬를 튼 국민들의 투쟁은 걷잡을 수 없이 확산되었다.

10월 16일, 유신 철폐를 외치는 부산대생들의 가두 시위는 순식간에 부마민중항쟁으로 발전했다. 부산, 마산, 창원에 비상계엄령과 위수령을 발동했지만 한계에 봉착한 독재 정권은 자중지란에 빠졌다. 십팔 년 동안 계속되었던 군사 파쇼의 종말은 죽음이었다. 절대 권력의 비밀 연회장이었던 궁정동 안가에서 독재자 박정희는 충복으로 여겼던 중앙정보부장 김재규의 총탄에 쓰러졌다. 부마항쟁에 참여한 시위대를 탱크로 밀어 버리자며 마지막까지 박정희의 '심기 경호'에 충실했던 경호실장 차지철도 주군의 저승길에 함께했다. 히틀러 복장을 유난히 좋아했

던 차지철에게 김재규는 '버러지 같은 놈'이라며 권총의 방아쇠를 당겼다. 1979년 10월 26일이었다.

YH노동자 투쟁이 기폭제가 되어 부마항쟁으로 이어지며 터져 나온 국민들의 분노를 '전시적 폭력'을 통해 진압하고, 자기도취의 막다른 골목에 다다라 있던 절대 권력은 스스로의 최후를 '연회장의 총성'으로 장식했다. 흐트러진 비밀 연회장에 뿌려진 핏자국은 두 얼굴을 한 십팔 년 군사정권의 강렬하고도 어지러운 상징이었다.

무너져야 할 것은 무너지기 마련이었다.

전태일의 인간선언으로 시작된 1970년대는 박정희 유신 독재의 기나긴 터널을 지나 마침내 YH 여성 노동자들에 의해서 그 막을 내렸다.

길고 길었던 나의 수배생활도 끝이 났다.

그동안 만나지 못했던 사람들이 많았다. 누구보다 먼저 어머니를 만났다. 마장동 시외버스 터미널에서 접선하듯이 삼십 분 동안 만나고 못 본 지가 얼마 만인지 몰랐다. 그러나 내가 어머니를 더 볼 수 있었던 건 한 달 남짓이 다였다. 긴 병에 시달리고 계시던 어머니는 막내가 수배에서 벗어난 것을 보고는 안간힘을 다해 잡고 있던 생명줄을 놓아버렸다.

"그래도 이렇게 네가 돌아온 다음에 가셔서 얼마나 다행이니. 어머니가 널 보고 가려고 지금까지 기다리셨나 보다."

누나는 내 손을 꼭 잡으며 나의 긴 불효를 감싸 주었다.

어머니가 돌아가시고 나서 얼마 지나지 않아 설날이었다.

햇수로 십 년 만에 돌아와 맞이하는 설날이었다. 형이 쳐 주는 술잔을 받아 아버지의 차례상에 올리던 나는 쏟아지는 눈물을 걷잡을 수 없었다. 차례상 앞에 엎드려 나는 하염없이 울었다.

"도련님 탓이 아니잖아요, 아버님도 이해하실 거예요."

형수가 나를 위로했다. 그러나 십 년 동안 아버지의 제사도, 차례도 지내지 못한 불효 때문에 울었던 것은 아니었다. 아버지를 얕잡아보았던 교만한 내 마음과 그로 인해 상처를 입었을 아버지에 대한 참회였다. 촌구석의 교장으로 떠돈 아버지의 무능력과 소심함을 은근히 경멸했던 한때의 내 눈빛을 당신이 읽지 못했을 리 없었을 것이다. 십 년을 떠돌이로 살면서 나는 비로소 산다는 게 무엇인지 조금 알게 되었다. 올바르게 산다는 것이 얼마나 어려운 일인가를 또한 알게 되었다. 당당하게 살아가기 위해 얼마나 많은 대가를 지불해야 하는지를 사무치게 알게 된 다음에야 나는 아버지를 이해할 수 있게 되었다. 나는 한 아이의 아버지가 된 지금에야 당신이 느꼈을 아픔과 당신이 감당해야 했던 중압감을 이해하게 되었다. 일제강점기, 한국전쟁, 연이은 독재, 그 격동 속에서 잃어버린 잘난 세 아들… 그 상실이 다만 상실로 끝나지 않고 남은 자식들에게 빨갱이의 낙인을 찍게 될까 봐 잔뜩 주눅 든 채 노심초사하며 살았을 당신에게 나는 어떤 아들이었던가. 고난과 치욕으로 얼룩진 20세기의 한 귀퉁이에서 몰아쳐 오는 절망과 부담에 짓눌려 겁먹은 채 살아왔을 당신, 버티느라고 부르르 떨면서 자식들을 가려 주느라고 속으로 미열을 내며 앓았을 당신에게 나는 어떤 아들이었던가. 나는 이 나이가 되어서야 비로소 그 중압감 속에서도 불의에 협력하거나 부정한 방법을 써서 이익을 얻지 않으려 발버둥친 당신의 마지막 안간힘을 눈치챈 못난 인간이었다. 내가 아버지보다 잘난 것도 없다는 것을, 그리고 그런 식으로 잘난 것이 중요한 것도 아니란 것을, 세속적으로 높은 지위가 잘난 것을 보증하지도 않는다는 것을, 참으로 잘난 것이 무엇인가를 알기까지 나는 너무 많은 시간을 지불해야 했다.

"네가 이렇게 돌아올 줄 알았으면 유골을 뿌리지 않고 더 기다릴 걸 그랬다."

수원의 작은아버지가 농사짓던 산자락에 모셨던 아버지를 몇 해 전에 이장해야 했다. 작은아버지의 농토가 모두 다른 사람에게 넘어갔기 때문이었다. 혼자 아버지를 화장해서 유골을 밀가루 포대에 담아 들고 형은 나를 만나러 왔다. 몰래 나를 만난 형은 뼛가루가 되고 만 아버지를 가슴에 안고 소주를 마시면서 울었다. 아직도 따뜻하다고 나보고 밀가루 포대에 든 아버지를 꼭 껴안아 보라고 했었다. 아버지의 산소를 파보니 아직도 유해가 썩지 않고 남아 있었다며 형은 또 울었다. 형은 그때 아버지의 한과 고난을 이해했던 것이다. 형은 아버지의 삶을, 그리하여 형 자신의 삶을, 아버지의 시대와 우리의 시대를 아파하며 울었을 것이다. 아버지의 작고 움츠러든 그 삶을 형은 이해하고 연민했던 것이다. 그러나 못난 나는 그때까지도 아버지를 이해하지도 받아들이지도 못했기에 형이 서럽게 우는 이유도 알지 못했다.

"너무 마음 아파하지 마라. 한강에서 뿌리던 날 햇살과 바람이 좋았다. 따뜻하게 가셨을 거다."

나는 형이 왜 두 해 넘게 아버지의 유골을 집에 보관하고 있었는지 오늘에야 알게 되었다. 아버지에 대해 나와 비슷한 감정을 가지고 있었던 형이 그랬던 것처럼 내가 돌아와 아버지에게 용서를 빌기를 형은 기다렸던 것이다. 오늘에야 나는 못되고 교만했던 지난날의 잘못을 용서해 달라고 엎드려 빌며 아버지에게 화해를 청했다. 그렇게 해서 나는 내가 함부로 그려 놓았던 허상의 아버지를 떠나보내고, 마음속 깊은 곳에 서 있는 그대로의 '작은 우리 아버지'를 다시 만날 수 있게 되었다. 움푹 패어 그늘진 어깨, 말라서 길어진 뒷목, 바람이 불면 허벅지부터 휘감기던 바짓가랑이로 남은 아버지의 최후가 나를 다시 목메게 했다.

"아버지가 큰형 다음으로 좋아하고 기대한 것이 너였다. 아버지가 니 마음 알고 기뻐하고 계실 거야."

형이 엎드려 우는 나를 일으켜 세웠다. 나는 벽에 기대앉은 채 아이처럼 계속 훌쩍거렸다. 그건 이제 민주주의가 이루어질 것이라는 안도의 흐느낌이기도 했다. 더 이상은 서러운 청춘을 보내지 않아도 될 것이라는 기대 속에서 나는 십 년간 붙잡고 있던 긴장의 끈을 놓고 아버지의 품 안에서 울고 있었다. 이제 두 달도 되지 않은 어린 아들 병진이가 그런 나를 쳐다보고 있었다.

31

'서울의 봄'은 서울에만 오지 않았다.

긴 겨울 끝에 다가오는 따스한 민주주의의 봄날을 기다리는 국민들의 열망으로 전국이 뜨거웠다. 유신 체제를 연장해 보려는 박정희의 잔당들에 맞서 국민들은 연일 '비상계엄 해제'와 '민주화'를 요구하는 시위를 벌였다. 열기를 더해 가던 대규모 거리 시위가 중대 고비를 맞은 것은 5월 16일이었다. 박정희의 마지막 총리 최규하는 질서 정연한 민주화 이행을 약속하며 시위의 중단을 요구했다.

최규하 과도정부를 믿고 생업에 복귀할 것인가? 아니면 가두 투쟁을 계속할 것인가?

다수의 의견은 일단 가두 투쟁을 중단하고 생업에 복귀하자는 것이었다. 대학생들을 주축으로 서울역에 집결한 수십만 군중들은 통한의

'서울역 회군'을 결정했다. 군부가 개입할 빌미를 제공해서 평화적인 민주화 일정에 차질을 빚을 수 있다는 우려와 그동안 국민이 보여준 민주화에 대한 열망과 의지를 감히 거스르지는 못할 것이라는 희망 섞인 낙관론이 어우러진 결과였다. 만약 민주화 약속을 어기고 계엄령을 확대할 경우 서울역에 다시 집결한다는 결의를 하고 시민들은 해산했다. 그것은 다른 대도시들도 다르지 않았다.

그러나 이튿날인 5월 17일, 전두환을 정점으로 한 유신 잔당들은 가두 투쟁을 중단한 국민들을 여지없이 비웃으며 계엄령을 전국으로 확대했다. 대학교에는 휴교령이 내려졌고, 주요 관공서와 방송국, 시내의 요지마다 계엄군의 탱크가 진주했다. 학생 대표와 재야인사, 야당 정치인들에 대한 대대적인 검거가 시작되었다.

독재자 박정희의 종말과 함께 민주주의가 실현되리라는 국민들의 장밋빛 꿈은 하루아침에 물거품이 되었다. 서울의 봄을 이끌었던 지도부는 어떤 대책도 마련하지 못한 채 피신했다.

나와 인재근도 아이와 함께 몸을 피했다.

다시 집결하기로 한 서울역에는 아무도 집결할 수 없었다. 다른 모든 도시도 마찬가지였다. 오직 광주만이 약속을 지켰다. 광주만이 물러서지 않았다.

나는 피신처에서 광주로부터 비밀리에 올라오는 통신을 '투사회보'와 함께 받아 보며 종주먹을 쥔 채 발만 동동 구르고 있었다. '투사회보'는 광주의 항쟁지도부 대변인을 맡고 있는 윤상원이 야학을 하는 동료들과 만드는 것이었다. 전남대를 졸업하고 서울에 올라와 은행에 다니며 유신 반대 투쟁을 모색하던 그는 두 해 전에 다시 광주로 훌쩍 내려가 버렸다. 담배 피우는 모습이 체 게바라처럼 근사한 곱슬머리 청년이 윤

270

상원이었다. 광주에서 들불야학을 만들어 선생을 한다는 소문만 들리던 그가 광주항쟁 최일선에 모습을 드러냈다. 그가 만드는 '투사회보'는 모든 언론이 왜곡하고 있는 광주의 진실을 알리는 유일한 신문이었다. 손글씨로 쓴 팔절지 유인물과 같은 것이었지만 그 한 장에는 항쟁에 나선 광주 시민들의 투쟁과 죽음, 절망과 분노로 가득했다. 외국 통신사에 근무하는 후배가 '투사회보'와 함께 나에게 가져다주는 광주통신은 내 숨을 막히게 했다.

제1신. 18일, 계엄군의 잔악 행위는 말로 다할 수 없습니다. 공수 7여단은 계엄 확대와 유혈 진압에 항의하는 시위대를 습격하여 잔인하게 사람의 신체를 유린하고 있습니다. 시위대가 보이지 않으면 주변 상가와 사무실, 주택가를 가리지 않고 뒤져서 젊은 사람은 무조건 진압봉으로 패고 대검으로 찌르며 끌고 갔습니다. 1980년 5월의 오늘, 광주에 살고 있다는 것이 끌려간 사람들이 지은 죄의 전부였습니다. 광주는 피를 흘리고 있고 사람들은 눈물에 젖어 있습니다. 나는, 오늘 보았습니다. 공중전화 부스에서 전화를 걸고 있던 청년의 등에 꽂히는 대검을, 무너져 내리는 청년의 몸에서 분수처럼 솟구치는 피를. 공수 7여단은 붙잡아 온 젊은 사람들의 신체를 가능한 많은 시민들이 보는 눈앞에서 무자비하게 유린했습니다. 비명과 탄식과 눈물이 있었을 뿐 사람들은 말을 잃었습니다.

공수부대는 오후 다섯 시에 장갑차를 동원해서 광주고 앞에서 발포를 시작했고, 잔인함은 극에 달했습니다. 이것은 유신 잔당들에 의해 기획되고 계산되었으며 '충정훈련'을 통해 이미 준비된 폭력 공포극이었습니다. 이래도 덤비겠느냐, 잔인한 폭력극을 통해 공수 여단은 자신들은 사람의 피가 아닌 악귀의 피를 가졌음을 시위하며 시민들을 공포에 몰아넣고 절망시키려고 합니다. 광주의 모든 거리는 공수 두 개 여단에 의한 광란의 폭력 극장으로 바뀌었습니다.

밤이 왔고, 비가 내립니다. 어둠 속에서 골목길을 돌아 눈물을 흘리며 집으로 향하는 사람들의 등을 적시며 내리는 이 밤의 봄비는 광주를 위해 소리 죽여 울어주고 있습니다. 지난 가을, 박정희가 부마항쟁을 공수 여단을 투입해서 간단하게 진압했듯이 광주도 가공할 폭력 앞에 저항의 엄두를 잃고 주저앉고 있습니다. 광주는 절망으로 울고 있습니다.

제2신. 20일, 그러나 광주는 간단하지 않았습니다. 자신의 눈앞에서 젊은이들이 대검에 난자당하는 광경을 목격하고 공포에 질려 도망쳐 온 사람들은 지난밤 단 한잠도 이룰 수 없었습니다. 짐승보다 못하게 당하며 끌려간 사람들에 대한 단순한 동정심 때문이 아니었습니다. 자신의 비겁함과 무력함을 견딜 수 없었습니다. 인간을 짐승처럼 짓밟는 눈앞의 만행에 저항하지 못하고 등을 돌렸던 자신이 한없이 비참했습니다. 인간 이하의 짐승이 되어버린 것은 공수 여단의 특수 진압봉과 대검 아래 쓰러져 간 사람들만이 아니었습니다. 인간으로서 용납할 수 없는 만행을 그냥 지켜볼 수밖에 없었던 광주 시민들 모두가 짐승이 된 수치심으로 밤을 새우고 아침을 맞았습니다.

놀랍게도, 공포를 넘어 광주의 민중들이 다시 악귀들을 향해 행진한 것은 스스로 짐승임을 승인할 수가 없었기 때문이었습니다. 그들은 물질적 형태라고는 없는 인간으로서의 자긍심을 확인하기 위해 목숨을 걸었습니다. 목숨을 걸고 나선 광주의 거리에서 그들은 비로소 스스로를 용서할 수 있었고 서로가 서로에게 가장 위엄 있는 인간으로서 유대감을 느낄 수 있었습니다.

두 시 삼십 분경, 서방삼거리에서 공수부대가 쏜 화염방사기에 여러 명의 시민이 그 자리에서 타 죽었습니다. 금남로의 화니백화점 앞에서는 공수부대에 맞서 죽기 아니면 살기로 일진일퇴를 거듭하는 시위가 벌어졌습니다. 살인마들과 사생결단을 내고 말겠다는 치열한 공방전은 날이 저물도록 계속되고 있습니다. 광주는 싸우고 있습니다.

제3신. 21일 새벽, 광주역에서 처참하게 죽은 시체 두 구가 발견되었습니다. 삼십만 명에 육박하는 시위대가 금남로를 꽉 채우고 도청을 포위했습니다. 공수부대는 오후 한 시경 애국가를 신호로 시민들을 향해 무차별 사격을 개시했습니다. 금남로는 비명과 통곡, 피의 바다가 되었습니다. 가톨릭센터의 외벽은 총알 자국으로 벌집이 되었고 주변 골목은 핏물이 낭자합니다. 공수 여단은 도청과 주변 건물에 저격수를 배치하여 흩어진 시위대를 저격했습니다. 인간 사냥, 전쟁이었습니다. 남은 것은 사생결단뿐입니다.

시위대는 나주를 비롯한 인근 지역의 무기고에서 총과 실탄을 '접수'했습니다. 시민군을 조직하고 특공대를 꾸렸습니다.

도청이 한눈에 내려다보이는 전남대 의대 12층 옥상에 시민군은 LMG 2문을 설치했습니다. 마지막 남았던 공수부대가 밤에 헬기로 철수했고, 시민군은 도청을 접수했습니다. 광주민중들은 완전무장한 최정예의 공수 3개 여단과 나흘간의 투쟁을 통해 박정희의 잔당들로부터 광주를 해방시켰습니다. 승리의 감격과 죽음의 통곡이 해방 광주를 뒤흔들고 있습니다.

시민군이 도청을 장악했다는 것은 죽음과 그만큼 가까워진다는 것을 뜻합니다. 광주는 이제 완전히 고립되어 가고 있습니다.

광주로부터의 통신

광주에서의 통신은 제3신을 마지막으로 두절되었다. 광주에서는 더 이상 어떠한 소식도 전해 오지 않았다. 그리고 육 일 동안 나는 믿을 수 있는 어떤 소식도 들을 수 없었다. 광주 시민을 폭도로 매도하고 의기양양해하는 유신 잔당들을 칭송하는 방송과 신문은 역겹고 토악질이 나서 볼 수가 없었다.

27일 새벽, 도청을 점거한 폭도들을 계엄군이 진압했다는 뉴스가 일제히 쏟아졌다. 광주는 처참하게 패배했다. 그날 새벽 도청에 남았던 시민군들 중에 자신들이 승리하리라고 믿었던 사람은 아무도 없었다. 그들은 스스로 죽음을 택했고, 외롭고 처절하게 죽어 주었다. 다니던 은행을 때려치우고 야학 선생이 되었던 우리의 친구 윤상원도 마지막까지 도청에서 항전하다 계엄군의 총탄에 옆구리를 맞고 최후를 마쳤다.

5월 27일 새벽이었어요. 총격전 끝에 공수부대가 도청 안으로 진입했지요. 어슴푸레하게 동이 트고 있었으니까, 한 다섯 시쯤 됐을까요. 옆에 있던 윤상원이 옆구리에 총을 맞고 시멘트 바닥에 쓰러졌어요. 영화 같은 데서 보면 총알을 맞고도 몇 마디 말도 하고 그러잖아요. 그런데 그렇지 않더라구요. 어이쿠, 하고 쓰러져서는 그대로 정신이 나가 버리더군요.

공수부대가 도청에 진입하기 전에 우린 다 최후가 다가왔다는 걸 알

274

앉어요. 마지막이란 걸 알고 윤상원은, 나가지 않고 끝까지 같이 싸우겠다는 여성들과 고등학생들을 억지로 다 내보냈어요. 싸움은 우리가한다, 우리는 여기서 죽겠지만, 너희들은 나가서 역사의 증인이 되어주어야 한다, 그랬죠. 울면서 나가지 않겠다는 애들의 등을 떠밀어 내보내고 우린 다시 총을 잡았죠.

평소에 그렇게 부드럽고 소탈했던 윤상원이 도청에서는 전혀 다른사람 같았어요. 마치 5월 광주를 위해 태어난 사람 같았습니다. 민첩하게 상황을 파악하고, 단호하게 결단을 내리고, 결정을 실행에 옮겼지요.

저는 지금도 '임을 위한 행진곡'을 끝까지 부르지 못해요. 1982년에윤상원과 들불야학 동료였던 박기순의 영혼 결혼식에 헌정된 노래가〈임을 위한 행진곡〉이잖아요. 백이완의 시를 황서경이 다듬어 작사하고, 김종율이 곡을 붙인 이 노래, 사랑도 명예도 이름도 남김없이 한평생 나가자던 뜨거운 맹세…… (눈물) 남들은 어떻게 부르는지 모르지만나는 창자가 끊어지는 아픔 없이 이 노래를 부르지 못합니다. 이양현

5월 26일, 윤상원이 도청에서 마지막 외신 기자회견을 했어요.《볼티모어 선》의 기자였던 저는 그날 윤상원을 보고 이미 그가 죽을 것임을예감했어요. 그 자신도 그것을 알고 있는 듯했어요. 그의 표정에는 부드러움과 친절함이 배어 있었지만, 시시각각 다가오는 죽음의 그림자를 읽을 수 있었지요. 지적인 눈매와 강한 광대뼈가 인상적인 그는 최후의 한 사람이 남을 때까지 싸우겠다면서, 우리는 오늘 패배하지만내일의 역사는 우리를 승자로 만들 것이다, 라고 했습니다.

나는 5월 광주가 끝난 뒤에도 두 번 더 광주에 가 윤상원의 집을 찾

왔고, 부모를 만났어요. 윤상원이 죽어서도 폭도로, 빨갱이로 몰리고 있을 때였죠. 나는 그의 아버지에게 시간이 지나면 당신의 아들이 얼마나 큰일을 했는지 세상이 알게 될 것이라고 말해 주었습니다.

브래들리 마틴

윤상원의 나이 서른이었다. 그와 그의 동지들은 역사가 요구하는 죽음 앞으로 당당히 걸어 들어갔다. 그와 함께 도청에 남았던 이들이 마지막으로 내보낸 시민방송은 잊지 말아 달라는 것이었다. '광주 시민 여러분! 우리는 끝까지 싸울 것입니다. 우리를 잊지 말아 주십시오!'

그들은 기억의 힘을 믿고 죽음을 향해 걸어갔다. 잊지 말아 달라는 그들의 외침은 예리한 화살이 되어 내 가슴에 와 박혔다. 죄책감과 참담함, 분노로 나는 또 여러 날을 두고 울어야 했다. 광주는 내게 충격이었고 공포였다. 잊지 말아 달라는 그들의 마지막 절규를 감당하기 어려워 나는 울고 또 울었다. 그들은 죽이겠다는 박정희의 자식들에게 등을 보이지 않은 사람들이었다. 그들이 살아남은 우리에게 요청한 것은 단 하나, 기억해 달라는 것이었다. 그들이 유일하게 믿고 기대하고 의지한 것은 기억의 힘이었다. 우리가 계엄령이란 종잇장 하나에 놀라 보이지도 않는 총구를 피해 달아나고 숨는 사이, 유신 잔당들이 정조준한 총구 앞에 자신의 심장을 표적으로 내 주기로 결심한 그들의 죽음을 기억할 힘조차 잃어버린다면 나란 인간, 우리라는 인간은 도대체 무엇일 수가 있단 말인가. 역사 안에서 끝내 그들을 승자로 만들지 못하고, 그들의 죽음을 패배가 되게 한다면 살아남은 우리는 도대체 무엇으로 용서받을 수 있단 말인가.

눈물로 흐려진 내 눈앞에 오 개월을 막 넘긴 아들 병진이가 꿈지락거리며 칭얼거리고 있었다. 오늘 애비의 이 비겁과 무능은 무엇으로도 용서받지 못할 것이다. 우유병의 눈금을 읽기 위해 뿌옇게 흐려진 눈을 손등으로 훔치며, 절대로 물러서지 않겠다, 나는 다짐을 했다.

"인재근 씨, 나 인천에 좀 다녀와야겠어."

내가 인천으로 가겠다는 의미를 인재근이 모를 리 없었다. 숨지 않겠다, 싸움을 위한 피신이 아니라면 도망일 뿐이었다. 동료들의 안위를 수소문하고 돌아온 그녀는 걱정스러운 눈으로 나를 바라보았다. 절망감으로 무너져 내리는 자신을 간신히 지탱하고 있는 것은 나만이 아니었을 것이다.

"계엄군이 쫙 깔렸어요. 만날 수 있는 사람이 없어요."

"공장은 돌아가고 있을 거예요."

나는 인천에서 다시 시작했다. 나는 반성하지 말아야 했다. 서둘러 말로 하는 반성은 반성이 아니었다. 그런 반성은 '우리를 잊지 말아 달'라고 절규하며, '역사의 승자로 만들어 달'라고 요청하며 죽어간 윤상원과 광주의 죽음에 대한 능멸일 뿐이었다. 우리가 그들을 기억하는 방식은 밑바닥에서부터 다시 일어서서 유신 잔당의 목줄을 완전히 끊어 놓는 것이어야 했다. 다시는 박정희의 잔당들이 발호해서 인간의 이름을 개나 돼지로 바꿔 놓지 못하도록 만드는 것만이 광주를 기억하는 길이었다.

언제나 미소를 머금고 있던 전희석의 얼굴도 굳어 있었다.

"이제 어떻게 해야 될까요?"

나는 우리 앞에 닥쳐올 예상되는 어려움을 숨기지 않고 얘기했다. '서울의 봄'은 짧았지만 그사이 내가 만나던 노동자들은 공장에서 여러 개의 현장 조직을 만들어 냈다. 그 이전이었다면 몇 년에 걸쳐서 공을 들여야 거둘 수 있는 양적 성장이었다. 전희석도 자신이 일하는 대유중공업뿐만 아니라 대유자동차, 대양전자에서도 소모임을 만들어 냈다. 박정희의 잔당들이 권력을 장악한 이상 시계 바퀴가 유신 시대로 되돌아갈 것은 뻔했다. 그런 시대를 견뎌 내기에 전희석이 지난 몇 달 사이에 묶어 낸 조직들은 무척 허술한 것이었다.

"사람들의 상태는 어떤가?"

"많이 겁먹고 있죠."

"당장 활동을 멈춰야 할까? 아니면 계속해야 할까?"

전희석은 지금보다 활동을 더 강화하겠다고 했다. 다행이었다. 어려울 때 손을 늦추면 조직은 바로 위기에 내몰린다는 걸 그도 알고 있었다. 나는 그의 판단을 전적으로 지지했다.

"그렇지만 모임은 더 강화해 나가더라도 활동의 수준은 당분간 낮추는 게 좋겠어."

"친목회 하라는 거죠. 사회과학 책 보지 말고 소설책 보고."

전희석은 비로소 얼굴에 미소를 지었다.

"당분간. 내가 도와줄 게 뭘까?"

"모레 우리 공장 소모임 있으니까, 끝난 다음에 뒤풀이하는 데 와서 격려나 좀 해 주세요."

전쟁에서도 공격할 때보다 후퇴할 때 사상자가 더 많이 발생하는 법이었다. 공세를 취할 때는 긴장감과 사기가 높지만 수세에 몰릴 때는 방향성을 잃고 우왕좌왕하게 되기 때문이었다.

이틀 뒤 전희석은 공장 사람 다섯을 데리고 동인천의 민속 주점에 나타났다.

"어이구, 형님. 제가 오늘 회사 친구들을 만났다가 그냥 헤어지기 아쉬워서 같이 왔습니다. 같이 마셔도 되죠?"

"그럼 괜찮지."

내가 현장의 노동자들을 만나는 방식은 주로 이런 식이었다.

"수찬이 얘는 지난번에 한번 봤죠?"

전희석이 먼저 인사를 시킨 노동자와는 두 번째 만남이었다.

"장수찬 씨. 요즘은 애인하고 잘 지내요?"

"안 잊어버리셨네요, 선배님."

장수찬은 두 달 전에 전희석이 데리고 와서 셋이 소주를 마신 일이
있었다. 장수찬이 노동운동을 하는 문제로 동거하는 애인과 갈등이 심
각해져서 나에게 상담을 맡긴 셈이었다.

"지난번에 선배님이 말씀하신 대로 앞으로 반 년 동안 매일 삼십 분
씩 서로 얘기를 나누기로 했어요. 그래도 안 되면 헤어지자고."

"절대 안 헤어질 거예요. 삼십 분 중에 이십 분은 듣는 거 알죠? 하고
싶은 말은……"

"말로 하지 말고, 이 사람이 노동운동을 하더니 옛날보다 이렇게 더
멋져졌구나 하는 걸 행동으로 보여 줘라, 맞죠?"

장수찬은 시국에 아랑곳하지 않고 환하게 웃었다.

"네, 그러면 반드시 달라질 거예요. 나하고 내기 걸어도 좋아요."

노동운동을 시작하면 누구나 두 단계를 거치잖아요. 처음에는 몰랐
던 진실을 알게 되면서 장님이 눈 뜬 것처럼 새로운 세계가 경이롭고
신이 나서 뛰어다니다, 그다음 단계에 부딪히죠. 그런데 나 하나 이렇
게 한다고 세상이 바뀌나, 가족들은 어떻게 하나, 회사에서 잘리면 어
떻게 하나, 고민하고 갈등하게 되죠. 제 힘으로 해결이 잘 안 되는 친구

들이 생기면 선배님의 도움을 받곤 했지요. 김근태 선배는 사람의 말을 굉장히 잘 들을 줄 아는 사람이었어요. 그 사람이 한 말을 건성으로 듣고 자기 말을 하는 일이 없었어요. 그 말이 나온 목구멍을 따라 가슴까지 찾아 들어가서 그 말의 뜻을 읽고, 정확하게 질문을 했어요. 노동자들이 다 놀라고 굉장히 좋아했죠. 자기 말을 누구도 그렇게 깊이 들어 주는 사람을 본 적이 없었거든요.

그리고 그 사람의 말에 충분히 공감해 주고, 아주 현실적인 대안을 제시했어요. 장수찬이 같은 경우도 그래요. 이 친구가 애인 때문에 막 흔들려서 잘 설득해서 다잡아 달라고 선배님을 만나게 해 준 건데, 선배님은 아 그거 참 힘들겠다, 그러면 모임에 당분간 나오지 말고 애인하고 시간을 많이 가지고 애인이 원하는 게 뭔지 충분히 들어 보는 것이 어떻겠느냐, 이러는 거예요. 옆에서 보고 있던 저는 완전히 속이 터질 뻔했지요. 이건 완전히 영업 망쳐 놓는 거예요. (웃음) 그런데 이 친구가 선배님 만나고 나서 엄청나게 좋아하면서 누구보다 열심히 하는 거예요. 나는 그 친구에게 그건 잘못된 생각이다, 그러면 안 된다면서 여러 가지 말로 설득하려고 했는데 선배님은 그 친구의 고민에 대해서 진심으로, 전폭적으로 공감을 표시해 준 거죠. 그리고 그 친구가 할 수 있는 대안을 제시해 줬어요. 노동운동을 왜 해야 하는지를 애인에게 설득하려고 하지 말고, 오히려 애인의 얘기를 매일 시간을 내서 들어주고 애인이 원하는 일을 예전보다 세 배는 더 해라, 그런 거죠. 전희석

계엄사령부에 체포되었던 사람들은 내란을 일으켜 김대중을 대통령으로 만들려고 했다는 혐의로 군법 재판에 회부되었다. 그것은 새로운 사건을 만들지 않고는 나를 잡아들일 수 없다는 것을 의미했다. 나는

부천의 신혼집으로 복귀했다.

나는 아예 신분을 드러내는 공개 활동을 하기로 결심했다. 1970년대 유신 체제의 전 기간을 수배자로 살며 비밀리에 활동을 해야 했던 답답함에서 벗어나려는 의도만은 아니었다. 나는 5·18광주민주화운동을 지켜보면서 우리의 활동이 질적으로 심화되고 양적으로 확장되어야 하며, 그 과정은 1970년대와 같은 수공업적인 방식을 넘어서는 비약적인 생산성을 지녀야 한다는 걸 절감했다. 그렇지 않으면 우리는 또 그 끝을 알 수 없는 유신 체제의 연장전을 치르는 도리밖에 없었다.

마침 인천산선에서 일할 사람을 구한다고 해서 감옥에서 나온 지 얼마 되지 않은 조하순 목사를 만났다.

인천산선은 동일방직과 YH투쟁 과정에서 배후 세력으로 지목당해 붉은 페인트를 잔뜩 뒤집어썼다. 정부는 인천산선을 이끌던 조하순 목사를 구속하고 도시산업선교회를 빨갱이로 모는 책자 『산업선교는 무엇을 노리나』를 전국의 공장에 뿌렸고, 신문과 방송은 '도산이 들어오면 도산한다'는 특집 기사와 기획 프로그램을 내보냈다. 도시산업선교회가 들어오면 공장이 도산한다는 거였다. 공포영화에 사용되는 음산한 음악을 배경에 깐 텔레비전의 도시산업선교회 기획 프로그램은 인천산선을 악마의 소굴로 그렸다. 노동자들의 발길이 완전히 끊어진 인천산선에는 정적이 흘렀다.

폐허가 된 인천산선을 지키고 있는 조하순 목사를 만난 나는 너무나 슬프고 안타까웠다. 험악한 박정희의 잔당들에게 끌려가 그곳이 어디인지도 모르는 지하실에서 칠십오 일 동안 몸과 마음이 넝마가 되도록 당하고 돌아온 조 목사를 맞이한 건 그가 지키고자 했던 노동자들의 비판과 지탄이었다. 정당한 이유가 있을 수도 있었다. 그러나, 그렇다고 하더라도 적과의 싸움에서 피투성이가 되어 돌아온 투사를 이렇게 맞이하는 것은 운동의 대의가 아니었다. 인간에 대한 예의도 아니었다. 아무도 노동자들의 삶을 돌아보지 않던 저 캄캄한 1960년대에 동일방직에 들어가 직접 노동자로 일하며 노동자의 벗으로 살기 시작한 이가 조하순 목사였다. 조 목사는 자신의 청춘을 바쳐 일한 모든 것이 적이 아닌 동지들, 믿고 사랑했던 노동자들에 의해 부정당한 절망감과 외로움, 땅이 꺼지는 듯한 허망감과 배신감에 떨고 있었다.

"종교적 삶은, 그리고 운동은 세속적이고 천박한 어떤 보상도 기대하지 않아야 하는데, 정말 그럴 수 있어야 하는데, 그것을 잘 아는데, 그런데도 이렇게 슬프고 허망한 마음을 어떻게 할 수가 없어. 이 모든 것이 하느님께 모두를 내던지지 못하는 내 자신의 옹색함, 용렬함, 이기심, 이 때문이겠지……."

그토록 긴 시간 노동자들과 더불어 누구보다 헌신적으로 살아온 조 목사는 스스로를 자책하며 괴로워했다.

"아닙니다, 목사님. 아직 우리 운동이 발전하지 못해서 그렇습니다. 제가 대신 사과드리겠습니다. 운동가들이 아직 전체를 살필 만한 안목을 가질 정도가 아니어서 그렇습니다. 이번 일을, 가장 앞서 이 길을 걸어오신 목사님이 더 넓어지셔서서 또 한 번 노동운동의 새로운 지평을 여는 계기로 삼아 주십시오."

광주의 죽음이 세상을 뒤덮은 이 암흑과 굴욕 속에서 서로 부축해 주고 일으켜 세워 주어도 어려운 마당에 작은 차이를 이유로 같은 길에 선 사람들끼리 서로 치명적인 상처를 주는 일들이 인천에서 벌어지고 있었다.

"나를 위로하려고 들지 마세요. 나는 결국 노동자들로부터 인정과 존경 받기를 갈구했던 것이고, 그런 대답과 보상이 거부되자 이토록 고통스러워하는 거예요."

그 강철 같은 조 목사가 흔들렸고, 또 흔들리고 있음을 굳이 감추려고 하지 않았다. 그러나 구름 위에 있는 신비의 세계로 날아가거나 정체가 모호한 생명 예찬의 세계로 퇴각하지 않았다. 흔들리면서, 옆에 있는 나까지 흔들리게 만들면서도 소통 불능의 장벽에 맞서 싸웠다. 때로는 후배들의 어깨에 머리를 묻고 흐느끼다가도, 할 일을 했다. 흔들리면서도 의연하고자 했고, 끝내는 의연함을 잃지 않았다.

나는 조 목사의 그 흔들리는 의연함을 신뢰했다. 그래서 망설이지 않고 인천산선의 실무자, 노동상담을 담당하는 간사가 되었다. 그것은 일 이전의 문제였다. 나의 그런 선택이 상처를 입은 조 목사에 대한 위로와 사과가 될 수 있기를 바랐다. 비적대적인 갈등을 적대적인 갈등으로 만들어 상대에게 상처를 주고, 협력과 경쟁을 통해 극복해 나가야 할 내부의 차이를 가지고 적에게 하듯이 상대가 일어서지 못하도록 무너뜨리는 행위에 대한 나의 항의이기도 했다. 그런 편협함으로 운동을 왜소하게 만든다면 새로운 세상을 만들 수 있을 만큼 우리가 커지는 것은 영원히 불가능한 일이었다. 축소 지향의 이런 행위에 항의하지 않는다면 우리 운동은 영원히 승리할 수 없기에 나는 혼자서라도 항의하지 않을 수 없었다. 나는 윤상원을, 광주의 이름 없는 투사들을 역사의 패배자로 남겨 둘 수 없기 때문에 모든 분열에 대해 행동으로 항의해야 했다.

조 목사는 오래지 않아 의연함을 회복했고 자신의 피와 땀으로 일군 모든 것을 내놓고 다시 일어서는 아름다운 용기를 보여 주었다. 그리하여 더 커져서 우리 모두에게 또 한 번의 새로운 길을 보여 주었다. 눈물 겹게 고마웠다.

　밤마다 괴한들이 몰려와 돌을 던져 유리창을 깨며 위협하던 시절이었어요. 내가 가장 무섭고 외로웠을 때였지요. 인천산선 안에서 같이 지내던 동일방직 노동자 세 명이 내 방으로 찾아온 게 그럴 때였어요. 그중의 한 명이 대뜸, 목사님도 우리를 무시하고 있다며 나를 비난하고, 같이하지 않겠다고 나가 버리더군요. 그들이 돌아간 뒤에 나는 무서움과 외로움으로 서럽게 흐느끼며 울었어요. 제 평생에 그렇게 울어 본 적은 없어요. 그토록 애정을 쏟았던 노동자에게 내가 그런 이야기를 들으리라고는 꿈에도 상상을 못했지요.

　오래 괴로워하며 울다가 나는 번쩍 정신이 들었어요. 그리고 소리쳤어요.

　"박정희는 안 돼!"

　울면서 내 안에 있는 박정희의 모습을 본 거예요. 박정희가 국민들에게 이래라저래라 하는 것처럼 나도 노동자에게 가르치고 지도하려고만 한 거예요. 내가 제일 미워한 박정희를 내가 닮고 있다고 생각하니까 소름이 끼쳤어요. 그래서 내가 박정희같이 되지는 말아야 한다고 소리친 거죠. 그때, 내려오는 운동, 낮아지는 운동을 해야 한다는 걸 깨달은 거죠.

　폐허가 된 인천산선의 실무자를 기꺼이 맡아 준 사람이 김근태였어요. 김근태 간사는 '성실의 대명사'로 통했어요. 노동자 한 사람 한 사람에게 정말 성의를 다하니까, 그를 만난 노동자들은 다 오빠나 형처럼 따르며 존경했지요. 그는 노동자 교육이 있으면 하루 한 시간 이상씩

늘 준비했어요. 지식과 경험이 풍부해서 적당히 해도 되는데 절대 그러지 않았어요. 한번은 준비를 제대로 못하고 교육을 했다며, 장시간 노동으로 지친 몸을 이끌고 배우겠다고 온 그 사람들의 귀한 시간을 소홀히 했다고 자책하더군요. 그가 노동자들하고 약속해서 일 분이라도 늦었다는 얘기는 들은 적이 없어요. 살아 있는 예수를 보는 것 같은 감동을 준 사람이 김근태 간사였지요.

전 김근태와 삼 년 가까이 같이 일했지만 그가 탁월한 이론가란 걸 전혀 모르고 있다가 나중에 고문당하고 재판 받는 거 보고서 깜짝 놀랐어요. 그는 항상 운동은 이론이 아니라 삶이라고 강조했거든요.

조하순

일한 지 한 해가 되니까 폐허가 되었던 인천산선에 노동자들이 다시 몰려오기 시작했다. 일을 못한다는 소리를 듣지 않을 수 있었던 건 오랜 습관이 된 계획성 덕분이었다. 나는 중학교 때부터 한 달, 한 주, 하루의 계획을 세워 생활하는 습관을 유지해 왔다. 긴 수배 생활에서 자신을 지탱할 수 있었던 것도 계획에 따른 규칙적인 생활 덕분이었다. 나는 스스로 세운 산선 활동의 일 년 목표를 초과 달성했다. 자신에게 약간의 긍지를 느꼈다.

산선의 간사에게는 약간의 생활비도 지급되었다. 아껴 쓰면 생활은 근근이 할 수 있을 정도가 되었다. 형과 처가에 신세를 지지 않게 되어서 인재근과 아들 병진이한테도 좀 떳떳했다.

32

인천산선에 일하기 전부터 작은 단위로 해 오던 노동자들에 대한 조직 활동도 훨씬 탄력이 붙었다. 수배에서 벗어난 데다, 인천산선의 간사라는 공식적인 직함은 내가 해 오던 활동에 대한 위험부담을 크게 줄여 주었다.

1980년 광주로부터 충격을 받고, 현장 운동에 대한 중요성을 절감한 사람은 나만이 아니어서 공단으로 오는 운동가들이 늘었다. 경력이 꽤 있는 운동가들도 있었고, 다니던 대학을 포기하고 온 젊은 후배들도 많았다. 겉으로 드러나지 않았지만 수면 아래에서 공단의 여기저기가 꿈틀거리는 기운을 느낄 수 있었다. 그러나 갑작스러운 운동가들의 증가는 부작용도 함께 불러일으켰다.

나도 오늘 어이없는 일을 당했다.

사흘 전에 안면이 있는 한 운동가가 만나자는 연락을 해 왔다. 내가 조직 활동을 도와주는 대동산업과 관련된 일이었다.

오늘 내가 나간 자리에는 두 사람의 운동가가 앉아 있었다. 나를 만난 그들의 태도는 피의자를 취조하는 수사관의 그것과 비슷했다.

"대동산업 노동자들 만나고 있지요?"

오른쪽에 앉은 이가 대뜸 그렇게 물었다. 나는 그의 무례에 화가 나는 걸 참으며 대답을 했다.

"확인해 줄 수 없습니다."

내가 대동산업의 김세범을 만나는 건 인천산선의 공식 활동이 아니었다. 그가 운동가로 성장할 수 있도록 돕기 위해 나는 그를 비공개적으로 만나고 있었다. 그건 공개될 성격의 일이 아니었다.

286

"동지는 우리가 하고 있는 대동산업에 대한 조직 사업에 협조하지 않겠다는 것입니까?"

하는 일과 관련된 사람이 드러나지 않도록 지켜 주는 것은 비공개 활동의 기본이었다. 그러한 상식도 무시한 채, 상대에 대한 예의라고는 흔적도 찾아볼 수 없는 어투로 '동지'라는 말을 입에 담고 있는 그를 나는 물끄러미 쳐다보았다. 그들은 물론 안면이 있는 운동가들이었다. 그렇다고 동지가 되는 것은 아니었다. 동지라는 말이 내게는 모욕과 폭력으로 다가왔다. 동지라는 생각이 조금이라도 있다면 동지라고 부르기 전에 동지애가 느껴지도록 행동해야 마땅했다.

"그 조직 사업이란 게 뭔지 물어봐도 되겠습니까?"

"노조죠."

이번에는 왼쪽에 앉은 이가 눈에 힘을 주고 짧게 말을 받았다. 나는 이런 일로 둘이나 온 것도 마땅치 않았다. 나는 개인이고 자기들은 조직이라는 것을 과시하려는 유치한 의도가 담겨 있다는 느낌이 들었기 때문이다. 제대로 된 조직이라면 구성원 한 사람 한 사람이 다 조직의 내용을 대표하는 것이고, 따라서 한 사람이 하면 될 일에 두 사람이 함께 몰려다닐 이유가 없었다.

"그럼 그걸 하시는 분들께서 열심히 하면 되는 일이지 왜 내게 불필요한 걸 물어보고 그러십니까?"

노조는 대중조직의 문제였다. 내가 김세범을 만나는 것은 김세범을 앞세워서 노조를 만들려는 작업의 일환이 아니었다. 나는 그가 한 사람의 운동가가 되기를 기대하며 만나고, 그것에 맞는 대화를 하고 지식과 정보를 제공했다. 물론 그가 노조를 만드는 일에 주도적으로 나설 수도 있고, 한 사람의 조합원으로 참여할 수도 있었다. 그러나 그건 그의 문제였다. 대동산업에서 노조를 만든다면 대동산업에서 일하는 노동자들이 서로 상의해서 처리해 나가면 될 일이었다. 그리고 그들이 합의해서 외부의 지원을 요청하면, 지원을 요청받은 개인이나 조직이 적절한 지원을 하면 될 일이었다.

"말을 잘 알아듣지 못하시네요. 대동산업은 우리 그룹이 오래전부터 조직 활동을 해 온 곳이란 말입니다. 그러니까 그곳에서 손을 떼고, 관계하고 있는 노동자는 우리에게 넘겨주세요."

나는 터무니없는 얘기를 태연히 하고 있는 그들을 쳐다보기만 했다. 어이가 없어서 말을 않고 있는 나를 보고 그들은 기선을 잡았다는 듯이 한 걸음 더 나아갔다.

"대동산업에서 우리보다 더 오래, 더 많은 인자들과 활동을 했으면 대보세요. 그럼 우리가 물러나 주겠습니다."

인자란 용어는 조직원을 뜻하는 국적불명의 용어였다. 노동자가 넘겨주고 넘겨받는 물건이냐고 물으려다 참았다. 도대체 어디에서 어떻게 얘기를 시작해야 할지 가늠이 되지 않아서 그들이 하는 말을 계속 듣고 있는 수밖에 없었다. 그러자 그들은 분파주의, 분열주의, 자유주의, 온갖 주의를 다 가져다 붙이며 나를 몰아붙였다. 끝내는 김세범의 이름까지 꺼냈다.

"김세범이를 만나고 있는 걸 우리가 모를 줄 압니까?"

그래도 나는 말하면 안 되었다. 김세범이가 나와의 관계를 떠들고 다녔을 리도 없겠지만 설사 그렇다고 하더라도 나는 말하지 않아야 했다. 그건 비공개 활동의 기본 중의 기본이었다. 그래도 내가 아무 말을 하지 않자 그들은 더 무지막지하게 밀고 들어왔다.

"김세범이를 빼내서 밖에서 팀을 운영한다면서요?"

이건 좀 곤란하다는 생각을 했다. 도무지 가늠이 되지 않는 상대였지만 말을 하는 수밖에 없었다.

"노동조합을 만드는 데 두 분이 필요하다면 두 분이 누굴 만나도 상관없습니다. 제가 만나고 있는 노동자가 있다고 해도 마찬가지입니다. 그러나 반드시 지켜져야 하는 원칙은 대동산업의 노조를 만든다면, 그것을 만드는 대동산업 노동자들의 합의와 결정에 따라 모든 것이 진행되어야겠지요. 제가 만나는 노동자가 있다면 내부에서 그런 원칙에 따라 잘 진행하라고 조언은 하겠지만 그 사람 대신 밖에 있는 내가 또 다른 밖에 있는 사람과 협의해서 결정할 일은 아무것도 없다고 봅니다."

같은 요지의 이야기를 다른 말로 여러 차례 설명을 했지만 그들은 이해하지 못했다. 이해하지 않는 것일 수도 있었다. 이렇게 벽에 대고 이야기하는 것 같은 느낌을 받은 적은 처음이었다. 서로 평행선만 달리다가 헤어졌는데 참 피곤했다.

그러나 벽창호 같은 두 운동가는 내가 하고 있는 조직 활동에 대한 결단을 내리게 하는 계기가 되어 주었다. 나는 그들을 만난 다음 며칠 동안 그들이 그런 당치도 않은 요구를 한 이유를 곰곰이 생각해 보았다. 그들이 공개 활동 영역과 비공개 활동 영역의 차이도 아예 모를 정도의 사람들은 아니었다. 나는 김세범을 비롯해서 내가 만나온 노동자들과 내가 해 온 일들을 차근차근 되짚어 보았다. 그 내용의 상당 부분은 현장 소모임을 꾸리는 일과 관련된 것이고, 현장 소모임이 지향하는 것은 노동조합이었다. 나는 노동조합과 직접 관계가 없이 정치경제적인 안목을 가진 노동운동가로 성장할 사람을 발굴하고, 만나고, 지원한다고 해 왔지만 나타난 결과만으로 보면 예비 노조 간부를 모아서 진행하는 노조 준비 모임과 큰 차이가 없을 수 있었다.

나는 박정희의 잔당들과 싸우는 운동의 전선과 방법이 박정희의 유신 시대와는 확연히 달라져야 한다는 생각을 가지고 있었다.

그러기 위해서는 박정희 체제에서 축적된 학생운동의 경험을 발전시키고 단련된 운동가의 활동력을 결집하는 것과 더불어 노동자들의 진출을 이끌어 내야 한다는 생각이었다. 노동자들의 비약적인 진출을 위해서는 사회 전체를 바라보고 활동하는 노동 운동가가 많이 나와 주어야 한다고 믿었다. 내가 한 노동자들에 대한 조직 활동의 초점은 노동조합을 중심으로 접근하는 것과는 달랐다. 그런데 그것이 실제에서는 혼돈되어 있었다는 걸 대동산업의 일을 계기로 알게 된 나는 결심을 새롭게 했다.

그동안 해 오던 정체성이 모호한 소모임을 모두 정리했다. 노동조합을 지향하는 사람들은 인천산선의 반공개 모임으로 편입시키거나 그런 활동을 하는 그룹을 소개해 주었다. 노동 운동가로서의 지향을 가진 사람만 일대일의 관계로 바꾸어 운동가에게 필요한 훈련과 지원을 하기 시작했다.

전희석을 만난 건 하인천 전철역이었다. 나는 전철로 이동하면서 이야기했다. 신도림역에 갈 때까지 사십여 분 동안 그의 현장 활동에 대해 얘기를 듣고 모두 동의와 지지를 표시했다. 구상하고 있는 활동 계획도 흠잡고 보탤 것이 없었다. 그가 마지막으로 한 가지를 물어왔다.

"한 가지 고민을 하고 있습니다. 지금 중공업에서 하고 있는 모임을 둘로 나눠야 하지 않을까 싶습니다. 학습 능력이 뛰어나고 현장 활동도 잘하는 친구와 그렇지 않은 친구들의 차이가 많이 나서요."

나는 활동의 내용이 다르지 않은데 구성원의 수준에 따라 모임을 나누는 것의 위험성을 지적하고 이렇게 덧붙였다.

"내가 보기에 문제는 학습 능력이나 활동력이 떨어지는 친구들이 아닌 것 같아요. 오히려 주의해야 할 것은 똑똑한 사람, 문제가 생기면 앞장서서 잘 해결하는 사람, 논리적이고 말 잘하는 사람일 거예요. 나중에 보면 똑똑한 사람, 일 많이 한 사람들이 조직을 깨지, 능력이 떨어지는 사람이 조직을 깨지 않아요."

"왜 그런 사람들이 조직을 깨죠?"

"조직에 대한 불평불만은 그런 사람들이 다 하지요. 자기가 제일 똑똑하고 자기가 일 다 했으니까요."

"그렇지만 어차피 유능한 친구들이 일의 중심이 될 수밖에 없잖아요?"

"의사 결정 과정에서 참여의 폭을 최대한 넓히는 게 중요하겠지요. 그렇지 않으면 똑똑한 사람은 다른 사람들이 너무 안 따라온다고 불평하고, 나머지 회원들은 몇 사람이 자기들 마음대로 다 한다고 소외감을 느끼지요. 전체가 참여한 가운데 능력과 처지에 맞게 크든 작든 역할을 분담하고 중요한 일을 맡는 사람도 역할로서 배치되는 것과, 능력 있는 사람이 역할과 의사 결정을 모두 독점하는 것은 아주 다른 거니까요."

전희석은 한 정거장을 지나가는 사이에 내 말을 이해했다. 노량진에서 내리기 한 정거장 전에 그에게 자동차 산업을 분석한 논문의 복사본을 건네주었다. 일본 경제 잡지에 실린 자동차 산업의 구조와 전망을 분석한 최신 논문이었다.

"현장 활동 하기도 바쁜데, 자동차 노조도 아니고 자동차 산업에 대한 논문까지 제가 꼭 읽어야 하나요?"

전희석은 뜨악한 표정을 지었다.

"앞으로 우리 산업에서 자동차가 차지하는 비중이 점점 커질 텐데, 그게 앞으로 어떤 방향으로 흘러가게 될지는 알아야 그 안에서 운동의 방향도 잡을 수 있지 않겠어요. 나만 알고 내가 몸담고 있는 산업을 모르면 곤란하지 않아요?"

전희석이 입맛을 쩝쩝 다시며 난감한 표정을 지었다.

"맞는 말이시긴 한데, 선배님, 제가 일본어를 알아야 이걸 읽죠."

"서점에 가면 풀빛출판사에서 나온 일본어 교본 있어요. 얇아요. 한 오십 페이지 정도 될 거니까 금방 볼 수 있을 거예요. 그거 사서 공부하며 읽어 보세요."

둘이 만나면 주로 전철이나 버스를 타고 이동하면서 얘기하거나, 한적한 동네에서 걸어가며 얘기했지요. 제가 공장 활동의 상황과 계획을 설명하면 거의 백 프로 오케이, 백 프로 좋아, 였어요. 잘해 보려고 젖먹던 힘까지 다한 것에 대한 충분한 공감과 인정, 지지를 보내줬어요. 만나고 나면 힘이 났죠. 그런데 돌아오면서 생각해 보면 한 시간 동안 오십 분은 내가 얘기하고 선배님은 한 십 분 정도 얘기했더라고요. 놀라운 조직가였죠.

선배님이 내게 하는 얘기는 주로 정치, 경제, 국제 정세를 비롯한 운동가로서의 안목을 키우는 것이었죠. 일본 자동차 산업에 관한 논문을 읽기 위해 일본어 교본 사서 한 달 공부하며 읽었죠. 전 그 논문의 견해에 동의하지 않았어요. 그 논문은 한국과 같이 자체의 핵심 기술이 없는 반조립 공장은 끝내 자립하지 못하고 국제 하청으로 전락할 수밖에 없다는 거였어요. 선진국은 부가가치가 낮은 단순 기술만 후발국에 넘겨줘서 하청 기지화로 활용하지 절대로 부가가치가 높은 기술은 안 넘겨준다는 거죠. 저는, 후발국도 혈안이 되어 빈틈을 비집고 살길을 찾아 나가고 있기 때문에 아무리 선진국이 막으려고 해도 선진기술을 완전하게 독점하는 것은 불가능하다, 세상 모든 일이 그렇듯이 지배자가 의도하고 계획한 대로만 된다면 역사가 왜 바뀌겠느냐, 그랬죠. 그랬더니 선배님의 입이 쫙 벌어지더라고요. 맞다고, 그렇게 돼야 한다고, 그렇게 될 수 있을 거라고 하더군요. 전희석

인천산선의 일과 노동자 조직 활동으로 분주한 가운데 어느새 한 해가 저물어갔다. 연말이라 참석해야 할 망년회 모임도 많았다.

어제도 나는 케이스파이스 노동자들의 망년회에 참석했다가 밤중이 되어서야 집에 들어왔다. 그런데 집 안에 아무도 없었다. 아침에 나갈 때 어디 간다고 하지도 않았는데, 인재근도 아이도 없었다. 나는 마신 술이 확 깼다. 신발이 생각나서 돌아보았다. 문 앞에는 인재근의 신발이 아무렇게나 흩어져 있었다. 신발 한 켤레도 가지런히 정돈해 두는 그녀였다. 불길한 예감에 휩싸여 방 안에 들어갔다. 이부자리도 헝클어져 있었다. 분명히 무슨 일이 생긴 것이다.

사고가 생겼다면 나를 잡아갈 일이지 어린아이와 인재근을 데려갈 일은 아니었다. 그때 안방 구석에 놓인 책상 위의 종이 한 장이 눈에 들어왔다.

형, 형수와 애가 연탄가스를 마셨어. 병원으로 가.

후배 소준석의 글씨였다. 눈앞이 노랬다.

벌써 몇 번 방에 연탄가스가 스며들어 고생을 한 적이 있었다. 나는 가벼운 두통으로 그쳤지만 아이가 구토를 해서 놀란 것이 지난주였다. 조치를 한다고 철물점에서 문풍지용 스펀지를 사다가 문과 창틈에 붙

였는데, 기어코 일이 난 것이다.

어느 병원으로 갔는지 알 수가 없으니 내가 할 수 있는 게 아무것도 없었다. 머리에 떠오른 나쁜 상상을 부수기 위해 나는 두 손바닥으로 내 머리통을 눈물이 나도록 마구 때렸다. 그리고 대학교 2학년 이후로 해 본 적이 없는 기도를 했다. 제발, 제발…….

전화기만 바라보며 멍청하게 앉아 있었다. 어떻게 지나갔는지 모르게 시간이 흘렀고 전화벨이 울렸다. 소준석이었다.

"어떻게 됐어?"

"형, 괜찮아. 이제 의식이 돌아왔어."

나도 모르게 안도의 눈물이 쏟아져 내렸다.

오늘 아침 병원에서 돌아온 인재근과 아이를 뒤로하고 집을 나오려는데 발걸음이 떨어지지를 않았다. 어제 친구 심단수와 후배 소준석이 우리 집에 오지 않았으면…… 생각만 해도 끔찍했다. 다행히 두 사람이 연말이라고 날 보러 왔다가 인재근과 아이가 사경을 헤매고 있는 걸 발견한 것이었다.

이웃에 사는 후배의 부인 김정민이 와서 돌봐 주고 있어서 안심은 되었지만 골목에서 몇 번이나 발걸음을 멈추고 집을 돌아보았다. 자꾸만 서러워지려는 자신을 달래며 전철역으로 향했다. 오늘따라 아버지의 얼굴이 눈앞에 자주 어른거렸다.

부평에서 내려 약속을 한 김명중을 만나러 갔다. 약속 시간 오 분 전에 만나기로 한 정류장에 도착했는데 김명중이 먼저 나와 있었다.

"선배님, 어디 들어가는 게 어떨까요?"

"그냥 걸으면서 얘기하면 괜찮을 것 같은데."

해고를 당해 막일로 생활을 해결하고 있는 그의 주머니에 부담을 주고 싶지 않기도 하고, 울적한 마음을 숨기기가 어려울 것 같아 그냥 골목길로 들어서는 내 팔을 김명중이 붙잡았다.

"날씨도 춥고 연말인데 소주 한잔 하시죠. 며칠 용접일 할 곳이 있어서 제 주머니가 두둑합니다."

복직 투쟁을 하느라고 마음도 몸도 힘이 들었을 그가 한잔 하자는 것을 마다하기 어려워서 발길을 돌렸다. 산곡동 시장통의 순대집에 들어가 순댓국과 소주를 시킨 그가 내게 물었다.

"선배님은 왜 식당이나 술집에 잘 들어가지 않으려고 하세요?"

"걷거나 이동하면서 얘기하면 주변에 신경을 쓰지 않아도 되고, 돈도 안 드니까 좋잖아요."

"선배님도 경제 사정이 어려워요?"

"생활할 정도의 활동비는 산선에서 받아요. 왜, 내가 어려워 보여요?"

"아뇨, 항상 깔끔하게 하고 다니시고 여유 있어 보이죠. 그런데 왜 우리한테 술 잘 안 사 주세요?"

김명중의 표현은 정확하지 않았다. 잘 안 사 주는 게 아니라 사 준 적이 없었다.

"그래서 섭섭하고 억울해요?"

"아뇨, 다른 학생운동 출신들은 술도 잘 사 주고, 밥도 잘 사 주는데 선배님은 안 그러시니까요."

"제가 술도 밥도 잘 사 주는 사람 소개해 줄까요?"

농담을 했지만 마음 한쪽이 무거웠다. 집에 누워 있는 인재근과 아들 병진이 뇌리에서 떠나지가 않았다.

선배님은 자기가 밥값이나 술값을 내는 경우가 없었어요. 물론 절대로 먼저 비싼 식당이나 술집에 가자고 하지도 않았어요. 우리가 잘 가던 곳은 동인천에 있던 풀무다방, 거긴 클래식만 틀어주는 곳이었죠. 거기하고 백반을 파는 버드나무식당 정도가 고작이었어요. 저렴한 집이어서 별 부담이 없는 곳인데도 돈을 내지 않았어요. 그래서 처음엔 인색한 사람이라고 생각했어요.

제가 해고당한 다음에야 버드나무식당에 데리고 가서 두 번 밥을 사 주더군요. 그것도, 내가 해고 무효 소송에서 졌으니까 위로하는 뜻으로 산다, 오늘은 자기가 부수입이 좀 생겨서 산다, 그러면서 꼭 이유를 붙여서 샀지 괜히 사 주는 경우는 없었어요. 다른 학생운동 출신들은 활동비를 좀 쥐여주기도 하는 것 같았는데, 선배님은 절대 그러지 않았어요. 그러다 어느 날 저에게, 네가 키우려고 하는 노동자들에게 뭔가 베풀었다고 생각할 수 있는 일을 하지 마라, 그러더군요. 왜요, 하고 물으니까, 그 친구가 너에게 잘하기를 은근히 기대하게 되고 그 기대에 차지 않으면 섭섭하고 야속하게 생각하게 된다, 그건 좋지 않다, 그러더군요. 뒤통수에 번쩍하는 게 있더군요. 그런 행위 속에는 그 사람을 내 영향 아래 두려는 의도가 무의식적으로 개입하는 거예요. 상대에게는 의존심을 키워 주는 나쁜 일이기도 하고요. 제가, 자기 주머니의 돈으로 밥과 술을 사면서 만나고 싶은 사람이 되려고 애썼지요. 밥과 술, 돈이 아니라 시간과 정성을 투자해야 관계의 순정성이 유지되는 거란 걸 배운 거죠. 선배님도 우리에게 몇 년 동안 시간과 정성을 쏟았어요. 한 명의 운동가를 키우기 위해 어떻게 해야 하는지를 우리에게 몸으로 가르쳐 주신 분이 선배님이죠.

선배님은 흔히 말하는 자기 사람을 만들려는 시도를 일절 하지 않으셨어요. 어떤 사람들은 다른 사람들을 못 만나게 하고 그러는데 선배님은 반대였어요. 아, 이 문제는 이 사람을 만나 보면 좋겠다, 그건 저 단체를 찾아가 봐라, 오히려 그렇게 사람들을 소개해줬어요.

그때는 그게 다 당연했는데 지나고 보니 참 특별한 것이었다는 걸 알 게 되었어요. 김명중

나는 그날 통장을 털어서 아무 대책 없이 구월동에 열세 평 주공아 파트 전세를 계약했다. 내가 그렇게 앞뒤를 따지지 않고 무슨 일을 한 것은 처음이었다.

33

우리가 구월동 주공아파트로 이사하면서 방이 하나 더 생기자 심단 수가 소준석을 데리고 왔다.

외국어대를 나온 수배자 그룹의 막내인 소준석은 장결핵이 걸려 잘 먹고 쉬어야 하는데 장기 도피 생활로 건강이 많이 상해 있었다. 오갈 곳 없던 수배 시절이 떠올라 마음이 짠했다. 길거리에서 아는 친구를 만나면 내가 먼저 피했던 시절도 있었다. 그가 보여 줄 냉담함에 상처 받는 것이 두려워서였다. 어린 나이에 몸까지 아프니 얼마나 외롭고 서 럽겠는가.

인재근이 소준석을 붙들었다. 애들 보모로 쓰겠다는 구실이었다. 다 정다감한 이십 대 초반의 소준석은 정말 아이들과 잘 놀아 주었다.

그리고 한 달쯤 지나 심단수가 다시 왔다. 이번에는 또 다른 수배자 박유섭과 함께였다.

"준석이가 보모 노릇 잘하고 있는지 순시 왔네."

심단수와 박유섭은 동네 분위기 좋다고 칭찬을 늘어놓더니 기어코 일을 저질렀다. 우리와 같은 아파트에 월세로 집 한 채를 얻어 한 떼의 수배자를 이끌고 입주한 것이다.

박유섭은 긴급조치 제9호 아래서 벌인 첫 시위였던 5·22사건의 주범 중의 하나로 감옥에 다녀온 후배였다. 나는 그 사건의 배후 조종자로 지목되어 '공소 외 김근태'로 그의 공소장에 이름을 올리면서 수괴급 공범이 된 바 있었다. 그러나 내가 그를 제대로 알고 깊이 신뢰하게 된 것은 1980년 봄이었다. '서울의 봄'이 박정희의 잔당들에 의해 유린당하고, 광주가 고립된 채 죽어 가고 있을 때 서울에서 지원 투쟁을 조직하려고 외롭게 뛰어다닌 인물이 박유섭이었다. 자기 한 몸 지키며 피신하기도 어렵던 상황에서 계엄군이 진을 치고 있는 서울 시내의 대학가를 찾아 다니며 투쟁을 제안하고 호소하는 그의 모습은 가슴 시린 아름다움으로 내게 남았다.

그들이 1차로 이끌고 온 인물은 민종택과 이범영이었다. 민종택은 이소선 어머니와 함께 혈투를 벌이며 청계피복노조를 지켜온 인물이었다. 그 일로 지금도 수배 중이었다. 서울법대에 다니던 이범영은 4학년 2학기 기말고사까지 다 마치고, 졸업장만 받으면 되는 상황에서 시위를 주동한 희귀한 인물이었다. 그는 졸업을 거부하고, 박정희 정권 아래에서 출세할 수 있는 자신의 앞길을 스스로 막아 버리며 감옥으로 걸어간 것이었다.

심단수와 박유섭이 2차로 데리고 온 인물들의 면면도 화려했다. 문국수, 박승욱, 거기다 소준석까지 합쳐 놓으니 별들이 즐비했다. 열세 평 아파트에 국사범 일곱 명이 모여 앉아 있는데 참 기가 막혔다. 선고받을 형량을 모두 합치면 백 년은 넘을 것 같았다.

"심당수, 당원들이 많네. 문패에다 구월동 구치소, 이렇게 하나만 달아 주면 되겠어."

심당수는 예나 지금이나 거두고 챙기는 사람이 많았다.

"당수가 아니라, 내가 거의 이 집 식모야."

그래도 오늘은 아파트가 제법 정돈이 되어 있었다. 싱크대도 치워져 있었고 빨랫감도 굴러다니지 않았다. 인재근이 준비해 온 음식을 박유섭이 받아서 앉은뱅이 밥상 위에다 꺼내 놓았다.

"범영 씨는 아직 도착 안 했어요?"

인재근의 말이 끝나기 무섭게 이범영이 처녀를 한 명 데리고 들어섰다.

"너도 양반 되긴 틀렸다."

"무슨 말씀이세요. 제가 뼈대 있는 양반집 외아들인데."

민종택의 말을 받아 이범영이 너스레를 떨었지만 사람들의 시선은 모두 키가 훌쩍 큰 이범영의 옆에 서 있는 아리따운 처녀를 향하고 있었다.

"김설희입니다."

이범영이 구월동 식구들에게 소개하기 위해 데리고 온 신붓감이었다.

"와, 미인이시네요."

소준석이 감탄사를 터뜨리자 문국수가 뒤통수를 쳤다.

"방금 전까지 검증을 철저히 해서, 통과가 안 되면 결혼을 승인하지 말아야 한다고 설치던 녀석이 누구냐."

"통과 여부를 무기명 투표로 하자고 한 건 누군데 그러세요. 투표할까요?"

소준석은 사람을 즐겁게 만드는 재주가 있었다.

"시아주버니들이 너무 많죠? 그래 봤자 이분들은 별만 많이 달았지 별 볼 일은 없는 사람들이니까 너무 신경 쓰지 마세요. 시집살이는 누구한테 달려 있는지 알죠?"

말은 그렇게 하면서 인재근이 그녀의 가방과 옷을 받으며 하인 노릇을 했다.

범영 씨를 소개해 준 건 환경운동 하는 최렬, 심단수 선배님이에요. 그래서 사귀게 되었죠. 결혼을 하기로 한 다음에 범영 씨가 부모님을 만나기 전에 인사를 해야 할 사람들이 있다고 데려간 곳이 그 아파트였어요. 구월동 식구들이 승낙해야 결혼할 수 있다고 해서 긴장을 했죠. 독일에서 살다 온 저는 한국에선 다들 그렇게 사나 보다 했죠. 그때 김근태 의장님도 처음 뵈었죠. 그 뒤로 저에게는 늘 오라버니 같은 분이었어요.

의장님은 범영 씨 저세상 가고 나서도 우리 애들 보면 꼭 따로 불러서 애틋하게 손을 잡아 주곤 했죠. 의장님 돌아갔을 때 애들이 삼촌 죽었다고, 삼촌 없어져 버렸다고 자기 아빠 돌아갔을 때보다 더 많이 울었어요. 아빠 돌아갔을 때는 애들이 어려서 그게 뭔지 잘 모를 때였으니까요. 김설희

독일 교민인 김설희 씨는 광주학살 소식을 듣고 조국에서 뭔가 의미 있는 일을 하며 살겠다는 결심을 하고 가족들과 이별하고 단신으로 한국에 온 처녀였다. 이범영은, 연애에는 젬병인 수배자들의 검증되지 않은 코치를 받아 가면서 공을 들인 끝에 신통하게 결혼 승낙을 얻어서

김설희를 구월동까지 데리고 온 것이었다.

이범영이 김설희와 결혼을 해서 구월동을 떠났지만 수배자들의 아지트인 구월동 아파트에는 계속 새로운 손님이 줄을 이었다. 구월동의 식구들은 노동운동과 사회운동을 놓고 진로를 모색하고 있었다. 구월동으로 온 것도 노동 현장을 염두에 둔 선택이었다. 나는 구월동 식구들에게 사회운동과 대중투쟁을 권했다. 세상이 근본적으로 변화하려면 노동자들의 역할이 반드시 필요하지만 눈앞의 독재와 싸워 나갈 전투력을 지닌 사회운동도 필요했다. 노동운동이 중요하다고 해서 모두 노동운동에 뛰어들어야 하는 것은 아니었다.

"형님 말씀은 그러니까, 우리더러 노동자도 못 될 것들이 괜히 거룩한 노동운동 한다고 여기서 걸리적거리지 말고, 우리끼리 뭉쳐서 전두환이한테 대가리 박고 싸우다 몽땅 감옥에 가든지, 장렬하게 전사하라는 거죠. 그게 우리 같은 먹물들이 운동에 기여하는 지름길이다, 그거죠?"

박유섭은 내 의견을 그렇게 정리했다.

"정확하지는 않지만 비슷하긴 해."

내 말에 화를 내는 식구들은 없었다. 박정희의 잔당들은 이름만 지운 유신 체제를 그대로 유지하면서 국민들의 자유를 완전히 차압하고 있었다. 독재에 항의하며 싸우고 있는 것은 지금도 학생들이 거의 유일했고, 그들의 시위는 오 분을 넘기지 못하는 상황이었다. 어떻게든 오 분을 버텨 보려고 학생들은 밧줄에 몸을 묶고 도서관 난간에 매달리는 애처로운 방법을 개발했지만 정권은 그마저도 내버려 두지 않았다. 시위 주동자 검거에는 1계급 특진이 걸려 있었고, 특진에 눈이 먼 사복형사들은 밧줄에 매달린 학생들의 생명 따위는 아랑곳하지 않고 서로 먼저 잡아채려고 설쳤다.

학교 건물 사 층 난간에서 선언문을 낭독하던 연세대 학생 양경이는 건물 안에서 잡아들이려고 하는 형사들을 뿌리치다 바닥으로 추락해서 골반이 부러져 아직도 병원에 입원 중이었다. 그렇게 몸이 부서져 병원에 입원 중인 여학생에게 법원은 징역 일 년에 집행유예 이 년을 선고했다. 오 층에서부터 밧줄을 타고 내려오며 시위를 하던 외국어대 이령옥은 삼 층 높이에서 떨어져 갈비뼈 네 개와 다리가 부러지고, 어깨뼈에 금이 가는 중상을 입은 채 재판에 회부되었다. 밧줄에 매달려 시위를 하던 성균관대 학생 한덕근은 기관원이 옥상에서 줄을 흔드는 바람에 삼 층 높이에서 추락해서 척추가 부러졌다. 교내 시위를 벌이던 인하대의 윤오영은 발뒤꿈치가 으깨지고 아킬레스건이 끊기는 중상을 입은 채 구속되었다. 중앙대의 이근언도 도서관 난간에서 시위를 벌이다 깨진 창문 유리에 찍혀 스무 바늘을 꿰맨 채 감옥으로 갔다.

밧줄을 타고 내려오며 시위를 벌이던 서울대 학생 황정하는 체포하려는 기관원 십여 명을 뿌리치려다 오 층에서 추락해 뇌골절상을 입고 중태에 빠졌다. 그런데도 기관원들은 중태에 빠진 황정하를 방치해 두고 다른 1계급 특진이 걸린 시위 주동자를 잡으러 뛰어다녔다. 정권은 서울대병원으로 달려간 황정하의 가족들에게 죽은 지 여섯 시간 만에 화장했다며 시신이 아닌 유골함을 내밀었다.

밧줄에 몸을 매고 싸우는 학생들에게 투쟁의 전선을 전부 맡긴 채 모두 공장으로 소모임이나 만들러 가서는 안 되는 일이었다. 전선을 형성하고 돌파구를 만들어 나갈 수 있는 현실적인 세력은 박정희에 맞서 싸워 온 경험과 투지를 가진 학생운동 출신들뿐이었다. 뿔뿔이 흩어져 있는 학생운동 출신들을 결집해서 투쟁의 돌파구를 만들어야 한다는 데 이의를 가진 구월동 식구들은 아무도 없었다.

"우이 씨, 유신 때부터 박정희랑 붙었던 학생운동 출신들만 다 계속해서 싸웠어도 세상이 바뀌었을 텐데."

집 안에서 농구공을 가지고 놀던 소준석이 툴툴거렸다.

"그럼 우리가 한번 긁어모아 봐."

박유섭이 소준석이 던진 농구공을 받듯이 가볍게 받았다.

구월동의 식구들은 광주학살의 진상을 정리한 백서를 만드는 일과 전두환과 맞서 싸울 청년 조직을 만드는 일로 분주했다.『광주학살 백서』는 광주에 가서 현지 조사를 하고 자료를 모아 온 소준석이 맡았고, 청년 조직을 만드는 일은 이범영과 박승욱이 뛰어다녔다. 박유섭은 둘 다 관여를 했고, 심단수는 뒤에서 팔짱을 끼고 지켜보다 훈수를 한마디씩 하는 감독관 비슷했다.

소준석이 만든『광주학살 백서』는 상당히 훌륭했다. 구월동 식구들은 그걸 등사원지에 타자기로 친 다음 등사기로 밀어서 몇백 부를 만들었다. 드는 돈은 심단수가 원예영이 하는 풀물원 일을 거들어 주고 조금씩 얻어오는 것 같았다. 만들어진 백서는 발신처가 드러나지 않도록 다른 먼 지방에 가서, 우편으로 각 대학의 학생회, 단체 등으로 보냈다. 번거롭고 위험한 작업을 하면서도 그들은 뭐가 좋은지 어쩌다 들르면 늘 '히히'거리고 있었다.

청년 조직을 만든다고 분주하게 뛰어다니던 박유섭과 이범영이 민청련을 만들기로 합의가 이루어졌다는 소식을 나에게 전해 왔다. 나는 전적으로 찬성이었다.

그런데 얼마 뒤에 이범영이 찾아와서 그 조직의 의장을 내가 맡았으면 좋겠다고 했다. 나는 고개를 저었다.

"이런 조직이 반드시 필요하다고 하셔 놓고 지금에 와서 왜 발을 빼려고 하세요?"

"그 자리를 맡는 사람은 민주화 운동에 대한 관심과 기대를 한 몸에 받게 될 거야. 그건 나에게 과분한 자리야."

그러나 이렇게만 말하면 내가 정직하지 않은 것이었다. 그래서 말했다.

"나는 감옥에 가는 일을 피하고 싶어."

민주화 운동의 최전선에서 싸우게 될 조직의 대표를 맡는다는 것이 무엇을 의미하는지 나도 잘 알고 있었다. 깨지면서 돌파구를 마련하기 위해 만드는 조직인 만큼 그 대표는 그 조직에서도 제일 먼저 깨질 것이 뻔했다. 감옥에 가는 것이 두렵지는 않았지만 또 세상과 격리되어 지내야 하는 소외감을 감당할 엄두가 잘 나지 않았다. 1970년대 십 년을 수배자로 지내면서 신물이 나게 맛보았던 외로움과 소외감이었다. 피할 수만 있으면 피하고 싶었다. 핑계거리는 있었지만 말하지 않았다. 인천에서 벌여 둔 산선의 활동과 비공개 조직 활동을 중단할 수 없다, 그러나 그건 자의식과 긍지가 있는 인간이 할 수 있는 말이 아니었다.

다음에는 박유섭이 깡다구가 센 이해창을 데리고 왔다. 나는 태도를 바꾸지 않았다. 나도 깡에 밀리지 않을 때가 가끔은 있었다. 마지막으로 나를 찾아온 게 오랜 후배 최민하였다.

"부담은 형만 지는 게 아닙니다. 여기 참여하는 사람들 다 깨질 각오하고 시작하는 건데 형님이 끝까지 사양했다, 그러면 그건 사양이 아니라 거절한 거예요. 형님이 거절한 조직에 참여해서 깨져야 한다, 그거 얼마나 맥 빠지는 일이에요. 죽여 보라고 나선 후배들을 형이 그렇게 기운 빠지게 만들고 싶으세요?"

최민하는 내가 깨지면 자기가 뒤를 이어서 모든 책임을 지고 싸워 나가겠다며 나를 기어코 꼼짝 못하게 만들었다.

출범을 앞두고 의장을 누구로 할지가 가장 큰 문제였어요. 그때 우리 운동은 '현장운동파'와 '정치투쟁파'로 나뉘어 있었어요. 모험적이고 소모적인 정치투쟁에 역량을 소모하지 말고 노동운동을 중심으로 한 현장운동에 집중해야 한다는 파와 전두환과 맞붙는 선도적인 정치투쟁으로 돌파구를 만들어야 한다는 파가 있었던 거죠. 의장은 이 두 파가 다 동의할 수 있는 사람이어야 했어요. 그럴 수 있는 사람, 현장과 연결이 되면서 대중정치투쟁을 이끌 수 있는 가장 적임자가 김근태 선배였어요. 그리고 무엇보다 우리의 자존심, 맞고 깨지면서 감옥에 갈 우리의 순정을 더럽히지 않고 끝까지 지켜 줄 수 있는 도덕적 지도력을 가진 게 누구냐, 그게 김근태라는 데 우리는 아무도 이의가 없었어요. 최민하

모든 집회와 시위가 봉쇄되고 일체의 공개 활동이 금지된 상황에서 민주화운동청년연합은 출범했다. 민청련은 깨질 각오를 하고 만든 조직이었다. 그래서 지도부도 이중으로 구성을 했다. 1선 지도부가 전면에 나서고, 1선 지도부가 깨지면 즉각 이를 대체할 2선 지도부를 준비해 두었다.

1선 지도부는 나와 장영담이 맡았다. 부의장을 맡은 장영담은 장비급의 거침없는 행동파였다. 2선 지도부는 최민하와 이해창이 맡았다. 의장을 맡은 최민하는 관우급의 배포를 가진 후배였고, 부의장을 맡은 이해창은 깡다구로 당할 사람이 없는 지략가였다.

우리 조직의 상징을 두꺼비로 하자고 제안한 건 사회부장을 맡은 연선수였다.

"두꺼비는 알을 낳을 때면 일부러 뱀의 길을 가로막고 싸움을 겁니

다. 뱀도 두꺼비를 잡아먹으면 자기가 죽는다는 거 알기 때문에 피하려고 하지만 두꺼비는 끝까지 엉겨 붙습니다. 그래서 기어이 자신은 뱀에게 잡아먹히지만, 두꺼비를 삼킨 뱀 역시 두꺼비의 독으로 죽게 되지요. 그러나 뱀의 배 속에서 알을 까고 나온 새끼 두꺼비들은 썩어 가는 뱀을 먹어 치우며 자라납니다."

그렇지, 그거야. 우리는 모두 두 주먹을 쥐고 흔들며 만장일치로 두꺼비를 조직의 상징으로 결정했다. 우리는 지금이야말로 죽는 것이 사는 것이라는 것을 믿었고, 죽는 것이 바로 몇 배로 되살아나는 길이라는 것을 명백하게 보여 주고자 했다. 두꺼비는 민청련을 향한 안팎의 비판과 공격에 대한 우리의 대답이기도 했다.

오래 알고 지내 온 운동가 한 사람에게 민청련에 합류해 달라고 부탁했다가 면박을 당했다. 그는 나에게 민청련이 소영웅주의적이라고 비판했다.

"결국 적들의 아가리에 운동 역량을 똘똘 말아서 한입에 처넣어 주고 말 거야."

가슴에 상처를 주는 말이었다. 상당히 그럴듯하게 들리는 이 비난은 1980년 광주의 처참한 패배 이후 좌절과 절망 속에서 살아온 우리의 어깨를 무겁게 짓눌렀다.

"그렇다면 박정희도 모자라, 박정희 잔당들에게까지 우리가 얼마나 더 고개 숙인 채 눈을 내리깔고 기다려야, 비로소 충분히 싸울 수 있는 역량이 축적될까요?"

"맘대로 해 보게."

모든 희생을 감수하고 단호히 대처해야 할 때 물러서자고 하는 패배주의에 대해서 나는 동의하지 않았다. 나 개인의 안전을 운동 역량의 보전으로 바꾸어 말하는 비겁을 이겨 내지 않으면 우리는 한 걸음도 앞으로 나아갈 수 없었다. 이것이 명백한 진실임을 알고 있었다. 그러면서도, 제대로 싸워 보지도 못하고 적들의 아가리에 소중한 동지들을 똘똘 말아 한입에 처넣어 주고 마는 건 아닌지 걱정이 되었다.

창립대회부터 문제였다. 예비 검속과 봉쇄를 뚫고 창립대회를 치러야 하는데, 장소를 구하는 것마저 어려웠다. 우리야 깨질 각오가 되어 있었지만 장소를 빌려 준 곳도 깨져야 하기 때문이었다. 김승훈 신부와 함세운 신부가 돈암동에 있는 가톨릭의 상지회관을 빌려 주었다.

나는 예비검속을 피하기 위해 어제 미리 집을 나왔다. 오래 떨어져 지내게 될지도 모를 세 살 된 아들 병진과 아직 돌이 되지 않은 딸 별민에게 인사를 했다. 아들 병진이 녀석은 아장아장 걸어와서 현관을 나서는 내 뺨에 뽀뽀를 했다.

창립대회가 열리는 오늘 아침 나는 집행부와 함께 4·19묘지와 무명 독립군 묘지를 참배했다. 나라의 독립과 민주주의를 위해 목숨을 바친 분들 앞에서 우리는 부끄럽지 않게 박정희의 잔당들과 싸울 것을 다짐했다.

창립대회 장소는 쉰아홉 명이 입장한 다음 경찰에 의해 원천 봉쇄되었다. 우리는 공개 투쟁을 원칙으로 했기 때문에 창립총회도 공개하기로 했다. 그러나 미리 공개하면 원천 봉쇄로 창립할 대회 자체가 없어지기 때문에 시작과 동시에 공개하기로 한 것이었다. 회원들이 집결하는 것을 확인한 경찰은 창립총회장을 바로 봉쇄하고 나중에 들어오려는 회원 백오십 명을 격리하거나 연행했다.

창립대회를 마친 나는 1선 지도부와 함께 국가안전기획부로 연행되었다. 안기부는 며칠 동안 나를 가두어 두고 '민청련 해체 선언서'라는 것을 만들어 와서 서명할 것을 요구했다.

"서명만 하면 내보내 주기로 청와대와도 얘기가 돼 있어요. 그러니까 여기 서명하고 나가세요. 내보내 준다지 않습니까. 나가서 다시 하고 싶으면, 하세요. 그건 우리도 묵인한다 그겁니다. 안 그러면 구속시킬 수밖에 없어요."

구속되는 거야 벌써 각오한 일이었다. 다만 창립대회와 함께 지도부가 다 구속되어 버리는 것보다 일단 타협을 하고 나감으로써 '공개 조직'을 유지하는 게 더 유리할 수도 있지 않을까, 하는 생각이 잠시 들었다. 그러나 그건 아닐 것 같았다. 무원칙으로 타협을 하기 시작하면 앞으로 저들의 회유와 탄압이 들어올 때마다 잔머리를 굴리며 기우뚱거리게 될 것이고, 그렇게 되면 깨지면서 유신 잔당들을 돌파하자고 했던 우리의 결의는 먼지처럼 흩어져 버릴 것이었다. 우리의 상징, 살신성인 두꺼비를 생각하자 한결 배짱도 두둑해졌다. 명색이 내가 우리 조직의 의장이었다. 의장 두꺼비부터 뱀의 아가리에 머리를 들이대는 수밖에 없었다.

"이건 말이 안 되는 요구입니다. 민청련 해체는 의장이 할 수 있는 게 아니고 회원총회의 의결 사항이란 걸 우리 규약을 봤으면 알 거 아닙니까?"

죽자고 하니 정말 살았다. 의외였다. 당연히 구속될 줄 알았는데 불구속 기소로 내보내 주었다. 의장 두꺼비가 각서도 쓰지 않고 풀려나자 회원 두꺼비들은 고무되었다. 박정희의 잔당들도 두꺼비를 삼키기는 싫었던 모양이었다.

좀 웃긴 일이 있었어요. 경찰서와 안기부로 연행됐던 사람들 대부분이 조사를 받고 훈방됐지만 의장인 김근태 선배만 일주일 만에 풀려났죠. 의장이 석방되던 날 우리는 마침내 공개 운동 단체를 합법적으로 쟁취했다는 기쁨에 서소문 검찰청으로 우르르 몰려갔어요. 그리고 석방된 선배와 함께 사오십여 명의 회원이 저녁 식사를 했지요. 나는 감격에 겨운 나머지 우리나라 최초의 디스코 클럽인 북창동 '다빈치'로 회원들을 모두 이끌고 갔어요. 거기서 우리는 마음껏 축제를 벌였죠. 당시 '다빈치'의 주인이 내 중학교 동창생의 누이였거든요. 사실 김근태 선배 부부는 그때 디스코 클럽이라는 곳을 처음으로 가 봤을 거고, 장영달, 김병곤, 이범영, 박계공 부부, 민청련 회원들도 대개가 그랬을 거예요. 김근태 선배는 불편했을 텐데 판을 깨진 않더군요. 그게 우리를 따라다니면서 감시하는 정보기관에게, 봐라 우리 기죽지 않는다 하는 걸 보여 주려는 나의 쇼이기도 했다는 걸 눈치챘겠죠. 그런데, 김병곤은 선배인 나를 어쩌지는 못하고 계속 못마땅한 눈으로 째려보더군요. 그러거나 말거나 나는 옆자리에 진을 치고 있는 기관원들 보란 듯이 회원들과 부어라 마셔라, 놀았죠. 최민화

우리는 공개 단체답게 서울 시내 한복판에 사무실도 얻었다. 사무실은 인재근이 인사동에 있는 파고다빌딩 504호를 꼿꼿이 강습소로 쓴다고 미리 임대계약을 해 둔 곳이었다. 우린 보란 듯이 살신성인 두꺼비가 그려진 민청련 간판을 걸었다.

경찰이 두꺼비 간판을 떼어 가고, 건물주를 시켜 저녁이면 집기를 건물 밖으로 내동댕이쳤다. 아침에 출근한 간부들은 다시 집기를 사무실에 들여놓았다. 날마다 같은 일이 되풀이되었다. 그러다가 간부들을 모두 다 잡아가고 사무실에 못질을 하면 간부들의 부인이 애를 업고 나

와서 장도리로 문을 뜯고 들어가서 사무실을 지켰다. 그렇게 한 달을 싸운 끝에 안기부는 우리의 사무실을 인정했다. 민청련에 대한 기본방침이 공개 거점 철거에서 '사무실 주변에 대한 잠복근무와 간부들에 대한 철저한 감시'로 바뀐 것이다.

그 와중에 안기부 국장을 신라호텔에서 면담했다. 여러 차례의 면담을 거부한 다음이었다. 방 안에는 양주 세트가 준비되어 있었다. 국장은 육사 출신의 잘나가는 군부 엘리트였다. 그는 나를 설득할 수 있다는 자신감을 보였다. 양주를 한 잔 권한 다음 그가 본론을 꺼냈다.

"우리가 원수는 아니지 않소. 허심탄회하게 대화를 합시다. 말이 통하면 우리가 서로 돕지 못할 이유도 없지 않소."

그는 전두환 정권이 출범하는 과정에 문제가 없었던 것은 아니지만 이미 현실이 된 것 자체를 부정하지 말라고 했다.

"민청련의 입장과 충정은 이해해요. 나도 당신들 주장에 수긍이 가는 부분이 있고, 도와주고 싶은 생각도 들어요. 그렇지만 인정할 것은 인정하면서 활동을 해야 서로 대화가 되지 않겠습니까?"

그것은 우리가 서로 파트너가 되어 적당한 선에서 툭탁거리면서, 적당한 선에서 공존하자는 달콤한 유혹으로 들렸다. 안기부 국장은 민청련을 어떻게 다루어 나갈지를 결정하는 실무 책임자였다. 그가 요구하는, 우리가 인정해 주어야 할 것이란 전두환 정권과 이른바 5공화국 체제였다. 나는 민청련의 대표로서, 어정쩡한 태도를 취하지 않기로 했다.

전두환 일당은 박정희의 사생아들이고 5공화국으로 이름만 바꾼 유신 체제에 불과하다고 반박했다. 이것이 그의 신경을 크게 자극했다.

"아무런 절차적 정당성도, 역사적 정통성도 없는 이 정권이 스스로 물러나는 것만이 국장님께서 말씀하는 나라를 위하는 길입니다."

화가 치민 그는 내게 주먹을 날렸다. 나는 앞에 놓인 탁자를 뒤집어엎었다. 싸움이 붙었고, 내가 일방적으로 깨질 수밖에 없었다. 나는 눈 위가 찢어지고 코뼈가 부러져 병원에 입원을 했다. 안기부의 단장이 와서 사과를 하고 치료비를 물어 주고 갔다. 민청련의 사무실을 확보하는 대가로 꽤 괜찮다고 여겼던 내 코뼈도 일부 지불된 셈이었다.

나는 그 일로 처음 인천의 노동자들과 한 약속을, 그것도 여러 개를 줄줄이 지키지 못했다. 상처 입은 두꺼비가 걱정된 인천의 노동자 친구들이 대유중공업의 전희석을 내가 입원하고 있는 병실로 보냈다. 나는 반갑고 고마웠지만 병실을 지키던 민청련 회원 모르게 다음 약속을 적은 메모를 쥐여 주며 호통을 쳐서 돌려보냈다.

이런 문병이 누구를 위해서 필요하냐며 심하게 나무라더군요. 들리는 소문으로는 거의 죽게 된 것으로 알아서 갔는데…… 좀 섭섭했지만 돌아오면서 선배님이 평소에 했던 이야기들이 머리에서 떠나질 않더군요. 우리 같은 지식인이 사회의 문제를 지적하고 잘못된 권력에 맞서 싸우면서 돌파구를 열 수는 있다. 그러나 사람을 사람으로 대접하는 그런 사회는 노동자들이 변화하고 움직이지 않는 한 절대 이루어지지 않는다, 그게 너희들의 몫이다, 그랬었죠. 김근태 선배님은 우리에게 한 번도 노동자연하지 않았어요. 나 같은 지식인은, 늘 이렇게 말했죠. 전희석

전희석이 앉았다 간 병상의 시트 밑에는 봉투가 놓여 있었고, 그 안에는 기름때 묻은 만 원권 지폐 열 장이 들어 있었다.

눈물겨운 고마움과 함께 가슴이 뜨거워졌다. 어떤 운동가들은 노동

자들이 이 세상을 바꾸는 주인이라고 떠받들며 활동비를 지원하기도 했지만 나는 그들에게 술 한번 사 준 일이 없었다. 그럴 돈도 없었지만 그런 방법으로 노동자들의 환심을 사고 싶은 생각이 나는 추호도 없었다. 이 세상을 바꾸는 주인은 저절로 되는 것이 아니라 주인답게 생각하고 행동할 때 되는 것이었다. 객들에게 기대고 의지하는 주인은 세상 어디에도 없는 법이었다. 인천의 노동자들이 모아서 보냈을 이 돈은 자연인인 내게가 아니라 독재 정권을 향해 선전포고를 하고 최전선에서 싸우고 있는 민청련에 대한 그들의 성원이었다. 이것은 세상을 바꾸려는 주인이 아니면 할 수 없는 일이었다. 나의 폐부 깊숙한 곳으로부터 긍지와 희망이 차오르며 온몸의 통증을 밀어냈다. 나는 전희석이 몰래 두고 간 봉투를 민청련 재정팀에 넘겨주었다.

34

한번 투사는 영원한 투사였다.

학교를 떠난 다음 뿔뿔이 흩어져 지내다 투쟁 일선으로 돌아온 청년들은 투지로 넘쳤다. 그동안 몸이 근지러워서 어떻게들 살았나 싶었다. 땡전 뉴스를 보면서 혼자서 울화를 삭여 온 옛 투사들이 발휘하는 힘은 예상을 훨씬 뛰어넘었다. 산전수전 다 겪은 선수들이 모이니까 기발한 투쟁전술이 만발했다.

민청련이 개발한 첫 번째 가두 투쟁전술의 하나가 공중전이었다. 그동안의 가두 시위는 핸드마이크를 어깨에 멘 주동자가 사이렌을 울리고 구호를 외치면서 시작하는 게 정석이었다. 그러면 주변에서 대기 중이던 부주동자들이 모여드는 사람들을 향해 유인물을 뿌리는 것이었다. 야사로 불리는 주동자는 끝까지 버티면서 시위를 이끌다가 잡혀서 그날의 시위에 대한 모든 책임을 지고 감옥에 가는 것이었다. 도망가지 않고 잡혀 주는 것이 원칙이었다. 누군가는 시위에 대한 책임을 져 줘야 피해가 엉뚱한 곳으로 번지지 않기 때문이었다. 유인물을 뿌리던 보조주동자는 잡히면 감옥이고 잡히지 않으면 괜찮았다. 문제는 이 유인물 살포였다. 시위가 시작되기 무섭게 달려드는 기관원들에게 유인물을 빼앗기고, 시민들은 유인물을 받아 보지도 못할 때가 많았다. 그러면서도 잡힌 사람은 감옥행이었다. 그래서 개발한 것이 공중전이었다.

시위 시작 직전에 미리 답사해 둔 양쪽 고층건물에 올라가서 사이렌이 울리는 것을 신호로 동시에 창문 밖으로 살포했다. 지상과 공중에서 동시다발로 벌어지는 시위 상황에 경찰이 허둥대는 사이 유인물을 뿌린 부주동자들은 유유히 건물을 빠져나왔다. 이 전술은 피해를 줄이는 데 유용했을 뿐 아니라 시위의 분위기를 띄우는 데도 톡톡히 역할을 했다. 거리 양쪽에서 하늘을 가득 채우며 팔랑팔랑 내려오는 전단지는 그 그림 자체로 상당히 선동적인 아름다움이 있었다. 그러나 이것도 몇 번 반복되자 시위가 시작되면 경찰은 주변 건물의 계단부터 차단했다.

민청련의 선수들은 여기에 맞서서 공중 무인 살포술을 개발했다. 유인물 뭉치를 삼백 장씩 돌돌 말아 실로 묶은 다음 건물 상층부의 계단 창틀에 매달아 두고, 불붙인 담배로 실을 받쳐 두는 것이었다. 담배가 타들어 가면서 실이 끊기고 돌돌 말아둔 유인물 뭉치가 터지면서 자동 살포되는 방식이었다. 담배가 타들어 가는 사이 부주동자는 유유히 건물을 빠져나올 수 있었다. 이 방법도 두 가지의 결함이 드러났다. 담뱃불이 중간에 꺼져 버려서 살포 자체가 되지 않거나 유인물 뭉치가 확 펼쳐져서 흩날리지 않고 뭉치째 그대로 떨어지는 경우였다. 담뱃불이 중간에 꺼지는 문제는 남부지부에서 해결해 왔다. 여러 번의 실험 결과 일반 담배가 아닌 쑥 담배로 하면 끝까지 타들어 간다는 것을 알아낸 것이다. 유인물이 펼쳐지지 않는 문제는 북부지부에서 해결했다. 전단 뭉치를 돌돌 말 때 안쪽에다 탄력성이 뛰어난 얇은 책받침을 넣어서 유인물 뭉치를 공중 폭발 시키는 방법이었다.

버스를 이용한 이동 살포술도 개발됐다. 버스 천장에 달린 환기통을 통해 유인물을 뿌리는 방법이었다. 버스가 정류장에서 멈추는 것과 동시에 환기통 밖의 버스 지붕에 유인물을 올려 두고 얼른 내리면 버스가 떠나면서 유인물을 정류장 주변으로 흩뿌려 주었다.

민청련의 이런 모든 투쟁은 민청련의 회원들의 의사결정기구이자 집행기구인 '계반' 모임을 통해 이루어졌다.

민청련이 대단했던 것은 회원들이 모든 의사결정과 집행에 참여하는 조직이었다는 점이에요. 계속되는 투쟁으로 집행부가 많이 잡혀 들어간 다음에는 야사도 회원들의 모임에서 선출했어요. 그때는 시위주동자를 야전사령관이라고 해서, 줄임말로 야사라고 불렀잖아요. 대학별, 기수별로 대표가 주요한 결정에 참여했죠. 그 기수 대표들이 모인 조직이 민청련의 기반이어서 '기반'이라고 이름 붙였죠. 이를테면 대의원회 비슷한 건데 결정뿐 아니라 집행에 대한 책임도 같이 진다는 점이 달랐죠. '기반'을 '계반'이라고 바꿔 부른 건 계모임 비슷한 어감을 줘서 위험 부담을 줄이려는 의도였어요.

김근태 의장과 간부들이 중요한 역할을 했지만 정말 민청련을 최고의 조직으로 만든 건 이 계반을 통해 활동한 이름 없는 회원들이에요. 야사를 뽑아 올리고, 현장 투쟁을 조직하는 일을 계반을 통해 회원들이 다 같이 해낸 거예요. 유인물을 찍는 돈, 시위 물품을 사는 돈, 사무실 운영비, 상근자 월급, 노동자 투쟁 지원금, 이런 게 다 회원들의 회비로 마련되었어요. 집회를 하면 이삼백 명을 완벽한 보안 속에서 동원할 조직력을 가진 게 민청련의 '계반' 조직이었어요. 전성기에는 이 계반 조직에 참여한 회원이 천오백 명이 넘었으니까 막강했죠.

김근태 의장이 대단했던 건 그런 '계반' 조직의 결정권을 철저히 보장하고, 경청하고, 존중해서 회원들 모두가 민청련에 대한 높은 주인의식과 자부심을 가질 수 있게 조직을 이끌었다는 점이에요. 그는 조직이 어떻게 힘을 모으고 발휘하게 되는지를 아는 사람이었어요. 최경환

'계반' 모임을 통한 회원들의 결의와 추진력은 대단했다. 유인물이 만들어지면 '계반' 조직을 통해 회원들에게 전달되었고, 하룻밤에 수만 장의 유인물이 서울 시내 가정집의 대문 안에 들어갔다. 조직의 재정을 책임지는 것도 '계반'이었다.

회원들은 민청련 상근자들에게 월급을 지급하기로 결의하고 자기 수입의 오 퍼센트를 '민주화 비용'으로 납부했다. 박정희 잔당들을 일소할 때까지 끝까지 싸워 나가려면 직업적인 활동가가 필요하고, 그런 활동가의 생활을 회원들이 책임지겠다고 결의하고 나선 것이다. 월급은 미혼자 십만 원, 기혼자 이십만 원이었다. 자녀를 둔 상근자는 여기에 오만 원을 추가했고, 기혼자도 배우자의 수입이 있으면 오만 원을 삭감했다. 그 규정에 따라 나에게는 이십오만 원의 월급이 지급되었다. 그것은 회원들이 주는 참으로 엄중한 월급이었다. 그렇게 해서 민청련은 명실

상부한 회원의 조직이 되었다.

회원들 외에도 보이지 않게 민청련을 도와준 고마운 분들이 여럿 있었다. 공병우 선생은 공병우타자기 수십 대를 팔아 쓸 수 있게 해 주었고, 종로서적의 장하구 회장도 은밀히 큰 도움을 주었다. 천주교정의구현사제단의 신부와 목사, 일부 변호사들의 후원도 힘이 되었다. 그리고 경제활동을 하고 있는 회원들의 후원은 민청련의 또 다른 힘이었다.

저는 민청련 만들면서 상임위원으로 참여했는데, 집안 사정으로 전면에 나설 수가 없었어요. 집안 사정상 사업을 해야 했거든요. 그런 저에게 민청련에서《정세연구》만드는 일을 도와 달라는 부탁을 받았지요. 그거라면 돈을 버는 제가 마땅히 해야죠. 그래서 매달 오십만 원씩, 민청련 해산할 때까지 한 달도 빠지지 않고 십 년 가까이 보냈죠. 회사 자금 사정이 좋지 않아, 집에 생활비 주기가 어려워도 그 돈만큼은 하루도 늦지 않게 보냈어요. 그렇게라도 내가 민청련의 일원으로 기여하는 걸 기쁘게 생각했죠.

그런데 방 작가, 왜 이런 걸 나에게 전화로 확인하는 거예요? 제 이름 절대 쓰지 마세요. 진짜 고생한 사람들, 인생 망가진 사람들 얼마나 많이 있는데……. 이래경

'계반' 모임을 통한 회원들의 결의가 확보되었기에 민청련이 광주학살 문제를 전면에 내건 투쟁에 나설 수 있었다.

1984년 5월, 우리는 서울에서 처음으로 광주항쟁추모집회를 개최했다. 비공개 조직 동원이었다. 완벽한 보안 속에 성문밖교회에 삼백 명이 넘는 회원이 모였다. 광주에서 목숨을 바친 이들에게 고개 숙여 사죄

하며 물러서지 않을 것을 다짐했다. 집회가 끝난 것은 자정이 지나서였다. 대절한 두 대의 버스가 원정 추모단을 태우고 광주로 떠났다.

망월동으로 향하는 내 마음은 쓰라림과 설렘이 시소를 타고 있었다. 박정희의 잔당들이 광주 시민을 학살하고 정권을 다시 장악한 지 사 년이었다. 사 년 전, 아무것도 해 놓은 일 없이 그냥은 가지 않겠다, 다짐했던 광주로 나는 이제 가고 있었다. 버스 안을 둘러보았다. 아무도 말이 없었다. 밤은 깊었지만 잠든 사람은 없었다.

호남고속도로에 진입한 다음 서태숙이 통로에 나가 섰다.

"잠도 오지 않고, 기분도 그런데 제가 노래 한 곡 해 볼까요?"

회원들이 무거운 박수를 보냈다. 여성부에서 활동하는 꾀꼬리인 그녀가 부르는 노래는 5월의 밤에 어울리는 서정적인 샹송이었다.

> 할머니가 살았던 시절에
> 정원엔 꽃들이 만발했지
> 이제 그 시절은 가고 남은 거라고는 기억뿐
> 더 이상 아무것도 남지 않았지
>
> 누가 할머니를 죽였나?
> 세월인가? 아니면
> 무심한 사람들인가?'

사람의 가슴을 서늘하게 만드는 노래였다.

"노래 제목이 뭐예요?"

누군가 물었다.

"뀌 아 뚜에 그랑 마망(Qui A Tue Grand Maman), '누가 할머니를 죽였나'
예요. 프랑스 가수 미셀 폴나레프가 부른 샹송이에요. 무척 감미롭죠.
누가 만들었는지 모르지만 우리나라에서 번안곡이 나왔어요. '5월의
노래'란 제목이에요. 들어보시겠어요?"

박수가 뒤따랐다. 그러나 우리는 한 소절이 넘어가기 전에 모두 숨을
멈추고 말았다.

꽃잎처럼 금남로에 뿌려진 너의 붉은 피
두부처럼 잘려진 어여쁜 너의 젖가슴
5월 그날이 다시 오면 우리 가슴에 붉은 피 솟네

왜 찔렀지 왜 쏘았지 트럭에 싣고 어딜 갔지
망월동에 부릅뜬 눈 수천의 핏발 서려 있네
5월 그날이 다시 오면 우리 가슴에 붉은 피 솟네

버스 안은 온통 흐느낌이었다. 우리는 눈물을 훔치면서 이 노래를 한
소절 한 소절 배우고, 가슴에 새겼다. 새벽 미명 속에 우리는 광주에 도
착했다. 무등산은 말이 없었다.

광주의 어른, 청년들과 우리는 망월동 묘역에 참배했다. 무덤, 무덤들,
고등학생들의 묘지는 나를 더 가슴 아프게 했다. 윤상원의 묘역 앞에
서는 그의 영혼결혼식 헌정곡인 〈임을 위한 행진곡〉을 불렀다. '사랑도
명예도 이름도 남김없이…' 목이 메어 끝까지 부를 수 없었다. 나는 초
라한 그의 묘비를 부여안고 멋있던 곱슬머리 청년을 생각했다.

참배를 마친 우리는 광주의 핏자국이 서린 금남로를 따라 스크럼을

318

짜고 행진을 벌였다. 버스에서 배운 〈5월의 노래〉를 불렀다. 꽃잎처럼 금남로에 뿌려진 너의 붉은 피……. 민청련 이름의 현수막을 펼쳐 든 우리의 시위가 젖은 눈으로 지켜보는 광주 시민들을 향한 사과와 위로 가 될 수 있기를 나는 간절히 바랐다.

5월 19일, 서울로 돌아온 우리는 민청련의 이름을 걸고 흥사단 강당 에서 5·18광주민주화운동 추모식을 공개적으로 열었다. 이것은 전두 환 정권의 최고 금기에 도전하는 행위였다. 그동안 광주항쟁은 절대 입 에 담아서는 안 되는 대상이었다. 우리는 그 금기를 완전히 부숴 버리 기로 했다. 우리가 부서지기로 결심한 이상 부수지 못할 것은 없었다.

"이왕 부딪치는 거 세게 부딪칩시다."

부의장 장영달은 평소의 그답게 시원시원하게 밀어붙였다. 진혼굿도 벌이고, 5월 광주를 담은 사진과 판화 전시회도 같이 열었다. 처음 사 진을 접하는 참석자들은 믿기지 않는 광주의 처참한 광경을 보고 손 바닥으로 얼굴을 가리며 비명을 질렀다. 광주 시민들의 수기와 일지가 담긴 자료집『광주는 지금도 계속되고 있다』도 내놓고 판매했다. 구월 동에서 소준석과 박유섭이 만들었던『광주학살 백서』를 발전시킨 것 이었다. 지금까지 광주학살 사진을 공개 전시한 적도 없었고 자료집으 로 공개적으로 유포한 일도 없었다. 민청련은 한꺼번에 왕창 일을 저질 러 버렸다. 추모집회의 모든 초점은 '광주학살 진상규명과 책임자 처벌' 에 맞춰졌다.

경찰과 안기부는 경악했다. 그들의 표현대로 하면 우리는, 겁을 상실 한, 돌아버린 놈들이었다. 흥사단에는 천 명이 넘게 모여들었고, 자료집 『광주는 지금도 계속되고 있다』는 동이 났다. 광주의 진실을 전국으로 퍼뜨린 이 자료집은 세진인쇄의 강은기 사장이 아니었으면 나올 수 없었다. 강 사장은 커다란 위험을 감수하면서도 인쇄소 문을 걸어 잠근 채 밤새 인쇄기를 돌려주었다.

인쇄업 하면서 1972년에 10월유신 반대 유인물 찍어 준 일을 시작으로 남산의 중앙정보부도 갔다 오고, 전두환 때는 군사재판 받고, 징역도 살고, 경찰서는 어디 안 가 본 데 없어요. 김근태 씨는 민청련이 발행한 《민주화의 길》을 만들면서 알게 되었죠. 광주 자료집은 다른 유인물들하고는 비교할 수 없이 센 거였죠. 이건 걸리면 절대 무사치 못한 거 알았죠. 그렇지만 저는 김근태 씨 같은 사람들이 힘을 얻어서 나라를 만들어 가면 나라가 좋아질 거라고 생각했고, 그리고 무엇보다 깊고 부드러운 김근태 씨의 눈을 제가 믿고 좋아해서 그걸 찍어 준 거예요. 고맙게도, 그는 잡혀가서 세진인쇄를 끝까지 불지 않았어요. 그가 지켜야 할 사람이 나같이 하찮은 사람 말고 얼마나 많았겠어요. 그러나 그의 한마디에 우리 집은 거덜이 나는 건데, 그는 우리 식구를 지켜 주었어요. 정보기관에서도 뻔히 알고 추궁했을 거예요. 그때 세진인쇄 아니면 그거 만들어 줄 곳 없었으니까요. 어떤 사람들은 삼 년 전의 일까지 불어서 곤욕을 치르게 만들었는데, 김근태 씨는 아니었어요. 우리 같은 사람까지 지켜 주느라고 그는 또 얼마나 더 모질게 당했겠어요. 고맙고 미안한 사람이지요. 강은기

사 년 동안 절대 금기였던 것들을 하루저녁에 다 깨버린 우리의 '미친 짓'에 화가 머리끝까지 치민 정보기관은 추모식을 끝내고 귀가하던 참석자들을 덮쳐 마구잡이로 폭행하고, 연행을 시도했다. 〈5월의 노래〉와 〈임을 위한 행진곡〉을 부르며 맞서던 민청련 회원들이 끌려가고 다섯

명이 크게 다쳤다. 이 와중에 임신 육 개월이던 여성 회원 이영은이 배를 걷어차였다. 병원에 실려 간 그녀는 아이를 사산했다.

여성 회원들이 앞장서서 관을 만들어서 들고 동대문경찰서로 쳐들어가서 책임자 처벌을 요구했다. 이 사건은 민청련의 여성들이 투쟁의 전면으로 나서는 계기가 되었다. 임산부를 무차별 폭행한 이 사건은 정권의 도덕적 수준을 여지없이 드러낸 사건이었다.

이 사건의 파장이 커지자 정보기관은 있지도 않은 사건이라고 발뺌하며, 이 문제를 제기하고 있는 민청련을 유령 단체라고 선전했다. 당찬 미인이었던 이영은은 얼굴이 반쪽이 되어 누워 있다가 자리에서 일어나 직접 유인물을 썼다. 자기가 쓴 유인물에다 자기 집 전화번호를 명기해 놓고, 걸려 오는 전화를 일일이 받아서 피해 당사자임을 밝히고 사건의 전모를 낱낱이 설명했다.

민청련도 이때부터 기관지《민주화의 길》을 포함한 모든 유인물에 사무실 전화번호와 주소를 밝히고 싸워 나갔다.

아이를 사산하고 요양을 하고 있던 광명의 친정집으로 김근태 선배가 찾아왔었죠. 미안하다, 그러고는 아무 말도 못하고 앉아만 있었지만 우린 그 눈빛 보면 알잖아요. 위로가 됐어요. 김근태 선배의 눈빛에는 사람에 대한 깊은 연민, 진실함이 있잖아요. 그다음부터 시위에 나가면 절 앞으로 못 나가게 붙들곤 했지요. 우리 여성 회원들에겐 의장님, 그런 거 아니고 그냥 오라버니 같은 분이었어요. 돌아가시고 나서 다들 그랬어요. 오라버니를 잃은 것 같은 상실감이 든다고. 이영은

민청련의 활약이 커질수록 피해도 늘어났다. 구속자와 부상자가 잇

따랐다. 서로 부축하고 위로하며 회원들은 버텨 나가고 있었지만 지도부는 취약해져 갔다. 그리고 아직도 머리카락 보일라, 꼭꼭 숨어라, 하는 안테나론을 가진 운동가들이 꽤 많았다. 민청련이 얼마나 더 버틸 수 있을지 두고 보자는 사람들이었다.

내가 잡혀 간다는 것은 분명한 사실이었다. 그것이 언제냐가 문제일 뿐이었다. 간부를 더 보강해서 다가오는 박정희 잔당들의 일제 공세에 대비할 필요가 절실했다. 가장 먼저 떠오르는 인물은 역시 김병곤이었다. 그는 민청학련 사건으로 사형을 선고받고도 '영광입니다'라고 호쾌하게 응전한 학생운동의 살아 있는 전설이었다. 그는 출감한 다음에도 '돌아온 사형수'란 이름값의 포로가 되지 않고 한껏 몸을 낮춰 동일방직 노동자들을 돕다가 기어코는 국가원수모독죄로 다시 감옥으로 갔던 인물이었다.

김병곤이 합류한다면 안테나를 곤두세우고 꽁꽁 숨자는 사람들의 마음을 바꾸는 데 큰 힘이 될 것이었다. 그는 여전히 기대만큼 움직이지 않고 있는 1980년 '서울의 봄'을 이끌었던 중심 세력의 참여를 이끌어 낼 수 있는 힘을 지니고 있었다. 1980년 봄의 중심에 서 있었던 대표적인 활동가가 김병곤이기도 했기 때문이다.

그렇지만 감옥살이를 하고 나온 다음 회사에 취업을 해서 이제 겨우 안정된 생활을 꾸리고 있는 그였다. 또 감옥에 가게 될 일을 같이 하자고 부탁할 염치가 없어서 차마 입을 떼지 못하고 그의 눈치를 살피고 있었다.

전면적인 공세에 대비하기 위해서는 원효로에 있는 그의 집으로 찾아가지 않을 수 없었다. 김병곤은 창고처럼 생긴 허술한 집의 이 층에 살고 있었다. 마루에는 애들의 기저귀가 치렁치렁 걸려 있었고, 부인 민숙은 식사 준비를 하느라고 종종걸음을 하고 있었다. 나는 주저주저하다, 어렵게 부탁을 했다. 민청련에 함께해 줄 수 없을까. 그러나 그는 참으로 선선히 대답했다.

"그렇게 하지요."

그는 조금도 주저하지 않고, 아무것도 따지지 않고 그렇게 하겠노라고 했다. 나는 투명한 영혼과 사심 없는 용기를 가진 사람의 선택이 어떤 것인지를 보았다. 기쁘고 자랑스러웠지만 동시에 가슴 저 밑바닥에서 솟구쳐 오르는 아픔, 그리고 슬픔으로 옆구리가 시렸다.

병곤이의 가족들은 앞으로 어떻게 살아갈 것인가. 월급 받아 가며 무엇인가 해 보려는 소박한 계획을 세우고 있었을 텐데 아무런 대책도 없이, 시련을 헤쳐 온 후배를 불러 내는 것이 과연 잘하는 일인가. 나는 부인의 얼굴을 바로 쳐다보지 못하고 죄인이 되어 앉아 있다가 게처럼 옆걸음으로 집을 빠져나왔다. 그렇게 해서 김병곤은 직장을 그만두고 민청련의 상임위원장으로 다시 투쟁의 최전선으로 복귀했다.

그날 밤 집으로 돌아오는 발걸음이 무거웠다. 얼마나 많은 유능하고 아름다운 친구들의 삶을 저당 잡혀야 우리는 이 지긋지긋한 박정희의 어두운 그림자로부터 벗어날 수 있을까. 겨울 끝자락의 찬바람은 자꾸만 내 등을 떠밀었다.

35

총선이 눈앞으로 다가오면서 정치권은 물론 운동 단체들도 격랑에 휩싸였다. 민추협으로 뭉친 김대중과 김영삼은 총선을 불과 이십오 일

앞두고 신당을 창당하고 선거전에 뛰어들었다. 정치 규제에 묶여 있던 양 김씨는 이민우를 총재로 내세웠다. 민청련은 선거를 보이콧하자는 의견과 참여해서 박정희 잔당의 본질을 국민들에게 알리는 데 적극 활용하자는 의견으로 나뉘었다. 치열한 논쟁이 벌어졌다.

민청련 내부의 방침이 서지 않은 상태에서 김영삼 쪽으로부터 연락이 왔다. 남산 아래에 있는 외교구락부에서 김영삼을 만났다.

"김 의장, 민청련이 그동안 큰일 했어요. 참 장해요. 민청련이, 전두환이 일마를 마 쩔쩔매도록 쥐고 안 흔들어 놨소."

식사를 하는 내내 그는 유쾌했다. 총선 결과에 대해서도 자신감에 차 있었다. 밥상을 물린 다음 그가 본론을 꺼냈다.

"김 의장, 마 단도직입적으로 말하입시다. 이번에 출마하세요. 정치 1번지인 종로·중구를 내주겠어요. 종로·중구가 대한민국 정치에서 우떤 덴지 잘 알지요? 선거 자금 같은 거는 하낱도 걱정하지 말고 나가세요."

짐작은 했던 일이었고 대답도 준비되어 있었다. 제안은 고맙지만 아직 우리가 현실 정치에 참여할 때가 아니라고 말하며 사양했다.

"저희는 저희들의 방법으로 싸우겠습니다. 그것이 신당에 도움이 될 수 있으리라고 생각합니다."

"김 의장, 사람들이 아무리 정치를 욕하고 그게 쌓아도 결국 현실을 좌지우지하는 거는 정치예요. 전두환이겉이 택도 없는 기 지끔 이 나라를 들었다 놨다 하는 기 뭐 때문이요? 증껀을 잡고 있으이까네 그런 거 아이요. 세상을 바꿀라며 증껀을 바까야 돼요. 증껀을 바꿀라 카머 정치에 띠들어야 되는 기고."

"총재님 말씀이 옳습니다. 그러나 지금 저희가 할 일은 민주화운동의 강인한 전선을 만드는 일 같습니다. 나중에 우리 운동의 역량이 쌓이면 조직적인 결의를 통해 집단적으로 정치권에 들어가서 역할을 하고 싶습니다, 그래야만 지금의 정치를 근본적으로 바꾸는 데 저희가 기여할 수 있는데, 아직은 저희 힘이 거기까지 미치질 못합니다."

우리들 중에서 한두 사람을 국회의원으로 만드는 게 중요한 것은 아니었다. 크든 작든 조직에서 지도적 위치에 선 사람은 대중의 존중과 인정에 대해 책임감을 느끼고, 그들의 기대와 희망을 배신하지 않는 것이 무엇보다 중요했다. 그렇지 않으면 그 조직은 껍데기가 되고 대중은 등을 돌리게 마련이었다. 나에게는 내가 책임져야 할 조직과 사람들이 있었다.

나를 답답한 눈으로 쳐다보는 그에게 나는 준비해 간 마지막 카드를 내밀 수밖에 없었다.

"조영래 변호사를 추천하고 싶습니다. 그 친구라면 저보다 더 능력이 있고 정치도 잘 할 수 있을 겁니다."

그는 고개를 끄덕이며 지그시 나를 바라보았다.

"군부독재라 카는 기 지독한 거요. 꼭 보복을 한다 그 말이요. 내 보기에는 지끔 국회로 들와삐는 게…… 보복을 피할 수 있는 타이밍으로 보이는데, 그동안 전두환이 마이 괴롭혔다 아이요."

그가 한 마지막 말이 마음에 약간 걸렸다. 조영래도 출마를 사양했고, 종로·중구에는 이민우 신당 총재가 직접 출마했다. 민청련은 어렵게 총선 방침을 확정했다. 마지막 토론은 열두 시간이나 계속됐다.

회의의 진행을 맡았던 내가 이끌어 낸 결론은 제한적 참여였다. 총선에 직접 참여하지는 않지만 선거 공간을 적극 활용한다는 것이었다. 민청련은 탑골공원에서 민주제도쟁취국민대회를 열고 군사독재 타도 투쟁을 주도했다. 경찰에 의해 집회장소가 원천 봉쇄당한 가운데 삼천여 명이 넘는 참석자들은 종로 일대를 시위장으로 만들었다. 경찰에 쫓기면서도 마지막까지 남아서 싸우는 것은 언제나 두꺼비가 그려진 깃발 아래 모인 민청련이었다. 민청련 회원들은 양복을 입고 유세장에 나가 '독재타도'와 '광주학살 책임자 처벌', '대통령 직선제 쟁취'를 외치며 대학생들과 함께 유세장 분위기를 주도했다. 여기에 시민들이 동조하면서 유세장이 뜨겁게 달아올랐다. 이 속에서 신당은 바람을 넘어서는 돌풍을 일으켰다. 특히 신당 돌풍의 진원지로 언론의 관심이 집중된 종로·중구 선거를 지켜볼 때는 나도 모르게 야릇한 웃음이 나오곤 했다. 종로·중구 선거 유세장에는 무려 칠만 명의 시민이 집결해서 독재타도, 민주쟁취 구호에 호응했다.

선거 결과 선명성을 기치로 내건 신당이 단숨에 제1야당으로 부상했다. 종로·중구의 이민우도 당선했고, 서울 성북에서 출마한 이설도 당선했다. 이설은 민청학련 사건으로 김병곤과 함께 사형선고를 받았었다.

총선을 통해 국민들의 민주화 염원이 확인되면서 우리는 투쟁의 수위를 높였다. 5월 17일, 동대문운동장 앞에서 '광주사태 책임자 처단 촉구대회'를 민청련 단독으로 열었다. 이날 가두 집회는 지상전과 공중전을 병행했다. 강우철과 이범영이 3·1고가도로 위에 올라가 '광주학살 원흉처단'이라고 쓴 현수막을 늘어뜨리고 유인물을 공중 살포했고, 지상에서는 이승완과 서운기가 '독재 타도'를 외치며 시위대를 이끌었다. 수세에 몰린 박정희의 잔당들이 다시 군대를 동원할 것이라는 소문이 언론사 주변에 흘러다녔다. 우리는 주춤거리지 않기로 했다.

격렬한 싸움이 있은 다음 날이면 어김없이 찾아오는 손님이 있었다. 오늘도 대문 앞에서 대기하고 있던 기관원들이 집을 나서는 나의 양팔을 붙잡았다. 검은 승용차는 골목 입구에 대기하고 있었다. 인재근이 그걸 보고 달려나왔다. 그리고 그 뒤에서 아들 병진이 나를 바라보고 있었다. 나는 화가 나서 양팔을 잡은 기관원들을 뿌리쳤다.

"애 보는 앞에서 내 몸에 손대지 말라고 했잖아. 내 발로 간단 말야!"

이건 정말 싫었다. 그래서 애 보는 앞에서 나를 붙잡지 마라, 내 발로 가서 차에 탄다, 그랬는데도 오늘 또 이자들은 병진이가 보는 앞에서 나의 양팔을 잡아챘다. 그들은 슬그머니 팔을 놓고 나를 에워쌌다. 나는 병진이를 향해 손을 흔들었다. 녀석은 꼼짝 않고 서 있기만 했다. 따지려 드는 인재근에게 내가 손을 뻗어 만류했다.

"인재근 씨, 들어가서 병진이 챙겨요."

그리고 돌아섰다.

"갑시다."

나는 또 승용차 뒷자리 가운데 앉혀졌다. 민청련이 집회를 하고, 가두 투쟁을 벌이고, 센 유인물을 찍어 돌리면 나는 이렇게 연행을 당했고, 닷새고 열흘이고 보름이고 유치장에 던져졌다. 아무 일도 하지 않아도 격리 차원에서 미리 끌고 가 하루 이틀씩 붙잡아 두는 건 익숙한 일이었다. 참을 수 없는 건 아이가 보는 앞에서 내 몸에 손을 대는 것이었다.

이번에도 조사는 사십팔 시간 만에 끝났다. 경찰서에서 나오는 시간에 맞춰 안기부에서 사람을 보냈다. 정중한 면담 요청이었고, 나는 나를 담당하는 안기부 간부 정을 만났다. 정은 내가 지금까지 만나온 경찰과 정보기관 사람들 중에서 가장 신사적이고 합리적인 사람이었다. 이런 관계로 만나지 않았다면 친구가 될 수도 있었을 것 같은 이였다.

"내 말을 불쾌하게 듣지 말기 바랍니다. 민청련에서 만든 기관지 《민주화의 길》과 《정세연구》가 너무 많이 대학생들의 손으로 들어가고 있습니다. 물론 기관지들이 온건하고 합리적이라는 건 압니다. 그렇지만 이게 학생운동을 자극한다고 상부에서 많이 우려하고 있고, 실무자로서 다른 의견을 말하기 어려운 단계에 이르러 있습니다. 만들지 말라는 게 아니고, 대학생들에게 흘러가지 않도록 단속해 달라는 겁니다."

그의 얘기는 매우 정중했지만 강한 경고였다. 개인적인 차원에서는 괜찮은 적에 대한 우정 어린 충고로 들리기도 했다. 분명히 그런 측면이 있었다. 그리고 노동운동을 지원하는 것과 미국 문제를 언급하는 것에 대해서도 자중을 요청했다. 나는 저들이 특히 민감하게 여기는 미국과 관련된 부분에 대해서는 대답을 해야 할 필요를 느꼈다.

"우리는 미국인들이 추구해 온 생명과 자유의 가치에 전적으로 동의하고, 그 정신을 실현하기 위해 노력한 미국 시민들을 존경합니다. 그렇지만 1980년 5월을 전후해서 주한 미국대사, 주한미군 사령관을 지냈던 글라이스틴이나 위컴, 워커 같은 분들의 발언은 한국인들의 자존심에 상처를 줬습니다. 한국인들이 우두머리를 따라 이리저리 쏠리는 들쥐와 같다고 한 발언은 명백히 인종차별적인 것으로 미국이 추구하는 가치와도 어긋나지 않습니까. 김영삼은 무능하고, 김종필은 부패하고, 김대중은 위험해서 안 된다고 한 발언도 내정 간섭에 해당하고, 이것은 곧 광주 시민을 학살한 군부의 집권을 지지한 것으로 해석될 수밖에 없지 않겠습니까. 한국의 젊은이들이 미국에 대해 부정적인 인식을 가지지 않도록 미국의 책임 있는 분들이 언동에 신중을 기해 줄 것을 우리 정부가 요청해야 하고, 정 선생님께서도 노력해 주셔야 한다고 저는 생각합니다."

"저도 모르는 바 아닙니다. 그렇지만 조직의 실무 책임자인 제가 할 수 있는 일이 그렇게 많지 않다는 점을 다시 한 번 말씀드립니다. 세상의 일이란 걸 어떻게 알겠습니까. 갑이 을이 되기도 하고, 을이 갑이 되기도 하지 않습니까. 제가 보자고 한 건 김 의장이 지금의 이쪽 분위기를 이해하고, 이 국면에서 다치지 않게 되기를 바라는 마음에서입니다. 어떤 직무적 목적도 없이 한 말이니까 귀담아 주길 부탁합니다."

정의 충고는 민청련을 하면서 지금까지 내가 들은 그 어떤 위협보다 강한 압박으로 다가왔다. 최고위층의 적의가 피부에 와 닿았다.

서울지역 대학생 73명이 미국문화원을 점거한 건 내가 집으로 돌아온 다음 날이었다. 민청련과 관계없이 벌어진 일이었다. 위험이 느껴졌다. 그리고 그 위험은 아프게도 김병곤을 통해 현실로 나타나기 시작했다.

검찰은 미문화원 점거사건이 대학생들의 투쟁 조직인 삼민투에 의해서 이루어졌다고 발표하고, 삼민투의 배후로 민청련의 상임위원장 김병곤을 체포하고, 집행국장 이범영을 수배했다. 김병곤의 체포 소식을 듣고 나는 바로 용산경찰서로 달려갔다. 그의 부인 박민숙이 먼저 와 있었다. 면회를 신청했으나 거절당했다. 그러나 나는 그를 두고 돌아설 수 없었다. 며칠 동안 나는 용산경찰서에서 농성을 했지만 만날 수 없었다. 그래도 나는 경찰서를 떠나지 않았다. 밖에서 이렇게 지켜보고 싸워 줘야 안에 있는 그가 조금이라도 덜 당할 것이기 때문이었다. 결국 김병곤은 일체의 면회가 금지된 상태에서 구치소로 넘어갔다.

김병곤이 나에게 위험 신호를 보내온 건 그의 부인 박민숙을 통해서였다.

구속된 다음, 애 아빠를 처음 만난 건 검찰청에 넘어가서였어요. 검찰청 복도에서 하루 전부터 기다리다가 조사를 받으러 온 애 아빠를 검사 방에서 만났죠. 수갑에다 포승줄까지 묶어 놨길래 하나를 풀어 달라고 실랑이를 벌였죠. 그러고 있는데 애 아빠가 눈을 껌뻑이면서 자꾸 바닥을 가리키는 거예요. 그래서 의자 아래를 보니까 고무신을 슬그머니 벗어 보이더라구요. 그 신발 안에 접힌 쪽지가 있었어요. 신발 끈을 매는 척하며 얼른 그 쪽지를 주워서 감췄죠. 검사 방에서 나와 펴 보니까, 조사 방향이 민청련 전체에 대한 탄압으로 가고 있다, 특히 김근태 의장을 죽이려고 하니까 한시바삐 피신시켜라, 하는 내용이었어요. 그래서 택시를 타고 바로 민청련 사무실로 가서 쪽지를 전했죠. 그런데 무슨 이유에서인지 김근태 의장은 피하지 않더군요.

박민숙

김병곤과 함께 삼민투 배후로 잡혀 들어간 기독교청년협의회의 황인아 쪽을 통해서도 위험 신호가 왔다. 주위에서 즉시 피신해야 한다고 했지만 나는 그럴 수 없었다. 공개 단체를 선포한 조직의 대표로서 자존심이 그것을 허락하지 않았다. 잡혀갈 수는 있지만 도피할 수는 없었다. 피신으로 인한 긴장과 불안, 소외감을 감당하느니 얼마가 될지 모르더라도 차라리 감옥에 가서 쉬는 게 낫겠다는 생각을 한 것도 사실이었다. 다음 주로 다가온 총회까지는 버텨야 했다. 잡혀가더라도 총회에서 의장 자리를 넘겨준 다음에 잡혀가야 했다.

다행히 5차 총회가 무사히 열렸고, 나는 이 년 동안 맡았던 의장직에서 물러났다. 나의 여부는 최근의 상황에 따라 자연스럽게 퇴진 쪽으로 정리되었다. 위험이 최고조에 달해 있는 내가 다시 의장을 맡는 건 공개성을 유지해야 하는 단체에 큰 부담을 주는 것이었다.

이 년간 맡아온 책임을 내려놓고 나는 홀가분한 마음으로 집에 돌아왔다. 하루도 긴장하지 않고 지냈던 적이 없는 이 년이었다.

"인재근 씨, 고마워."

곤히 잠들어 있는 두 아이를 보며 인재근에게 말했다.

"뭐가요?"

"예쁜 애들 낳아 주고, 잘 키워 줘서."

"형도 이 년 동안 고생 많았어요. 앞으로 얼마나 못 보고 지내게 될까?"

내가 곧 잡혀 들어갈 거라는 건 그녀가 누구보다 잘 알고 있었다.

"그래도 수배당해서 피해 다니는 것보단 나을 거야."

징역은 형량이라도 있었다. 그러나 시작만 있고 끝이 없는 게 수배자의 운명이었다.

"그래요. 감옥에 있으면 그래도 어디에 있는지는 아니까. 가면 만날 수도 있고, 도바리보단 나을 것도 같아요. 이번에 가면 애들 앞에서 수시로 잡혀가지 않아도 되니까 그것도 다행이고… 그래도 병진이 선생님이 고마워요."

인재근의 표정에서 본 적이 없는 쓸쓸한 그림자가 스쳐 지나갔다.

"무슨 말이야?"

인재근이 대답 대신 책상 위에 놓인 아들의 스케치북을 들고 왔다. 인재근이 펼쳐 보인 면에는 승용차를 타고 있는 내가 그려져 있었다. 검은색 승용차 뒷자리 가운데 내가 앉아 있었다. 양쪽에 앉은 기관원 사이에 끼어서.

머릿속이 진공 상태가 되면서 눈앞이 아득했다. 눈앞이 뿌옇게 흐려져서 그림이 보이지 않았다. 화장실에 가서 수도꼭지를 틀어 두고 혼자 울었다. 틀어 놓은 수도꼭지처럼 내 얼굴을 타고 흐르는 눈물이 그치지 않았다.

화장실에서 나오니 인재근이 술상을 준비해 두고 있었다. 접시에 담긴 멸치와 함께 소주 한 병이 놓여 있었다.

"자, 이건 이 년 동안 고생한 김근태 씨 위로주!"

"미안해."

내가 할 수 있는 말은 그것밖에 없었다.

"자, 이건 언제 헤어질지 모르는 우리의 이별주! 건강해야 돼요. 김근태 씨."

"…"

고맙다, 미안하다, 그 말을 다 해 버린 내겐 이제 남아 있는 말이 없었다.

"그래도 세상엔 참 고마운 사람들이 많아요. 유치원 선생님도 그렇고."

아들의 그림은 유치원에서 '우리 아버지'란 제목을 줘서 그린 것이었다. 병진이 쓴 '우리 아버지'란 제목 앞에 '자랑스러운'이라고 덧붙여 준 건 유치원 선생님이었다. 아이의 유치원 선생님은 우리 부부가 어떻게 사는지 아는 이였다. 고마웠다. 그러나, 그렇다고 아들의 마음에 내가 자랑스러워졌을까.

"김근태 씨, 걱정하지 말아요! 내가 세상에서 제일 씩씩하고 예쁜 아들딸로 키워 놓을 테니까."

그렇게 아픈 밤이 깊었다.

집을 나서면서부터 미행이 붙은 것을 알았다. 여섯 명쯤 되었다. 나는 두 번 전철을 갈아타면서 이들을 따돌렸다. 마지막으로, 동대문에서 문이 막 닫히는 순간 전철에서 몸을 빼냈다. 뒤따라 내리는 사람은 없었다. 그러나 잡혀 들어가기 전에 마지막으로 만나 상의하려고 찾아갔던 분의 사무실 주변에 잠복 중이던 형사들에게 붙잡혔다. 무려 1개 소대는 되어 보이는 인원이었다. 이 정도의 인원을 풀어서 잠복을 한다는 건 사태가 간단치 않다는 걸 의미했다.

단단히 마음의 준비를 하고 들어갔는데 결과가 싱거웠다. 유언비어 유포혐의로 구류 십 일을 선고받았다. 내가 의장에서 물러났으니까 더 건드리지 않기로 한 모양이라고 생각했다.

구류 십 일이 끝나는 날이었다.

유치장 간수가 깨우는 소리에 눈을 떴다. 민청련을 하면서 일곱 차례의 유치장 신세를 졌는데 오늘처럼 일찍 내보내 주기는 처음이었다. 고마웠다. 이제 집으로 돌아가서 따뜻한 물로 씻고 잠을 실컷 잘 수 있으리라는 기대에 들떠 옷을 입었다. 콧노래마저 나오려고 했다. 지긋지긋했던 유치장 신세, 체포, 연금, 이 모든 것으로부터 얼마간은 남남이 될 수 있겠구나 하고 생각하며 유치장 문을 나섰다. 몇 번 유치장 문을 뒤돌아보기도 했다.

수사과 사무실을 지나 복도에 나서는 순간 어두운 그림자가 앞을 가로막았다. 아찔했다. 다리도 후들후들해지고, 여러 번 체포당했지만 이번 같지는 않았다. 항상 마음의 준비를 하고 있었는데, 이번은 아니었다. 완전히 허를 찔렸다.

"김근태 씨죠? 같이 가 봐야겠소."

경상도 사투리를 쓰는 사복은 키가 일 미터 팔십오 센티미터쯤 되어 보이는 거한이었다. 이건 구속이구나, 싶었다. 좀 암담했지만 의연하려고 애를 썼다.

"좋소. 어딘지 가 봅시다."

보호실 쪽으로 뚫린 좁은 복도를 지나 마당으로 나서자 거기 검은 자동차가 시동을 건 채 대기하고 있었다.

어김없이 뒷좌석 가운데 자리였다.

왼쪽에 앉은 사내가 잠바를 벗어 내 머리에 뒤집어씌우고 짓눌렀다. 마음의 준비를 하고 있었던 경우에는 반드시 저항을 했고, 싸움이 붙었다. 한 번도 맥없이 당한 적은 없었다. 그러나 오늘은 그런 투지가 도무지 회복되지 않았다.

차는 신호정지 한번 받지 않고 달렸다. 삼십 분 남짓 달렸을까. 차가 멈춰 섰고, 나는 끌려 내렸다. 그렇게 도착한 곳은 남영동이었다. 엘리베이터를 타고 올라가서 건물 왼쪽 복도를 따라 걸어갔다. 여전히 잠바를 뒤집어쓴 채였지만 주저하지 않고 뚜벅뚜벅 걸었다. 515호, 나는 잠바 틈으로 방 번호를 보았다. 방 안에 들어서자 뒤집어씌운 잠바를 벗겼다.

전무라고 불린 사내가 나를 끌고 들어온 세 사내에게 명령했다.

"벗겨."

저항을 했지만 밀렸다. 그렇지만 강제로 벗겨지고 싶지는 않았다.

"내가 벗겠소."

팬티만 남기고 모두 벗었다. 당황스러웠다. 아직 여름의 기운이 남은 9월 초인데도 한기가 밀려왔다. 전무란 자가 물었다.

"당신 몸이 좋지 않은 것 같은데 어디 아파?"

나는 대답하지 않았다.

"진술 거부를 잘한다며, 여기서도 할 거야?"

"네."

"그래, 그 몸으로 견딜 수 있겠어? 여긴 다른 데와 달라."

경멸조의 반말에 비위가 상했다. 나는 지지 않으려고 그를 똑바로 쳐다보았다.

"이 새끼가, 꿇어!"

내 눈빛에 기분이 나빠진 전무가 소리를 질렀지만 나는 버텼다. 옆에 섰던 사내가 들고 있던 각목으로 내 배를 가격했다. 나는 꿇어앉혀졌다.

"정말 버틸 거야? 여기서도 진술 거부가 통할 거 같아? 어림없어."

나는 당당하려고 했다.

"끝까지 버틸 겁니다."

그런데 목소리가 갈라져 나왔다.

"좋아, 해 보지. 아주 박살을 내 주지."

눈앞에 칠성판이 보였다. 무릎을 꿇은 채 사내들의 손에 끌려 고문대가 있는 곳까지 갔다.

"올라가."

움직이지 않고 버티는 내 옆구리에 발길이 날아들었다. 사내들은 옆구리를 껴안고 꼬꾸라지는 나를 달랑 들어서 고문대 위에 눕혀 버렸다. 발가벗은 몸을 담요로 감아서 벨트로 발목, 무릎, 허벅지, 배, 가슴까지 다섯 군데를 완전히 묶어서 꼼짝할 수 없게 만들었다.

전무의 카랑카랑한 목소리에 따라 세 명의 사내들은 일사불란하게 움직였다.

내 얼굴에 노란 수건을 덮고 어깨 양쪽에 한 명씩 서서 내 머리가 움직이지 않게 꽉 잡았다. 나는 두려웠지만 이것이 협박을 위한 것이라고 믿고 싶었다. 이건 기선을 제압하려는 수작이다, 민청련 의장인 나를 함부로 고문하지는 못할 것이다, 이런 생각을 하며 자신을 격려했다. 그러나 그것은 내 착각이고 희망일 뿐이었다. 분사꼭지를 뺀 샤워기에서 쏟아져 나오는 물줄기를 내 얼굴에 퍼부었다.

물고문이 시작되었다. 거구의 사내가 샤워꼭지를 잡고서 물을 퍼붓고, 다른 또 한 사내는 주전자에 담긴 물을 동시에 쏟아부었다. 나머지 한 사내는 주전자의 물이 떨어지면 욕조에서 물을 채워 왔다.

처음에는 견딜 수도 있을 것 같았다. 숨을 멈췄다 몰아쉬며 방법을 찾았다. 하지만 그것은 애초에 가능한 일이 아니었다. 얼마 지나지 않아 숨이 턱턱 막히고 눈앞이 아득해지는 순간이 닥쳐왔다. 메스꺼운 속은 금방 뒤집히고 콧속에서는 불길이 솟았다. 칠성대가 휘청거리도록 온몸을 버둥거리고 뒤척였다. 몸은 땀으로 완전히 젖었다. 담요도 땀에 젖어 축축해졌다.

샤워기와 수도꼭지에서 쏟아지는 물소리는 공포가 되어 온몸에 덮쳐왔다. 도대체 얼마나 견뎠는지 알 수 없었다. 내가 죽음의 경계에서 버둥거리는 동안 고문자들은 아주 낮게 서로 소곤거리며 키득거리고 웃었다. 이상하게도 이 지독한 고통과 공포 속에서도 그들의 웃음이 귀를 파고들었다.

나는 진술하겠다는 의사를 밝히고자 했지만 전달할 방법이 없었다. 온몸을 뒤채어도 별 표시가 나지 않고, 발뒤꿈치와 팔꿈치의 피부가 벗겨질 뿐이었다. 마침내 발견한 것이 고개를 약간 위아래로 움직이는 것이었다. 혼신을 다해 고개를 움직였다. 그러나 대답은 차디찬 거절이었다. 시간이 아득하게 지나갔고 모든 것이 비현실적으로 느껴졌다. 오직 샤워기에서 쏟아지는 물소리만 살아 있었다. 그리고 어느 순간, 샤워기의 물소리가 들리지 않았다. 얼굴에 덮였던 수건이 벗겨졌다.

"말하겠어요. 진술하겠다구요."

나는 다시 고문이 시작될까 봐 서둘러 외쳤다.

"뭘 말할 건데?"

"묻는 말에 뭐든지 대답하겠습니다."

나는 기를 쓰며 대답했다.

"뭐, 묻는 말에 대답하겠다고?"

전무는 코웃음을 쳤다.

"필요 없어. 아직 멀었어. 우리가 요구하는 것은 항복이야, 자식아. 다시 시작해."

나는 얼른 내 말을 정정하려고 했지만 아무 소용이 없었다. 이미 수건은 덮어씌워지고 샤워기는 다시 맹렬하게 물을 쏟아 내기 시작했다. 숨 막히는 답답함, 질식할 것 같은 공포, 그리고 아득한 절망감… 그것뿐이었다. 턱을 약간씩 아래위로 움직이는 것조차 거의 불가능하게 되고 천 길 낭떠러지로 다시 곤두박질치는 것이었다.

시간은 정지하고, 사라져 버리고, 허공에 날리는 재가 되어 날아가 버리고, 오직 사내들의 비웃음, 샤워기의 물소리만이 존재했다. 그 사이로 어렴풋이 들려오는 목소리가 있었다.

"항복할 거지? 그렇지?"

물론 나는 머리를 끄덕였다. 수건이 치워졌다. 아직은 살아 있는 것이었다.

속은 뒤집히고, 수없이 토악질을 하고, 몸과 담요가 모두 땀으로 물걸레가 되었다. 칠성대 위에서 다시 항복 의사를 확인한 다음에 그들은 나를 묶은 벨트를 풀었다. 휘청거리며 의자에 앉았다. 멍청한 상태로 던져 주는 옷을 주워 입었다.

그런데 참 기묘했다. 옆에 있는 사내의 손목시계는 어느새 열두 시 반을 가리키고 있었다. 아침 일곱 시 반 조금 못 미쳐 시작된 고문이었다. 일 분도 견디기 어려운 고문을 다섯 시간 동안 받은 것이었다. 믿기지 않는 시간이었다. 나의 진술 거부권은 그 다섯 시간 사이에 산산조각이 났다.

36

전무는 의기양양한 승리자가 되어 내게 명령했다.

"태어나서부터 오늘날의 빨갱이가 되기까지, 하나도 빠짐없이 낱낱이, 자서전을 써."

나는 지난 새벽 내내, 그리고 점심이 지나가고, 다시 저녁이 찾아드는 이 시간까지 단 한 끼도, 단 한숨도 자지 못하고 부지런히 썼다. 그들은 자기들끼리 잡담을 주고받다가 간간이 내가 쓰고 있는 진술서를 들여다보고 트집을 잡았다.

"듬성듬성 쓰지 말고 낱낱이 쓰란 말야."

손가락이 아프도록 쓴 진술서를 돌돌 말아서 뺨을 찰싹찰싹 때리며 모욕을 주고는 구겨서 바닥에 버리곤 했다. 그러면 나는 그 부분을 또다시 써야 했다.

"5·16으로 아버지가 예정보다 오 년 일찍 퇴직해서 경제 사정이 어려워졌다? 그랬지만 나는 열심히 공부해서 경기고등학교에 들어갔다?"

전무는 비아냥거리며 천천히, 마디마디 끊어 읽다가 벼락같이 소리를 질렀다.

"이게 네놈이 어떻게 해서 빨갱이가 되었는지를 밝히는 자서전이냐, 이 개새끼야."

그는 하수인들에게 명령했다.

"이 새끼 다시 벗겨."

이틀째 저녁 여덟 시였다. 나는 다시 칠성대에 올라갔다. 당할수록 익숙해지는 것이 아니라 더욱 낯설어지고 무서워지는 게 고문이었다. 끔찍한 건 아무것도 묻거나 요구하지 않는 것이었다. 차가운 물이 얼굴을 덮은 수건을 뚫고 코와 입으로 흘러들었고, 나의 폐는 물로 가득 차 터져 버릴 것 같았다.

"남민전 이재문이가 어떻게 죽었는지 알아? 여기서 이미 속이 부서져서 감옥에서 병사한 거야. 너도 자근자근 부숴 줄게. 여기 다녀간 놈들 중에 제명대로 살다 죽은 놈이 있는 줄 알아, 이 개새끼야."

발목에서 어깨까지 다섯 곳을 꽁꽁 묶인 채 나는 칠성대 위에서 펄떡펄떡 뛰었지만 발뒤꿈치와 팔꿈치만 더 깊이 패어 들어갈 뿐이었다. 그러나 살갗이 패어 들어가는 아픔 따위는 느낄 틈도 없었다. 어떻게 되는 건지, 합리적인 사고나 대응 같은 것은 아무런 소용도 없었다. 고문하는 자들이 점점 크게 보이다가 마침내는 의젓하고 당당하고, 어른스러워 보이기까지 했다. 반대로 나는 점점 작아져서 강아지만 해졌다가, 고양이만 해졌다가, 마침내 쥐새끼의 크기로 졸아들었다. 그들은 쉼 없이 물을 쏟아붓고 낄낄거리며 나를 학대하고 조롱했다. 저항의 의지라고는 흔적도 없이 사라진 다음에야 전무는 내게 물었다.

"정말 항복할 거야?"

나는 갈라져서 나오지 않는 목소리로 서둘러 대답했다.

"항복합니다."

"그래? 그럼 말해 봐. 아버지가 5·16으로 오 년 일찍 퇴직하게 되자 어떻게 했다고?"

"그래서 박정희 대통령에게 앙심을 품고 중학생 때부터 북괴를 동경하게 되었습니다."

"박정희 대통령에게? 각하가 니 친구냐 이 새끼야. 물 틀어!"

또 와르르 물이 쏟아지고 나는 속절없이 버둥거리며 있는 힘을 다해 머리를 움직였다. 그러나 물소리는 멈추지 않았다. 다시 시간이 얼마나 흘렀을까. 아득히 먼 곳으로부터 전무의 목소리가 들려왔다.

"다시 말해 봐."

"그래서 박정희 대통령 각하에게 앙심을 품고…."

"그렇지 김 선생. 진작 그렇게 나왔어야지."

그렇게 하여 박정희는 마침내, 칠성대 위에서, 나에게도 각하가 되었다. 나의 항복 선언은 받아들여졌고, 두 번째 물고문도 끝이 났다. 나는 개새끼에서 다시 김 선생이 되었다.

전무의 손목시계는 새벽 한 시를 넘어서고 있었다. 대략 또 다섯 시간을 당한 것이었다.

두 번의 물고문만으로도 나의 인간적 주체성은 크게 흔들리고 일관성 있는 인격은 와해되기 시작했다.

나는 부지런히 쓰고, 그들은 검토하고 물었다. 대답하고, 또 쓰는 일이 오늘도 반복되었다. 아니, 여기에서 어제와 오늘은 무의미하다. 나는 잠시도 자지 못하고 의자에 앉은 채 대답하거나 썼다. 내가 누워 있는 시간은 칠성판에 올라갈 때뿐이었다.

그들은 미리 정리해 둔 정보기관의 자료와 나의 진술서를 비교해 나갔다. 그들의 자료에 있는 부분이 내 진술에서 빠지면 뺨을 후려치고, 조금 더 화가 나면 미친 듯이 달려들어 차고 팼지만 그것으로 끝나는 것이 그저 고마울 따름이었다. 칠성대에 눕히겠다는 으름장을 놓으면 나는 사지가 오그라들었다. 그들의 자료에 무엇이 있는지 모르는 나로서는 최대한 시시콜콜한 기억들까지 열거하는 길밖에 없었다. 그들의 자료에 없던 내 진술은 그들의 파일에 새롭게 추가되었다. 그렇게 나는 그들과 협력하여 나에 대한 파일을 풍성하게 살찌우고, 마침내 완성시켰다. 그러나 이것은 하나의 안건을 해결하는 것이 아니었다. 이것은 그들이 본론으로 들어가기 위한 사전 작업에 불과했다.

오늘도 아침, 점심, 저녁은 한 번도 없었다. 그런 건 아무렇지도 않았다. 교대로 밥을 먹고 온 사내들의 입내가 역겹고 메스꺼웠을 뿐이다. 옆에 앉아서 졸고 있는 사내의 시계는 여덟 시를 넘어가고 있었다. 남영동에서의 사흘째 밤이 지나가고 있었다.

이제 고문은 끝난 모양이다. 이렇게 초주검으로 만들어 놓고 더 이상 어떻게 더 고문이야 하겠는가, 그들이 원하는 진술서도 다 쓰지 않았는가, 하고 안도의 한숨을 몰래 내쉴 때였다. 건장한 체격에 불량스러운 인상을 지닌 사내가 '델시' 상표가 붙은 가방을 들고 나타났다.

운동화를 꺼내 신고는 나를 삐딱하게 꼬나보았다. 전형적인 깡패 타입이었다. 불안정한 눈, 삐기면서 걷는 걸음걸이, 인간 백정 같았다. 몸무게는 거의 구십 킬로그램에 육박해 보였지만 키는 그다지 크지 않았다.

"김근태?"

나는 이 사내의 정체를 알아내기 위해 신경을 곤두세우고 쳐다봤다.

"니가 그렇게 독종이야? 그동안 장의사가 한가했는데 일감이 생겨서 다행이야."

그는 델시 가방을 열었다. 이 사람이 누구인지는 곧 알아차렸다. 고문 기술자였다.

"차근차근 작업을 해 나갈 테니까, 단단히 각오해."

나는 독에 빠진 쥐와 같은 눈으로 그를 쳐다보고 있어야 했다. 그의 전공은 전기고문이었다. 그는 내게 명령했다.

"벗어."

나는 팬티만 남기고 다 벗었다.

"그건 왜 안 벗어?"

나는 완전히 발가벗겨졌다. 팬티마저 빼앗기고 나자 이제 내 수중에 남아 있는 것이 아무것도 없다는 상실감이 들었다. 그들은 나를 칠성대 위에 다시 묶었다. 발바닥과 발등에 전류가 통하는 밴드를 감았다. 약지와 새끼발가락 사이에 전기 접촉면을 끼우고, 그것이 움직이지 않도록 고정시켰다. 그런 다음 발, 사타구니, 배, 가슴, 목, 그리고 머리에 물을 부었다. 차가운 물의 섬뜩함은 귀기가 살갗에 달라붙는 것 같았다. 고문 기술자는 쉴 새 없이 떠들며 조롱하고, 모욕하고, 위협했다.

"내가 왜 팬티까지 벗겼는지 알아? 이제 전기 통하면 고환이 터져서 피가 흐르기 때문이야. 팬티 하나밖에 없는데 버리면 안 되잖아."

그러면서 물고문을 시작했다. 강도는 어제의 물고문보다 덜했지만 질식할 것 같은 공포는 더욱 깊어 갔다.

"애들은 있다며, 다행이야. 이제 이 물건 다시는 못 쓰게 될 텐데."

이 공포와 수모로부터 벗어날 수만 있다면 그런 건 없어진다고 해도 상관없었다.

물고문을 당하며 나는 또 비대발괄했다. 그러나 이건 전기고문을 위한 애피타이저에 불과했다. 고문 기술자는 내 몸의 구석구석이 땀으로 흥건히 젖은 걸 확인하고 전기고문을 시작했다. 처음에는 짧고 약하게, 그러다가 점점 길고 강하게, 시간과 전압을 조절했다. 소금 가루를 몸에 발라가며, 예상치 않은 부위에 전기를 가져다 대 화들짝 발작을 하게 만들기도 했다.

전무는 고문 기술자의 작업을 지켜보고 서 있고 부하들은 전기고문으로 내 몸이 바짝 마르면 물을 뿌리고 소금 가루를 발라서 전기가 잘 통하도록 도왔다. 핏줄과 신경을 뒤틀고, 팽팽하게 잡아당겨서 마침내 마디마디 끊어버리는 것 같았다. 머리가 빠개질 것 같은 통증이 몰려오고, 죽음의 그림자가 독수리처럼 날아와 온몸을 파고드는 것처럼 아른거렸다.

전기가 핏줄과 신경을 타고 발끝에서 정수리까지 섬광처럼 누비고 지나갈 때마다 나는 짐승의 신음을 토해 냈다. 육체는 산산이 해체되고 오직 끝없이 이어지는 것은 비명뿐이었다. 몸 전체에 시퍼렇게 핏줄이 솟고, 헉헉, 꺼이꺼이, 목은 쉬어 갔다. 소리를 지르면 지른다고 강하게 전압을 올리고, 비명을 참으려고 혀를 이빨로 깨물면 혀를 빼라며 전압을 올리고, 끙끙대면서 참으면 반항한다고 강한 전류를 길게 흘려보냈다. 이들의 목표는 총체적인 혼란과 착란의 상태로 나를 몰아넣는 것이었다. 오직 잔인한 파괴만이 있었다.

담요는 땀에 흥건하게 젖어도 몸의 각 부분은 금방 말라 버렸다. 그중에서도 머리털이 제일 빨리 말랐다. 전기고문을 효과적으로 받기 위해 나는 또 물고문을 받아야 했다. 거구의 고문 기술자가 내 가슴에 올라타서 쾅쾅 구르는데도 나는 아무런 무게감을 느끼지 못했다. 배를 타고 앉아 운동화 바닥으로 내 얼굴을 슥슥 문대면서 모욕을 주고 걷어차도 이제는 아무렇지도 않게 되었다. 나는 오직 이 모든 것이 끝나기만을 기다리는 수밖에 없었다. 무엇을 자백하려고 해도 묻는 것이 없다. 완전히 지쳐 늘어져서 실낱같은 저항의 의지도 남아 있지 않았을 때 내가 인정해야 할 안건이 제기되었다.

"북한 몇 번 갔다 왔어?"

도저히 수락할 수 없는 문제였다. 그건 아니라고 부인하고, 절규했다. 그러나 고문대 위에서의 거부, 그건 거의 있을 수 없는 일이었다. 고문을 이길 수 있는 것은 오직 죽음이 있을 뿐이었다. 그래, 나중에 죽더라도 인정을 하자. 죽음보다 못한 이 순간을 나는 견딜 수 없었다. 여기에서 죽는 것이나 교수형을 당해서 죽는 것이나 마찬가지다. 어차피 죽는 것이니까, 인정하자. 한 번이었다가, 세 번이었다가, 다섯 번이었다가, 최종적으로 두 번으로 낙착되었다. 밀입북 경로도 고문 기술자와 협력해서 뚫어 냈다.

"조선노동당 당원증 번호가 몇 번이야?"

"몇 번으로 하면 될까요?"

밀입북 경로는 잘 알려 주던 고문 기술자가 이번에는 벌컥 화를 내며 전압을 올렸다.

"니 당원 번호를 내가 어떻게 알아 이 새끼야."

미친 광란이 또 한 차례 지나가고 나는 마침내 노동당 당원번호를 불었다.

"4250905891."

그는 킬킬 웃었다.

"야, 이 새끼야. 조선노동당 당원 번호가 열 자리냐? 일곱 자리야!"

나는 또 한 번의 전기가 내 핏줄과 신경을 채우기 전에 서둘러 당원 번호를 줄이려고 입을 열었지만 고문 기술자는 내 양쪽 뺨을 경멸적으로 톡톡 치면서 일어섰다.

"됐어, 인마. 너 노동당 가입 안 했잖아."

처음에는 무슨 말인지 알아듣지 못했다. 내 몸에서 내려간 고문 기술자가 담뱃불을 붙여 돌리고 있는 하수인들에게 가는 사이 전무가 다가왔다. 그가 하는 말을 듣고서야 나는 고문 기술자가 했던 말을 알아들었다.

"김 선생이 노동당에 가입한 사실 없다는 건 우리가 알아요. 이 실장, 이건 너무 많이 나가는 거 아냐?"

전무가 처음으로 고문 기술자를 '이 실장'이라고 불렀다. 나는 전무의 이 말이 그렇게 고마울 수가 없었다. 눈물이 날 지경이었다. 이 틈에 용기를 내서 말했다.

"정말 그런 일 없습니다."

안도와 고마움이 뒤섞인 목소리로 나는 절대로 그런 일이 없다고 반복해서 말했다. 그러자 고문 기술자가 어슬렁어슬렁 내게 다가왔다. 그리고 내 머리맡에 있는 렉시 가방 앞에 앉았다.

"그래, 그런데 왜 가입했다고 했어? 고문에 못 이겨서 그런 거다, 진심이 아니었다 이거지?"

하수인들이 피우던 담배를 입에 문 채 달려들어 내 몸을 잡았다. 강한 전기고문이 다시 계속되었다.

"노동당 가입했어, 안 했어?"

나는 결국 다시 가입했다고 인정했다. 그래도 고문 기술자는 멈추지 않았다.

"가입 안 했잖아. 안 해 놓고 왜 했다고 그래? 사실만 말하란 말야."

그래서 안 했다고 하면 번복한다고 또 전압을 올렸다. 나는 다시 버둥거리며 가입했다고 인정했다. 도대체 몇 번을 이렇게 왔다 갔다 하며 고문을 당했는지 모른다. 세상에 이처럼 눈물 나는 희극은 없었다.

도대체 이것은 무엇이란 말인가. 나는 혼란에 빠졌다. 이 고문 기술자는 나를 고문하기 위해서 고문한 것이었다. 내가 몇 시간 동안 이승과 저승을 오가며 버티려고 한 문제에 관해 그는 어떤 진지함도 가지고 있지 않았다.

그들의 목적은 나를 혼돈에 빠뜨리고 철저하게 파괴하는 것이었다. 나는 내 노동당 당원 번호를 기억하려고 했다. 4250905891, 이것은 1985년 9월 5일 24시였다. 나는 그 순간 시간을 몰랐기에, 어쩌면 끝없는 시간이었기에 그날을 그렇게 기억해두었다. 1985090524, 고문 기술자가 켜둔 라디오에서는 우아한 아나운서의 목소리가 흘러나오고 있었다. 잔뜩 폼을 잡고 읊조리는 저 시적이고자 하는 언어들의 울림이 비수가 되어 내 마음을 헤집던 시간을 영원히 잊지 못할 것이다. 나는 이렇게 처참하게 죽어가고 있는데 저들의 밤은 저토록 우아하고 달콤했다.

37

이곳에 들어온 지 나흘 만에 처음 밥을 주었다.

그동안 나는 한숨의 잠도 자지 못했고, 한 끼의 밥도 먹지 못했다. 나는 단지 서너 숟갈을 입에 넣을 수 있었다. 별로 먹고 싶지도, 자고 싶지도 않았다. 바라는 것은 오직 이것으로 지옥 같은 고문이 다 지나간 것이기를 바라고 또 바랐을 뿐이다.

그러나 이날도 그냥 지나가지는 않았다. 아니 그 어느 날보다도 가혹했다.

고문 기술자와 전무, 그들의 부하들이 총출동했다.

그들이 내게 제기한 오늘의 안건은 사회주의 사상을 가진 폭력혁명주의자임을 자백하고, 학생운동과 노동 현장에서 움직이는 하수인을 대라는 것이었다. 이것이 얼마나 위험한 일인지 나는 알았다. 나는 사회·정치·경제·문화 전반에 걸친 민주화를 바라고, 그것을 위해 활동해온 민주주의자일 뿐 결코 폭력혁명가가 아니라고 주장했다. 어떤 부분에서 나의 활동이 과격하게 보인 부분이 있다 하더라고 그것은 아주 기본적인 표현의 자유마저 봉쇄하고 있기 때문에 생긴 것이라고 설명했다. 그러나 그것이 통할 리 없었다.

"니가 민주주의자다? 폭력혁명가가 아니다? 그럼 이건 뭐야, 이 개새끼야."

고문기술자가 들이민 것은 내가 노동 현장에 들어가기 위해 크리스천아카데미의 교육 프로그램에 참여해서 쓴 '인생계획서'였다. 강원룡 목사와 김동완 목사 같은 분들이 노동조합 간부들을 위해 운영하는 그 교육 프로그램에 나같이 노동운동에 관심을 가진 회사원들도 간간이 참여했다. 내가 거기에 참여했던 것은 벌써 십여 년 전이었다. 그 교육과정에 있는 '인생계획서' 작성은 연도별 계획과 죽음을 맞이할 시점, 무덤에 세워질 묘비에 넣을 글귀를 쓰는 것이었다. 나는 1978년에 결혼을 하고, 1988년에 남북통일을 이루고, 2016년에 세상을 떠난다는 가정 아래 희망하는 묘비명도 작성했다. 여기 사람을 사랑했던 이 잠들다. 그들은 이것을 문제 삼았다.

남북통일이 왜 하필 1988년이어야 하느냐는 것이었다. 거기에 숨겨진 불순한 저의와 음모가 무엇인지를 대라는 것이었다. 기가 막힐 노릇이었다. 마땅한 대답을 찾지 못한 나는 대책 없이 당해야 했다. '88'이라는 나란한 숫자가 짝지어 있어서 남북이 짝짓기 좋을 것 같다고 했다가 나는 내 몸속에 흐르는 전류의 전압만 올려놓았다. 그렇게 짝짓기 좋은 1988년을 두고 왜 결혼은 그 전에 했느냐는 것이었다. 이건 정말 아무런 대책이 없었다.

그리고 묘비명, 여기 사람을 사랑했던 이 잠들다, 이게 문제가 되었다. 죽을 때와 묘비명까지 유서로 써 놓고 민주화 투쟁을 하는 악질분자라는 것이었다. 내가 생을 마치기로 희망한 2016년은 내 나이 일흔이 되는 해였다. 이건 천수에 해당하는 것이었다. 그리고 사람의 가장 중요한 양식인 인간에 대한 사랑, 그것을 실천하다가 죽기를 바랐던 것을 무슨 비장한 결의인 것처럼, 음산하고도 어두운 음모인 것처럼 매도했다. 고문자들은 이것을 무슨 대단한 발견인 것처럼 호들갑을 떨며 상부에 별도로 보고까지 했다. 이것은 남영동을 나오는 날까지 저들이 나를 괴롭히는 빌미가 되었다.

부의장이던 내가 남영동에 들어가니까, 김근태는 순수하게 민주화 운동 하는 너희들과 다르다며 이간을 했어요. 형들과 친척들도 모두 빨갱이고 유서까지 써 두고 활동한 악질이라고. 무슨 대단한 유서인 줄 알았는데 나중에 나와서 보니까, 여기 사람을 사랑했던 이 잠들다, 란 묘비명이었더군요.

민청련을 반국가단체로 몰아 때리려고 했는데 김근태 의장이 끝까지 방어를 했더라구요. 그래서 저도 그것만은 끝까지 인정을 안 했죠. 그래서 민청련을 반국가단체로 못 만든 거죠. 김근태 의장이 걸레가 되어서 나갔다는 걸 인정하면서 그 사람들은 이태복, 이재문 씨 예를 많이 들었지요. 이재문 씨는 재판을 받다가 죽게끔 만들어서 내보냈다

고… 김근태 의장은 민청련을 지키고 주변 사람들을 지키려다 그렇게 당한 거죠. 최민하

　더 고통스럽고 위험한 안건은 학생운동과 노동 현장에서 활동하는 하수인을 대라는 것이었다. 내 입에서 튀어나온 이름의 주인은 내 뒤를 이어서 지금 내가 누운 이 칠성판 위에 누워야 할 것이었다. 여기서는 버텨야 한다고 생각했다. 내가 만난 노동자들, 전희석, 이규열, 김명중… 그리고 다만 조언을 얻겠다고 찾아왔던 학생들, 그들을 내가 사지로 몰아넣을 수는 없었다. 고문대 위에서 결심했다. 죽음이 찾아와도 이건 말하지 않겠다고 말이다.

　내가 버틸수록 고문 기술자의 전기고문은 길고 격렬했다. 핏줄은 물론 모든 살이 마침내 다 타 버려 살가죽과 뼈만 남은 것 같았다. 쉬지 않고, 조금도 쉬지 않고 고문은 이튿날 새벽 한 시를 넘기면서까지 계속됐다. 고통을 못 이겨 소리를 지르면 목 안에서는 피 냄새가 역하게 올라오고 콧속에서는 단내가 계속 피어올랐다. 물고문으로 속이 빈 위 때문에 계속 헛구역질을 해 댔다.

　"너 같은 놈 죽어도 심장마비라는 의사 진단서 한 장만 붙이면 그만이야 인마. 어디 외상 보이는 데 있어?"

　그들의 이름을 대는 대신 나는 내가 앞서 부인했던 것을 서둘러 인정했다. 나는 폭력혁명주의자이며, 폭력혁명을 결심하고 유서를 작성했다고 묻지도 않는 대답을 했다. 이것이 얼마나 위험한 시인인지 알았지만 다른 사람을 사지로 몰아넣는 일은 아니었다. 이제 내가 어떻게 되는 것은 아무 상관 없다고 생각했다. 칠성판 위에서 개죽음을 당하는 것이나 교수형을 당하는 것이나 어차피 죽음은 같은 것이었다.

그러나 그들은 이것으로 만족하지 않았다. 기어코 이름을 대야 했다. 대긴 해야 하는데 박정희 잔당들과의 대치 전선에서 최전방을 맡겠다고 나선 민청련의 의장인 내가 노동자들을, 어린 학생들을 사지로 끌어들일 수는 없었다. 어쩔 수 없이 나는 학생운동의 배후가 이범영이라고 했다. 이범영은 이미 수배를 당해 피신 중이었기에 그에게 떠넘겨 두는 게 가장 부담이 덜하리라고 생각했다. 그렇게 폭력혁명주의자임을 인정하고, 이범영의 이름을 넘겨주고 나서야 세 번째 전기고문이 끝났다.

세 번째가 끝났다는 건 네 번째가 기다리고 있다는 의미를 지니고 있을 뿐이었다.

이날도 나는 완전히 탈진했고, 그들은 민청련이 폭력혁명을 통해 국가를 전복하려는 반국가 단체라는 것을 인정하라고 요구했다. 암담했다. 인정하게 되면 민청련 회원들이 모두 반국가조직 구성원이 되는 일이었다. 민청련의 의장으로서 이것은 내가 절대 물러설 수 없는 일이었다. 나는 사력을 다해서 몇 번을 까무러치면서도 이건 버텼다. 그들도 이런 독한 놈은 처음 봤다고 이 안건은 넘어갔다.

그렇다고 완전히 물러설 그들이 아니었다. 그들은 민청련을 반국가단체로 만들지 못한 대신 이미 반국가단체로 조서를 완성해 놓은 '민추위'의 배후 조종자로 나를 앉히려고 했다. 민추위는 문영식의 이론에 기반해서 전국으로 세력을 넓혀 가던 실체가 있는 학생운동 조직이었다. 고문 기술자는 내게 문영식의 혁명론을 내가 교시한 것으로 인정하라고 했다.

나는 초저녁까지 강력하게 반발했다. 정말 내가 부담해야 할 아무것도 없는 이 짐을 질 수는 없는 일이었다. 그러나 저항할수록 고문은 더욱 흉포해졌다. 내 눈앞에 대고 흔드는 문영식의 진술서, 거기에는 내가 학생운동의 리더인 그에게 지령을 한 것으로 되어 있었다. 그가 인정한 걸 내가 부인하는 것은 두 배나 힘든 일이었다. 문영식도 나와 같이 당하면서 어쩔 수 없이 이들의 요구대로 했을 것이 뻔했다. 그런데도 그가 미워지는 것은 어쩔 수 없었다. 이것도 내게는 치명적이었다. 민청련은 빠져나갔지만 나는 반국가단체의 수괴가 되는 것이었다. 이건 인정하지 않으려고 했다. 그러나 언제나 그렇듯이 예스, 그것 하나였다. 떠듬거리며 인정하면서 스스로 변명했다. 이건 내가 끌어들이는 것이 아니고 내가 끌려가 주는 것이다. 나야 어떻게 되면 어떠냐, 교수대에 목을 걸더라도 지금의 이 고통을 당하지 않았으면 좋겠다는 생각이 다시 머리를 쳐들었다. 이런 잔인한 고문이 아닌 방법으로 살해되는 것이라면, 그것조차 기꺼이 받아들이고 싶었다.

"내가 문영식에게 지령한 것으로 하겠습니다."

이미 항복을 하고 나서 그 한 마디 때문에 나는 또 고문을 벌고 말았다.

"한 것으로 하겠다? 이 새끼가 아직도 간이 부었어!"

저는 남영동에서 물고문을 당했는데, 한 번 받고 나면 10미터 깊이의 강 밑바닥까지 갔다 온 그런 상태가 돼요. 딱 그 상태가 되면 멈췄다가 다시 하죠. 처음엔 무조건 그렇게 하는 거예요. 그렇게 완전히 굴복시켜서 자기들이 원하는 대로 뭐든 불게 무너지고 나면 비로소 시작하는 거죠. 김근태 의장 만난 적 있지만 지령 같은 거 받은 적 없다, 그러면 정신 안 차렸다고 바로 고문을 시작했죠. 제가 처음에는 남영동 515호실에 있었어요. VIP룸이라고 수괴급을 조사하는 방이라더군요. 그런데 어느 날 방 빼라고, 514호로 옮기라고 하더군요. 더 큰 VIP 온다

고. 그게 김근태 의장이었어요. 보름 동안 앞방에서 당하는 그 소리를
다 들었어요. 지옥의 시간이었지요.

　김근태 의장이 대단했던 건 보통 한번 인정하면 자포자기하거든요.
그런데 김 의장은 정신이 돌아오면 다시 따지고 엎어버리는 거예요. 그
걸 거의 매일 반복한 거예요. 민주화운동의 상징으로서 자존심을 지켜
야 한다는 책무감 때문에 그랬지 않을까 싶었어요. 끝까지 포기를 않
으니까 더 엄청나게 당한 거죠. 전두환의 아킬레스건인 광주학살 문제
같은 걸 금기에서 풀어놓아버린 것에 대한 최고위층의 복수심 같은 것
도 작용한 것 같고요. 문영식

　그건 인정하는 것으로 끝나는 것이 아니었다. 알지도 못했던 혁명론
을 칠성대 위에 누워 공부하고 암기해야만 했다. 칠성대 위에서는 정말
1초에 수많은 걸 외울 수도 있었다. 그 고문대 위에서 문영식이 말했다
는 혁명이론을 공부했다. 참으로 기막힌 공부였다. 잘 외웠다고 칭찬을
받았다.

　나도 남영동에 와서 처음으로 얻어낸 것이 있는 날이었다. 나는 세
사람의 이름을 알아냈다. 전무라고 불리는 자는 경정 김수형이었다. 나
를 서대문경찰서에서 연행해 올 때 양쪽에 앉았던 자는 경위 김영무와
경장 최상낙이었다. 내게는 이것이 큰 힘이 되었다. 이제는 적어도 누구
로부터 당하는지도 모르고 당하지는 않게 되었다. 그 세 개의 이름은
그들이 경조금을 걷기 위해 돌리는 회람을 훔쳐보고 알았다. 나는 이
들의 이름을 머리에 지워지지 않는 사진으로 찍어 보관했다. 경정 김수
형, 경위 김영무, 경장 최상낙, 그러나 아직도 다섯 명의 이름을 몰랐다.
나는 그들의 이름도 반드시 알아내리라 다짐했다.

다섯 번째,

여섯 번째,

일곱 번째, 짧으면 세 시간 반 길면 다섯 시간 반이 걸리는 이 고문을 통과하며 자멸하지 않을 수 있던 것은 악마 같은 이들 세 명의 이름이었다. 그리고 아직 알아내지 못한 다섯 명의 이름은 내가 끝까지 정신을 잃지 말아야 하는 이유가 되어주었다. 내 머리는 저들이 던져 주는 터무니없는 각본을 외워 주기 위해서만 존재하는 것이 아니었다. 나는 매일, 시간대별로 이 악당 여덟 명이 한 역할들을 머릿속에 기록하고, 정리하고, 암기했다.

그렇다고 해서 고문의 공포로부터 벗어난 것은 아니었다. 고문이란 게 공포를 통해 고문자는 산처럼 위대하게 만들고 고문 받는 자는 쥐처럼 작게 만드는 일인데, 고문실 안에서 어떻게 공포로부터 벗어날 수 있겠는가.

고문이 거듭되면서 나는 일정한 패턴을 알게 되었다. 고문은 거의 저녁 여덟 시를 전후로 시작해서 새벽 한 시 전후까지 계속됐다. 그리고 고문을 하는 날은 밥을 주지 않았다.

일곱 번의 고문이 끝나고 며칠 동안 밥을 주었다. 몸이 망가져서 거의 먹을 수 없었지만 밥이 나오지 않으면 엄청나게 초조해졌다. 고문이 있다는 신호였기 때문이었다.

13일 저녁, 남영동에 들어온 지 구 일째 되는 날이었다. 식사가 515호실 문턱을 넘어 내 책상 위에 놓였다. 안도의 한숨을 내쉬며 한 숟갈, 두 숟갈을 먹었다. 밥 한 숟갈 씹어서 삼키는 데 오 분 이상이 걸리니까, 한 십 분쯤 지났을 때였다. 복도에 있는 전화벨이 요란하게 울렸다. 전화를 받고 온 최상낙이 미안하지만 안 되겠다면서 밥그릇을 들고 나가 버렸다. 이때의 참담함이라니, 나는 걷잡을 수 없는 혼란에 빠졌다. 복도를 지나가는 발소리 하나에도 나의 가슴은 무너져 내렸다. 그러나 아홉 시가 넘도록 고문자들은 오지 않았다. 저들의 심리 전술이라는 생각을 비로소 했다. 저들의 말대로 내가 해이해지지 않도록 경고를 한 것으로 생각했다.

그런데 밤 열 시쯤 김수형 경정, 김영무 경위, 고문 기술자와 나머지 일당들과 하수인들이 몰려왔다.

김수형은 나를 고문대에 묶어 놓고 물었다.

"13일의 금요일, 오늘이 무슨 날인지 알아?"

"악마의 날로 알고 있습니다."

"흥, 성당에서는 오늘을 최후의 만찬이라고 한다. 오늘이 네놈을 위한 최후의 만찬 날이다. 각오해."

김수형은 고문하다가 쉬는 틈을 타서 내게 해박한 성경 지식을 늘어 놓으며 자신이 천주교 신자임을 자랑하곤 했다. 그야말로 최후의 만찬 이었다. 전기고문과 물고문이 새벽 두 시 반까지 계속되었다. 마음은 물론 몸도 도무지 견뎌 낼 수가 없게 되었다.

"당신이 왜 이렇게 고초를 당하고 미움을 받는지 알아? 묻는 말에만 대답하기 때문이야. 그것도 아주 부분적으로. 그러니 고문당할 수밖에 없어."

또 다른 전무라고 불리는 사내가 완전히 탈진한 내게 잔인한 고문을 자초한 책임이 나 자신에게 있다는 것을 일깨워 주려고 했다. 김수형 경정이 그의 말을 가로채서 내게 욕을 퍼부었다.

"당신은 무슨 당신이야, 개새끼지, 나쁜 개새끼야."

나도 이제 그에 대해서는 아는 것이 좀 있었다. 김수형, 천주교 신자,

아들을 서울대에 보내고 싶어 하는 아버지, 롯데 야구 팬… 김수형은 내게 잔인한 고문을 쉴 새 없이 가했다. 그러나 내가 워낙 탈진해서 한 번에 오래 고문을 가하지 못하고 자주 쉬면서 했다. 워낙 꽁꽁 묶어 놓아서, 고문을 않고 고문대에 눕혀만 두어도 그 자체가 고통이었다. 팔다리가 금방 저리고 시큰거렸다. 나는 손발에 피가 통하지 않아 못 견디겠다며 풀어줄 것을 부탁했다. 옆에 있던 고문 기술자는 빙긋이 웃으며 대답했다.

"그래. 걱정 마."

그러더니 그가 전압을 왕창 올려서 축 늘어져 있던 나를 칠성대 위에서 펄쩍 뛰게 만들었다. 그러나 그것도 그때뿐이었다. 나는 이미 기력이 다해서 전기고문, 물고문을 가해도 발버둥도 치지 못하고 늘어져 있었다. 그때마다 고문은 중지되고, 찬물을 머리에 붓고 가슴을 손바닥으로 쳐댔다. 점차 어슴푸레해 가는 의식 속에서 아, 이제 내가 정신을 잃겠구나 하는 순간이 되면 고문은 중지되었다. 고문 기술자는 그 경계를 잘 알았다. 고문은 이튿날 새벽 두 시에 끝났다. 최후의 만찬, 이름에 걸맞게 당했지만 나도 최후로 건진 것이 있었다. 나는 이름을 몰랐던 나머지 악당들의 계급과 성명을 알아냈다. 그들이 오늘 내게 내민 진술조서 맨 뒷장에 지장을 찍으며 스쳐 지나가는 조사자에 쓰인 관등 성명을 나는 하나도 놓치지 않았다. 나는 그것을 절대 지워지지 않도록 내 머릿속에 입력했다. 총경 윤재오, 경정 백남원, 경장 정헌구, 경장 박병석. 오직 한 명, 고문 기술자의 이름만 나는 아직 알아내지 못했다. 이 악당들이 누구인지 알아낸 것이 소진해가는 투지를 불러일으켰지만 내 건강은 이제 돌이킬 수 없게 나빠졌다.

밥을 먹고 소화해 낼 수 없었다. 혼자서 걷는 것도 불가능했다. 두통도 걷잡을 수 없는 최악의 상태에 이르렀다. 어떤 한계점, 분수령에 다다랐다는 것을 직감했다. 정신줄을 놓지 않으려 혼신을 다했다. 내가 들어온 날부터 오늘까지의 일지를 외우고 또 외웠다.

그런데도 이 김수형 경정은 한 시간 뒤인 14일 새벽 세 시부터 다섯 시까지 녹초가 된 나를 또 고문했다. 이건 분명 사람이 아니고 악마였다. 이 새벽녘 고문에서 김수형은 또다시 문영식의 혁명론과 학생운동의 배후로서 민추위를 이미 알고 있었다고 자백하라고 요구했다. 사실 고문을 받지 않을 때는 이 부분에 대해 완강히 저항을 하고, 고문대 위에서 인정하였던 것을 엎어 버리곤 하였다. 점차로 슬그머니 말이다. 그래서 민추위는 내가 모르는 것으로 이미 고문자들도 인정해 주고 넘어갔던 것인데 새삼스럽게 다시 등장한 것이다. 이유가 무엇인지는 너무나 분명했다. 이범영으로 처리된 학생운동의 배후를 나로 바꾸어 민추위와 나의 관계를 구체적으로 연결하라는 상부의 지시가 내려온 것이다. 나를 학생운동의 명백한 배후로 더욱 확대시키려는 의도임을 말할 필요가 없는 것이다. 나는 1970년대의 민청학련과 인혁당의 관계를 떠올리지 않을 수 없었다. 지금 이들은 민추위와 민청련을 그 틀로 밀어 넣으려고 하는 것이다. 박정희의 잔당들은 박정희가 어떻게 민청학련의 여정남과 인혁당 인사들의 목을 매달았는지 보고 배운 자들이었다. 이것을 알면서도 고문대 위에서는 언제나 항복, 인정 그것만이 있을 뿐이다.

9월 13일의 가장 중요한 주제는 민청련의 재정과 선전물이었다. 선전물에 대해서는 많은 것을 내가 뒤집어썼다. 도저히 안 되는 것은 수배 중인 회원들에 부담을 골고루 넘겼다. 그러나 재정과 인쇄를 도와준 분들은 철저히 지키려고 했다. 위험을 무릅쓰고 민청련을 도와준 공안과의 공병우 원장, 종로서적의 장하구 회장, 후배 이래경 사장, 세진인쇄의 강은기 사장… 이 이름들은 목숨을 걸고 지키려고 했다. 이분들을 지키면서 그들이 상부로부터 문책을 당하지 않을 정도의 자료를 줘야 했다. 나는 부담이 크지 않을 분들의 이름을 밝혔다. 범위를 아주 넓히고 액수는 되도록 적게 했다. 건드리면 오히려 부담이 되게 종교계, 재야, 언론계, 법조계를 두루 포함시켰다. 기대하지도 않게 많은 이름을 대주자 고문자들은 처음으로 아주 만족스러워했다.

"다른 것도 이렇게 얘기했으면 덜 당했잖아. 우리한텐 아무것도 감출 수 없어."

민청련 배후의 문제에 대해서는 타협을 했다. 한 분에게 치명적인 부담이 되지 않도록 개신교와 천주교를 대표하는 권오경 목사와 함세운 신부를 내 배후로 제시했고, 저들도 동의해 주었다. 두 분께는 너무나 죄송했지만 이 두 분은 내 비겁을 용서해 줄 것 같았다. 그리고 이 두 분만큼 방어력을 가진 분을 떠올리기 어려웠다. 이렇게 저들이 준비한 각본에 필요한 내용은 모두 채워졌고 칠성판에 누워 총복습을 했다.

최종적인 각본은 나와 고문자들의 합작품이었다. 나는 고문자들이 상부로부터 문책을 당하지 않도록 내용을 맞춰 주고, 그들은 내가 끝내 피해 가려 한 어떤 부분을 눈감아 주며 부담이 몇 사람에게 치명적으로 몰리지 않도록 협조해 주었다. 물론 칠성판 위에서는 좀 더 고문자들이 원하는 쪽으로 각본이 옮겨 가고, 칠성판 아래에서는 강력히 부인하는 내 쪽으로 각본이 옮겨 오는 과정을 반복하면서 수정되고 보완돼 점차 완성된 모습을 갖추게 되었다.

나는 이즈음 되어서야 권력 상층부의 의중을 정확하게 꿰뚫어볼 수 있었다. 저들은 나를 죽이기까지는 원하지 않았다. 다만 몸과 정신을 회복 불능 상태로 만들어 다시는 저들에 맞서지 못하도록 하는 것, 그것이 저들의 정확한 방침이었다.

13일, 그들이 벌인 최후의 만찬 이후, 나는 결정적으로 균형 상태를 잃어버렸다. 이튿날인 14일부터 나는 국물과 두어 숟갈 정도의 밥을, 그것도 오래 씹어서 겨우 먹을 수 있었다. 요기는 주로 햄버거 빵을 우유에 녹여서 채웠고, 즉석 라면에 물을 부어서 그 국물과 약간의 라면 줄기로 허기를 때웠다. 김수형은 이러한 내게 단식투쟁을 하는 것이냐고 물었다. 어이가 없었다. 목은 붓고 쉬어서 말을 제대로 못하고, 머리는 깨어져 나갈 것 같고, 온몸이 산산이 부서져 나가기 직전 같았다. 말하고, 쓰고, 베끼고, 손도장 찍고, 또 찍고 하면서 하루하루를 보냈다.

14일부터 19일까지는 평균 네 시간 정도 재워 주었다.

20일부터는 다시 잠을 못 잤다. 앉아서 약간씩 조는 것이 전부였다. 식사를 안 주어서 고문이 박두했음을 경고하는 심리적 고문, 조건반사에 기초한 압박은 끊이지 않았다. 밥은 이미 오래전부터 요기의 수단이 아니었다. 이틀에 한 번 정도씩, 이런 심리적 고문을 계속했다. 저녁 식사 시간인 다섯 시 반부터 대략 열 시까지 초주검이 된 상태로 지내고 밤 열 시가 지나면 이 고문자들은 위로라면서 라면을 가져다주었다. 나는 파블로프의 개처럼 저녁을 굶겼던 그들이 밤중에 라면을 주면 콧등이 시큰거리는 고마운 마음으로 국물 몇 모금을 목구멍으로 흘려 넣었다.

남영동의 송별 파티는 두 시간 반 동안 진행되었다.

9월 20일 저녁 여덟 시에서 열 시 반까지 이루어진 마지막 파티는 지금까지 사용되었던 모든 고문의 방법들이 동원된 종합선물세트였다. 극도로 압축되고 절제된 고문인 만큼 고통도 절정이었다. 김수형과 그 하수인들이 모두 고문에 참여했다. 처음 한 시간 동안은 아주 질서정연하게, 차근차근, 그리고 자근자근 진행되었다.

내 몸에 부착된 전선들은 피보다 빠른 속도로 전류를 흘려 보냈고, 그렇게 모여든 뜨거운 피가 심장을 태웠다. 나는 내가 더는 인간으로 살아 있지 않음을 내 몸을 휘저으며 미친 듯이 돌아다니는 도무지 익숙해지지 않는 이물질을 통해 실감하고 있었다. 전쟁을 끝내고 싶었다. 살아 있음은 끝없는 모욕이고 저주였다. 그러나 모든 관절은 부러지는 고통으로 아직 살아 있음을, 최후의 전투가 끝나지 않았음을 알렸다.

김수형은 내가 고문대 위에서 수없이 인정하고 암기하였던 것을 또다시 차례차례 확인해 나갔다. 그것을 인정하고, 외울 때 사용했던 고문의 도구와 방법들이 달려들어 내 죄를 빈틈없이 불러냈다.

"우리가 제일 증오하는 게 어떤 놈들인지 아나? 정직하지 않은 놈, 거짓말쟁이들이야. 여기서 인정한 것을 나가서 부인하는 거짓말쟁이들."

그의 말과 함께 전압은 최고로 치솟았다.

"그런 놈이 한둘 있었지, 그러나 그런다고 검찰에서 법원에서 봐줄 것 같애? 그런 버러지 같은 놈들은 우리가 반드시 다시 데리고 와. 여기를 한 번이라도 다녀간 놈들은 우리가 평생 따라다니면서 보호를 해 주지."

근육 하나하나가 오징어채처럼 뜯겨 나가는 고통이 신경을 타고 전기보다 더 빠른 속도로 내 머릿속에 치달아 뇌성번개로 폭발하고 있었다. 피보다 빠른 속도로 혈관을 타고 흐르며 온몸을 태우던 전기는 심장으로 피가 아닌 재를 흘려 보냈다. 재가 바싹거리는 소리가 심장에서 들려왔다.

한 시간 만에 총복습이 모두 끝났다. 그러나 끝은 아니었다. 아무런 질서도 방향도 없는 광란의 고문이 이어졌다.

"두꺼비? 독사의 몸속에 들어와서 알을 깐다고? 그래 이 새끼야, 어디 한번 들어와서 알을 까봐라."

내 배 위에 올라타 샤워기로 물을 쏟아부으며 김수형은 미친 듯이 발광했다.

코로 흘러들어온 고춧가루 물이 심장을 태우던 불길을 껐다. 얼굴을 덮은 수건에서 나는 다이알 비누 냄새는 고춧가루와 소금물에도 지워지지 않고 내 속을 뒤집었다. 심장과 찢어진 폐와 함께 영원히 잠들고 싶었다. 나는 울부짖으며 절규했다.

"제발, 이제 끝냅시다. 여기서 그냥 깨끗이 죽여 달란 말입니다."

"누구 마음대로. 이제 시작일 뿐이야, 이 개새끼야!"

그들이 끝내지 않았으므로 나도 끝나지 않았다. 이 공포와 절망과 수치를 내 육체가 영원히 짜고 맵게 기억하도록 그들은 주전자 물을 쉼없이 들이부어 내 폐에 간을 하고, 내장을 골고루 방부 처리 했다. 강도 높게 반복된 물고문과 전기고문이 두 시간 반 만에 끝났고 내 육체와 정신은 너덜너덜한 걸레가 되어 칠성대에서 내려왔다. 살고 싶은 의지는 먼지만큼도 남아 있지 않았다. 나는 흐리멍덩해진 눈으로 김수형과 백남원을 바라보았다.

"그냥 죽여 달라고 하지 않았습니까."

육체에 남아 있는 모든 기운을 긁어모아 나는 비명을 지르느라 갈라지고 쉰 목소리로 간신히 말했다. 마지막 자존심을 건 항의이고 요구였다. 그들의 대답은 집단 폭행이었다.

"이 개새끼가 정말 뒈질라고 환장을 했나."

발가벗은 채 나는 그들의 발길에 차이고 밟혔다. 그리고 김수형은 내게 바닥을 기며 살려달라고 애원하며 빌라고 요구했다. 나는 움직이지 않았다.

"죽이세요."

"이런 개새끼를 봤나!"

고문자들이 욕설을 퍼부으며 한꺼번에 달려들어 맹렬한 발길질을 퍼부었다. 나는 벌레처럼 웅크린 채 누워 있었다. 김수형은 그것으로 분이 풀리지 않는지 가쁜 숨을 돌리고 있는 하수인들에게 소리쳤다.

"이 새끼 다시 끌어올려."

뿌옇게 흐린 눈앞에 칠성대의 다리가 보였다. 그 순간 최상낙이 내게 달려들어 미친 듯이 발길질을 해 댔다.

"야, 이 씨발 놈아 왜 안 기어! 기란 말이야, 이 씨발 놈아."

그의 발길질은 계속되고, 김수형은 고함을 질렀다.

"이 새끼 끌어올리란 말야!"

몸을 낮춘 최상낙이 쓰러져 있는 내 뺨을 주먹으로 갈기며 소리쳤다.

"야, 이 씨발 놈아 제발 기라. 니 저기 또 올라가면 죽어, 이 씨발 놈아."

가물가물해지는 의식의 끝자락을 간신히 붙들고 있는 내 눈에 주먹 휘두르고 있는 최상낙의 얼굴이 흐릿하게 보였다. 착각이었을까. 그의 얼굴을 타고 눈물이 흐르고 있었다.

"씨발 놈아, 애들 있다며. 살아서 나가야 니 자식새끼 볼 거 아냐."

그러면서 최상낙은 내 뺨을 때리고 또 때렸다. 그의 욕설에 울음이 묻어 있었다. 병진이 별민이, 인재근의 얼굴이 아득히 떠올랐다.

"안 끌어올리고 넌 뭐 하는 거야, 이 새끼야."

김수형이 최상낙을 뒤에서 걷어찼다.

"전무님, 이 새끼 긴대요. 긴답니다."

최상낙은 내 머리채를 잡고 쓰러져 있는 나를 일으켰다.

"전무님, 보세요. 이 새끼 깁니다."

나는 최상낙이 잡아끄는 대로 콘크리트 바닥을 무릎으로 엉금엉금 기었다. 나는 발가벗긴 채 눈물을 흘리며 남영동 515호실 바닥을 기면서 살아남았다.

파티의 마지막을 장식하는 폐회사는 경정 김수형이 했다.

"김 선생, 당신들의 형량은 법원이 아니라 우리가 선고합니다. 우리가 선고하는 형량은 단 하나, 사형이 있을 뿐이에요. 다만 그 집행을 언제로 할 것인지를 달리할 뿐입니다. 우린 여기에서 장례업을 하고 싶지는 않아요. 김 선생은 나가서 삼 개월 후에 죽고 싶어요, 일 년 후에 죽고 싶어요? 아니면 오 년? 우리는 하루도 틀리지 않게 정확하게 그 날짜를 맞춰 줄 수 있어요. 김 선생의 사형 집행은 얼마나 유예해 드릴까. 말해 보세요, 맞춰 드릴 테니."

"⋯."

"우린 어디를 어떻게, 얼마나 부숴 두면 사형 집행일에 맞춰 정확히 보낼 수 있는지 압니다. 검찰과 법원에서 당신이 뭐라고 해도 소용없다는 건 잘 알 거요. 그들은 우리와 언제나 뜻을 함께하니까요. 그리고 법원이 선고하는 형량이 도대체 무슨 의미가 있겠어요. 남민전의 이재문이 여기서 나가 육 개월 만에, 재판 받다가 죽은 건 알고 있지요? 당신의 사형 집행일을 이재문이처럼 촉박하게 잡아 두진 않았어요. 살아서 바깥세상에 나갈 순 있을 거예요. 그렇지만, 사형 집행일을 너무 멀리 잡았다고 생각하시는 것 같아 보이면 언제든지 우리가 다시 모셔다가 집행일을 당겨 드릴 테니, 그건 걱정 마세요."

광란의 송별 파티는 내 생명의 유지 기간이 앞으로도 자신의 손에

달려 있음을 내 온몸에 지워지지 않는 기억으로 다시 한 번 새기는 과
정이었다. 검찰이나 법정에서 부인할 엄두를 내지 못하도록 심각한 두
려움, 강제당할 때의 그 공포를 기억시켜 두기 위한 것이기도 했다.

　　의장님은 횡단보도 선 바깥으로 비스듬하게도 건너가지 않는 분이
잖아요. 한번은 광화문 종합청사 뒤의 이 차선 도로 횡단보도 앞에서
신호를 기다리고 있을 때였어요. 맞은편에 서 있는 경찰을 보고는, 제
손을 꼭 잡으면서 이러는 거예요.
　　"넌 안 무섭니? 난 무서워."
　　그때 의장님은 장관이었는데… 전 눈물이 왈칵 솟구쳤어요. 이분이
이렇게 살아왔구나. 평생을 그런 공포에 떨면서, 그러면서도 그 공포에
굴복하지 않으려 혼신을 다해 견디고 맞서 왔던 거예요. 얼마나 외롭
고 힘드셨을까. (눈물) 정말 죄송하고 미안했어요. 보좌관으로 일하면서
도 제가 의장님을 몰라도 너무 몰랐던 거예요. 의장님, 이거 왜 이렇게
안 하세요, 저거 왜 다른 사람처럼 저렇게 못하세요, 하고 불평하곤 했
던 전 그날 참 많이 울었어요. 기동인

경정 백남원은 덧붙였다.
　　"김 선생, 여기서 다시 만나는 일이 없기를 바랍니다. 물론, 당신이 주
장하는 그런 민주 정부가 들어서면 그땐 당신이 우릴 여기로 잡아들이
세요. 기꺼이 당해 줄 테니까."
　　언제든지 다시 끌고 오겠다는 협박, 독재 권력은 결코 무너지지 않는
다는 확신을 심어 주려는 고도의 심리적, 정신 분석적 접근 방법을 동
원한 고문 행위였다. 결코 지워지지 않을 고문의 공포와 모멸감, 한없이

커 보였던 김수형과 백남원, 고문 기술자의 말과 거동은 내 생의 마지막 순간까지 따라다니며 또 보복당할지 모른다는 두려움으로부터 벗어나지 못하게 만들 것이다. 그들은 그것을 잘 알고 있었다.

남영동을 나오는 날까지의 생활은 마지막 파티 이전으로 돌아갔다. 그들은 칠성대 위에서 패인 발꿈치와 팔꿈치를 치료하고, 하루 세 차례 안티푸라민을 잔뜩 발라서 멍든 부위를 마사지했다. 저녁 식사 시간인 다섯 시 반부터 대략 열 시까지 나는 다시 칠성대 위에 올라가게 될까 덜덜 떨면서 지냈다. 밤 열 시가 지나면 고문자들은 초주검이 되어 있는 나에게 라면을 가져다주었다. 나는 파블로프의 개처럼 그들이 주는 라면을 콧등이 시큰거리는 고마운 마음으로 받아 들고, 국물 몇 모금을 홀짝거리면서 남영동에서 살았다.

38

남영동을 떠나는 날이다.

한편으로 고문에 가담하면서, 또 한편으로 나를 향해 연민의 눈물을 보여 주었던 두 사람의 눈물을 기억했다. 나는 내가 당했던 이 처참한 모욕과 패배, 절망과 함께 그 눈물을 기억하고 싶었다. 더 이상 두고 볼 수가 없다면서, 어떻게 해서든지 여기를 떠나야 산다고, 울먹이던 그 소수의 하급 경찰관들에겐 그것이 큰 용기였을 것이다. 그것은 남영동에서 나를 살아나도록 만든 아주 작은 구원의 빛이었다. 이런 사람들이 여기와 같은 최악의 장소에서도 존재하고 있었기에 나는 인간에 대해 완전히 절망하지 않을 수 있었다. 자신들의 안전과 이익을 위해서는 다른 인간에게 무슨 짓이라도 할 수 있는 그런 악마들 안에서 마지막 인간성을 잃지 않았던 이들을 나는 기억하려고 했다.

26일 오후 세 시 남영동을 떠나기 전에 나는 김수형과 백남원을 불러 달라고 했다. 그들이 아닌 내가 그들을 만나자고 부른 것이다.

김수형이 515호실의 문을 열고 들어왔다. 나는 말하고 싶은 것이 많았지만 가슴에 담아 두기로 했다. 인간의 말이란 이럴 때 얼마나 부질없는 것인가. 내가 악수를 청했다. 그러면서 나는 속으로 울었다. 눈시울이 뜨거워졌다. 나는 이렇게 말하고 싶었다.

'나는 당신에게 처참하게 고문을 당하고 간다. 일방적으로 당하고 간다. 이러고도 속수무책인 것이 원통하다. 더구나 너무 끔찍하게 당해서 분노하기조차 두려운 것이 한스럽다. 떠나는 지금도 내놓고 욕 한마디 할 수 없고 그런 용기조차 생기지 않는 것이 말이다. 이 저주받을 인간들이, 악마 같은 자들이 내 생사여탈권을 가진 것처럼 군림하였으며 그에 아양조차 떨어야 했던 이 끔찍한 지옥을 나는 기어코 기억할 것이다.'

나는 김수형을 똑바로 쳐다보았다. 감정이 복잡했지만 침착하려고 했다. 마음속으로 하나, 둘, 셋을 세며 호흡을 가다듬고 김수형을 응시했다. 그랬더니 김수형의 키는 점점 작아졌다. 고문실에서 내 생사여탈권을 가지고 있었던 이 사람은 분명 내게는 거인이었다. 거기다가 나는 늘 의자에 앉아서 오들오들 떨거나 고문대에 묶여서 눕혀져 있었으며, 김수형은 선 채로 굽어보고 있었기에 더욱 위압적인 거인이었을 것이다. 그런데 이제 남영동을 떠나는 이 자리에서 같이 구두를 신고 서자 그는 나만 한 키이거나 오히려 작게도 보였다. 나는 늠름함에서 김수형에게 지지 않으려고 했다. 김영무, 최상낙 등과도 악수를 하였다. 그 고문 기술자도 찾았지만 없다고 했다.

백남원은 내가 검은 승용차를 타기 직전에 계단으로 나왔다. 나는 이 사람도 똑바로 쳐다보았다. 절대로 잊어버리지 않도록 뚫어지게 보았다. 떠나는 이 마당에서만은 당당하고자 하였다. 9월 4일부터 25일까지 나는 이런 눈초리로 이들을 한 번도 쳐다보지 못했던 것이다. 기묘하게 열리는 남영동 대문, 육중한 철문을 나서서 구치감으로 향하는 자동차 안에서 따스한 오후의 햇빛을 온몸에 받았다. 아, 이 낯익은 거리에 내가 다시 돌아온 것이었다. 이 햇빛 속으로. 죽음 속에서 나는 살아 돌아온 것이었다.

엘리베이터를 타고 호송 경찰의 부축을 받아 겨우 검찰청 오 층에 내렸다. 균형 감각이 잡히지 않아 걸음을 떼어 놓을 수가 없었다. 수갑을 찬 채 어정쩡하게 서 있는 나의 눈에 사람의 실루엣이 보였다. 거짓말처럼 복도에 사람이 서 있었다. 인재근이었다. 울음이 복받치는 것을 겨우 참아 냈다. 입을 열면 울음이 쏟아질 것 같아 어금니를 앙다물다 멈췄다. 통증 때문에 어금니를 물 수 없었다. 칠성대 위에서 수없이 앙다물었던 어금니로 잇몸은 완전히 내려앉아 있었다. 대신 갈라 터진 입술을 사리물었다.

인재근이 호송 경찰과 함께 나를 부축해서 계단을 내려갔다. 나는 망설이고 망설였다. 내가 당한 얘기를 듣고 인재근이 괴로워할 것을 생각하면 그만둘까도 했다. 남영동의 고문실과 고문자들의 얼굴이 떠오르면서 또 다시 보복당하지 않을까 두렵기도 했다. 남영동을 생각하자 고문당하던 장면이 동영상으로 핑핑 돌아가면서 독수리가 쪼아 대는 듯 머리가 아파 왔다. 그러나 혼돈 속에서도 나는 말했다. 이 고문은 나 개인만의 문제가 아니었다. 내가 침묵한다면 남영동의 저 많은 고문실은 여전히 유지되면서 수많은 사람을 끊임없이 파괴할 것이었다. 그리고 무엇보다 도무지 내가 원통해서 견딜 수가 없었다. 나는 저들의 악마와 같은 폭력 앞에 헤아릴 수 없이 굴복하고 패배했다. 그러나 저들이 내 육체와 정신에 각인시키려 한 실행되지 않은 공포에마저 항복하게 된다면 내가 나를 용서하기 어려울 것만 같았다. 자신이 아무런 볼품도, 무게감도 없는 검불이 되어 흔적도 없이 흩어져 버릴 것만 같아서 나는 말하기로 했다.

목소리가 떨리지 않도록 나는 마음속으로 하나, 둘, 세고 나서 침착하게 말했다.

"보여 줄 게 있어."

인재근이 내 눈을 똑바로 쳐다보았다. 그녀는 그 짧은 순간에 상황을 이해했다. 나는 잠시 계단에 주저앉았다. 난처한 표정을 짓는 호송 경찰에게 인재근이 잠깐만 내가 앉아서 쉴 수 있게 해 달라고 부탁했다. 우리에게 주어진 시간은 일 분이었다. 나는 신고 있던 양말을 벗으려 했지만 손이 제대로 발에 가 닿지 않았다. 인재근이 내 양말을 벗겼다. 짓뭉개진 발뒤꿈치와 꺼멓게 탄 발등을 부여잡은 인재근의 손이 덜덜 떨렸다.

"다른 데도 많이 다쳤어요?"

내 발을 잡은 손을 놓지 않은 채 그녀가 나를 올려다보았다.

"굉장히."

나는 팔꿈치를 들어 보였다. 그녀는 얼른 양말을 신기고 내가 입은 잠바의 소매를 걷어 올렸다. 역시 짓뭉개진 팔꿈치를 확인한 인재근이 눈물을 뚝뚝 떨어뜨렸다.

"일 분만 더 쉬게 해 주세요."

호송 경찰도 나의 처참한 몰골과 인재근의 눈물이 애처로웠던지 고개를 끄덕였다. 인재근이 나를 안듯이 하며 귀를 내 입 가까이 댔다. 나는 머릿속에 외워 두었던 것을 그녀에게 나지막이 말했다.

"9월 4일, 8일, 13일 각각 두 차례씩, 5일과 10일, 20일, 25일에 각각 한 차례씩 당했어. 한 번에 네 시간에서 일곱 시간씩, 온몸을 꽁꽁 묶어 놓고 전기고문, 물고문, 고춧가루 물 먹이기, 소금물 먹이기 등 온갖 고문을 다 당했어."

이 짧은 말도 목이 갈라지고 입술이 타서 더 계속하기가 어려웠다. 인재근이 나를 부축하고 일어서며 내가 한 말을 반복했다. 검찰청의 텅 빈 계단은 그녀의 낮은 목소리를 큰 공명으로 만들었다. 그녀는 정확하게 외우고 있었다. 나는 고개를 끄덕였다.

이 만남은 기적 같은 것이었다. 더구나 관례와 달리 늦은 오후에 도착한 내가 인재근을 만날 수 있었던 것은 꿈과 같은 것이었다. 나는 한 달 반 만에 온기가 있는 사람의 손을 잡고 서 있었다. 그녀의 어깨에 기대어 나는 간신히 인간으로 돌아오고 있었다.

에필로그

1985년 겨울은 지독히 추웠다. 남영동에서 서울구치소로 옮겨 왔지만 나로서는 공간의 이동을 감각할 수 없었다. 북쪽 외벽은 얼음으로 빙벽을 이루어서 두 겹 비닐로 막은 창턱까지 얼음 조각을 세우고 있었다. 저녁이 되어 형광등이 깜빡거리며 들어오면 빙벽은 비수처럼 새파랗게 곤두서 빛을 발했다. 나는 냉기가 올라오는 매트리스에 누워 환시와 환청에 시달렸다. 추위 때문이 아니더라도 나는 내 몸이 마치 해체되기라도 할 듯한 본능적인 공포에서 무릎을 가슴으로, 가슴을 무릎으로 당겨서 웅크렸다. 그러고도 나는 여전히 허전했다. 어깨와 발가락 사이에까지 모포를 여미는 행동을 반복했는데 그 일은 말초신경을 깨우는 일처럼 힘겨워서 마치 달팽이가 더듬이를 움직이듯 아주 오랫동안 천천히 해 내고는 했다. 매트리스 밑은 흥건하게 습기가 차서 한겨울인데도 곰팡이가 슨 것처럼 코끝에 냄새가 감기고는 했다. 때로 나는 그게 내 시취인 양 화들짝 놀라서 겨드랑이에 코를 묻고 냄새를 맡고는 했다. 햇볕 한 줌 없는 방에 나는 한 마리 짐승처럼 누워 있었다. 생쥐가 코앞에서 얼쩡거려도 전혀 이상하지 않았다. 한 마리 짐승 곁으로 다른 짐승이 움직이는 것과 다를 바 없었다.

때로 나는 생쥐들을 바라보며 허깨비일지도 모른다는 생각을 했다.

그렇지만 생쥐들은 아주 생생한 실감으로 내 눈앞에 존재했다. 처음에는 한 마리 같던 생쥐가 며칠 지나며 여러 마리라는 사실을 깨달았다. 추위에 떨던 생쥐 몇 마리는 내 이불 속으로 파고들기도 했다. 나는 가만히 두었다. 손 하나 꼼지락거릴 수 없었고, 그럴 의지도 내게는 없었다. 내복을 들쑤시며 잠자리를 잡는 녀석들에게서 때로 내가 온기를 지니고 살아 있다는 사실을 실감하고는 했다.

녀석들은 내가 삼키지 못해 남긴 밥알들을 먹기도 했다. 내가 조금이라도 뒤척이면 녀석들은 마루 밑으로 감쪽같이 사라졌다. 어느 날 나는 숟가락으로 밥알을 떠서 관솔 구멍 앞에 놓아두었다. 마루 밑에서 녀석들이 나와 먹어 치웠다.

나는 고문자들의 이름을 잊지 않으려고 쥐들에게 그들의 이름을 하나씩 붙여 주었다. 그중에 귀가 한쪽 뜯기고 앞다리 하나를 못 쓰는 생쥐가 있었다. 그 쥐를 발견했을 때 나는 혐오감을 느꼈다. 그 생쥐는 가장 나중에 나타나서 가장 나중에 사라지고는 했다. 나는 그 쥐가 내 곁으로 오는 게 끔찍히 싫었다. 내가 아는 고문자들의 이름을 생쥐들에게 다 붙여 주고 나서 그 생쥐만이 남았다. 나는 그 병들고 허약한 생쥐에게 그처럼 강인하고 거대한 사람들이 어울릴 리 없다고 생각했다. 그렇지만 내게는 아직 이름을 모르는 자가 하나 남아 있었다. 남영동을 나올 때까지도 이름을 알아내지 못한 고문 기술자 '이 실장'이었다. 나는 그의 이름을 몰랐으므로 내 기억 투쟁이 미진하게 여겨졌다. 마치 그 기억 투쟁은 내 생명 장치처럼 여겨져서 나는 예민해지고는 했다. 때로 꿈속에서 그 이름을 찾기 위해 산처럼 쌓인 서류들을 뒤적이다가 깨고는 했다. 나는 못난 생쥐에게 '이 실장'이라는 이름을 지어 주었다. 왠지 그 쥐는 아주 오랫동안 보고 살 것 같은 느낌이 들었다. 나는 그 쥐의 몫으로 따로 밥알을 챙겨 주기도 했다.

그런데 조금 불편한 일들이 목격되었다. 다른 생쥐들이 '이 실장'의 몫을 배려하는 것이었다. 내가 어떤 제지의 몸짓을 하지 않았는데도 생쥐들이 밥알을 조금 남겼다. 그것은 매우 반복적이었다. 한낱 미물들이 저렇게 서로 살피며 사는가. 잠시 그런 의문이 들었지만 나는 그 생쥐들의 배려를 믿지 않았다. 내가 모르는 어떤 역학이 저 마루 밑에서 작용하고 있는지 모른다는 의심이 들었다. 아주 작은 호의로 그놈들도 자신을 지켜 내고 있는 것 같았다. 환멸감에 사로잡혀 나는 모포를 휘둘러 생쥐들을 내 방에서 몰아 냈다.

그러나 그놈들은 다시 나타났다. 그리고 그놈들은 아무런 반성도 없이 그들의 일상을 되풀이했다. '이 실장'에게 밥알을 남기는 짓도 계속되었다. 일체의 면회와 접견을 금지당한 채 고립되었던 나는 그 생쥐들과 더불어 그해의 춥고 긴 겨울을 보냈다.

불현듯 나는 나 자신에게 두려움을 느꼈다. 내 영혼이 죽은 것인가. 나는 그러다가 며칠 뒤에는 쥐들에게 미안해서 고문자들의 이름을 떼어 냈다. 고문자들의 이름 대신 내 친구들의 이름을 바꿔 붙였다. 다만 한 마리, 이 실장은 그대로 두었다. 실상 나는 그에게 이름을 준 적이 없는 것이나 마찬가지였다. 이름을 주지 않았으므로 나는 그 녀석에게서 이름을 회수하는 일도 미루기로 했다. 나는 내 기억 투쟁이 그 녀석의 존재로 구체화되는 느낌을 버릴 수 없었다.

나는 생쥐들에게 붙인 내 친구들의 이름, 내가 끝내 지켜 낸 이름과 지키지 못한 이름을 입안에서 불러 보며 안도하고, 슬퍼했다. 그리고 '이 실장' 쥐가 나인지도 모른다는 생각에 이르러서는 오열했다. 내가 할 수 있는 일이 남아 있지 않다는 사실은 견디기 어려웠다. 나는 몸을 바닥에 두고 가벼이 일어나고 싶은 열망에 사로잡혔다. 남영동 고문실 칠성대에서 수없이 충동질하던 기도였다. 내 몸이 그만 쉬기를 요구한다. 신도 이해하지 않을까. 그래서 용서하고 거둬 주지 않을까.

어느 날 배식구로 조용한 목소리 하나가 말을 남기고 사라졌다.

"밖이 시끄러워요. 사모님이 참 대단한 일을 하셨어요."

나는 간수의 얼굴을 확인하지 못했다. 그 목소리는 환청처럼 들려왔다.

창문에 덧댄 비닐이 북처럼 울었다. 나는 입을 달싹거려 한 사람씩 불렀다. 내가 지켜 낸 이름과 지켜 내지 못한 이름, 나를 모욕하고 유린했던 이름, 끝없이 그리운 이름, 이름들. 그들의 이름을 기억하려는 안간힘으로, 그들이 불러 준 내 이름을 잊지 않으려는 몸부림으로, 그해 겨울 나는 죽지 않았다.

참고 문헌

김병곤, 『영광입니다』, 거름, 1992.

현무환 엮음, 『김병곤 약전』, 푸른나무, 2010.

청년지도자고이범영추모문집편집위원회, 『이 강산의 키 큰 나무여』, 나눔기획, 1995.

신동호, 『70년대 캠퍼스』(1~2권), 도요새, 2007.

민청학련운동계승사업회 엮음, 『1974년 4월 – 실록 민청학련』(1~4권), 학민사, 2003~2005.

소준섭, 『늑대별』, 웅진지식하우스(웅진닷컴), 1995.

동일방직복직투쟁위원회, 『동일방직 노동조합 운동사』, 돌베개, 1985.

방현석, 『아름다운 저항』, 일하는 사람들의 작은책, 1999.

민주화운동기념사업회 연구소 엮음, 『한국민주화운동사』(1~3권), 돌베개. 2008~2010.

안경환, 『조영래 평전』, 강, 2006.

그들이 내 이름을 부를 때

2012년 11월 22일 초판 1쇄 펴냄
2020년 6월 8일 초판 7쇄 펴냄

지은이 **방현석**
펴낸곳 (주)아시아
펴낸이 김재범
출판등록 2006년 1월 27일 등록번호 제 406-2006-000004호
인쇄·제본 굿에그커뮤니케이션
종이 한솔PNS
전화 02-821-5055 팩스 02-821-5057
주소 서울시 동작구 서달로 161-1 3층(흑석동 100-16)

ISBN 979-11-5662-475-2 03810